大鱼

有爱的青春陪伴者

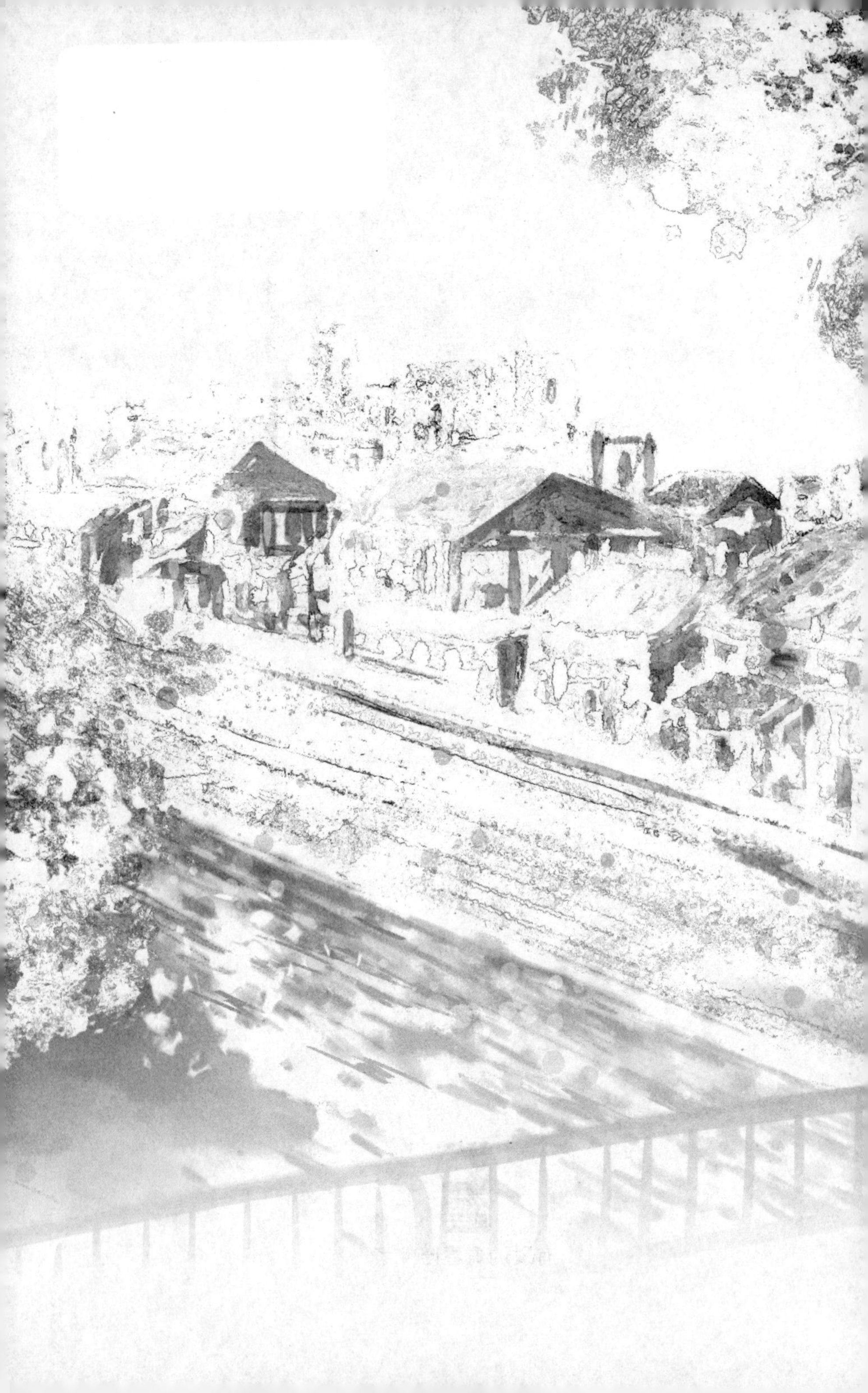

春日狂想

甜桃 著

江苏凤凰文艺出版社
JIANGSU PHOENIX LITERATURE AND ART PUBLISHING

图书在版编目（CIP）数据

春日狂想 / 甜桃著. -- 南京：江苏凤凰文艺出版社，2023.9
ISBN 978-7-5594-7866-5

Ⅰ.①春… Ⅱ.①甜… Ⅲ.①长篇小说-中国-当代 Ⅳ.①I247.5

中国版本图书馆CIP数据核字(2023)第130866号

春日狂想

甜桃 著

责任编辑	王昕宁
特约编辑	周丽萍
责任校对	言 一
出版发行	江苏凤凰文艺出版社
	南京市中央路165号，邮编：210009
网　　址	http://www.jswenyi.com
印　　刷	长沙鸿发印务实业有限公司
开　　本	880mm×1230mm 1/32
印　　张	9.5
字　　数	372千字
版　　次	2023年9月第1版
印　　次	2023年9月第1次印刷
书　　号	ISBN 978-7-5594-7866-5
定　　价	39.80元

江苏凤凰文艺版图书凡印刷、装订错误，可向出版社调换，联系电话025-83280257

目录 /contents

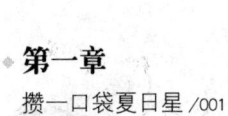

◆ 第一章
攒一口袋夏日星 /001

◆ 第二章
往事日记 /014

◆ 第三章
心事藏匿黄昏夜 /024

◆ 第四章
见义勇为 /035

◆ 第五章
遥望星河 /038

◆ 第六章
来日方长 /052

◆ 第七章
人间烟火不休 /065

◆ 第八章
小小的萌芽 /079

◆ 第九章
奉一捧鲜花 /093

◆ 第十章
温暖 /105

◆ 第十一章
一波未平 /122

◆ 第十二章
一波又起 /150

目录 /contents

◆ **第十三章**
小闹剧 /163

◆ **第十四章**
早有预谋 /183

◆ **第十五章**
所得皆所愿 /200

◆ **第十六章**
爱与春秋 /213

◆ **第十七章**
迟来许久 /227

◆ **第十八章**
时隔多年 /243

◆ **第十九章**
往事 /259

◆ **第二十章**
深藏爱意 /275

◆ **番外一** /286

◆ **番外二** /290

◆ **番外三** /294

◆ **后记**
愿都有冲破桎梏的勇气 /298

第一章
攒一口袋夏日星

某知识问答社区提问：人在极端倒霉的时候到底可以有多倒霉？

——人在地面，刚从云霄飞车上下来。

今天天气不错，恰逢马上就要开学了，市中心某大型游乐场出了新型的云霄飞车项目，我便和室友A约着一起去了游乐场。具体是哪个游乐场我就不方便跟大家透露了，但是，千万分之几的概率硬是让我碰上了。

当机器坏了的时候，我顶着35℃的毒辣阳光被倒挂在云霄飞车的顶端，我脑子里想到的第一件事是我的人生完了，第二件事是，我还没谈过恋爱。

很不凑巧的是，我前面的男生刚好是个帅哥，非常戏剧性的开场。

帅的程度不亚于吴彦祖。（我认真的。）

于是没谈过恋爱的我鼓起勇气，大胆出击，以最好的笑容拍拍帅哥的肩膀，说："同学，我们都快挂了，如果你也没有女朋友，就做我最后阶段的男朋友吧。"

想着，牡丹花下死，做鬼也风流嘛。

结果，他竟然跟我说："你还是含恨而终吧。"

所以体验嘛，不太友好。

怕被认出来，我匿了。

一天后更新：那人竟然是我的代课助教，极度无语。

初星眠灌完第二瓶冰水的时候，腿软的感觉才稍微缓解了些。

她热得眼眶潮湿，瞧着远处总是模模糊糊的。

十分钟之前，玛雅游乐场的云霄飞车出现事故，一车人被倒挂在最高点暴晒长达三分钟之久才被解救。

而初星眠很不幸地也在其中。

当时的场面可以说是相当热闹，地面聚集了大量的人在拍照，也不知道谁拍照没关闪光灯，差点晃瞎了她的双眼，不过也着实让她体验了一把上社会新闻的感觉。

今天气温很高，体感温度都达到 40℃。

空气闷得像置身于蒸笼，呼吸间都是厚重的温热感，远处的热浪像是凝固了，树叶被晒得发卷。

隔着鞋底都感觉烫脚，像是随时会被晒得蒸发。

没有风，掌心被水渍浸湿了，也分不清是过度紧张出的汗，还是冰镇矿泉水瓶外的水珠。

她怎么就这么想不开，偏偏选择今天跑游乐场受罪？

初星眠看着没有一片云的万里晴空，感慨万分，她可真会挑日子。

"你可真够倒霉的，这千万分之一的小概率事件都能让你碰上。"室友许灿灿说道，"还好这个故障只是卡住了，没出什么事。"

初星眠叹气，心想，这也不算太倒霉。她小时候经历过一次火灾，印象里是隔壁当消防员的叔叔救了她。

那次真的是死里逃生，除了高烧几次记忆有些模模糊糊，什么后遗症都没留下。

不过这话她没和许灿灿提。

"怎么样？感觉好些了没？"许灿灿拍了拍初星眠的背，递上了纸巾替她擦擦汗，担忧地说道，"早说让你不要去玩这么刺激的项目。"

"我知道很刺激，但没想到这么刺激。"初星眠欲哭无泪，只能默默控诉已经停掉的设施。

"游乐场工作人员怎么说？"

初星眠懒懒地说道："还能怎么说，让我们留了信息，说到时候会联系我们谈赔偿款的事情。"

"这么看，还算有点良心。"许灿灿惊魂未定，"真是吓死我，那么多人我也找不到你在哪里，后来我想着，肯定不是披头散发表情最狰狞的那个吧？"

"没想到还真是你。"她翻出手机，"你要不要看一下自己当时的神态？"

初星眠拒绝："不！我的偶像包袱还是很重的好吧。"

其实她表情之所以这么狰狞，完全是被前面的那个男生喷的。

当时倒挂在空中，她差点以为自己这辈子要交待在那里，刚巧没谈过恋爱的她看见了前面长相颇为帅气的男生。

初星眠一想,这不就是玛丽苏小说剧情里所说的巧合吗?

她一时间没忍住,拍了拍男生的肩膀。

她记得自己虽然已经语无伦次,但还是清晰地表达出如果对方也没有女朋友,不如做她最后阶段的男朋友,她不想死有所憾。

然后,她听到了前面男生用最阴沉的表情说出了最冷漠的话:"你还是含恨而终吧。"

初星眠心说,出师未捷身先死,感觉这辈子都谈不上恋爱了。

简直可以称得上是大型"社死"现场。

思绪回笼,初星眠脸颊有些热。

她回想了几秒,自己有那么恐怖吗?

又觉得气不打一处来。

初星眠跟许灿灿认识五六年了,从高中到大学,两个人一直都是学校里很受欢迎的女生,只不过都没谈过恋爱,孤寡到现在。

许灿灿长相不错,但美得太具有攻击性,人比钢铁还直。

至于初星眠,高中时期一张打网球的清纯学生照在网络上小火了一把,荣登学校论坛各大版块,还收到了星探工作室的邀请函,后因略傻的性格被朋友们嫌弃,也让追求她的男生滤镜碎一地。

简而言之:好好的美女,可惜长了嘴。

最后某论坛女神投票数据惨不忍睹——倒数第一。

"不过你们家那个条件,够你花到下辈子,男人对你来说确实没用,还不如挂件来得实在。"许灿灿说道。天热,手机屏幕沾了一层汗。

初星眠闻言没吭声。

其实以前她的家庭条件很普通来着,后来高中时候政府通知拆迁,家里突然暴富。

这几年,初茂平拿着钱做房地产生意,正赶上国家政策好,钱生钱,也跻身进了华江市富人榜。

只是家里的氛围却不如从前温馨。

初星眠又喝了两口水,眼看着瓶里没剩多少了,干脆学起小仓鼠,一口"咕咚咕咚"全都闷了进去。

"哟,星眠,你认识你前面的男生吗?他是谁啊,怎么好像在跟你说话?"许灿灿扒开照片放大,开玩笑道,"你不会背着我来游乐场是约会的吧?我说你今天怎么要死要活地就非要坐过山车,敢情有内幕啊?"

"他还挺帅,你们在聊什么呢?"

经许灿灿这么一提,初星眠想起刚才的场景。

初星眠这口水没来得及咽下去,就被问到尴尬之事,顿时没憋住,呛了个正着,嗓子被呛得火辣。她终究没忍住，这口水直直地朝着旁边喷了出去。

"你没事吧？"许灿灿忙掏出纸巾。

初星眠用余光粗略瞥了眼被她喷了一身的男生，颤颤巍巍地接过许灿灿递上来的纸巾。

她没事，可被她喷的人好像……不太行。

刚刚她确实喝了满满的一大口。

"抱歉，我不是有意……"初星眠连忙道歉，刚一抬头，视线和对方撞了个正着。

面前的男生穿着简单的白色衬衫、洗得发白的浅蓝牛仔裤和一双白色球鞋。

他肩背瘦削笔挺，衬衫松垮地套在上面，衬得个头很高，像是春日里扑面而来的清风。

初星眠话未说完，声音戛然而止，圆嫩的脸颊顿时变得扭曲，像五官都不是自己的一样，眼睛、鼻子、嘴都各有各的想法。

站在这里被她的口水喷成落汤鸡的人不是别人，正是云霄飞车上，坐在她前面且十分冷漠的帅气小哥哥。

她脑海里顿时循环播放那句：你还是含恨而终吧。

而此时，男生面色阴沉，薄唇紧紧地抿成一道直线，漂亮深邃的眼眸像是瞬间凝聚出冰碴儿，冷冷地看着她。

他的发梢湿黑，正往下淌着水。

凝固的空气闷热，初星眠却背脊倏地一凉。

她倒吸了口气，感觉喉咙发紧，干瘪地吞咽了一下口水，抖着肩膀咳了两声，紧张地眨眨眼。

缘分，果然奇妙。

气氛瞬间窒息，像是被谁按了暂停键。

"没关系。"

许久，面前的男生才吐了三个字出来，他嗓音清淡短促，像是极力压制着情绪，低垂的眼眸将眼底的冷漠遮挡了些许。

他看似云淡风轻。

但初星眠听着，总觉得这三个字还是有股说不出来的咬牙切齿。

原本以为云霄飞车事件就已经够丢人，没想到她还喷了对方一脸口水，这下彻底傻了。

初星眠想都没想，立刻拉上许灿灿准备逃离肇事现场。

还没迈出去一步，她听到许灿灿狐疑地"咦"了一声。

那一刻，她心里想着，天啊，毁灭吧。

许灿灿盯了好半响，才说："星眠，这人我怎么觉得很眼熟，是不是在哪里见过？"

初星眠已经能感觉自己脸颊的热气像是原子弹一样轰地爆炸。她心想着，废话！可不是眼熟吗！刚才手机里照片上的人就是他啊！

"不觉得，不觉得。"初星眠心虚地拉许灿灿，"我记得宿舍里是不是还有什么事情没做完，我们快点走吧。"

话音落下，她朝着许灿灿挤眉弄眼。

可惜，一向和她心意相通的许灿灿显然没有接收到她的暗示。

"我怎么不记得？"许灿灿的手指在下巴上敲了敲，认真思索，"还有什么事情吗？"

初星眠语塞，湿漉漉的杏眸顿时变得溜圆。

她是挖了个坑把自己埋了，漂亮！

像是想起什么，许灿灿眼眸突然放大："我想起来了，这人不就是刚才照片里……"

不等许灿灿说完话，初星眠一个箭步上前，以这辈子从来没有过的速度捂住了许灿灿的嘴巴。她仿佛生出三头六臂，像拖麻袋一样将许灿灿拖走，一边拖还一边说："我被子还在外面晒着呢，听说今天下午要下雨……"

"喂，初星眠……"

声音越来越远，像是融进了远处浮动的热浪里。

周晃嘉站在原地没动，小姑娘软糯的嗓音飘进了他耳朵里，于是他抬眸瞥了眼万里晴空，单手揣进裤兜里，视线没收回来。

"晃嘉。"

朋友喊他。

"站着看什么呢？"吕征吊儿郎当地叼着根冰棍走过来，顺便递了瓶矿泉水给他，"天啊，你浑身是怎么回事？今天也没下雨啊，你冲浪去了？"

"没什么。"周晃嘉没回应，"事情办妥了？"

吕征拍拍胸口："我办事你还不放心？走啊，带你去卫生间擦擦，你这是唱的哪一出。"

周晃嘉漫不经心地"嗯"了一声。

他眼前突然浮现出一张稚嫩的面孔，只是时间久远，眉眼已经变得模糊不清，而这张面孔却渐渐地与"初星眠"三个字合在了一起，就像是记忆终于重叠。

临走前，他朝着初星眠离开的方向瞥了眼。这会儿人潮拥挤，哪里还有她的背影。

回到宿舍以后，初星眠脸颊的燥热还没褪去。

她顶着绯红的双颊钻进了卫生间，拧开水龙头连泼了好几把水。

微凉的水珠顺着脸颊滑落，她仍觉得心浮气躁。

兜里的手机振动了两声，她掏出来瞥了眼。

"老初，给我打电话什么事？"初星眠单手撑在瓷砖的洗手台面上，抬眸看了眼镜子中的自己，眉尾湿黑，衬得脸颊越发红润，小巧白嫩的鼻尖冒着汗渍，鼻翼翕动着。

电话里传来初茂平故作深沉的声音："眠眠，今天开学还是明天开学？"

"今天晚自习报到。"初星眠心不在焉地回复着，抬起手背碰了碰脸颊，滚烫得厉害。

她这人有一点不好，就是后反劲。

比如现在，她简直尴尬到脚趾发麻。

"过两天是你的生日，我和你妈妈已经在华江国际酒店订好了位置。"初茂平说。

"我也没什么其他事情，晚上还有个会。"他停顿片刻，又说，"钱不够告诉陈叔叔，我们周六生日宴见。"

"嘟嘟嘟……"

算了，反正无论她说什么，初茂平也不会听取她的建议。

电话里的忙音震得初星眠耳朵疼，她无奈地推开卫生间的门。

宿舍里，许灿灿咬着鱿鱼丝，正眉飞色舞地跟其他几个室友讲述今天的惊险一幕。

一见初星眠出来，几个室友目光"唰"地投过来。

最终，她还是没能逃得掉几个人八卦的魔爪。

听完整件事以后，她们啼笑皆非。

不过，以初星眠的性格做出这样的事情，几个人都不觉得奇怪。

去食堂的路上，钱思还安慰初星眠："没事的，反正以后也见不到这人，尴尬啥。"

初星眠一想，也是。

结果晚自习坐了还没一分钟，屁股还没热乎，门口突然走进来一群人。

男生女生都有，约十个人。

底下的学生们对这番场景已经见怪不怪，晚自习经常会有学生来查纪律，尤其是开学第一天，都会有个例行班会。

初星眠正支着手机刷剧呢，突然，许灿灿撞了撞她的胳膊。

"嗯？"她茫然地摘掉一只耳机，朝着门口拥进来的人群看过去。

隔着不远的距离，人群中最靠左侧的男生漫不经心地抬起下颌，眉目舒朗，清风霁月。

男生的视线不偏不倚和初星眠撞了个正着。

嚯！这人不是今天拒绝她的男生吗？

嘈杂了一会儿，人群里一个个头不高的女生介绍道："同学们好，今天的班会主要向大家介绍一下，这是我们这学期新来的代课助教，原本的美学概论蒋老师有点事情，所以会要助教来代几节课。"

教美学概论的蒋老师是学院里的党委书记，理论上是不需要承担教学任务的，但是蒋老师教书几十年也成了习惯，所以选修课还是会上几次。

四周议论声渐渐放大。

"听说这个学长是从华江大学考过来的研究生，在华大就已经是风云人物了。之前我看过论坛上的照片，没想到本人比照片还要帅 N 个档次。"

"能替蒋老师上课，来头不小啊。"

"也难怪，华大在我们华江市可以说是和清北齐名的，不过他怎么没考华大的研究生，反而来我们学校了？"

"我们学校的建筑系很牛的好不好。"

"同学们，安静一下。"讲台旁的女生道。

气氛瞬间沉寂，所有的视线都看向人群中最左侧，好像期待着周晁嘉能开口说些什么。

"周晁嘉。"他指尖轻敲着桌面，姿势闲散，抬起的目光沉静冷淡，仿佛此刻被视线环绕也不甚在意。

简短的三个字，却将气氛推至热潮。

隔着几排桌椅，突然，他目光稍偏，朝初星眠的方向看过去。

初星眠没来得及躲开，视线硬是迎了上去。

她瞬间感受到脸颊的热浪，连发丝都透着不自在。

"在代课期间，除了学业上的事情，生活中的问题也可以随时找我。"

周晁嘉的指尖停顿在桌面，漫不经心地挪开视线，目光划过少女通红的面颊："接下来的一段时间里，希望我们能够相处愉快。"

相处愉快。

云淡风轻的四个字。

他看着没比在座的学生大几岁，举手投足充满散漫慵懒，但神色收敛间的气质像是有种莫名的压制力。在他开口说话的期间，教室里静得连掉根针都能听见。平时连辅导员都管不住的男生们这会儿服服帖帖，都乖乖地端正坐好，没人交头接耳，也没人嬉笑吵闹。

不知道是不是初星眠的错觉，最后"愉快"两个字似乎被他咬得很重，别有深意的味道。

初星眠低垂视线，她没按暂停，电视剧早已经演了大半，这会儿不知道在讲的什么剧情。她目光停顿在手机屏幕上，心不在焉地看着一排排字幕，愣是一个字都没看进去。

点名是晚自习必要的过程,即便他们都已经步入大三,晚自习仍然一节不少。不过好在只有开学报到的当天严格,学生平时如果有事不想来,请假的手续比较简单,怨言也相对少了很多。

空旷安静的教室里,周晃嘉嗓音清淡,角落里的回音慢慢消失,拉长了余音。他咬字很清晰,慢条斯理,娓娓道来。

"许灿灿。"

"到。"

"钱思。"

"到。"

"温意。"

"到。"

稍停顿,他下颌抬起,目光精准地看向初星眠。

隔着人头攒动的教室,他俩的视线撞了个正着。

初星眠蓦地心跳快了很多。

点名册的顺序,学生们早已经熟悉,毕竟大学晚自习点了三年的名,哪怕到现在都没和同学说上几句话,也都知道谁排在前谁排在后。

周晃嘉眉头稍抬,薄唇抿着,骨节分明的手指慢慢地移到下方的三个字上面。

下一秒,他黑眸低垂,薄唇轻启:"初星眠。"

僵持的气氛像是被利刃划破。

"到。"即便已经有了心理准备,初星眠还是愣了愣,心跳兀自停顿了一拍。

周晃嘉的嗓音低沉轻慢,语调像是钢笔的笔尖在一笔一画地书写出她名字的纹路。

初星眠突然觉得,他的字也一定很好看,如他的嗓音,如他的人。

若是今晚停顿在这里,那她一定会觉得这是个充满戏剧性的浪漫开始。

接着,周晃嘉视线稍抬,眼底的戏谑一闪而过,薄唇轻轻勾起个弧度:"留堂。"

他目光一抬一落间,教室里的女生们都已经被迷得七荤八素,根本没人关心他在说啥,包括初星眠。

也不知谁胆大地开了口,粗犷的男声在教室里回荡:"周助教,我也想留堂,你也留我呗。"

"你长得五大三粗的,留堂辟邪啊?"

周晃嘉的这句话好像一石激起千层浪,教室里顿时哄笑一团。

旁边的人都跟着笑,初星眠却笑不出来。她脸颊滚烫的热度还没散去,只觉得热气涌到了眼眶。她低垂视线,不自在地退出电视剧。

"他找你什么事啊？"许灿灿凑过来，趴在初星眠耳边八卦地分析，"该不会是要给你穿小鞋吧？"

"不、不会吧。"初星眠心底那点旖旎的小心思瞬间散了一半，"我又没得罪他。"

许灿灿被她的反应逗得直乐："我吓唬你的。真要是有什么情况你打电话告诉我，我们宿舍三个诸葛亮还斗不过他一个臭皮匠？"

"那我们宿舍这三个诸葛亮可挺菜。"

原本那点暧昧混杂着战战兢兢的小心思，在初星眠生生等了周晁嘉五十分钟以后，被磨得一点不剩，她甚至怀疑周晁嘉是不是忘记了办公室里还有她这么一号人物。

走廊的灯一盏盏灭掉。

窗外漆黑一片。

教学楼没什么声响，静谧的氛围里，只有周晁嘉不停点击鼠标和敲击键盘的声音。

他修长的手指白皙好看，骨节处阴影微动，圆润的指甲修剪得干净光滑。指尖跳跃在键盘上的时候，会令人感到赏心悦目。

电脑屏幕上打开着一堆初星眠看不懂的文档，英文交叠的文件中，她也就认识"入伍申请书"那几个字。

他完全当她是空气。

手机振动了两声。

初星眠瞥了眼还在努力工作的周晁嘉，低着脑袋解锁了屏幕。

是许灿灿发过来的消息，充满了幸灾乐祸的味道。

灿灿许：【和我们新来的大帅哥助教单独共处一室的感觉怎么样？隔壁宿舍那几个来了几趟了，一个劲问你回没回来。】

初星眠盯着许灿灿发来的消息，心里的叹息还没吐出来，就突然感觉到静谧的空气中有道冷淡的视线看向了这边。

她抬眸，猛地撞进对方深邃清亮的黑眸里。

周晁嘉正静静地看着她，若有所思。

初星眠默默放下手机，皮笑肉不笑的："你到底找我有什么事？"

让她站在一旁等了这么久，最好是件天大的事。

不然！她真的要……再等一会儿。

周晁嘉打开了一份文档，光标在题目上停顿住："这份大学生高新技术企业申报项目是你的？"

初星眠愣了愣："是我的。"

文档上面，她的名字格外瞩目。

"蒋老师把它交给我了，让我找你对接。"周晁嘉说。

沉默了几秒，他突然又说道："你的身份信息，包括家庭情况、父母姓名等信息都递交给我一份，这边过审以后我会通知你。"

初星眠松了口气，说不上是失落还是庆幸。

原本以为周晁嘉应该是认出来她，初星眠已经做好了被打击报复穿小鞋的心理准备。

没想到却是这件事，她有些意外。

"以后这项任务的进度，由我跟进。"周晁嘉目光微敛，指缝交叠，身体微微后仰。

"上学期期末的时候，项目任务计划书被打回来，我还以为已经凉了，这个事情都很久了。你今晚找我留堂就为了说这个事啊？"初星眠说。

周晁嘉抬手揉捏眼眶："很多地方写得不够规范，打回来也是正常的。"

合上笔记本，他瞥了眼窗外："不然还能是什么？"

夜色已深。

初星眠的心跳快了两拍，微微有些窘迫："我还以为是……"

"以为？"周晁嘉蓦地盯着她看了半晌。

话音落下，他突然站起身来。

他的身影突然逼近，初星眠这才发觉桌案的空间原来如此狭窄，她踉跄着往后退了一步。

她这人吧，紧张的时候脑袋里很乱，经常脱口而出语不惊人死不休的话。

"还以为是打击报复，"对方气压太强，初星眠下意识蹦出了一句，"你今天可是让我含恨而终呢。"

周晁嘉若有所思地看着她，停顿半晌，颇意味深长地说道："嗯？是你啊。"

他的尾音微微扬起，嗓音很轻很淡，却带了那么点笑意。

初星眠突然语塞。

这个周晁嘉，笑得跟个下套的猎人一样。

傍晚的校园晚风拂过，空气中都是沉闷的干燥气息。影影绰绰的园林缝隙中，教学楼高处有几盏灯亮着，其余皆是漆黑一片。

通向校外大排档一条街的路上人很多，熙熙攘攘的，初星眠没入人群里，娇小的身影很快就被人潮吞并。

周晁嘉慢了初星眠半步，在她后方走着，他视线淡淡地笼着面前的小姑娘，手顺势插进了口袋里。

小姑娘今天穿着简单干净的白衬衫和牛仔裤，还有一双白色板鞋，未施粉黛的脸庞映着远处微弱的光。她鼻梁高挺，鼻尖却小巧可爱，长睫卷翘颤动着，长发披散在肩膀上，被风吹得时起时落。

周晃嘉想起白天初星眠倒挂在空中的时候，白嫩的小脸憋得通红，人瘦得像是随时要掉下去。

两人一前一后，脚步很慢。

"周助教，我先走了。"小姑娘转过身，语气僵硬地向他礼貌道别。

周晃嘉收敛视线，懒散回应，语气说不上多熟稔："嗯。"

校门外大排档的烟火气充斥着整条街巷，人声鼎沸，街道灯火通明。

不远处的学校喷泉广场上有很多人，大多数是晚上出来约会的小情侣。

他看着初星眠右拐进了宿舍楼下的路口，口袋里的手机振动了两声。

瞥到来电显示的人名，周晃嘉没接。

打电话的人显然不是什么善茬，一个电话不接便锲而不舍地打第二个，直到周晃嘉接通电话为止。

"晃嘉，你为什么不接我电话？"葛红咄咄逼人的质问声像是锋利的刀刃，一语刺破要害。

"在忙。"周晃嘉朝着来时的方向走，语气冷淡到了极点，似乎一句多余的话都不想说。

"有什么事能比你妈我还重要？"葛红的声音陡然升高，不满地继续质问，"还是说你现在觉得我跟你说话烦了？周晃嘉，我告诉你，入伍的事情你想都不要想。

"你爸当年怎么死的，周晃嘉你不会忘了吧？我抚养你长这么大，难道就是为了让你给国家效力，不顾你自己亲妈的死活吗？入伍的事情我说什么都不会同意，刚才街道办给我打电话的时候，我就已经明确地说了我的态度。如果你真的先斩后奏，就是闹到天王老子那里我也不在乎。"

远处暗沉的天空中，月亮的四周浮过几片割裂的阴云。

周晃嘉感觉闷得透不过气。

父亲去世以后，他勤工俭学，没有再花葛红一分钱，甚至还要额外承担葛红经常被骗欠下的贷款。

回到华江市也好，入伍参军去边疆守卫也罢，他只想远离。

沉默了许久，周晃嘉才对着电话说了一句："到底是为了我这个人，还是只是需要有人来继续偿还你的欠款？我不过是个工具吧？"

"你在说什么？"葛红仍然不依不饶。

周晃嘉敛眸，有些话已经不想再说："没什么。"

"还有件事我要和你说。"

"什么？"

"这周末初茂平的女儿要办生日宴，阵势很大，听说请了不少业界内有头有脸的人物，呸，他初茂平也配。"

"我周末有事。"周晁嘉想也没想,回绝道。

他知道葛红要做什么。

十几年前,父亲周围山因救了邻居初茂平的女儿初星眠牺牲,葛红将被烧毁的房屋强行塞给了初茂平,从初茂平那里索要了三十万块钱,带着周晁嘉回了老家。

不过政策说变就变,原本不值钱,甚至被烧毁后都没人修缮的房屋一夜之间变成了中心地带拆迁房,初茂平一家拿了两套房屋的巨额拆迁款。

葛红认为,如果不是当年的事情,她就不会把房子卖给初茂平,这笔钱应该属于她。

这么多年来,她用各种手段从初茂平那里要钱。对方或许是出于愧疚吧,前前后后也给了几次,只是葛红变得越来越变本加厉,胃口越来越大,手段层出不穷,如今还把主意打到初茂平的女儿这里了。

"什么事?"

周晁嘉冷笑了一下:"左右不是伤天害理的事。"

"你说这话是什么意思?"葛红气急,"少在这里跟我阴阳怪气,到时候你跟我一起去,捧着你爸的遗像……"

葛红话没说完,他就"啪"地挂断电话。

四周闷热顿时上涌。

回到宿舍,初星眠正巧撞上去洗漱的温意。

"你可算回来了,怎么这么晚?"温意捧着洗漱用具,裤脚挽至膝盖,打趣道,"听说你和周助教孤男寡女共处一室,我们学院好几个女生宿舍都八卦疯了。"

"什么意思?"初星眠困惑地看了眼虚掩的门,半只脚还没迈进去。

温意说:"还能怎么,寡了这么久好不容易来个还是学长的周助教,觉得你近水楼台先得月了呗。你们两个独处这么久,都在干什么了?周助教到底找你什么事情?"

初星眠心说,根本没什么事情。

"拜托,人家是助教,名义上相当于我们的小班主任了。学校都明确规定了,你们还这么八卦,有这个心思,还不如想想这学期的补考吧。"她敷衍地说道。

温意不以为然:"他代课几个月而已。"

初星眠说:"就上学期企业技术申报项目的事情,他说以后由他和我对接。"

"然后呢,然后呢?"温意眨着眼睛,就差没抓把瓜子坐在这里,"和你对接以后呢?"

"没了啊。"

初星眠话音刚落,门打开。

钱思正准备出去倒垃圾。

宿舍里许灿灿跷个二郎腿坐在座位上。

看到她的瞬间,初星眠感受到了如焰火般的炙热。

温意一边走,还一边回头:"我没听到的,回来再给我讲一遍。"

初星眠愣住了。

连番盘问了几遍,大家终于相信初星眠是在办公室里被忽略了五十分钟。

在床上尴尬到扭成虫的初星眠无奈地问:"你们就不能说点别的话题?"

话音刚落,她手机振动起来。

"说曹操曹操到",竟然是周晁嘉通过班级群发来的消息。

什么时候把他拉进群聊的?

她竟然完全没注意到。

周晁嘉的消息就跟他淡漠的性格似的,仍旧是一如既往的简短,大概意思是让她下周三带着项目计划书找他签个字。

初星眠默默地盯着那一行字。

半晌后,她慢吞吞地回复:【好。】

第二章
往事日记

清晨，鱼肚白刚泛起半边天，沉闷的空气中浮出丝丝缕缕潮湿的混浊气息。

初星眠在困倦中迷迷糊糊地出了宿舍楼，几乎是闭着眼睛上的车。

今天是她生日，手机里的消息从昨晚到现在都没消停过，通知一个接着一个地冒出来。她勉强撑开眼皮粗略扫了一眼，下一秒又头一歪栽倒进车座里。

接她的人是家里雇佣了五年的司机陈叔。

经过减速带，初星眠被晃得头磕到车窗玻璃。她揉了揉发昏的脑袋，视线投向窗外。

林荫小路上，几个学生背着书包，捧着水杯，正朝着图书馆的方向走过去。而花园水池的一角，一道人影停留在那里。

他背对着车辆，单膝蹲着，肩膀瘦削，背脊挺直，手臂自然地搭在膝盖上，黑色的棒球帽压住了细碎的短发，遮挡了大半的神情。

陈叔温和地问："怎么，没睡好吗？"

"没课的时候还好，能多睡会儿。"初星眠心不在焉地应了声，睡意也消散不少。

她呆呆地瞧着，视线也没收回来，直到车辆转过去，才看清这个人的全貌。

巧的是，初升朝阳的光线透过云层洒落，整条街道都明亮得像是在发光。

周晁嘉在逗弄面前伸懒腰的小花猫，他手指映着浅淡的光，白皙修长，薄唇恰到好处地扬起，眉眼清隽温和。

初星眠也不是没仔细端详过周晁嘉的神情，只是初星眠每次见周晁嘉的时候，周晁嘉多数都是神情冷淡不苟言笑，少数是她把他气得阴沉着脸，哪里有这么春风和煦的时候。

啧啧，铁面无情的周助教，背地里竟然辣手摧猫？

初星眠嗅到了一丝丝八卦的味道，想也没想就举起手机偷拍了张照片。

许是察觉到了这边的注视，周晃嘉逗弄的手一顿，侧头看了过来。

初星眠毫无心理准备，目光相撞的瞬间，她猛地感觉到胸口剧烈起伏，像是偷窥被抓的窘迫。

车一闪而过，缓缓驶出校门。

半晌她才想起来，隔着车窗，周晃嘉应该没看见她。

她到底在心虚什么？

经此一遭，初星眠的困意彻底消散。

她拿起手机，目光在初茂平发来的消息上停顿一秒，懒散地敲字回复。

到了华江国际酒店以后初星眠就没闲着，她像是布娃娃似的被扯来扯去，挑礼服选首饰，时不时补个妆。空闲之余，她还要被初茂平带着问候这个公司总裁，那个公司老董。

她维持假笑维持得脸都僵硬了，初茂平话里话外不像是给她过生日，倒像是在选婿。

好不容易到了上午十点钟左右，初茂平才放她去休息室里歇一会儿。

初星眠揉了揉因穿八厘米的高跟鞋而发酸的脚尖，和室友打起电话。

门口突然传来敲门声。

"初小姐，有一位自称是你同学的妈妈找你有事要谈，现在正在贵宾室里等候。"

"行了，我不跟你说了。"初星眠重新穿上鞋，礼服的裙摆像水波似的，很快就将她的脚踝盖住，"又来催了，等我晚上回去找你们。"

挂了电话，她朝着门口应答道："我这就来。"

酒店长廊挂了不少别具一格的壁画，柔软厚实的红毯铺在地上，空气中是很淡的清新味道。初星眠走到贵宾室的门口，推开门，却瞧见了一张略微熟悉的面孔。

也不能说是熟悉，初星眠印象里似乎是见过这个人，但又想不起来是在哪里见过。

屋内的妇人听到动静从窗边转过身来。她穿着打扮很朴素，鬓发乱糟糟地贴在脸庞也没整理，眼角有很深的褶皱。

但妇人的一双眼睛却很凌厉，紧紧地盯着初星眠，像是要从她脸上剜点什么东西来。

"你好。"初星眠压下疑惑的情绪，还是维持笑容问道，"请问你找我有什么事吗？"

葛红的右手搭在了左手的手背上，起身走近了打量初星眠："初茂平倒是舍得给你花钱，这身裙子很贵吧？还有这配饰，看着就价值不菲。"

初星眠微蹙眉头，不理解这个人突然说这样的话是什么意思，而且敌意还不小。

可是自己好像跟她没什么矛盾吧。

"小初姑娘,你不记得我了吗?"葛红荡开一抹笑容,法令纹深深地陷进去,"想当初,我们可是做了很多年的邻居,你这么快就忘了你葛红阿姨是不是有些说不过去?"

"葛红"这两个字对于初星眠来说确实有点陌生,但一说到邻居,她就想起来了。

"是平宅大院的?"她愣了愣。

葛红面上的笑容更深,甚至带了一丝讨债的恶意:"是啊,在平宅大院。"

当初在平宅大院的时候,初茂平和隔壁邻居其实不怎么来往,只因为隔壁邻居家的男人是做消防员,每天早出晚归,留了老婆孩子在家。大院里人多口杂,什么闲话都能传出来,所以当年除了几个妇人和葛红来往,他们两家确实是没什么交集。

初星眠还记得葛红家里有个很闷的小男生,个头不高,每天都低着脑袋走路,见到人也不抬头、不打招呼,反而是将脑袋垂得更低。

"阿姨,是你啊。"初星眠恍然了一瞬,忙对身后的服务生招呼道,"这个阿姨是熟人,安排一下位置吧,顺便把茶水、点心也端过来。"

"不用。"葛红语气冷淡,"我今天是来说事的,说完了我就走。"

初星眠顿了顿:"阿姨你有什么事?"

空气凝滞了一秒。

葛红笑了笑:"我是来拿钱的。我老公为了救你,连命都交待在那里了。可怜我儿子年纪轻轻就没了爸爸,你却在享受本来属于我们家的钱。"

通过刚才的对话,再加上葛红对自己的敌意,初星眠要是这会儿还没意识到对方是来砸场子的,那她的脑袋可真就是花瓶了。

还没等初星眠说什么,门"唰"地被打开。

初茂平西装革履地推门进来,脚步又急又快,面上满是忍耐到极限的薄怒。他看都没看初星眠,眼底压抑的情绪直冲着妇人喷泄而出:"葛红,你又跑这儿来闹什么?"

为了给初星眠造势,初茂平今天可请了不少媒体的人,要是被葛红这么一闹,只怕新闻上免不了要抹黑他。三人成虎,人言可畏。

如今公司正值股价上升的紧要关口,可承受不了舆论带来的压力。

停顿的间隙,葛红早已经如同竹筒倒豆子似的细数当年发生的事情。

"这几年你借口怕伤害到孩子,我本来不愿意将这事跟你女儿说。"

"是你逼我走到这一步的!"

初星眠听得愣住。

当年火灾的事情以后,她醒来已经人在医院,因为被烟呛晕了过去,再加上高烧了好几天，对那段记忆也就总是模模糊糊的，她只是以为她运气好被救了，没想到……却搭上消防员叔叔的命。

一瞬间，她心口沉闷得如同被巨石压着，脑海里突然闪过一个瘦瘦小小的影子，闷不吭声地贴着墙从她家门口走过。

初茂平皱紧了眉头，已经懒得再和这个贪婪的女人多说废话，甚至要被她的话气笑了，而且他已经委托私人律师拿到了更关键的证据，只是碍于……

当初那场火灾只烧毁了他和葛红两家的房屋，事后他把家里所有的钱都补贴给了葛红，还被逼着拿出了三十万买了她家被烧毁的旧房。他们全家人连住的地方都没有，只能在被烧毁的屋子里勉强铺张床。

但到底是因为他们家连累了她男人，他们亏欠在先，所以补偿也是必然的。初茂平把能借的钱都借了，看着葛红心满意足地走了，烧毁的房子没钱装修也卖不出去，眼看着要烂在自己手里，结果老天爷开了眼，没过多久，城市规划让烧毁房摇身一变，成了拆迁房。

这几年来，葛红明里暗里闹了不知道多少次，他给出去的钱也从百万起步。但她还是不甘心，没钱就过来要，狮子大开口要越多，如今竟然张口就是两千万的赔偿金，大有一副赖上他的架势。

钱不是不能给，只是初茂平受够了这个女人理所应当的要钱态度。

"保安呢？"初茂平气息不稳，显然已经忍耐到了极限，"这种人怎么放进来的？还不快点把人带走！"

葛红冷笑道："你以为把我扔出去就万事大吉了？我早就雇好了人在门口等着，中午之前你不把赔偿金给我，我就让他们举着我老公的遗像在门口哭！到时候，我不仅要在媒体面前戳穿你初茂平的虚伪，还要告诉所有人，你们全家是怎么吃人血馒头的！"

初星眠蓦地攥紧了掌心，深吸口气。

但这样的场合，好像也轮不到她说什么。

初茂平也是真的被气着了，手一挥，找来了十几个安保人员架着葛红就往外走，推推搡搡闹到了酒店的正门，场面乱成一团。

葛红还不住口，语气越来越激烈，场面一度非常难堪。

旁边聚过来的人越来越多，窃窃私语的交谈声让初星眠第一次尝到被戳脊梁骨的滋味。

而酒店门外也的确拥过来很多心怀不轨的人群，他们佯装看热闹，却悄悄地藏好背后的遗像照片，还有横幅大字报。

就在这个时候，外面来了个人。

他穿了件浅灰色的衬衫，黑色棒球帽压得稍低一些，叫人看不清他的情绪。

人群衬得他个头高挑，干净又出众。

不知道他说了什么，原本不怀好意聚集而来的人们突然脸色一变，仓皇逃窜。

随后两名民警出现在他身后，和他交谈了几句以后，径直走向门口最热闹的中心。

葛红被民警带走，事情才算告一段落。

隔着攒动的人群，初星眠一眼望过去，撞进了周晁嘉深邃清明的眼底。

她差点咬了自己的舌头。

周晁嘉淡淡地瞥了她一眼，却没有上来攀谈的打算。见闹剧收场，他手揣进裤兜里转身离开，行动干净利落，没有丝毫拖泥带水。

初星眠想追过去问问他怎么会过来，谁知她提起裙摆还没来得及下去就被初茂平拦住。

"回去。"初茂平脸色铁青，显然刚才的情况让他在这么多人的面前下不来台。

不过好在事情没有闹得太大，多数来参加宴会的人不知道发生了什么，只知道有人来闹事。生意场上的人察言观色的本事一流，这会儿大家又恢复假惺惺的微笑，仿佛刚才的荒唐闹剧根本不存在。

"他……"初星眠顿住。

她没想到会在这样的场合见到周晁嘉。

初茂平看了她一眼："他是葛红的儿子。"

初星眠一僵，刚刚葛红指着她鼻子痛骂的一幕突然浮现在眼前。

"没想到这么多年过去，这孩子变化也大，我上次见到他的时候，也是很久才敢相信他是葛红的儿子。"初茂平叹口气，"和小时候瘦瘦巴巴的模样真是不一样。

"不过也多亏了他，不然我今天差点就上当，真要被葛红算计了。明知道她就是想逼急我，这件事她恨不得闹得越大越好，但我还是没忍住。"

初家和葛红之间的恩怨太深，俗话说清官难断家务事，这样的情况闹到派出所也不是一次两次了，只是初茂平怎么也不会想到，葛红竟然会在初星眠的生日宴上折腾。

其实初茂平虽然官腔重了点，但平日里为人还是不差的，很多事情他没有昧良心。也正是因为如此，他才会被葛红一次次地拿捏住，吃准了他愧疚的心理，拿她没办法。

初星眠没说话。

她看着周晁嘉上了一辆出租车，直到车子消失在她的视线里，才默默地收回目光。

生日宴过后，初星眠就像是泄了气的皮球，每天忧心忡忡茶饭不思，完全丧失活力。她把自己关在卧室闷了两天，直到周一才回了学校。即便她人在学校，可心思还是不知道丢哪里去了，连去上课走个路都能被石头绊倒。

眼看着初星眠的勺子要掉进汤里，许灿灿眼疾手快，一把将勺子挑了出来，还顺便瞪了她一眼："你知不知道你这几天魂不守舍的模样被拍下来了？学校论坛里都说你失恋被甩了呢。"

"我倒情愿是被甩。"初星眠小声嘀咕，"这事可比被甩棘手多了。"

倏地，她稍一顿，像是意识到什么可怕的事情。

"你说，周晁嘉是不是恨我呀？"初星眠的手背抵在下颌上，清秀的眉头拧成了疙瘩。

"第一百零八次。"许灿灿面无表情，"你小脑瓜里都在想什么呢？"

初星眠沉重地叹了口气。

见她稚嫩漂亮的脸蛋上愁云密布，许灿灿便收了调侃的心思，宽慰道："他恨你干吗，也犯不着恨你。先不说都是多少年前的事，再就是这种事情谁也不想发生。"

"可是，"初星眠仍然纠结，一张脸都憋成了苦瓜，"我真的不知道那场事故竟然连累……"

她原本以为自己是幸运的，却没想到自己的幸运竟然是建立在他人生命的基础上，她这会儿心里已经被愧疚填满。

再加上之前在这件事情上初茂平一直瞒着她，导致她根本没什么心理负担，猛地听到了这个消息，打击无异于晴天霹雳，负担感如同放大了一百倍，让她坐立难安。

"那次事故你不是正在睡觉吗，当时的情况也不是你一个人坐在这里瞎想就能改变的。"许灿灿喝了口汤，顺便把餐盘收好，"如果你实在觉得对不住周晁嘉，那就找个机会给他送点补偿？"

初星眠只觉得心理压力很大，一时间对周晁嘉的感觉简直是五味杂陈，有点怕见到他，又觉得对不起他，复杂得要命。

先前那点旖旎的小心思消失得无影无踪，现在只有茫然和不知所措。

几年前发生那场火灾的时候，正值暑假初星眠在家休息，当天她妈妈徐星煲汤到一半就被居委会叫走了，临走前跟她说让她看着点锅里的汤。她迷迷糊糊答应得很痛快，等到被烟呛醒才发现一切都已经是无法挽回的局面。

思绪回笼，她还在懊恼。

"补偿。"初星眠跟着许灿灿的话念了念，突然觉得这个办法可行。现在说什么、做什么都已经改变不了当初那件事情的结果，她唯一能做的事情，就是只能尽力去弥补周晁嘉。

"这个办法好像可以！"

话音落下，初星眠端着餐盘往回收的地方走，连脚步都跟着轻快不少。她舒了口气，想着如果能补偿周晁嘉的话，无论多少钱她都愿意。

初星眠打听到周晁嘉的住处,已经是两天以后的事情。

她站在1027号房间的门口,拎着素雅的鹅黄色挎包,怀里捧着水果篮,敲响了门。

想起来之前,许灿灿吐槽她说人家又没生病,送什么水果篮啊,搞得不像是来赔偿,倒像是来探病的。

她脸颊微微泛热。

印象里,初星眠是第一次处理这样的情况,有些无所适从。

走廊里很安静,窗外就是学校东南角的花园,夏日的阳光洒落下来,遍地金光。

门后传来很轻的脚步声。

周晁嘉是研究生的身份,所以学校单独批了一间公寓给他住,这里离教学楼不算远,但靠近墙角一侧,四周倒还算清静。

门打开,初星眠低着头盯脚尖,讪讪地打声招呼:"周助教。"

凉意漫出来,空气中有淡淡的冷冽香气。

很好闻,像是平日里从周晁嘉身边走过时就会闻到的味道。

房间里很静。

"你是谁?"几秒后,一个轻快的女声像潺潺流动的溪水,清脆响亮,尾音拉长了些,倒显得俏皮。

初星眠狠狠地怔住,猛地抬眸。

眼前的少女看起来年龄不大,约和她差不多的年纪,齐耳的短发露出了小半截闪亮的耳钉,耳鬓烫了挂耳染。这会儿少女正眯着眼打量她,神情有几分探究的意味。

初星眠一时语塞,干巴巴地眨着眼。

门后"咔嗒"一声,周晁嘉打破了两个女生面面相觑的僵滞。

他似乎刚洗漱完,发梢还沾着潮湿的水汽,脖颈处搭了条白色毛巾,圆领衬衫显得肩宽腰窄,灰色的宽松休闲裤突显双腿的修长,整个人有一股说不出的清隽劲。

见到初星眠,周晁嘉显然也是一愣,似乎没料到她会跑到这里来。半响,周晁嘉才冷淡地吐了几个字,不紧不慢的语气:"你有事?"

"呃,我……"初星眠眼睛眨了眨,嘴巴发苦。无论做多少次心理建设,她还是没办法将眼前高大俊秀的周晁嘉与小时候又干又瘦的闷葫芦联系起来,完全不像是同一个人,更何况现在在场的还有其他人,更叫她那些安慰补偿的话说不出口。

似乎是她停顿的时间太久,周晁嘉压在门把上的手指不耐烦地轻点。

虽然他没说什么,但初星眠就是从他身上感受到了淡漠疏离的气息,仿佛每个细微的举动都在告诉她：有事，在忙，拒客。

"我是来……"初星眠深呼吸，目光还是在女孩的身上流转一圈，不太自在道，"我有些话想跟你单独说，你可不可以……"

"就在这里说吧。"周晁嘉擦了擦头发，很随意地往前多走了几步。

这会儿，刚才开门的少女像是很有自知之明般回了客厅，消失在两人的面前。

浴室微微敞开的门，刚好挡住客厅里的视线，这儿勉强算得上是两人独处的空间。

初星眠心一狠一咬牙，从包里掏出一张支票，毕恭毕敬递上，随后小声道："我知道这些钱也许弥补不了你精神上的伤痛，但这是我目前唯一能够想到的。"

"金额你随便填。"末了，她又补了句。

话音落下，就像石沉水底，连个响都没听见。

初星眠抬眸，猛地撞进周晁嘉眼底。

他波澜不惊的黑眸里，似乎掀起一层愠怒。尽管他非常克制地隐藏起来，但她还是能察觉到他情绪的变化。

他在生气。

可是为什么啊？

沉默了很久，久到初星眠脸颊热度烫人。她虽然说不上人见人爱，但也从来没有人一而再再而三地晾着她，这着实让她觉得有些难堪，她恨不能找个地缝钻进去。

就在初星眠几乎快到了忍耐的极限时，周晁嘉终于薄唇轻启。

"用钱来打发我？"

"在你看来，我一定很需要这笔钱吧。"

"这算什么？补偿我没有父亲的那些年？"他轻笑，眼底却很冷淡，这会儿，甚至连丝怒意都瞧不见，"还是你觉得多少金额可以平息这件事？或是回溯？"

猛地，初星眠像是被冷水激了一身。

两人之间那层若有似无的透明窗户纸像是被周晁嘉粗暴地捅开，甚至将血淋淋的事实生硬地摊开到她的眼前，没留一丝余地。

她以为他多少会婉转点。

人和人之间，讲话不都是很客气的吗？

周晁嘉定定地看着她，视线都没歪一下。

哪怕是初星眠神经再大条，这会儿也知道情况被她搞砸，再继续待下去只会徒增厌恶。

她下意识低垂视线，盯着自己鞋面薄薄的一层灰，在挪动和等一会儿再挪动脚步之间做挣扎。

"我从没有想过用钱去弥补你失去父亲的十几年。"亲人怎么可以用金钱来衡量？这是无法衡量的，她当然清楚，她只不过是想为他做些什么。

好心办成坏事。

她恐怕是彻底把周晁嘉给得罪了。

初星眠呼口气，抑制住喉咙里的酸涩，扭过头就转身离开。她其实并不骄矜，粗茶淡饭的生活也过了许多年，骨子里就不是做作的人，只是在这样的时刻，她也想给自己留一点体面。

到底是脸皮薄。

小姑娘失魂落魄地跑了出去，连脚崴了崴都没停顿。

周晁嘉视线低垂，心不在焉地擦着头发，过了会儿，听见那道脚步声消失在楼梯口才关上门。

补偿什么的，对他来说没意义，他也不需要。

"没看出来，你这么不会怜香惜玉。"女生倚着墙，手指间缠绕着头发在打转，"她就是初茂平的女儿吧？长得倒是挺好看。"

初家和周家的事当年可轰动呢，风言风语传了好一阵，还有不少人说周围山真正的死因是因为徐星。但闲话毕竟是闲话，没有证据就不作数，最后还是初茂平一家出面表达感谢和愧疚才平息。不过有些内幕消息，周家的几辈人哪个不清楚不晓得，对初茂平这个名字听得耳朵都要起老茧，只是对初茂平的女儿确实是没有深入了解太多。

周易安也是第一次和初星眠撞了个面。

"你打算什么时候去保释二伯母？"周易安换了个话题，"听说二伯母在拘留所闹着要见爷爷奶奶，折腾好几天了。"

葛红因寻衅滋事扰乱社会公共治安被拘留的事情，周家人都不意外，只是他们都很好奇，周晁嘉什么时候会去管。

周家人对葛红的感情不深，一是葛红不常和周家人走动，二来也是跟周晁嘉有点关系。

葛红是周围山的第二任妻子，是周晁嘉的继母。她因为身体原因怀不了孕，所以一直自称是周晁嘉的亲妈。不过在周易安看来，葛红就是个吸血鬼，她对周晁嘉自以为是的爱，还不是为了让周晁嘉替她还债。

而且，葛红是个不折不扣的赌鬼。

"这跟你有什么关系？"周晁嘉端起茶杯抿了口，回到桌案前继续工作。研究生的课程说多也不多，但大大小小的报告总是一堆。

"奶奶催我过来问的嘛，不然你以为我会关心哦。"周易安整理了背带包，临走前才慢悠悠地、含混不清地补了一句，"还有件事忘了跟你说，楚漫回国了。她前几天给我打过电话，说联系不上你，我估计她这次回来八成是奔着你来的。"

周晁嘉没搭理，仿佛已经不记得这个人是谁。

周易安便自讨没趣地闭上嘴。

初星眠跑出研究生宿舍楼十米远,半响才琢磨透彻。她生日宴的时候,葛红阿姨就是因为跑过来要钱才被初茂平轰走的,作为当时帮了忙的周晁嘉,他怎么可能前脚带着警察摆平了局面,转身就接受自己的这笔钱?

初星眠深深叹口气,呼吸间闷热。

难怪周晁嘉刚才会冷嘲热讽的,她分明……分明就是变相在拿钱羞辱他啊!

电话适时地响起。

初星眠瞥了眼许灿灿的名字,接通。

"什么时候回来上课?"许灿灿问她。

初星眠闷闷不乐:"正准备过去。"

"怎么了这是?"许灿灿立刻听出了她语调里的不对劲,"补偿计划不成功?"

初星眠长叹一口气,说:"别提了。"

她把前因后果讲给了许灿灿听。

许灿灿说:"你这样直接塞支票的方式太直接,而且确实比较侮辱人,虽然我仅代表本人是不介意被这样侮辱的……咳咳,开个玩笑。要我说啊,你不如换个方式。"

"教教我!许老师!"

补偿周晁嘉这件事仿佛已经成了初星眠心里的一根刺,只要一想起来,她就觉得寝食难安,如鲠在喉。

许灿灿:"细水长流,铁杵也能磨成针。"

初星眠:"这两个词是一个意思吗?"

许灿灿:"你管是不是一个意思,反正就是表达你的善意,把他们家人当成自己家人对待,再给予他家庭般的温暖,能弥补多少是多少。"

第三章
心事藏匿黄昏夜

初星眠顶着闷热踏进教学楼,满眼都是郁闷。她快步走上楼梯拐角进大教室,刚到门口就看见在靠窗位置占了座位的许灿灿和几位室友。

她们也正朝着她招手示意。

初星眠往座位里一窝,随手将果篮扔在了脚边,把下巴垫在胳膊上,就这么趴着,也没说话,只默默地盯着黑板。她经历的事情少,才越觉得棘手和困难。

许灿灿喝完了水才说道:"我觉得吧,这件事你也不用着急,你现在刚知道事情真相,还处于被打击时期,总是着急想弥补他,但这种事急不得,做得越多错得越多。

"换个角度想想,没准周晃嘉早就知道你是当年那场火灾中幸存的小姑娘,他都不动声色假装出跟你不熟的模样,甚至还阻止了一场对你有影响的舆论,你自乱阵脚做什么?

"你呀,还是太年轻。

"你有没有想过,周晃嘉其实不想回忆那段过去。"

三言两语,许灿灿就点破初星眠心中的郁结。

初星眠和许灿灿认识五六年了,高中到大学都是同个班级,所以有很多事情初星眠拿不定主意的时候,多亏了许灿灿这个主心骨。

初星眠漂亮的瞳孔里映着窗外的光,呈现出淡淡的棕色,净是困惑。

"你说的每个字我都能听得明白,但是好像话里的深意我听不太懂。"初星眠闷闷地长叹,"我已经自乱阵脚了吗?这件事,真的好烦。"

她这几天确实是心不在焉,做什么都提不起劲儿,好像被狠狠打击了一样。

"听我的,慢慢来。"许灿灿故作深沉地说,"换位思考一下,如果你是周晃嘉,十几年前的那段经历对你来说就像好不容易结痂的伤口,结果有个冒失的小姑娘拿着钱跟你说要平息,你什么想法?你会不会觉得这个小姑娘简直有毛病?"

许灿灿又补充了一句:"哪怕这个小姑娘长得再好看,也产生不了任何好感啊。"

初星眠恍然大悟,凑近许灿灿,抓着许灿灿的书包带,眼角闪烁的泪光摇摇欲坠,"还好有你点醒我,不然我真的在错误的道路上越走越远。"

"停,别煽情。我能看得这么透彻,也是因为我不是当事人的关系。正所谓当局者迷,旁观者清。对了,你还有没有什么借口能接近周晃嘉?我觉得吧,你现在已经把他得罪得差不多了,不如换个方式改变一下他对你的印象?"

初星眠想了一圈,突然盯着手机屏幕弹出来的消息通知,猛地抬起头:"我今天要去找他给计划书签字,差点被我给忘了。"

"那你就脸皮厚点,切记不要再提这些陈年旧事了。"许灿灿摸着下巴,佯装出一副深沉老练的模样,"我再教你几招,谁让我是你最好的僚机。"

趁着上晚自习前的空当,初星眠捧着计划书默不作声地站在走廊上,她脑袋里都是来之前许灿灿耳提面命的高情商技巧,什么三句话暖他一整天、五件事触动他心灵的。初星眠不禁思考许灿灿是不是在跟她开玩笑,这些做法真的能有用?

办公室的灯光还亮着,从门缝透出来映在了地面上,里面有淡淡的交谈声。

听说话声是一男一女,音调很轻却清晰,像是寂静时触碰到了钢琴的琴键,轻缓流淌。

初星眠默默听着,里面好像是在说篮球社的事情。

话音落下,办公室的门突然打开。

室内的气氛僵滞了一瞬,女人什么样的场面没见过,很快就收敛了多余的情绪,镇定自若、礼貌得体地对周晃嘉说:"那么,我就先走了,其他的事情我和您电话联系。"

初星眠见周晃嘉没什么反应,趁着门没关上,赶紧跨步进了办公室。

里面的其他工位上还坐着几个老师,但很安静,每个人都在忙自己的事情,对初星眠的到来也没有过多的关注。

空气中弥漫着淡淡的咖啡香。

初星眠默默跟在周晃嘉的后面,一直走到了他的办公桌前。她瞥了眼办公桌上的水杯,里面只剩底部一点水,想起许灿灿说的细水长流,要从细节开始着手,她二话不说,端起杯子跑到饮水机边,还特意接的热水。

她跑回来的时候,周晃嘉正慢条斯理地看着她,修长的手指搭在耳侧。

初星眠把水杯一推,解释道:"周助教,多喝热水。"

这会儿,办公室的其他人有了动静,他们不约而同地看向初星眠,又看了看"呜呜"作响的空调风口。

初星眠脸颊微热,撞进周晃嘉的黑眸里,对方淡漠的神情让她觉得自己好像是来捣乱的。

"有什么事？"周晃嘉收回视线，身体向后靠了靠。

初星眠眨眨眼："其实我也没什么事情，就是过来找你签个字。上周的时候，你跟我说过。"

"嗯，拿来吧。"周晃嘉一副公事公办的模样。

初星眠把文件递给他，两个人又相对无言。

办公室的门又开了，有个背着斜挎包的年轻男生径直走到了桌前，外面闷热，他满头大汗的。他拿起水杯喝了口，下一秒就"哇"地吐出来，捂着嘴巴，不敢置信地说："大热天的，谁给我杯子里接的开水啊？"

初星眠愣住："这不是你的杯子吗？"

"我什么时候说过这是我的杯子？"周晃嘉好整以暇地看着她，手一顿，签好了名字的最后一笔。

他抬头："文件签完了，我留一份，其他流程等我通知。"

办公室走廊外拐角的灯闪了闪，黯淡下去。

初星眠杵在楼梯口，忍不住长叹口气。周晃嘉好像是个全方位无死角的球体，任凭她怎么努力，都没办法让他的态度松动一点。就像是在玩什么刷好感度的游戏，而周晃嘉就是这个游戏的最终大 BOSS。

莫名其妙地，初星眠心底越挫越勇的斗志被激发出来，她沉默了几秒，拿出手机，给许灿灿发了消息。

对方很快就回了几条信息过来。

灿灿许：【我问了我们班男生，周晃嘉是篮球社的，他还有个朋友是篮球社副社长，叫吕征。两个人好像认识很久了，在周晃嘉考上我们学校研究生之前就认识。】

灿灿许：【你也要加入篮球社吗？他们现在在招聘助理呢。】

灿灿许：【加入的话也挺好的，反正到时候社团活动多起来，你们就能互相熟悉熟悉。】

初星眠：【我要应聘他们社团助理，我还就不信了，交个朋友能有这么难。周晃嘉我现在搞不定，我还搞不定篮球社的助理吗？】

事实证明，她搞不定。

当初星眠站在讲台上，看到下面篮球社的七八个男生在考核自己，她只觉得一个脑袋两个大。

这些人问的问题基本上全是关于篮球的，问她喜不喜欢打篮球，有没有关注过篮球比赛，或者喜欢什么篮球队、什么篮球明星，甚至有个人问她篮球鞋，她根本一窍不通。

好不容易有几个男生见她长得好看，态度松动了一些，想给她通过，结果被突然进来的周晁嘉打断个正着。

周晁嘉和吕征关系好，他早在很久前就和篮球社团的其他成员混熟，社团成员也都把他当成另一个副社长看待。

"我们社团不需要对篮球完全不感兴趣的人加入。"他轻描淡写一句话，初星眠被拒之门外。

初星眠无语，又默默地安慰自己，算了，这件事已经变质了，攻略游戏，这已经是个攻略游戏，从现在开始她把周晁嘉看成攻略游戏里的大 BOSS 就好。

想这样就让她知难而退？太小看她了吧。

助理当不上，她还不能应聘保洁了吗？

大学里提倡勤工俭学，针对一些家庭情况不好的同学，学校会提供一些岗位，让他们每个月能赚取一点零花钱，这些岗位就包括教室、社团等场地的卫生打扫。

勤工俭学显然比加入社团当助理更简单，初星眠去主任办公室填了份表单，就正式加入了勤工俭学的团体。虽然其他人根本不明白她到底怎么想的，都在议论说"初星眠会不会是被甩以后看破红尘，这是要用烦琐的苦力麻痹自己啊"。

对此，初星眠懒得回应。

她自告奋勇和勤工俭学领班申请要去篮球社团打扫。

领班还纳闷，语重心长地说："篮球社没几个人愿意去的，又苦又累，我劝你也不去那儿，你一个小姑娘看着又瘦弱，我给你分配个面积小点的教室，怎么样？"

"没事，能为学校出份力，又能自己赚点零花钱，我不觉得辛苦。"

她说得正义凛然，领班也不好再劝什么，便把一周时间的篮球馆场地打扫都分给了她。

初星眠第二天一下课就奔向了篮球馆，馆内冷冷清清的，只有两三个男生在打篮球。

"你们篮球社的副社长一般什么时候会过来呀？"她怕自己目的暴露太明显，便佯装出随口一问的模样，"我是勤工俭学的，我有些事情还想多问问。"

两个男生面面相觑，看了眼拐角内侧的门说："这个还真不一定能碰上，不过勤工俭学的话，你每天晚上九点钟过来就行，到时候有个大爷会告诉你的。"

结果初星眠晚上才知道，她平时根本碰不到几个篮球社社团的人，更不要说想要在不经意间碰到周晁嘉，因为打扫篮球馆要等馆内没人以后，而且，偌大的场地都是她的打扫范围。

初星眠觉得自己这辈子好像都没这么……惨过。

尤其是她像在开拖拉机一样推着拖把驰骋在篮球馆内，活动量比她一个月都多，好不容易浑身瘫软地回到了宿舍，还被许灿灿嘲笑了一晚上。

"你别笑话我了,再笑你脚心长痘痘。"初星眠窝在被子里,瓮声瓮气地说。

许灿灿在对面的床铺上,笑得眼角都闪烁着泪花:"我认识你五六年,第一次见到你这么吃瘪。不得不说,周晁嘉还是厉害,能把你逼到这种程度,结果你还是竹篮打水一场空。"

稍一顿,许灿灿问她:"那你明天还要去吗?我记得没错的话,你这一周好像都被分配到篮球馆了吧。笑死我了,你要是这一周坚持下来,估计要瘦到八十斤。"

初星眠把被子往脑袋上一蒙,觉得自己其实不是一个做事很被动的人。

闷了一会儿,她突然掀开被子:"肯定要去啊,这周篮球馆的打扫都是我的工作。"

"但是,这个工作没说不能外包给其他人吧?"初星眠若有所思地说道。

许灿灿和其他几个人都愣住了:"你什么意思?"

窗外聒噪的蝉鸣声一阵接着一阵,宿舍里只有几人浅浅的呼吸声,格外寂静。

沉闷黏腻的潮热像是一张厚重的网,将整个空间都裹得密不透风。初星眠迷迷糊糊地撑开眼皮,余光扫过毫无声响的空调,思绪停滞片刻。

天边的鱼肚白泛进室内,像是掀起黑暗中的一角,将朦胧的光影投进来。

半梦半醒间,没有丝毫的真实感。

初星眠喃喃着翻了个身,眼皮越发沉重。

等她的意识再度清晰的时候,她的眼前已经换了一副光景。

远处波光粼粼的湖面映着旁边的树影,耳边有初高中生们的嬉笑吵闹,这声音很远,远得像是从天边传过来的。

她目光稍转,停顿在附近树荫下的两道对比鲜明的人影上,一高一矮,一壮一瘦。

高个子的男人的身材看起来很结实,尤其是胳膊上的肌肉将衬衫撑出了棱角,能够看出来是个经常操练的人。他皮肤黝黑,像是经常出外勤工作。男人的面孔虽然看不真切,但那双带着耿直气息的眼瞳却十分突出。而被他牵着的矮个子小男孩干干瘦瘦的,像是他的孩子。男孩后背上巨大的书包几乎要将男孩整个人埋没,压得脑袋都抬不起来。

男人朝着她笑,这抹笑容像是罩着层雾气似的,朦朦胧胧。但初星眠却能够清晰地感知到他表达的每个神情。他在感谢她挺身而出的帮忙,虽然她自己对此根本不曾有什么印象。

初星眠默默地看着两人,倏地,男孩抬起了视线,她便毫无预兆地撞进了一双黯淡的眼眸。

男孩的眼神看起来和他的年纪似乎不太符合,他紧抿的唇拉成一道直线,眼底的倔强、固执、阴郁一览无遗,垂落在书包侧面的手满是污垢,手指攥得甲面发白。

随后，男人牵着小男孩转身……

初星眠被许灿灿吵醒。

宿舍里的空调坏了。

初星眠所就读的南横工程大学是华江市排名前五的工科类院校，南工大的宿舍都是上床下桌的四人间，室内空调、热水器全部配备齐全，还有个长廊似的阳台，环境确实不错。

今年华江市的气温比往年更高，没了空调，室温直接上升好几度。

初星眠揉了揉昏沉的脑袋，她刚从梦境中缓过神来，轻薄的睡衣都被汗渍湿透，紧紧地贴在她的后背上，一时间也没接上几个人的话茬。

梦里，少年的那道视线仍隐隐约约地出现在她的脑海里，像是又沉又重的铁锤敲击着她的脑袋，让她涌出了很莫名其妙的心悸。但那两人的背影却又让她感觉很熟悉，仿佛曾在现实生活中见到过。

"我要挤到眠眠床上，她那儿有个小风扇。"许灿灿动作利落地爬下床，摸上了初星眠的床铺。见初星眠已经醒了在发呆，她被吓了一跳，"你什么时候醒的？"

"刚醒。"初星眠有气无力地说，"空调坏了吗？"

"嗯，不知道什么时候坏的，真要热死我。温意刚才打了电话，说是下午安排人过来维修。"

许灿灿躺在初星眠旁边，原本宽敞的单人床瞬间就变得拥挤，热度在两人之间交替，初星眠往床头的置物柜里摸了摸，拿出小风扇。

"我好像做了一个很奇怪的梦，"初星眠下巴垫在许灿灿耳边不远处，哪怕两个人靠这么近会热她也没挪开，"梦见一个男人牵着一个小男孩。"

许灿灿眯着眼，享受起床前最后一点点来自小风扇的凉意："你睡觉前看什么电视剧了吧？这两个人怎么了？"

"就很奇怪的感觉，这个男的好像在感谢我，但是梦里的画风很诡异，不像是感谢，倒像是来讨债。说讨债也不太对，反正就是虽然他们好像没恶意，但还是害得我后背冒冷气。"

停顿了会儿，初星眠觉得自己脑袋一沉。

许灿灿有一搭没一搭地拍了拍她的脑袋："梦里都是假的，是和事实相反的事情，别多想。"

"说起来，你小时候就没见过周晁嘉吗？你们两个人是邻居，不会真的一点交集都没有吧？"许灿灿侧过身看着她，睡意全无。

初星眠想了想："初中见过，不熟。高中之前，他就已经搬走了。"

周晁嘉小时候很闷，每天上学放学的路上只会低着脑袋，沿着墙壁走在路面的阴影里。他不怎么跟其他小朋友交谈，似乎在学校里也经常受到冷眼和排挤。

关于周晁嘉性格的闲言碎语，初星眠都是听平宅大院里的其他人说的。

又闲聊了几句，两人这才不情不愿地爬起来准备洗漱。

没了空调，宿舍里就像是个大蒸炉。

几个人快速地收拾一番，赶着往教学楼奔。

大清早，阳光的炙热感就已经不容小觑，烤在水泥路面上，像是要烫个窟窿出来。

一进教室，扑面而来的冷气让人神清气爽。

还没开始上课，初星眠突然接到了初茂平的电话。

她接通以后拿着手机去了走廊，早课人不多，零零星星能听到几句交谈声，窗外阳光正好，不少学生抱着书包往图书馆走。

那边，初茂平说话也直接，开门见山道："最近这几天葛红没有找你什么麻烦吧？"

初星眠一愣："没有，出了什么事？"

"也没什么事，我就是问问，怕她从拘留所出来再去找你麻烦。"初茂平长叹口气，"这件事是我做得不妥当，把你也扯进来，这两天我工作太忙，也没抽出时间关心你。"

"爸，别这么说啊。"初星眠手指轻碰着窗台摆放的绿植叶片，尽量让自己语气正常，"如果她的目的只是想要钱，那我们把钱给她不可以吗？"

"眠眠，你不应该用金钱去挑战人性，人的欲望是可以无穷无尽的。"初茂平说，"周围山出事的两个月之前，葛红就欠了很多债务，还替他买了保……"

初茂平话说到一半，戛然而止，像是意识到有些话不应该对初星眠说。

"嗯？买了什么？"

沉默了小半晌，上课的铃声响起来，初茂平才说："你在上课？"

"今天有早课，下午没什么事情。"

"那你就安心在学校里好好学习，其他的事情不要操心，爸爸不希望这件事影响到你。对了，你妈妈说这周要回老家一趟，你想不想跟着回去看看外公外婆？"

"你妈十几年前就欠债的事情，你知道吗？"

这个问题让正在写论文的周晁嘉手一顿，他不太在意地回道："知道。"

研究生宿舍很宽敞，李子瑞一点不拿自己当外人地躺在了周晁嘉的床上，随手翻看他放在床头柜里的专业课书籍，看得烦了就扔一边也不收拾好。

"拘留所的同事跟我说的，说你妈好像牵扯进了什么传销组织，不过现在上面的文件没批下来，也不好说。哪怕她现在被释放，派出所也要盯她一段时间。大家都说你现在变得跟小时候不一样了，我倒是觉得，你那股劲还是和小时候一样。"

"什么劲？"周晁嘉瞥了眼他。

"那股闷葫芦的劲呗，你说我性格这么活跃的人，高中怎么会和你成为朋友，命运真奇妙。"

李子瑞和周晁嘉是高中认识的，还是不打不相识。高一刚开学，周晁嘉就转学进了李子瑞他们班，最初周晁嘉沉默寡言，班级里谁也没注意到他，大家都把他当透明人。直到后来有一次，李子瑞和班级里几个男生偷跑到厕所，被周晁嘉撞见。

那是李子瑞第一次见到周晁嘉。昏暗的男厕所里，周晁嘉没穿校服，松垮的衬衫套在他身上，显得格外清瘦，他神情淡漠地从旁边走过，一双眼睛阴沉得吓人。

周晁嘉以前的性格又闷又倔，跟块臭硬的石头似的。

李子瑞也是那时候才真正注意到班级里还有这么一号人物。

再后来，两个人莫名其妙成了朋友。李子瑞是学校体育队的，为人处世和周晁嘉完全不同，青春时光里那些鸡零狗碎的事，他带着周晁嘉没少干。

"下午打球去？"李子瑞从回忆里抽出神，把烟头底掐灭，"好久没和你一起打会儿了，我这浑身都不痛快，叫上吕征和其他几个，人多凑在一起热闹，有意思。"

"你以为谁都跟你一样这么闲？吕征下午有课。"周晁嘉话是这么说，但电脑里的文件已经在一个一个地保存关掉，显然也是有和李子瑞出去的打算。

"那就我俩。"李子瑞百无聊赖地撑在阳台边。

周晁嘉刚迈进篮球馆的大门，就瞧见戴墨镜的小姑娘坐在旁边休息区的躺椅上，正捧着车厘子吃得痛快。

他目光很快掠过。

小姑娘似有察觉，也将视线迎了过来。

隔着不远的距离，两人的视线刚巧撞了个正着。小姑娘翘起的食指钩下眼镜，朝着周晁嘉乖巧地打招呼："周助教。"

"什么情况啊？"李子瑞一口水差点没呛进气管里，"这是？我想破脑袋也想不出这是打算做什么。不过这小姑娘长得倒是真好看啊，是要追你吗？"

周晁嘉神色淡淡地说："没什么情况。你去选个场地，我先去储物间拿个东西。"

李子瑞去拿篮球，周晁嘉则是朝着初星眠走过去。

尽管已经做了很多心理准备，可看着周晁嘉过来时，初星眠还是紧张了一秒。她是真怕周晁嘉直接提着她的领口，把她扔出去。

短短一会儿的工夫，她心里已经闪过无数个想法，虽然这些想法里没有结局美好的。

和周晃嘉碰上,初星眠下意识觉得对方不会对自己怜香惜玉。

不过这次她的担心显然是多余的,周晃嘉根本没怎么在意她,只是跟后面一个在偷偷抽烟的大叔说,篮球馆里不允许抽烟。

没有其他的交谈。

初星眠见周晃嘉要走,便捧着装车厘子的小盒慢吞吞地跟在他身后不远处。

反正她已经想好了,等会儿周晃嘉要是跟她搭话,她就把口袋里准备好的小点心送给他。初星眠没看路,默默地跟着周晃嘉拐来拐去,两人一直走进了地下室。

储物间的门打开着,里面光线昏暗,只有墙角高处有一扇很小的窗户,能看见篮球馆外的橡胶跑道,唯一的亮光也是从那里透进来的。

开门的动作掀起了一小片浮灰,洒落在空气中,有些呛人。这里不像是经常有人来,里面堆放着很多废旧的器材,上面积满了厚重的灰尘,也没人打扫。

"你一直跟着我做什么?"周晃嘉停住,他懒散地倚靠着门框,单手揣进了兜里。

初星眠眨眨眼,声若蚊蝇:"我想问,你饿不饿,想不想吃东西?我给你带了些饼干。"

周晃嘉说:"如果我没记错,我现在还是你的代理助教。"

初星眠一愣,没太明白他突然说这话是什么意思:"嗯?"

"你这样的举动,算不算行贿?"他突然勾起嘴角,挂上了让人捉摸不透的清浅笑意。

初星眠没忍住仔细地打量起他。

周晃嘉本就长相出众,他不苟言笑的时候,看起来比较冷漠有距离感。可他似笑非笑起来,喉结也随着他的动作而动,说不出的勾人,仿佛拨开了阴云见明月,让人挪不开眼。

猝不及防地,她的目光和他撞上。

他的瞳孔漆黑淡漠,初星眠蓦地做贼心虚:"那就是说,等你代理助教的时间过了,我就可以做这些了是不是?"像是自我肯定似的,她还补充道,"学妹给学长送东西,应该算不上什么大惊小怪的奇闻吧?"

她不提有关当年的任何事,就好像她不去想周晃嘉是谁,她又是谁,她只是把他当成哥哥,没有那些恩怨纠葛。初星眠想做的,不过是送盒饼干给他。

沉默了半晌,周晃嘉没否定,但也没肯定她的做法,看了她会儿。

空气中有淡淡的好闻味道,像是薄荷般清冽。

"随你。"他丢下两个字,转身进了木架间的空隙。

初星眠站在门口等他,等的空当还不忘吃几只车厘子。这是她和许灿灿一起去超市买的,虽然价格让人肉疼,但是果肉饱满,一口咬下去甜滋滋的。

吃到第三颗车厘子的时候,初星眠抬头瞥了眼稍微有些晃动的木架。不知道这木架都是几年前的老古董了，明显好多地方都开始松动，学校也不知道换一换。她又突然想到宿舍里总是罢工的空调，心说不知道等她毕业，能不能等到空调被修好。

倏地，她看见木架顶端的钉子崩掉了一颗，整个木架大有大厦将倾的意思。

"周晁嘉！"

器材"噼里啪啦"地从木架顶层滑落，狠狠地砸了下来。

初星眠缓过神来，顶在了木架旁，手臂支撑着两侧的置物板，但预料中的疼痛没有传来，只是手腕处被木架上的钉子划破了一道很长的伤口，血迹慢慢顺着伤口渗出来，温温热热的触感，倒是没有特别疼。

"你没事吧？"清冷的嗓音是一贯的淡漠。

初星眠下意识抬起下颌，见到他眼眸漆黑，细碎的短发堪堪遮盖住眉眼，肩膀抵着木架，看起来像是懒散地倚靠在上面。

离得近，她甚至能清晰地感受到周晁嘉的呼吸。

初星眠脸颊有点热，她和周晁嘉看似渊源很深，但其实正儿八经地相处几乎是没有的。而此时，静谧的空间仿佛将他们与周围的世界隔绝，蓦地生出些许从没有过的亲近。

好像周晁嘉这个无死角的球体，已经开始有了松动。

她摇摇头："我没事，我刚才是想跟你说，这个木架松动了。"

"嗯，我现在知道了。"周晁嘉淡淡地回应。

初星眠顿时感觉面颊更热，听起来怎么感觉他像是在揶揄？

稍一顿，周晁嘉又补充了句："以后有这样的情况，你不用冲过来。"

"嗯？我……"初星眠觉得口干舌燥，想说的话绕了一圈又咽回了肚子里，"什么意思？"

周晁嘉说："没有意义。"

她冲过来，两个人都有可能受伤。这样的情况，还不如只有一个人出事，所以没有意义。

"你怎么知道没有意义？"初星眠心里有点闷闷的，但又不能否认周晁嘉说的话有一定正确性，于是她声若蚊蝇般地辩驳道，"我可是在帮你哎，你倒好，没说句感谢的话，还在马后炮。"

半晌，面前的人都没说话。

初星眠忍不住抬头，目光刚扬起，就撞进了周晁嘉漆黑的眼眸里。距离过近，她甚至在周晁嘉的瞳孔里看见了自己小小的倒影。

气氛变得越来越尴尬，初星眠脸颊的热度也愈演愈烈。

她这人吧，一遇到这样的情况就容易思路短路。

"周晁嘉，你是不是……恨我呀？"

初星眠见他不说话，更是加深了这一想法："我之前贸然地跑到你宿舍，确实有点，嗯，怎么说呢，确实有点让你对我没有好感。"

她斟酌着用词："但我绝对没有想要用钱羞辱你的意思，我不是这样的人。"

周晁嘉淡淡地说："我没觉得被羞辱。"

初星眠一愣，算了，她还是别说话。

于是两个人又陷入沉默。

两分钟后，初星眠还是忍不住开口："那你……还要在这里站多久？"

良久，周晁嘉抿唇，有点无奈："我肩膀动不了。"

刚才木架上面的置物层全都砸下来，还有很多金属器械，没砸到头部算是幸运的。东西掉落的时间和小姑娘冲过来的时机刚好赶在一起，他没太多时间反应，只能完全撑在她上面，才避免两个人都受伤。

初星眠一个人显然是搬不动个头一米八几的周晁嘉，所以她用周晁嘉的手机给李子瑞打了个电话，这才解决了两个人目前的困境。

李子瑞到的时候，也被眼前这一幕惊了好一会儿。

"你去医务室处理一下伤口吧，"周晁嘉余光瞥到初星眠受伤的手臂，状似不在意地提醒道，"容易破伤风。"

初星眠点点头："我知道，那我先走了。"

"如果明天的课需要请假，你提前找我。"周晁嘉仍旧是那副不冷不热的态度。

这话倒是让初星眠愣了愣，她笑了笑："不用请假的，不是什么严重的伤。"

等小姑娘的背影消失在门口，周晁嘉才被李子瑞搀着从木架下面出来。

狼藉的地面上，有一盒被精心整理过的饼干。

"你和刚才那个女生认识？"李子瑞问。

周晁嘉目光顿在那盒饼干上面许久："嗯，我是她代班助教。"

"没这么简单吧？"李子瑞不太信，"感觉你对她情绪挺不一般的，别人看不出来，我和你都是多少年的朋友了，这点变化还能察觉不到？"

"就这么简单。"周晁嘉忍着疼，捡起了那盒饼干，没多说。

第四章
见义勇为

初星眠的伤没什么大碍,打了破伤风针,又包扎了几圈,只是外观上瞧着还是触目惊心的。伤口虽然不深,但钉子顺着她半截白皙的手臂一划到底,留下了一道又细又长的划痕。

所以包扎的时候,护士用纱布缠着她的手臂包了个里三层外三层。她要是端着胳膊,在不知情的人看来简直和骨折了没什么区别。

周晁嘉受伤的事当天下午就传遍了篮球社团,但这事也不是这两天唯一的新闻。

篮球社团新来了个社长,听说是大三的,比其他社团成员都小一两岁。

巧的是,初星眠晚上刚过来就瞧见了新来的社长。

更巧的是,这人她之前还见过。

初星眠到篮球馆的时间已经是上午九点钟,不过今晚篮球馆不像前几天那么冷清,三三两两的男生在打篮球,其余的二十几人闲散地坐在休息位聊天,而在这些男生中,坐着个手捧篮球的高个子。他没跟其他人说话,就这么有一搭没一搭地拍着篮球,直到她的出现打破气氛。

高个子穿着白色短袖,外面松松垮垮地套了件黄底紫字的球衣,上面的数字是"16"。他长得挺帅的,但是不同于周晁嘉的清隽俊秀,他的眉眼很立体,眼瞳微亮有神,细碎的短发修剪得很利落,看着像是个阳光大男孩,有点金毛犬的感觉。

见初星眠进来,高个子下颌一抬,喉结微微滚动,目光笔直地朝着她看过去。

两人的视线撞了那么几秒。

"你是勤工俭学的初星眠吧!"高个子晃晃悠悠地走过来,他额前还绑了根黑色的发带,"我叫阮东俊,新来的篮球社社长。"

稍一顿，他懒洋洋地靠近，笑得很自来熟："我跟你爸一起吃过饭，听他说起过你。"

哦，初星眠顿悟，不是地球挺小的，是有钱人的圈子小。

她没接话茬，气氛顿时就冷了场。

沉默了会儿，初星眠看着他，他似乎期待她能说点什么。

于是，她很敷衍地夸赞道："那你记性还真不错。"

阮东俊转移话题："你的胳膊没事吧？看着挺严重的。"

初星眠继续敷衍地笑笑："还行。"

场面更冷了。

阮东俊张罗着说请大家一起吃夜宵，也叫上了初星眠。

一来他新官上任，总要和大家熟悉熟悉；二来周晁嘉受了点伤，算是吃个饭热闹热闹，冲冲晦气。

不是 AA 制，其他男生答应得那叫一个快。

但今晚周晁嘉没来。

吕征说要去宿舍叫周晁嘉，被阮东俊拦住，然后扔给了他一把兰博基尼的钥匙。阮东俊笑得很张扬："车停在体育馆地下车库，你接上人，我给你发定位。"

吕征愣了愣："其实研究生宿舍也没有那么远。"

有去体育馆地下车库开车的工夫，他人已经走到周晁嘉床边了。

初星眠自告奋勇："我去吧。"

晚上九点半，研究生宿舍依然灯火通明。

初星眠熟门熟路地找上楼，又敲响了周晁嘉的宿舍门。

里面的脚步声很轻，走廊的光很黯淡。

四周很静谧，仿佛能让人在浮躁中沉淀。

门开，两人一个抬头，一个低头，刚巧就撞了个正着。

周晁嘉视线在初星眠身上停顿了片刻，又淡然自若地收回。

初星眠暗暗腹诽，他现在看到我敲门，连点意外的反应都没有了吗？我第一次找过来的时候，还多多少少能看到他意外的神情。

周晁嘉让了个位置，倚靠在门框上，双手自然垂落在裤线一侧。他穿着休闲的居家服，衬衫和长裤都非常松垮，眼眸漆黑，神情自若，莫名多了几分懒散和漫不经心。

"你，伤好点了没？"她目光落向他宽阔的肩膀和窄细的腰身。

周晁嘉"嗯"了声："没什么事，休息两天就行。"

初星眠点点头："哦哦，那就好。"

"篮球社新来的社长喊大家去吃夜宵，"她被他看得脸热，也想起来了此行的目的，"我来找你一起去。"

周晁嘉低垂视线，语气散漫："我没打算去。"

"但是、但是大家都去。"初星眠喉咙发干，仅有的微风顺着窗户吹进来，她发丝贴在了耳侧，细细软软的，"篮球社对你来说，也是生活中的一部分吧。"

此时，她站在走廊上，站在从门口投出的阴影里，而周晁嘉背着光，站在灯光下。但心门紧闭的人，却是周晁嘉。

半响，一道软软的嗓音又轻轻地冒出来："我不认识路。"

第五章
遥望星河

夜间闷热，吹来若有似无的风。

路灯晕染出柔和的光线，照在周晃嘉身上，衬得他肩宽腰窄。他双手自然地垂落在兜里，露出半截白皙分明的腕骨，从侧面看过去，清冷得不食人间烟火。

初星眠想起周晃嘉到校的第一个晚自习，他也是这样神情淡漠地站在人群之中，但那个时候的她完全没有意识到自己在接下来的日子里和对方会有这么多的交集，还有这样深的渊源。

吕征发给周晃嘉的定位就在学校附近。

两人一路走出校门，相对无言。

但俊男美女的搭配，总是会引得旁边路过的学生多看两眼，尤其女生还是南工大长相数一数二的初星眠。

夜色渐浓，远处灯火辉煌，学校被笼罩在氤氲成团的灯光中，周遭的一切都显得不真实。

周晃嘉放慢了步伐，余光不经意地留意旁边的小姑娘。她手臂上的绷带绑得实在夸张，看起来惨兮兮的。小姑娘漂亮圆润的下颌微微扬着，走路的姿势都因为绷带的关系变得僵硬，却也更加可爱，像个毛毛躁躁的小猫咪，既不安分又倔强。

渐渐地，她的神情与记忆中的小孩子似乎在慢慢融合。

"好点了吗？"周晃嘉下意识问出口。

初星眠没想到率先打破沉默的人竟然是周晃嘉，她还以为自己会是先憋不住的那位，又或者这条路要一直沉默着走到底了。

她愣了一秒，顺着对方的视线看过去，才反应过来他是在问自己的手臂。

"没什么大事。"初星眠怕周晃嘉有什么心理负担，"看着包扎倒是蛮唬人的，其实就是破了点皮，皮外伤过两天就痊愈了。"

周晃嘉垂眸,没再说话。

气氛又冷了下来,沉默,沉默,沉默是今晚的南工大普南街三十六路。

初星眠郁闷地想,夏天和周晃嘉在同一个空间都不用开空调了。她这样活泼的人,放到周晃嘉面前都忍不住收敛。真是因为气场压制啊!

怎么说呢,周晃嘉就是有莫名的气场,让人不敢在他面前放肆。

"留疤总是不好看的。"半晌,他语调轻慢地说了句。

似有迟疑般,稍一顿,他很小声地说:"下次再有危险,别这么冒失。"

听他说的话吧,好像在关心她,但语调却是忽近忽远的疏离感。

于是初星眠自动把他这句话看作助教对学生的关心。

"可是我不管你的话,说不定你受的伤就更严重,我虽然没帮到你太多,但是让我眼睁睁看着你陷入危险却什么都不做,我……"初星眠停住了,"对不起,我话好像太多,你一定会觉得很聒噪吧?"

气氛沉默了会儿。

"你好像很喜欢说对不起。"周晃嘉淡淡地睨了她一眼。

初星眠被这目光看得更觉羞赧,声若蚊蝇:"也不是。"她想说,她其实只对周晃嘉这样频繁地道歉过,不过后面的话被咽了回去,没说。

"本来也没什么可抱歉。"他收回目光,说道,"我也从没觉得你聒噪。"

一时间,初星眠愣住。

她有些分不清周晃嘉这两句话的深层含义。

还是只是她自己在多想?

"初星眠"这个名字,对周晃嘉来说不陌生。

甚至,午夜梦回想起那些可怕的面孔时,初星眠曾是他唯一的慰藉,哪怕这三个字与他父亲的死亡息息相关。当初周家的人都只知道初茂平,谁也没关注过初星眠。

十年前的平宅大院,表面看起来邻里之间相亲相爱和睦相处,但内里却不完全是这样,共同生活在一所大宅院的邻居们也会互相攀比,恨你有,笑你无,面上的笑意一转身就可能变成忌妒幽怨。

八卦谣言就像是滋生在阴暗角落里的苔藓。

谁家没说过,谁家没被说过?

周晃嘉不是自小生活在平宅大院的。

周围山的工作很忙碌,平时不是睡在单位宿舍里,就是跑各类现场,以至于周晃嘉生母重病时他都没能到医院去看上一眼。许是出于愧疚吧,在周晃嘉母亲去世以后,周围山担心照顾不好周晃嘉,于是很快通过相亲认识了葛红,与葛红闪婚,还搬到了离他工作单位不远的平宅大院。

周围山常年不在家导致周晃嘉自小便沉默寡言，哪怕换了新的环境开始新的生活，也没有让周晃嘉开心起来，由于家庭关系，还受到不少欺负。

初星眠就是这个时候出现的。

她举着比自己个头还高的竹竿，撵走了大院里几个心怀鬼胎欺负人的高年级学生，也曾在周晃嘉被恶意推下湖里的时候，想尽办法拉他上岸，更是潮湿昏暗的巷口，唯一肯递给他湿巾擦拭脸颊血迹，又愤愤不平地提出要替他讨回公道的"朋友"。

在周晃嘉黯淡晦涩的人生里，初星眠像是一束光。

火灾事件后，他没再见过初星眠。

周家很多人曾问过他，恨不恨初茂平一家人。

他想，他是不怨恨的，至少，谈不上怨恨。

当消防员是周围山自己的选择，去救人是他的决定，周晃嘉不想干涉。假如有一天，他选择成为守卫边防的边疆战士，哪怕因此会付出生命的代价，他也是不后悔的。

思绪回笼，周晃嘉收敛眼底的情绪。

他喉结上下浮动，压抑着从心里涌出的干涩。

在开学当晚让初星眠留堂，只是想问清楚她的家庭状况，也是印证他的猜想——那个在游乐场一闪而过的人，是不是他回忆最深处的小姑娘。

当她拿着一张支票跑到自己住处，声称想用钱来弥补，周晃嘉也以为年少时充满了正义感的小姑娘已经消失。

他漫不经心地抬眸，薄唇扬起了一个他自己都没意识到的很浅的弧度。

如今看来，好像也没有。

"听说这家火锅店是连锁的，不过之前没开到南工大这边，味道应该不错吧？"

寂静的四周，小姑娘开始没话找话，也像是为了缓和气氛的尴尬。

周晃嘉淡淡开口："是吗？"

小姑娘又默默地闭上嘴巴噤了声，看起来很拘谨。

周晃嘉暗想，是不是自己真的太严肃，让她有些怕自己？

再继续往前走了没多久，不远处的大排档附近，有三两个人好像在拉扯。周遭人声鼎沸，看热闹的居多，但显然谁也没有伸手管闲事的打算，甚至还有几个人拿出手机拍来拍去。

两个肥头大耳的啤酒肚男人似乎在拉着一个漂亮女孩子说些什么，远远瞧过去，漂亮女孩子的面颊已经涨得通红，但她怎么挣扎，对方都没有放开她的打算，冒着油光的粉刺脸还铆足了劲地往女孩子面前凑来凑去。

040

女孩子气急，忍不住一脚踩在了其中一个啤酒肚男的脚背上。她穿的高跟鞋，这一脚踩下去，疼痛的程度简直可以预想到。

啤酒肚男"嗷"地惨叫了一声，身形晃动、步伐不稳地往旁边栽了栽，嘴里还不忘骂得很难听，女孩子快急哭了。

初星眠略带嫌弃地看了男人一眼，随后，她走向漂亮女孩子："没事吧？"

"没事。"漂亮女孩子这会儿已经被四周人的指指点点搞得羞愤难当，精心化过妆的眼眶蓄满泪水，她显然是没被人骚扰过，这会儿全身都在抖，看见初星眠就仿佛看见了救星，"谢谢你，真的很谢谢你。"

"不用，客气什么。"初星眠从自己包里拿出来随身携带的纸巾递过去，"下次再有这样的事就直接报警，别害怕。"

"我就不信，周围的人眼睛都是瞎的。"初星眠冷淡的目光瞥了瞥旁边拿手机录视频的几个人，"再不济，这不还有好心人给我们拍视频做证嘛！"

"好心人"三个字被她咬得略重，那几人也瞬间听出了她嘲讽的意味，立刻收了手机讪笑着转过身去，不再凑热闹。

啤酒肚男恼羞成怒，想也没想就要张口骂初星眠，结果话还没说出口，就不知道被谁踹了一脚，顿时胃里翻江倒海，好像血气都涌上了脑子，倒在路边开始"哇哇"大吐，场面要多恶心有多恶心。

旁边吃饭的人都看不下去了："要吐不会找别的地方？这儿吃着饭呢！"

"嘴臭是该好好吐一吐。"周晁嘉居高临下地看着啤酒肚男，神色冷淡，但眼底的讥讽拉满。

"你是谁啊，知道你刚才踹的人是谁吗？"刚才和啤酒肚男一起欺负女孩子的高个秃顶男人见自己哥们儿被揍，哪能忍得下这口气，"看你们两个的模样，是南工大的学生？"

秃顶男下巴一扬，目光看向周晁嘉。

但他还没有周晁嘉高，连叫嚣的气焰都弱了不少。

旁边的漂亮女孩子见状，忍不住对初星眠说道："今天真的很谢谢你们了，我刚才已经报警，你们两个快走吧。"

不等女孩子说完话，初星眠突然感觉有一道巨大的力量拉扯住了自己没受伤的手腕，接着，她视线一转，脚底也跟着轻了起来，就这么被周晁嘉扑在了路面上，扬起的灰尘蹭到了她的鼻尖。

"砰——"

好像有什么碎片在她眼前闪过。

"天啊！打人了！"

"快点报警。"

秃顶男扔掉了手里砸碎的半个啤酒瓶，也有点慌。

初星眠的视线被周晃嘉挡住，只听见了他竭力压抑的闷哼。

初星眠慌了："周晃嘉，你没事吧？"

她挣扎着要起来，他却没动。

"我叫救护车，我给你叫救护车。"她抖着手，冷汗浸湿了掌心，差点连手机都没拿稳。

电话终于打通了，初星眠嗓音哽咽地说："对，我是。这里、这里有人受伤了，在、在南工大普南街……"

她话没说完，就被周晃嘉挂断。

"我不要紧。"他闷闷地说，下巴垫在了她肩颈上，"我没力气，你扶我一下。"

夜里的风声很轻很轻，周遭嘈杂，可初星眠好像什么都听不见。

她能感觉到周晃嘉闷热的呼吸一点一点地洒落在她的颈肩上。

警察很快就来了，把两个闹事的醉酒男和漂亮女孩子带回了派出所做笔录。

本来初星眠和周晃嘉也是要去的，但碍于两个人模样看起来惨兮兮的，身上也都有不同程度的伤，所以暂时让他们去医院，等到明天没什么事情，再去派出所做笔录。

初星眠在路边打了辆出租车，几乎单手扶着周晃嘉进了后座。

"司机师傅，去华江医大，麻烦快点可以吗？"她态度诚恳谦卑地商量道，"我朋友刚才受伤了。"

倒车镜里的周晃嘉脸色惨白，冷汗直冒。

司机也吓了一跳："小姑娘，你放心，我肯定给你尽快。"稍一顿，司机说，"你朋友不要紧吧？后座座椅边有没开封的矿泉水，你看看用不用得上。"

初星眠连手都是抖的。

她想翻找矿泉水，但手臂上绑着绷带不方便，怎么都弯不下腰，她急得快哭了。

倏地，她的脑袋突然沉了沉。

"不用找了，我用不上。"周晃嘉轻描淡写地说。

初星眠陷入了深深的自责："对不起……我不该这么冒失的，害得你又受伤了。"

她从小到大的生活环境都还算简单，哪怕在平宅大院里，初茂平也没让她遭受过其他人的白眼或者什么，所以她总是有什么就会说什么，想做什么就会去做什么。

但今晚，她深刻意识到了做事冒失带来的后果。

哪怕她自己没有受伤，可是也会因为自己做事冒失而连累其他人。

一瞬间，她突然回想起周晃嘉之前和她说过的话，就在今晚他还提醒过她。

初星眠有些沮丧地想，自己是不是"扫把星"，专门克周晃嘉。

反正周晃嘉身边有她出现的时候，就没发生过好的事情。

"你救了我一次,我还你一次。"周晁嘉说,"很公平,没什么可愧疚的。"

初星眠眼眶里还闪着泪光,闻言愣了愣,没听懂他说的话。

周晁嘉下颌朝着她包扎的手臂点了点:"储物间。"

"那不一样。"初星眠小声地喃喃道。

周晁嘉稍顿,语气还是一如既往没什么起伏,但竭力忍耐疼痛的气音有些弱下去:"确实不一样。"

初星眠看向他。

"见义勇为,不是每个人都有勇气去做。"

像是肯定的一句话,让初星眠郁结又沉闷的情绪散开了很多。

她像是学到了什么似的:"那我下次换个稳妥的方式去做。"

少女坚韧又执着的模样映着她眼底闪现的泪光,看起来莫名有些可爱。

周晁嘉想笑笑,却没什么力气。

到了医院检查一通,直到初星眠听到医生亲口对她说,周晁嘉没什么问题,只是之前受的伤还没好,被酒瓶子砸了一下,又有了皮外伤。总体而言,问题不大,多注意休息,毕竟伤筋动骨一百天。

"你们都还年轻,恢复能力好,也不用担心会留下什么后遗症。"医生说,"不过以后也要注意,年轻不是肆无忌惮伤害身体的资本。"

初星眠在旁边听着,点头如同捣蒜,认真地问:"那医生,他这个伤需不需要忌口?"

"辛辣什么的别吃了,还有对伤口恢复不利的鱼虾蟹,这类食物性质寒凉。你可以让他多吃点富含维生素的食物,像新鲜的瓜果蔬菜,还有蛋白质含量高的食物。"

"你是他女朋友吧?等会儿别忘了帮他补挂个号。还有,记得拿药单去开药。"

初星眠忙摇头:"医生,我不是,我是他的学生。"

其实她本来想说周晁嘉是她的助教,但怕医生听来听去不明白,她解释也费劲,就干脆说是学生和老师之间的关系。

"哦哦,这样啊,你们看起来差不多大呢。"医生推推眼镜,"现在的老师真年轻。"

这边说着话,那边周晁嘉打过点滴也好了很多。

两个人折腾了一趟,墙上的电子时钟已经变成了凌晨一点。

宿舍肯定是关门进不去了,初星眠在想自己这么晚了去哪里住。

周晁嘉注意到了她不停看电子时钟的动作,大概猜出她此时的想法:"回我那里住?"

研究生宿舍是没有门禁的,自然是多晚回去都可以,而且还是一室一厅的套间,初星眠想自己睡在客厅的沙发上也没关系,正犹豫着要不要答应,她余光突然瞥到准备离开的医生。

医生狐疑的目光在她和周晁嘉之间转了一圈,临走前用非常失望的眼神看着她,走出门后还不住地摇摇头叹叹气。

初星眠心说,我们两个真的不是……那样的关系。

吕征得知周晁嘉和初星眠在路上出了点意外,都惊了。

他发来的消息里透露着不可思议。

周晁嘉粗略地扫了眼,没回复,随手把手机扔在了茶几上。

凌晨两三点钟,研究生宿舍楼仍然有几盏灯在亮着,其中也包括周晁嘉的这间。

他窝进了沙发里,浴室那边传来了水流声,四周静谧,仿佛与外界的喧闹隔绝。

周晁嘉拿起空调遥控器,把温度又调低了些,但燥热感仍然挥之不去。

浴室的门打开,初星眠走了出来。

她洗了头发,之前在大排档的时候蹭了满头的灰,脏兮兮的,总觉得难以忍受。

客厅的暖光不刺眼,自上而下,笼着他清瘦颀长的身影。

两人的视线在空气中相撞。

初星眠无意识地攥紧搭在肩窝里的毛巾,鼻息间都是清新好闻的味道。

这会儿,她才很清晰地察觉到她用的洗发露、毛巾都是周晁嘉的,上面也都是他身上的味道,就好像被他抱住了似的……

她蓦地脸颊一热,挪开视线,尴尬地轻咳,有些没话找话地说:"给你添麻烦了,周助教。"

"我就在沙发上借宿一晚,明天我早点走。"初星眠又补了一句,举起四根手指发誓,"绝对不会让人看到。"

虽然她和周晁嘉都已经是成年人了,按理说借宿一晚也不是什么特别大的问题,但名义上周晁嘉现在还是助教,所以避嫌这方面也不得不考虑。

小姑娘乖乖巧巧地站在原地,两只手紧紧地抓着白色毛巾,没吹干的头发湿黑,还在滴水。她瞳孔澄澈干净,老老实实跟他说话的时候,倒萌生出几分可怜兮兮的感觉。

之前还喊他周晁嘉,这会儿倒是毕恭毕敬地叫他周助教。

周晁嘉轻扬眉尾。

"可以。"他淡淡应了声。

随后,他走向浴室,临关门前,轻声说了句:"吹风机放在吧台旁边的置物架上。"

初星眠愣了愣,才意识到他在跟自己说话:"嗯?好。"

湿漉漉的头发一直披散着的确不舒服,初星眠按照周晁嘉所说的方向,打开了吧台右下方一个三十厘米左右宽度的白色置物架,里面的东西摆放得很整齐,从上到下分成了三格。

她的目光落在中间位置的吹风机上,正打算去拿的时候,却被另一个东西吸引了注意力。

一个眼熟的包装盒放在了置物架的底层,丝带系成的蝴蝶结里还插着拇指大小的卡片,上面什么都没写,只画了一个可爱的笑脸。

这是……她当时准备送给周晁嘉的那盒饼干。

她肯定没有认错,因为上面的笑脸是她自己画的。但那天回去的时候没找到,初星眠还以为丢了,没想到却出现在这里。

她用指腹轻轻地碰了碰丝带,微微有些凉的触感。

她收敛视线,稍一顿,转向上一层拿起了吹风机。

客厅里就剩初星眠,她拿出手机看了眼,这才发现因为她没回宿舍,许灿灿炸了锅,光是电话就打了七八个,还不包括十几条微信消息,但当时在去往医院的路上,她没注意到。

抬头瞥了眼时间,太晚了,初星眠就没回电话,而是在微信里跟许灿灿报了平安。

初星眠找了处沙发里的舒服位置,窝进去,关了客厅的顶灯,只开了一盏壁灯。

视野一下子变得黯淡了,四周都朦朦胧胧的。

她本来是很疲惫的,但听着浴室内很轻的水声,竟然睡不着。她又翻了两次身,直到周晁嘉已经洗漱完毕走出来。

他脚步很轻,沾了点水声,不疾不徐。

初星眠背对着客厅,脸埋在了沙发缝里。

她虽然闭着眼睛假装睡着,但耳朵却很灵敏。

直到听见周晁嘉走向卧室,关上了门,她才松了口气。虽然她也不知道自己在紧张什么,但和周晁嘉共处一室时,她就是会莫名心跳很快。

心里好像有什么东西想要跳出来,又像是有什么东西在慢慢生长。

远处天边渐渐泛起了鱼肚白。

室内的一切都归于平静,只剩时钟仍在"嘀嗒嘀嗒"地走动。

周晁嘉没睡,他填报好信息以后揉了揉酸涩的眼眶,桌上闹钟的时针已经渐渐指向五。

凌晨五点,客厅里的小姑娘应该已经睡着了吧?

他原本没想让她睡沙发,但看见小姑娘一板一眼地要和他保持距离,他自己都不知道这股闷气从哪里来的。

周晁嘉拿起手边的水杯,晃了晃,里面空空荡荡的,连一滴水都没剩。

他出门打算去接杯水,到客厅时下意识将脚步放得很轻。

水杯刚接满,他突然听见沙发里窸窸窣窣的动静。

周晃嘉转过身,倚靠在吧台旁。

小姑娘也不知梦见什么了,呓语了几声开始说梦话。

他不动声色地调整姿势,单手揣进口袋里,另一只手端起水杯抿了口。

"周晃嘉。"她突然念了一声。

周晃嘉动作一顿,视线抬起,梦到他了?

他忍不住走近了些,插在兜里的手慢慢紧绷起来,指腹轻捻。

心里有一股连他自己都没察觉到的期待。

"你是不是,面瘫啊?"

"面瘫是病啊,得治。"

"我又不会笑话你。"

"那我给你开两服中药,你回去喝。"

许是小姑娘的梦境到这里就已经结束了,周晃嘉沉着脸等了半天,都没见她有下文。

他慢慢地凑近了些,近到几乎呼吸都能够喷洒在她的耳侧。

他的声线一贯清冷淡漠,却因为压低的缘故,显得有几分异样的亲昵温和。

"我、不、喝。"

也不知小姑娘是在梦里听见了,还是又梦见了什么其他的,在听完他的这句话以后,她神情忽地惆怅起来,在睡梦里都忍不住蹙紧清秀的眉头,委委屈屈的模样。

就在周晃嘉眼皮微掀,满意地打算起身离开时,小姑娘又嘀嘀咕咕地说道:"那你不喝我自己喝。"

接着,她嘴巴像是在"吧嗒"嚼着什么东西似的,还有模有样地往下咽,半响,又吐了吐舌尖:"呸呸呸,太苦了。"

周晃嘉忍不住勾了勾嘴角,抬手蹭了蹭她的鼻尖,声音压得很低很低,笑着说:"良药苦口。"

小姑娘似是不满意,小腿一蹬,被子就滑落到地上,白皙的双腿暴露在空气中。

周晃嘉略有些无奈地看着她,单膝跪在她面前,捡起毛毯盖了上去。稍一顿,他仔细地替她掖住被角。

没想到下一秒,又被初星眠蹬开。

周晃嘉眉眼挑了挑,又捡起来,盖上。

可惜毯子盖上去还没有一秒钟,又被她蹬开。

真够不听话。

初星眠一早就被闹钟吵醒,她睁开惺忪的睡眼,刚想动就发现毯子裹在自己身上，跟包粽子似的，裹了个里三层外三层。

她看了眼时间，六点。

六点钟，宿舍里的大门就已经开了。

初星眠艰难地把手从毯子里伸出来，抓了抓蓬松的头发。她昨晚做了个很奇怪的梦，还梦见了周晁嘉。后来不知道为什么，她突然开始喝中药，那个药苦得就像陈年老树皮一样，喝得她都快吐了。再后来，她又被不知道从哪儿窜出来的大蟒蛇勒住……总之，一晚上跟打仗一样，都没休息过。

她正准备起床离开，就见卧室的门突然打开。

周晁嘉穿了件松垮的睡衣，衬得身形笔直颀长。

"周助教，我就先走了。"她轻咳了声，"很感谢周助教昨晚的收留。"

刚起床，她嗓音有些沙哑，像是感冒了似的。

"嗯。"周晁嘉冷淡地应了声。

他接了杯热水，倚靠在吧台旁，修长的两条腿交叠在一起。倏地，他清隽的眉眼微抬："中药好喝吗？"

初星眠下意识抱怨道："别提了，特别难喝！"

但下一秒，她愣住，漂亮的眼眸瞪得溜圆："你——"

他怎么会知道她昨晚做梦喝中药的事情？

而且，她想起昨晚发现的饼干，那盒丢掉的饼干也被周晁嘉给找到了！

初星眠简直震惊不断。

该不会，昨晚她和周晁嘉做了同一个梦吧？

周晁嘉薄唇微勾，吹了吹滚烫的水，下颔微抬，瞥了她一眼，没说话。

从研究生宿舍楼出来，天还雾蒙蒙的，这会儿没有太阳，连空气中的闷热都减少不少。

初星眠一路狂奔回了宿舍，其他三个人都还没起来。

今天没有早课，上午九点多的时候，初星眠接到了派出所的电话，说是让她今天上午有时间去派出所录个笔录。

昨天的事情说大不大，说小也不小，但是闹到了派出所，总是要去处理。

初星眠吃了个早饭，又赶场似的跑到了派出所。

派出所门口停了几辆车，人行道被堵住了，初星眠只能从另一个方向绕了进去。

她一进门，就看见一个身材高挑的女人站在不远处，女人穿了条红色的连衣裙，金色波浪长发随意地披散在肩膀上，戴着一副墨镜，掩盖住了大半张脸，但红唇却丰满诱人。

仅仅看上一眼，就让人遐想无限。

女人也看见了初星眠。

"你是初星眠吧？"她朝着初星眠走了过来。

初星眠愣了愣："嗯？我是。"

"你好。"女人摘了墨镜，眉深眼阔，鼻梁高挺，妩媚中多了几分强势的美，红唇稍扬，"我是你父亲初茂平安排来帮你的，这是我的名片。"

初星眠看了眼递过来的名片，上面写着"安菏，平建控股集团法务部"。

平建控股集团是初茂平的公司。

安菏说："我们先进去吧，陈国业刚才就已经到了。"

对于现在的情况，其实初星眠有点蒙。

她没想到初茂平这么快就知道了这件事，还特意派了公司的法务过来。

这是怕她会吃亏吗？

两个人根据民警的指引，一前一后地走进了房间。

里面肥头大耳的啤酒肚男和高个秃顶男早已经在里面等候，见到初星眠以后，啤酒肚男陈国业的情绪立刻就变得激动起来。随后，他恶狠狠地盯着初星眠，眼珠子都恨不得瞪出来："这件事，我跟你没完。你给我等着吧！"

"安静！这是你撒泼的地方吗？"民警立即出声喝止，"有什么问题我们会去调查。"

对于陈国业的威胁，初星眠只想翻白眼。她还以为昨晚吆五喝六的啤酒肚男有什么本事呢，原来也只是一个平时小偷小摸占女生便宜，闹起来就讹人的无赖而已。

她冷笑一声："你们打伤我朋友的事情，我还没跟你们计较呢。"

"我昨晚可没有动手，你打了我一巴掌，你朋友踹了我一脚，这笔账，我要跟你们一笔一笔地算清楚。还有，谁打你朋友，你去找谁说理去。"陈国业阴沉着脸，眼皮褶皱都耷下来，"警察先生，我昨晚可是一下都没动手，你们可以调监控取证，光是他们欺负人！"

秃顶男也适时地跟了一句："我是动手了，但我没钱。"一副死猪不怕开水烫的模样。

初星眠看了眼旁边的秃顶男，见他似乎对啤酒肚男甩锅的行为没什么反应，立刻就反应过来——这两个人应该是早就已经打好了算盘，陈国业从他们这里讹钱，分给秃顶男，这黑锅就全让秃顶男一个人背了，秃顶男咬死就是不赔偿，觉得左右不过就是拘留几天的事。

这两个无赖，真是让人恶心。

"两位先稍等。"一个清亮的女声响起。

就在气氛剑拔弩张的时刻，安菏微笑着递了份文件过来，打破了僵持。

"我先跟两位进行一下自我介绍，我是这位初星眠小姐的律师安菏，这是我的名片。"安菏双手交叠放置在前，下颌稍稍扬起，她虽然在笑，笑意却没达眼底。

陈国业冷哼了声，骂道："什么狗屁律师，我不吃这套。赔钱！"

安菏笑道："无论吃不吃这套，法律就是法律。"

陈国业原本见初星眠不知道从哪里请了个律师过来，心里还有点没底，这会儿见律师突然这么说，他立刻就得意起来，心说，什么狗屁律师，长得这么漂亮，结果却是花瓶而已。

但很快，安菏的下句话让他脸色难看起来，甚至嘴角不住地抽动。

"我们需要您出具您的伤情鉴定。另外，我方通过监控查看了当晚的事发经过，根据当晚的事实情况出具了一份很详细的报告书……"

初星眠在旁边看着安菏轻描淡写的三言两语便挫败了陈国业的锐气，她差点鼓掌叫好。

毕竟看着无赖被打击真的是一件很爽的事情了。

话音落下，陈国业脸色阴沉得几乎能滴出水。

但安菏却并没有点到为止的意思："除此之外，我简单地了解到了另外几个信息。最近一个月里，在惠普街大排档附近，警方接到骚扰报警的次数多达二十次，我在监控中发现针对您的报警次数约有五次。加上昨晚我们联系到的王若晴女士，共有六位受害者同意对您进行指控。"

停顿了会儿，安菏说："接下来，我们方便聊一聊您对初星眠小姐提出的精神损失费赔偿问题吗？"

"你在威胁我。"陈国业气得表情几乎扭曲，但又无可奈何。

"威胁？"安菏笑了笑，"不，我只是提前告知您，接下来我们会对您采取的行动。"

出了派出所，初星眠瞥了眼高挂在当空的太阳。

"要不要一起吃个午饭？"她见安菏打算开车离开，便说道。

安菏看了她一眼，挑了挑眉："集团老总的女儿邀请我吃午饭，我怎么有理由拒绝？"

"你真的打算放过陈国业吗？"到了餐厅，初星眠咬着气泡水的吸管若有所思道。

其实她听到安菏说的那些关于陈国业的资料时，就忍不住想，这样的无赖如果轻易放过，是不是太便宜他了？

安菏停下切牛排的刀，眯起眼笑："当然不会，我对陈国业又没什么好感，而且我确实对猥琐男比较厌恶，不过这和我的职业不冲突，工作的需要我也可以帮他们辩护。"

初星眠愣了愣，沉默了会儿："嗯……那你职业道德感还是挺强的。"

这句话逗得安菏直笑，她眼眸秋波流转，双手垫在下巴下："不过我确实没想到，老总的女儿还能这么可爱。"

两个人又随意聊了几句，初星眠加了安菏的微信。

毕竟她自己的设计工作室目前正在逐步推进的过程中，以后说不定也会有需要安菏的地方。

午饭过后，初星眠在回学校的路上接到了许灿灿的电话。

"笔录的事处理完了吗？"许灿灿问道。

初星眠边留意着人行道的红绿灯，边应声："嗯，正往学校走。"

许灿灿关心地问："那两个猥琐男没借机欺负你吧？"

初星眠想了想落荒而逃的两人，忍不住笑了："当然没有，不过中间的过程挺复杂的，反正和他们周旋确实费了挺大的功夫。"

一晃几天时间过去，这段时间日子过得相对还算平淡。

初星眠手臂上的伤口好得差不多了，她就连忙把碍事又厚重的纱布取下来。

伤口的位置留了一道很淡的疤痕，正在长新的肉芽，看起来比四周的颜色还要更嫩。

周末，初星眠打算和母亲徐星一起回一趟外公外婆家，这件事上次初茂平打电话就问过她。

外公外婆家就在平宅大院的附近，和平宅大院隔了一条街，只不过现在的平宅大院已经改成了商圈中心，门口那条坑坑洼洼的土路也变成了笔直宽敞的柏油马路。站在外婆家卧室的窗边，还能够将商圈尽收眼底。

"星眠，现在上课是不是累着呢？"外婆拿了水果出来，她腿脚不好，拄着拐棍颤颤巍巍地往前走，"我今天听隔壁家的小张说，现在的孩子学习都辛苦呢。"

初星眠忙跑过去接过老人家手里的果盘，笑嘻嘻地哄外婆开心："哪有累，外婆，我平时很轻松的，而且您老人家又忘了，我现在都大三啦，再上一年就毕业。"

"那就好，外婆就是怕你辛苦。"

徐星却问了个别的问题："妈，小张家的孩子回来了？不是说要寒暑假才能回来？"

"回来了，听说是学校压力大，有点抑郁症。"外婆说，"说起来，小张家的孩子好像也就比我们星眠小两三岁。"

"哪儿啊，小好几岁呢。"徐星说。

徐星一顿，看向初星眠："你是不是对隔壁张叔叔家都没什么印象？"

初星眠摇摇头，她确实不记得了。

"当初在平宅大院，我们家窗户对面那栋楼的，从我们家就能看见他们家，他们家当年很有钱，我们大院里第一个买相机的就是他们家。"

平宅大院好多人搬出来以后就换到了马路对面的拆迁小区里，兜兜转转，还是做起邻居。

外婆点点头,说起平宅大院,老人家的话题也就多了起来。

她拄着拐棍慢吞吞地回了卧室,又从卧室里拿了个米箱大小的纸箱出来。

"妈,这么多年的东西您还留着呢。"徐星忍不住说,"您要是想要什么呀,我给您买新的不就行了吗?"

"舍不得扔掉呀,这里还有很多星眠小时候的东西。"老太太打开纸箱,里面摆满了零零碎碎的小物件,"这儿还有当年星眠留下来的笔记本呢!唉,可惜还有好多东西都被烧掉了。"

初星眠听得新鲜,便跑过去看纸箱。

放在最上面的是一个浅黄色的印花笔记本,封面灰突突的,有些脏,款式也很老旧,估计现在市面上都已经找不到了。

她翻开了第一页,字迹和她现在写的差不多,不过看着线条还是比较僵硬。

初星眠津津有味地往后翻了几页,最后一页有被烧的痕迹,还有手指印。

"妈,外婆,这个是你们写的吗?"她奇怪地举起笔记本,最后一页上歪歪扭扭地写了几个字,"好奇怪啊,感觉不像是我写的。"

上面写着:梧桐路37。

第六章
来日方长

"感觉没写完,7字后面好像还想写什么……"初星眠认真地盯了半响。

"梧桐路我倒是知道,位置是在华江市四环以外的郊区,早些年的时候,那还是个县城。不过这几年城市规划,现在好像已经改了名字。你本子上的东西应该不是我们写的。"徐星凑过去看了眼,否认地摇摇头,"会不会是眠眠你当时的同学随便瞎写的?"

初星眠又拿着手里泛黄的本子仔细看了眼:"这是我房间里的日记本。"

"外婆,您从哪里找到的呀?"当初她的房间好像也烧毁得差不多了,留下来的东西大多数都像纸箱里的其他物品一样,零零星星能看到被损坏的痕迹,但唯独这个日记本例外。

老太太视力不好,凑近看了半天才看清,说道:"这个本子呀。"
"找到的时候被湿布好好地包着呢,除了有点脏,现在也能用。"

老一辈吃过苦,节衣缩食生活了大半辈子,自然什么东西都舍不得扔,能拿回去用的就都再用用,恨不得新三年旧三年,缝缝补补又三年。

三个人研究了半天也没找出个所以然,想着应该是谁的恶作剧,也就没放在心上。

窗户开着,夏天树杈间的蝉鸣声一阵接着一阵,偶尔有凉风吹进来,也被这聒噪的声音吵得烦闷。

正说着话,楼下传来了停车熄火以后的交谈声。

男人的声音干脆清亮,好像顺着窗缝就钻了进来。

外公外婆年纪大了,腿脚不好,也不喜欢住在高层,且老太太好热闹,门口路过个谁都愿意瞧上一瞧。

她路过窗台凑近瞥了眼,拐棍挂得颤颤巍巍:"是隔壁家小张回来了。"

徐星问:"小张现在是不是在什么场做项目经理呢?"

"好像是听说有这么回事。"老太太含混不清地回应了句,"说是什么游戏场。"

"对了,眠眠。"徐星像是想起什么,"你之前游乐场赔偿的事情还没消息吗?"

初星眠正咬了口车厘子,酸酸甜甜的滋味在口中蔓延,便心不在焉地说道:"说是有任何情况就联系我,也不知什么时候能有下文。"

这事好像确实拖了很久。

初星眠突然想起周晁嘉。

说起来,她能够重新认识他,也是因为那场游乐场事故。

颇有点无巧不成书。

周一,难得有了周晁嘉的课。

蒋老师的美学概论课原本就是选修课程,一学期下来也没几节课,所以开学到现在,初星眠在课堂上见到周晁嘉的次数简直是屈指可数,不过她听说周晁嘉代另一个班级的课程次数还比较多。

嘈杂的教室随着周晁嘉的进入而逐渐变得安静,静到能听清窗外的风声。

他举手投足间透出淡漠疏离的气场,哪怕和下面的学生没差几岁,也能在无形中压制喧闹。

初星眠坐在靠窗的位置,与门正好相对。

隔着不远的距离,她和刚进门的周晁嘉视线撞了个正着。

几日没见,他的短发更利落了些,细碎的发梢剪短,眉眼清隽。许是上课的缘故,周晁嘉戴了一副银丝边细框眼镜,金属材质的镜架架在他高挺的鼻梁上,显得更加有距离感。

心尖的位置像是有什么东西流淌而过,掀起微微的波澜。

初星眠觉得耳尖似是被日光炙烤般,滚烫灼人。

不过对方很快就收敛视线,甚至连一丝多余的表情都没有,依旧是一副冷淡的神情。

周晁嘉走向讲台拿起粉笔,洋洋洒洒地在黑板上写了一行字:

车尔尼雪夫斯基与黑格尔对艺术美观点分析。

与其他选修课老师略显敷衍的上课程序不同,周晁嘉对 PPT 的依赖很小,一节课下来,黑板上整整齐齐地写满了知识点,他的字迹刚劲有力,笔画走势却飘逸轻灵,一眼看过去便觉得很舒服,简直能治愈强迫症。

"重要的知识点我已经给你们圈出来了,在下节课上课前,我会进行随堂测验,成绩将会作为你们期末考试平时分的参考。"他说。

"没看出来，周晁嘉上课还真有股……哟，怎么说呢？"许灿灿趁着下课的时候偷偷推了推初星眠的胳膊，"斯文败类的禁欲系教授。"

"想想这要是你男朋友，下了课回到家，他扯着领带，银边镜框被他修长的手指钩到一半，严肃又冷淡地说要进行测验……"

初星眠脸颊在一阵一阵冒热气："停停停，你还是别说了，不知道的以为你在写小说。"

她倏地想起那晚留宿在周晁嘉的公寓里，他在浴室里洗澡，而她就躺在一门之隔的沙发上，莫名其妙的亲昵感和羞怯感接踵而至，心里就像是有滚烫的岩浆般翻涌沸腾，搞得她觉得浑身都不自在。

"你脸怎么这么红？该不会你脑海里已经有画面了吧？"许灿灿坏笑地调侃她。

初星眠轻咬柔软的唇瓣，瞪她："拜托，那可是面瘫的周晁嘉，你幻想也换个对象好不啦。"

上课铃很快就响起来。

周晁嘉的随堂测验是在PPT上写出题目，由下面的同学们把答案写在课本上，然后交上来。

题目不多，只有五道题，但写出来的论述长篇大论，网上也没有答案。教室里很快就沉寂下来，所有同学都在积极地查阅手机里的照片和刚才已经记好的笔记。

四周安静，只听见"唰唰唰"的写字声。

周晁嘉倚靠在讲台旁，他双腿交叠，手肘撑在台面上，目光绕着教室里转了一圈，最后落在了靠窗位置的小姑娘身上。她长发被风吹散，时不时贴近面颊。似是他的视线引起了她的注意，小姑娘抬了抬眼眸。

他自然地低着眼，眉头微抬，仿佛真的只是凑巧撞到。

窗外的光线明亮而炙热，映得初星眠的脸颊白皙红润。

周晁嘉视线偏了偏，移向她写字的手臂。

天热，她只穿了件透气性很好的白色短袖，受伤的部位一览无遗。

纱布都拆了，想来伤口应该也好得差不多了。

他双眸微眯，指腹有一搭没一搭地轻捻。

班级里有几个写得快的，这会儿已经去讲台上交完了答题纸。

初星眠正奋笔疾书第四题，一边写着，一边努力回忆周晁嘉上课时所讲的内容。

倏地，轻慢的脚步声传了过来，好闻清冽的味道慢慢在四周弥漫开。

这个味道她……太熟悉了。

脚步突然停在了她的旁边，骨节分明的修长手指屈起，搭在了她的桌面上。

初星眠没忍住，抬起下颌，瞥了几眼，只见周晁嘉的目光落在了她的手臂上。

当注意力再回到答题纸上时,她明显就已经心不在焉了。

下课时许灿灿开玩笑的话此刻不停地在耳边回响。

初星眠脑子顿时就乱了,蓦地,教室的角落里传来了一阵哄闹声。

她看过去,好像是谁拿起手机朝着她这边拍了什么。

不过这个小插曲很快就过去了,谁也没在意。

直到当天晚上,初星眠在校园表白墙上看到了自己和周晁嘉的照片。

> 校园爆炸式新闻!
> 强,设计学院新来的周助教是不是和本班学生勾搭上了?
> 我好几次看见他们两个人一起走了。
> 还有一次,我朋友看见某暴发户的女儿大清早从研究生宿舍出来!
> 绝对没有瞎说,以下有照片为证。

照片里的男生显然是在来南工大之前,在华江大学就已经非常有名气的周晁嘉,而另一位主角显然是初星眠。

两位都算得上是校园话题榜里排名前几的人物,一时间,评论区"腥风血雨",各类造谣式的言论层出不穷,看得初星眠都一愣一愣的,要不是她自己就是这次八卦中心的主人公,都差点相信了评论区那些坚称从朋友那里得到内幕的陌生人。

挂出来的那几张图片都不算特别清晰,能看得出来是偷拍的,而且离他们比较远。

初星眠眯起眼睛,双指放大图片仔细看了眼。偷拍者把她拍得还蛮上相的,至少身材匀称纤瘦。

有一张照片是篮球社聚餐的那晚,她和周晁嘉并排在校园里走;还有一张照片是她第二天一大清早刚从研究生宿舍跑出来,没梳洗的头发略显蓬松;最后一张照片显然是今天的选修课上,周晁嘉站在她座位旁边,单手搭在了她的桌面上。

最后一张照片里,她在埋头专心致志写测验题,而周晁嘉看得认真,光线柔和,映得他的衬衫微亮。

单凭一张照片的确不能说明什么,但三张放在一起看,就显得像有什么猫腻似的。

宿舍里其他三个人都不在,只有初星眠一个人窝在小床上紧蹙眉头,对着八卦绯闻头疼。

"这样的照片也能成为证据?"她忍不住小声嘀咕道,"什么跟什么嘛。"

而且评论区很多人都在兴致勃勃地讨论周晁嘉是不是傍上了初星眠,要吃软饭,还有人在质疑周晁嘉暂时的助教工作是不是也是依靠初星眠上的位。

总之，也不知是男人对周晁嘉的忌妒还是什么，评论区里大多数人都在议论周晁嘉配不配得上初星眠的问题。

急促的脚步声自门外响起，许灿灿一把推开宿舍半掩的门，气息不稳地说："你看没看校园表白墙上发的？"

"看到了。"初星眠浑不在意地在遮光帘后面应声，半晌探出小脑袋，"都是些断章取义的图片。你今天不是有体育选修课吗，怎么这么早就回来了？"

"别提了，今天老师家里出了点事提前下课。"许灿灿放下装着换洗衣服的书包，瞥了眼其余两个空荡荡的床铺，"钱思和温意还没回来？"

"没。"

"她们两个干什么去了？"许灿灿平复气息，喝了口水才爬上了初星眠的床。

初星眠想了想，说："好像是钱思遇到了什么麻烦，让温意陪着她去处理。"

"对了，那表白墙的事，你打算怎么办？"

初星眠放下手机，盯着天花板看了会儿："我在想要不要澄清一下，还是不去回应，任由这件事情销声匿迹，毕竟清者自清嘛。"

"别别别，现在的互联网哪还信清者自清这套，你赶紧澄清，不然明天这时候说不定你俩有孩子的谣言都能编排出来。"许灿灿像是想到了什么，突然一顿，"你说这事，周晁嘉是不是也看见了……你们两个的关系现在这么尴尬，别人又说他是吃软饭——"

初星眠立刻就明白了许灿灿的意思。

"是啊！我现在就去写澄清的公告！"

五秒钟后。

"这玩意的开头一般都是怎么写的？"

"你什么时候和初小学妹勾搭上的？"吕征擦了擦脖颈间的汗渍，猛灌了一口功能性饮料，才不可思议地看向周晁嘉，"我记得你不是对女生不怎么感兴趣吗？"

吕征虽然没有李子瑞认识周晁嘉的时间长，但是华大的高才生、校园男生颜值排行榜第一的周晁嘉，是众所周知的冷淡。哪怕就是男生和周晁嘉说话，周晁嘉都会适当性忽视，更别提不相熟的女生去找周晁嘉，那基本上都是碰一鼻子灰，所以坊间也流传着"周和尚"的玩笑话。

但吕征其实多少是了解周晁嘉的，周晁嘉不说话，只是因为他不爱说话，不分男女。

所以当吕征看到学校表白墙推送八卦的那一刻，也是狠狠地震惊住。

这张照片里的人确定是周晁嘉？

周晁嘉还有和女生这么多互动的时候？

一连被拍了三张,这可是周晁嘉啊!

也太不正常了。

空旷的篮球馆内,不远处的场地上还有三三两两的男生在扔球,"乒乒乓乓"的撞击声震得直响。

周晁嘉穿着松松垮垮的篮球衬衫,衬得肩宽腰窄,少年人般独有的瘦削感自肩颈而下,他的喉结在修长的脖颈上微微浮动,说不出的清隽干净。

他肩膀的伤还没好,打不了球,也就随意地扔扔,过一下瘾。

"谁说我对女生没兴趣?"他懒散地睨了吕征一眼,"申报课题都做完了?看得出来你很闲。"

"没没没,我这不是跟着八卦八卦嘛,"吕征笑着挠头,憨气十足,"也是关心你。"

半响后,吕征又激动地一拍周晁嘉的肩膀:"天啊!小学妹回复了!直接硬'刚'……"

"不好意思……我忘了你的伤。"

就在大半个学校的学生都吃到了周晁嘉和初星眠的"瓜"时,话题中心人物初星眠对此进行了回复,她回复的内容没有写得很长,大概分成了三段。

第一段,她将照片中她和周晁嘉出现在一起的原因始末讲解清楚,例如那晚一起去校外只是因为篮球社的聚餐,课堂上周晁嘉会到她的桌前只是因为在进行随堂测验,对于清早从研究生宿舍出来,初星眠没有过多解释。

毕竟研究生宿舍里又不是只住着周晁嘉一个人,这样的照片放出来,两个人连同框都没有,未免也太牵强。

原本初星眠想解释一下当晚是因为周晁嘉受伤,他们从医院回来以后,宿舍已经门禁,所以她才借宿了一晚。但安菏不建议她这样说,安菏的意思是不要将捕风捉影的事情坐实。

第二段简短阐述了对评论区不实谣言的指控以及澄清。

第三段则是如果谣言扩大,影响了初星眠和周晁嘉的日常生活,她将会聘请律师对投稿人进行追责,要求对方向他们道歉,并予以相应的法律赔偿。

本来在那几张照片里,初星眠和周晁嘉都没有逾矩的举动,这下又是初星眠亲自澄清,大家便都纷纷谴责造谣八卦的投稿人。

舆论风向快速逆转,甚至还有很多人在评论区里给周晁嘉道歉,误会他是吃软饭的小白脸。

篮球馆左侧的灯已经全都熄了,周晁嘉坐在观众席没动,他整个人都融于黯淡的阴影里,懒散地倚靠着靠背。

他的指腹在手机屏幕上划动了一会儿,蓦地停顿在洋洋洒洒的澄清文上。

他眉眼稍动,嘴角微微上扬。

小姑娘浑身的厉害劲儿,和小时候一模一样。

"晁嘉,走了。"

吕征收拾好了东西,在场馆门口等周晁嘉。

周晁嘉漫不经心地应了声,随后他很快地在屏幕上敲下什么,结束后又将手机收进了兜里。他眼睑微敛:"这就来。"

南工大和华大的论坛今晚都掀起了一阵小小的波澜。

对待各类谣言视若无睹,身处八卦中心却两耳不闻窗外事的周晁嘉第一次对网络上造谣式的投稿有!了!回!应!

虽然只是一句话,还发在了朋友圈:嗯,有认识的律师,且目前不忙。

论坛里一本正经的讨论中,突然有一位匿名用户冒了出来。

  用户 28383829:周晁嘉这个朋友圈怎么有点妇唱夫随的味道,就……想嗑。
  回复:实不相瞒,其实我也觉得这两位的颜值还是蛮般配的……
  回复:别了吧,人家不是澄清了嘛,这也能嗑?
  回复:是啊,人家两个人就是普通关系,别嗑了别嗑了,狗都不嗑。

许灿灿逛论坛逛得兴致冲冲,时不时还咧着嘴笑。

"你别说,还真有人觉得能嗑你俩的 CP(配对),还有不少人起哄搞 CP 名呢。"

"星+。"

"真的挺有意思。"许灿灿捧着手机自说自话,"我截图发给你看看。"

"别提这事了,这是个什么 CP 名啊,灿灿大小姐就不要调侃我啦。"初星眠托着脑袋若有所思,"我现在越发觉得,我可能是上天安排在周晁嘉身边的'扫把星',就是给他带来各种麻烦的。"

说完,她沮丧地把脑袋往胳膊肘里一埋:"这些谣言害得大家都以为周晁嘉是小白脸,我看我们两个的关系这辈子是好不起来的。你说,他是不是会讨厌死我?"

"不至于吧。"许灿灿眼睛盯着手机屏幕都挪不开,心不在焉地说,"我看周晁嘉发的那个朋友圈,多少有点给你撑腰的意思。而且论坛里说,周晁嘉以前对这类话题可是理都不理。"

"得了吧。"初星眠坚决不信,"周晁嘉肯定是因为被我搞得崩溃,所以连行为都反常了。"

"在游乐场那次,设备坏了,周晁嘉还被我喷了口水。和周晁嘉在学校相遇后,他接二连三受伤。好不容易相安无事了,结果又闹出八卦谣言来。"初星眠掰着手指头,细数过往的事件,"我看我以后要距离周晁嘉两米远,防止误伤他。"

许灿灿被逗得"咯咯"直笑。

两人正说话,钱思和温意突然打开门进来。

走廊的闷热燥气顺着门缝溜进来,冲淡了屋内的凉意。

温意还好,神色淡淡的,没什么表情;反倒是钱思,一脸的惊慌失措。

"怎么现在才回来?"许灿灿终于看向了下铺,见两人神色不对劲,"出了什么事?"

闻言,气氛蓦地闷窒起来。

钱思的脸色顿时变得阴沉不安,不停地向温意看过去,像是害怕她会脱口而出说些什么,眼神里多多少少带了点暗示的意味,甚至还有些哀求。

"也没什么事,你们在聊什么呢?"温意尴尬地轻咳一声,话题转移得有点生硬,"我回来的路上刷了个朋友圈,结果看到表白墙发的八卦吓了一大跳,还好我们眠眠澄清得快啊。"

初星眠痛定思痛,抬头,语气闷闷的:"在聊——我恐怕是彻底把周晁嘉给得罪了。"

温意被她悲愤交加的表情逗笑,调侃道:"怎么现在才彻底得罪呀?我以为早就彻底得罪了呢。"

这话说完,初星眠更郁闷了:"我郑重决定,以后再靠近周晁嘉我就是小狗。"

"不过你们说,谁会这么无聊,竟然去偷拍眠眠和周助教?"温意歇了会儿,提出疑惑。

初星眠长叹口气:"周晁嘉的那节选修课是院里的人自选的,好多人我都不认识。我倒是看见角落里有个人在拍,就是没留意到是谁。"

"随便乱拍别人照片确实没道德,这样的人站在你面前估计比谁都厌。"许灿灿终于停止了刷论坛的行为,装模作样地拿了本书挂在床头,手机里却响起了游戏的音效。

听到她的话,初星眠想到了什么:"不过照片把我拍得还不错呢……"

"这是你该关注的焦点吗?"

初星眠被几个人异口同声地训道,立刻乖巧地收声。

许灿灿突然想到什么:"我记得前段时间哪个地方还有大学校园里女厕所被偷拍的新闻呢。"

"也不知道偷拍的人都怎么想的,变态。"

话题聊到这里,温意提醒道:"就是前几天华江市的新闻。"

"听说还是个流窜作案的。"

在谣言事件过去了三周以后。

初星眠终于接到了玛雅游乐场项目经理张经理的电话。

意料之外的是,张经理讲话温和得体,嗓音清亮,让人不自觉地产生些许好感。

初星眠原本没有想到对方会如此好说话,还以为要态度强硬地掰扯一场,毕竟拖了这么久。

张经理邀请她下周一下午来公司签一下关于赔偿款的合同,方便他们公司打款。

初星眠看了眼课程表,发现那天下午除了周晁嘉的一节选修课,就没有其他的事情,想了想便欣然同意。

在这期间,她几乎和周晁嘉没有任何联系。

除了上过两节周晁嘉的选修课,她连正眼都没敢去看他。

因为初星眠觉得自己是周晁嘉的"扫把星",多看一眼,没准他就多倒霉一次。

秉承着"治病救人、救死扶伤"的心情,她坚决地和周晁嘉保持两米开外的距离。

周一下午是阴天,微弱的日光也在层层阴云的覆盖下消失殆尽。

天气不好,教室里也是闷闷沉沉的。

下课铃响起,周晁嘉收拾好了书本。

他目光稍抬,看向讲台下方。

底下的同学们没有要走的意思。

他的视线停顿在靠窗位置,那个使劲低着脑袋、浑身写满了"保持距离"的小姑娘身上。他眉眼微微收敛,掩盖住眼底的笑意。

周晁嘉漫不经心地收回视线,薄唇轻启:"今天是我为大家代的最后一节课,来日方长,希望我们以后还会有再相处的机会。"

"周助教,我们舍不得你啊!"一个粗犷的男声响起,附和声立刻跟随。

周晁嘉没说话,懒懒散散地抬眸,眼皮泛出一层很浅的褶皱:"倒也不必,虽然不代课,但我人还在。"

他的意思是,他人还在南工大里读研。

"就是就是,你看你们,三两句话差点要给周助教送走了似的。"

哄笑声再度响起。

初星眠也想跟着笑,但她竭力控制着。

许灿灿没好气地说:"你想笑就笑吧,还是别憋着了,再憋下去你五官都要错位。"

"不要,我可是郑重发过誓的。"初星眠杏眸水润,脸颊像是抹了胭脂般红润。

许灿灿问:"你下午是不是要去一趟中心街?"

"嗯,就是游乐场的事情。"初星眠一顿,想着张经理都给她打了电话,会不会也给周晁嘉打电话了。不过这个念头刚刚冒出来,她立刻就摇头晃脑想要甩掉。

克制克制,她不能再想到周晁嘉。

"确定不用我陪你?"许灿灿迟疑道,"我下午那节课去不去都成,反正也不差那一节。"

初星眠摇头:"算了吧,你那门课都在挂科的边缘徘徊了,再不去你真打算补考啊?"

"好吧。"许灿灿收拾东西,"那我先走,你有什么事情给我打电话。"她手一摆,放在耳边做出个打电话的姿势,"我就是当场冲出教室也要去救你。"

"你别乌鸦嘴,"初星眠瞪她,"应该不会有什么事啦。"

等到教室的人走得差不多了,初星眠才收拾好挎包。

日光正好,前几天下过几场雨,窒息的沉闷感在天气放晴后慢慢散去。

初星眠到了楼梯口,倏地瞥见拐角处的阴影里站着一个高瘦的人影。他正倚靠在窗口旁,修长的双腿交叠,双手插进了口袋里,肩膀宽且平直。

她余光扫了一眼,就认出了这个人。

像是条件反射似的,初星眠顿时就抬起手,挡在了眼睛的侧面。

视线范围蓦地变窄,窄到只能看清脚下的楼梯。

走廊里清淡好闻的味道混合着燥热的气息,让这样的下午变得格外晴朗。

初星眠还振振有词地默念:"看不见我,看不见我⋯⋯"

四周安静,远处嘈杂的脚步声也渐渐消失了。

"看不见你?"许是上课时间太久,周晁嘉清淡的嗓音变得微微喑哑。

他语气似笑非笑的,接着淡淡地说出了下一句话:"我在等你。"

初星眠一愣:"等我?"

小姑娘两只手还装腔作势地搭在眼眶旁,杏眸漂亮得像是盛满星河。

视线相撞,初星眠才似有察觉地快速收回。

她干巴巴地小声说道:"等我做什么?"

"游乐场的负责人应该也给你打过电话。"他语气微沉,用的陈述句。

初星眠点了点头,虽然还是没有抬起目光看他,但像是对他所说的话不意外。

"我查过路线,是在比较远的郊区。"周晁嘉简单说明了缘由,"一起去互相有个照应,"他停顿一下,声线压低了些,"也安全。"

初星眠错愕:"只有我们两个?"

"还有吕征。"周晁嘉说,"还是你希望只有我们两个?"

初星眠摆了摆手:"别开玩笑了。"

话音落下,她见周晃嘉神情虽然未变,但眼眸却没忍住眯了起来,深邃黑眸中颇有点咬牙切齿的味道。于是,初星眠立刻努力挽救:"啊,我的意思是说我们不是刚闹出了八卦,而且之前的舆论对你的声誉影响都是负面的,我是怕……"

她的言外之意是怕影响周晃嘉的声誉。

初星眠自己倒是无所谓,因为学校里对她的八卦无非就是讨论她有没有看上谁,和谁在一起。仿佛在大众的眼里,只有初星眠挑选别人的份,哪个男生被她看上,那是那个男生的福气。

尽管她连情窦都没开。

"不是已经过去了三周。"周晃嘉半合眼,"我不介意。"

初星眠没话了。

他不介意?

不可能吧?

对于得罪周晃嘉这件事,初星眠觉得自己已经深有感触。

最终初星眠还是决定和周晃嘉、吕征两个人一起去。想了想,初星眠觉得自己只身前往的确不安全,毕竟公司在郊区,离市区这么远,到时候叫天天不应,叫地地不灵可就惨了。至于和周晃嘉保持安全距离这件事,初星眠认真思索后决定选择性执行。

和周晃嘉一起朝公交车站走的时候,两个人一前一后。

109路公交车能够从学校门口直达郊区的工业园。

张经理约的地方就在工业园A区。

南工大离始发站近,刚上车的时候还有很多空座位,公交车逐渐驶向市中心,车上人也越来越多。

路程过半时,公交车上挤上来一位头发花白、看起来有八十多岁的老奶奶。老奶奶颤颤巍巍的,紧紧地抓着手里的布袋子,一路走过来,两侧的人都没有让位的意思。

初星眠正打算起身,就见周晃嘉提前了一步。

老奶奶坐在了她的后面,周晃嘉站在了她面前。

阴影投递过来,清新的薄荷味道慢慢萦绕。

初星眠蓦地想起过生日的那天早上,她看见周晃嘉逗弄校园里的流浪猫。

"不然,你坐我这里吧。"

她伸出手,拽了拽周晃嘉的衣角,白嫩的手指衬得甲面干净粉嫩,澄澈得如同初冬的雪。

初星眠刚想起身,她肩膀忽地一沉。

"乖乖坐着。"周晃嘉懒洋洋地半靠过来。

乖乖……这两个字也不知触碰到了什么，初星眠脸颊一热，心也轻荡了下。

公交车离终点站的工业园越近，车上的人也越少。

三个人硬是坐了一个多小时才到了地方。

吕征抬起手腕看了眼表："啊，已经两点多了。我们赶紧弄完这个什么合同协议，去吃个饭吧。"稍一顿，"初小学妹，我请你。"

初星眠正想拒绝，就被吕征一句反正赔偿款都发下来给噎了回去。

"晁嘉，你也一起去啊。"吕征笑嘻嘻地搭着周晁嘉的肩背。

对方漂亮干净的眉眼稍抬，语气慵懒："怎么，原本没打算喊上我？"

"你哪有那么大面子。"吕征仍旧开玩笑道，"要不是看在小学妹的份儿上，我可不请你吃饭。"

"毕竟兄弟如蜈蚣的手足，女人如过冬的衣服。"

有吕征在，气氛显然就比较欢快，插科打诨地聊了会儿，很快就到了目的地。

三人在园区入口处做了登记，随后按张经理给出的路线图前往A区。

一路上遇到的人都是神色匆匆，对于其他人漠不关心，他们或是夹着公文包，或是一边打电话一边焦急地往门外走去，彼此之间并不互相交谈，与在校园里的氛围明显不同。

在前台处再次登记，接待员将三人迎进了宾客室。

"三位请稍等一会儿，张经理的会议是在两点半结束。"接待员端上热茶递到了三人面前。

吕征多少有点社交牛气症，说："我们多等会儿没关系，记得时不时给我们添添热茶。"

接待员笑着说："当然。您有任何需要，都可以拿起桌上的电话，拨打8888就是前台。"

等到接待员离开后，吕征才看了看周晁嘉和初星眠："他这里这么冷清，该不会下午就叫了我们三个人过来吧？"

"有可能，大概只有我们三个人是同一所学校的。"初星眠捧起热茶吹了吹，却没有要喝的意思。

吕征又笑了："说起来，我们三个人还真是挺有缘分。最主要的是，我和初小学妹有缘分。"

话音刚落，吕征立刻感觉一道极具物理伤害的视线瞥向他。他连忙见好就收，端起热茶抿了口："初小学妹，你那天怎么就想着去游乐场坐云霄飞车了呢？"

"嗯？"初星眠愣住，"大概是……没选对时机。"

"你要这么说也对。"吕征点点头，"我跟你说，你绝对想不到周晁嘉是因为什么要坐云霄飞车，还非要拉着我一起坐。"

他话还没说完，周晁嘉眼皮稍抬："茶又不苦了？"

吕征立刻就收了声:"大佬,我喊人来换茶。"

随着两个人的小动作,话题就这么翻了篇,徒留初星眠自己抓心挠肝地在想,周晁嘉到底是因为什么啊?

她对着吕征挤眉弄眼,想让对方偷偷告诉她。

结果吕征来了一句:"以后让晁嘉自己跟你慢慢讲。"

初星眠愣了愣,嗯?是不是哪里搞错了,她和周晁嘉哪里来的以后啊?

茶水换了两盏,门外响起了细碎又轻快的脚步声。

推门进来的年轻男人眼睛清亮,见到初星眠和周晁嘉的一瞬,他愣住了。不过他很快就恢复如常,对着三人笑了笑:"你好,我是联系各位的玛雅游乐场负责人张守平,对于这次的事故,我司表示非常抱歉。"

"接下来,我们来简单谈一下赔偿款合同问题。"

"请问三位有带身份证吗?"

赔偿款合同洽谈的过程很顺利,对方愿意赔付每人三万元的精神损失费。

只是初星眠总觉得这个张守平给她的感觉有点异样,在确认了她和周晁嘉的身份证以后,张守平的目光总是会时不时在他俩之间转来转去。但对方也很懂分寸,没有让她产生任何被凝视的不适感。

总之,是很微妙又奇怪的感觉。

临走前,张守平欲言又止,最终什么也没说,只丢一下句"还有会议,再联系"就匆匆离开了。

三人往外走时,初星眠听着吕征喋喋不休的谈论,目光却被一辆奥迪车吸引。

车牌是很少见的多字母组合:江 A YLCN8。

"晚上吃火锅怎么样?"吕征拍了拍初星眠的肩膀,"还是烤肉?"

初星眠微微恍神:"嗯?我都可以。"

蓦地,她抬起的视线在空中和周晁嘉撞了个正着。

第七章
人间烟火不休

火锅店就在大学城附近,人声鼎沸。

刚到门口就能闻到浓郁的川香麻辣味道。

宽阔大厅旁靠近洗手间的位置有一道很陡的楼梯,直通向二楼。

吕征招呼还在门口没过来的周晁嘉和初星眠:"我们先上楼吧。"

楼梯很窄,窄到勉勉强强通过两个人时,都要彼此侧过身才能堪堪通过。

初星眠往楼上走,听见吕征问了句:"你们两个喝什么,酒还是饮料?少来点啤酒吧?"

她一恍神,就被从楼上如脱缰野马般跑过来的小孩子撞了个正着。

手没扶住,她整个人都向后方仰了过去。

初星眠还没反应过来,人就已经落入了一个宽厚温暖的怀抱里。夏天的衣服布料很薄,薄到她几乎能感受到蔓延而来的体温,属于周晁嘉的体温。清冽好闻的气息萦绕在鼻息间,初星眠脸颊蓦地一热。

两个人贴得近,初星眠又没稳住重心,几乎将全部的力气都压给了后面的周晁嘉。

初星眠忍不住在想,原来他们两个人上楼的时候竟然离得这么近。

她下意识地抬起头,细碎的发丝擦过他的下巴。

"我是不是告诉你下楼不许跑!"估计是小孩妈妈,暴躁的嗓门差点把房顶都掀了,接着又对初星眠连连道歉,"真是不好意思啊,姑娘,你没事吧?"

"没。"初星眠摇摇头。

下一秒,她才想到自己还杵在周晁嘉怀里,忙站稳身子:"谢谢。"

也不知是不是周围的环境过于嘈杂,衬得初星眠这句话声若蚊蝇,连初星眠自己都没听太清。

她抬眸看向周晁嘉，见他微抬眼皮，像是对她的话做出了回应。

这边闹的动静不小，旁边吃饭的人也投过来好奇的目光。

初星眠等待小孩子从旁边走过的时间，视线篡地落在了一位刚从包间里走出来的高挑女生身上。对方像是在看她，又像是在看周晁嘉，目光徘徊了会儿，微微上挑的眉尾流露出一丝意外的神色。

她似乎不认识这个女生，初星眠想，但这个女生看她的眼神，倒像是认识她。

还是吕征在二楼等得着急，趴在楼梯口催了好几声，初星眠才和周晁嘉不紧不慢地走了上去。

二楼的人也不少，微敞开门的包间里传出吵吵闹闹的嘈杂声。

老板娘给他们三个人安排的是个小包间，用隔断板分隔成的包间，能清晰地听见旁边屋子里的人在说话。进门处的桌子对面就是扇半米长的窗户，窗外映着大学城的灯火。

"锅底来什么？"吕征说，"我说这里面怎么这么热呢，没开空调。"

初星眠回道："辣和不辣的，我都可以。"

"晁嘉呢？"吕征开了空调扫完码，看向闲散倚靠在门框旁边的周晁嘉，"你不能吃辣对吧？"

这一路上都是吕征和初星眠聊得多，有吕征这个话痨在，倒是衬得周晁嘉格外沉默寡言。

"嗯。"周晁嘉应了声。

"那我们来个鸳鸯锅底吧。"吕征自言自语道，"吃火锅不吃辣，少了灵魂哪。"

点了餐，吕征又选了几个大家都不忌口的菜，然后就往外走，说是去卫生间洗手。

略显拥挤的包厢里顿时就只剩下了初星眠和周晁嘉两个人。

旁边包间里聊得火热，他们包间里一言不发，只有空调"呜呜呜"在吹。

尴尬，当事人就是非常尴尬。

初星眠没有吃饭玩手机的习惯，便坐在座位里玩餐盘。椭圆形的餐盘被她对正摆齐，翻来覆去好几次。她余光偷偷瞥了几眼周晁嘉，他修长白皙的手指间把玩着一对筷子，有一搭没一搭地转着，清隽的眉眼舒展开，像是在思考些什么。

手机振动了几次，初星眠拿过来看了眼，是徐星给她发来的消息：【眠眠，我想起来那个隔壁张叔叔是在游乐场当经理，是不是你出事的那个游乐场啊？】

初星眠放下手机没回复，轻咳一声："你还记得以前和我们一起住在平宅大院里的人吗？"

周晁嘉"嗯"了一声，停住了手里的动作，抬手撑着下颌。他没开口，像是等待她继续把剩下的话说完。

"就是我们家窗口正对面的那家。"初星眠拿着个餐盘转来转去，"你说巧不巧，这个人竟然就是我们今天见到的那个张经理。"

周晁嘉淡声回："我没什么印象。"

"本来我也没有印象，但我上次回外婆家的时候，发现他就住在附近，还刚好看到了他的车牌号来着。"初星眠好不容易找到了一个话题来打破僵滞，就没停下来，"没想到华江真的这么小，得多有缘分才能碰上这样的事情。

"而且还真不是我记性好，他的车牌号特牛，一连串的字母。"

"我在华江市待到现在，好像也没见过字母这么多的车牌号。"

见周晁嘉还是没什么反应，初星眠突然想起什么来。

"哦对了！我说一件事你肯定就知道这个张经理是谁了，你还记不记得当初大院里第一个买相机的人家？"初星眠自问自答，"就是他家。我小时候还记得当时我妈跟我说，相机不仅仅可以照照片，还能录视频呢，我印象很深。"

没拆迁之前，大院里的人都是老一辈打工时住下来的，院里贫富差距虽然不大，但是谁家要是买了个新鲜玩意，那是传得整个大院都能知道的。

"你现在还经常能够碰见大院里的人？"周晁嘉目光淡淡地投向她，多数时间他都是沉默着听她说话。

初星眠碰了下陶瓷杯："也不常见。外婆他们在搬出大院以后，就到大院的对面住了。当年好像很多家都搬那边去了，所以好多邻居还是以前认识的。"

稍一顿，她很小声很小声地问："你……是不是已经很久没有……"

因为涉及当年，她问得很小心。

"嗯，搬走之后没再联系过。"周晁嘉知道她想问什么。

气氛蓦地沉闷下来，比空调制冷还冷。

还好这时候吕征终于回来了。

"聊什么呢？"吕征两只手还滴着水，一进屋就顿时暖热了场。

初星眠说："今天见我们的那个张经理，以前是和我们住一个大院里的。"

"大院？什么大院？"吕征马上抓住了关键词，"你们？"

初星眠眨眨眼，也不知道她和周晁嘉以前住一个大院的事情应不应该透漏给吕征。毕竟她和吕征也不是那么熟悉，而且也不知道周晁嘉介意不介意。

"在我小时候没搬走以前，我们是住在同一个地方。"周晁嘉替她解决了这个问题。

吕征眼睛一亮："你们两个还这么有缘分呢。"

周晁嘉四两拨千斤："还行，比你和她稍微多了那么点。"

初星眠一怔，难得听到自己和周晁嘉相关的调侃，莫名还有点紧张。

老板娘很快就把火锅和菜都端上来，冒着热气的铜锅往中间的位置一放，香气顿时四溢。

三个人边吃边聊了会儿，初星眠起身打算去卫生间。

卫生间在一楼,她正打算洗手的时候,余光刚好瞥见楼梯的位置站了个人。

女生的个头高挑,长而卷翘的棕发随意地披散在肩膀处,平添了几分妩媚的韵味。她长得也很好看,眉眼开阔,五官大气,红唇薄厚适中。

初星眠原本不想理会这个女生,但是对方的目光直接而坦荡地一直盯着她看,换成谁都会觉得不舒服。于是她洗干净手,又在烘干机那里吹了会儿,才对高挑美女说道:"你认识我?"

"不认识。"高挑美女的声音很好听,清脆又干净利落,颇有御姐的深沉音。

初星眠一愣,心说,不认识你盯着我看干吗,总不能是因为我长得好看吧?

"但你认识周晁嘉。"高挑美女又说道。

这么一来,初星眠总算知道她的目的了。

高挑美女又问:"你们认识很久了吗?"

"倒也没有。"初星眠略蹙紧清秀的细眉。她不太擅长和其他女生讨论另一个男生,尤其是这样夹枪带棒的话题,好像两个人在争抢什么似的,"不过这个事情好像跟你没什么关系,你认识周晁嘉的话,怎么不去问问他?"

"别误会,我不是一个见谁都有敌意的人。"高挑美女说,"我叫楚漫,之前和周晁嘉是同学。"

初星眠若有所思地点点头。

"他跟你说起过我?"

"啊,那没有。"

初星眠想说自己只是礼貌性地表示一下回应而已。

楚漫被她的反应逗笑:"你很可爱。我大概知道他为什么对你的态度会有些不同。"

初星眠将信将疑地看着楚漫:"是你的感觉出了错。"

周晁嘉哪里对她的态度不同?

"他可不是一个会在女生摔倒时接住对方的绅士。"楚漫说,"我们认识时间虽然不长,但是高中三年也的确够了解一个人的本性,周晁嘉是很冷漠的人,哪怕别人在他面前受伤、死亡,他也不会理会。"

"他刚转学到我们高中的时候,眼睛里就充满了戾气,身上就跟长了又硬又长的刺一样。我从来没见过哪个十四五岁的少年能流露出那样的情绪。高中时候有几个不长眼的欺负他,他从不会屈服。"

在嘈杂的烟火气里,楚漫的声音听起来显得很缥缈:"他就是从那样糟糕的环境里爬出来的人,说是地狱也不为过。那你说从地狱爬出来的,能是什么良善之辈?所以我从没有见过周晁嘉把心思浪费在不该浪费的地方,他对你的态度不同,我能察觉到。"

初星眠愣了愣,眼前这个楚漫所讲述的是她从没有见过的周晁嘉的另一面。

话音落下,气氛沉闷了半晌。

两个人都没再出声。

初星眠像是在认真思索楚漫说的话。

蓦地,她摇摇头:"不,他会的。"

初星眠想起校园里的猫,想起公交车上的老人,又想起在大排档起了冲突时,周晁嘉挺身而出替自己挡了啤酒瓶……她看到的、了解到的周晁嘉,不是楚漫口中说出来的那样。

"什么他会的?"楚漫问。

初星眠问道:"你刚才不是说哪怕有人在周晁嘉面前出事,他也不会去管吗?"

"或许周晁嘉的成长经历导致了他的性格冷淡,但我感受到的他,不像是你说的那般不堪。"初星眠能察觉到楚漫在提起周晁嘉悲惨经历时眼底隐隐的兴奋,她不敢妄下楚漫喜欢周晁嘉的言论,但至少可以肯定,楚漫是喜欢和欣赏"反社会"类的人格。

"看来我们两个观察人的方式还真是不同。"楚漫笑了笑,"你真的很有趣。"

说完,门口处似乎有人在朝她招手。

楚漫说:"我先走了,希望我们下次还有机会能再见面。"

初星眠没应声。

回到包厢里时,吕征正和周晁嘉说着什么,见她神情严肃地走进来,吕征问道:"怎么去了这么久,吃得不舒服啦?"

"没有。"初星眠摇摇头,"在楼梯那儿碰见了一个人,然后和她说了会儿话。"

说完,她目光抬起来看向周晁嘉。

对方也在看她,黑眸里倒映着暖黄色的光影,眼底毫无波澜。

回学校的路上,吕征接了通电话就匆匆忙忙地走了。

校园的主路上到处都是闲散乱逛的学生。

按理说,已经进入了学校,应该不会有什么危险了。

初星眠悄悄睨了旁边不作声的周晁嘉。

研究生公寓和她住的宿舍楼不是同一个方向,周晁嘉这是打算送自己回宿舍?

这个念头在初星眠脑子里刚冒出来,突然,她像是打了个寒战似的抖了抖。

又过了会儿,她才意识到这个寒战是真实存在的,大热的天,三十几度的气温,她冷得像是掉进冰窖。

小腹涌出的绞痛像是十台电钻机同时开工,双腿都跟灌了铅似的,走一步就沉一步,冷汗顺着初星眠额前滑落,她连呼吸都觉得气短,掌心一片滑腻。

初星眠攒足了劲儿才跟周晁嘉说:"我……要去一趟教学楼的卫生间。"

她的言外之意是让周晁嘉先回去,她可以自己回宿舍。

周晁嘉看着她越蹙越紧的眉心和惨白的脸色,问道:"你不舒服?"

"不是,我……"初星眠下意识将手覆盖在小腹的位置,她不知道该怎么跟周晁嘉说,毕竟来月经这样私人的事情,她也不好跟不亲近的人开口谈论。

周晁嘉愣了一下,很快反应过来:"你来月经了。"

他大大方方地说出来,倒是让初星眠脸颊一热,那股莫名的亲昵感冲淡了冷意,她羞赧得脸颊都有了几分血色:"嗯……所以我要去教学楼处理一下。"

"需要我帮你什么?"周晁嘉问。

初星眠心说,真不用。

教学楼灯火通明,晚上八点多了,大一的学生还没下晚自习,走廊里很安静。一楼的卫生间在走廊尽头靠左侧位置,男卫生间和女卫生间相邻。

进去之前,初星眠还特意看了一眼,是女卫生间,没走错。

人少,零星有几个隔间的门敞开着。

四周很安静,静到拉开门的"咯吱"声显得格外刺耳。

初星眠走进去,站在一旁打开包翻找卫生巾,突然感觉旁边的隔间有人,隔板下的缝隙里,一道阴影越来越近。

若是平常的话,她不会有什么异样的感觉,但也不知道今天是不舒服还是因为其他原因,她心里突然泛出了些许恐慌,突然想起之前温意说起过华江市有变态在女厕所偷拍的新闻。

心跳加快的声音如同擂鼓,她紧张到僵硬的手指连翻找的动作都慢了下来,越发觉得一楼的卫生间里安静得吓人。

初星眠忍不住屏气凝神,仔细地听了听隔壁的动静。

倏地,她察觉到有什么似乎从隔板的顶层慢慢探了出来。

"啊!"

旁边探出来半张男人的脸庞,头发稀疏的头顶被光影照得发亮,他狭长又细小的豆豆眼凝视着她,不怀好意地盯着她上下打量。

初星眠简直要被这一幕吓死了。

她一脚踹开隔间门,迅速找到了放置在角落里的拖布。然后快速走过去,拿起拖布杆横在隔间的门把手里侧,将门彻底封死,随后又找到了另一个残缺的拖布杆,几乎想也没想,就拿起拖布杆朝着自己方才待的隔间走过去。

探出半个脑袋的男人见势不妙,还没松开扒住隔板的手,就被初星眠一棍子打在了脑袋上。他掉下去之后还使劲地拉拽着被封死的隔间门,"哐当哐当哐当"的声音一直在回荡。

做完这一切的初星眠立刻跑了出去,刚跑出卫生间就撞进了一个熟悉又温暖的怀抱里。

周晁嘉温暖的体温几乎冲淡了初星眠恐慌又不安的情绪，她这才觉得自己像是又活过来似的，委屈的感觉顿时像是泛酸水似的冒出来。

她死死抓住了周晁嘉的衣角，攥得手指关节都泛白也不愿松开。

怀里的小姑娘直发抖，偏偏还要倔强地憋住气不肯吭声。

"别害怕，我在。"

周晁嘉这一句话击溃了初星眠最后一道心理防线，她刚才一鼓作气将变态关在了卫生间里，现在缓过神来才感到后怕。那一幕，抬起头看到的那一幕，简直就是人生阴影。

她抽抽搭搭地一边给许灿灿打电话，一边对周晁嘉说："女、女卫生间里有变态。"

"我在。"

周晁嘉把很薄的外套脱了下来，围在了初星眠瘦弱的身板上。

被宽大的外套笼着，初星眠又抓着周晁嘉哭了一会儿。

没多久，许灿灿就已经跟疯了一样杀过来。

看到眼前这一幕，许灿灿当即就以为是周晁嘉欺负了初星眠，刚想横眉竖眼痛骂痛扁，就被初星眠拦了下来："没有，在卫生间里。那个变态被我锁在卫生间里了。"

"你没事吧？"

"没事。"

许灿灿围着抽噎的初星眠看了好几圈，才放下心来："你在电话里哭得那么惨，我都没听清你在说什么，真的是吓死我了，还好你没事。那个变态呢？我不好好教训他，真以为南工大都是吃素的是吧？"

"我报警了，而且我是刚进去就察觉到了，所以那个变态还没来得及做什么，剩下的事情我们等警察那边解决。"初星眠拉住许灿灿，她不想自己的好友因为自己而有什么其他麻烦，经历过上一次大排档的事情，她现在已经比之前冷静了很多。

其实在给灿灿打电话的同时，初星眠也顺便报了警。

警察和学校里的保安们一起过来抓走了变态。

在教学楼前围观的人群越来越多，哪怕保安不停地在疏散，还是没什么用。警车的鸣笛声一直萦绕在教学楼的四周，还有刺眼的闪灯。

初星眠站在台阶上，她脸颊还是湿润的，但是情绪已经平稳很多。

她看着被警方叫去做笔录的周晁嘉，下意识紧了紧披在肩膀的外套。

他站在人群外，单薄的白色衬衫衬得肩宽腰窄，气质疏冷，遥遥看过去，一眼便能找到他的存在。

初星眠在想楚漫说过的话。

可尽管周晁嘉是从黑暗中走出来的，却依然愿意在她无助的时候给予温暖。

回到宿舍的初星眠窝在床上，蜷缩成团紧紧地抱着怀里的暖水宝，小腹的疼痛还在持续，丝毫没有缓解。经历了方才的事情，这会儿初星眠只觉得浑身的力气都被抽走了似的。

她不想说话，疲惫，只想休息。

温意和钱思是在许灿灿回来以后听她说完才知道发生了什么事情。几个人面面相觑以后都感到后怕，顾虑到初星眠还在休息，便压低了声音讨论："前几天刚说起过，没想到南工大也出了这样的事，这个人还真是流窜作案啊。"

"这次是确定抓到了吧？不然我要提心吊胆到除了女生宿舍都不敢在外面上厕所。"

"抓到了。我亲眼看着被押送到警车上的。"许灿灿说完，见初星眠放在桌上的手机屏幕一直在亮，她走过去看了眼，是个陌生号码的来电。

"星眠，有人给你打电话。"许灿灿踮起脚，仰着头朝上铺说道。

初星眠微微晃了晃身体，背对着许灿灿，病恹恹地含糊道："灿灿，你帮我接吧。"

许灿灿也爽快，接通电话便直接问道："哪位？"

"许灿灿吗？"电话里的人停顿一秒，嗓音温和，"你下楼一趟，给初星眠带些东西。"

挂断电话以后，许灿灿盯着手机思索半天，喃喃自语："这人声音听着挺耳熟的。"

"谁啊？"温意探过脑袋。

"不知道。"许灿灿摇摇头，"我下去看看。"

宿舍楼门前，三三两两的男生站在台阶旁，基本都是过来等着接女朋友或者送东西的。唯独一道清隽的身影立于不远处的阴影下，垂在地面的影子也同样颀长挺拔。

他一只手插进了裤袋里，另一只手拎了一包东西。

在看到周晁嘉的瞬间，许灿灿脑袋就跟被锤子砸了一下似的，幡然醒悟。

哟，难怪她刚才听着电话里的声音那么熟悉，原来是周晁嘉。

"你找我？"许灿灿愣了一秒。

周晁嘉在哪里都是能够吸引目光的存在，不多时，几道视线就徘徊过来。

许灿灿是不在意这些目光的，她径直走到了周晁嘉面前。

周晁嘉淡淡应声："嗯，这个东西麻烦你替我转交给她。"

许灿灿心说，什么东西啊，这么一大包。

结果一接过来她瞄了几眼，好家伙！

塑料袋里都是经期必备的用品，什么日用、夜用的卫生巾，还有四五包姜枣红糖，甚至连暖宫贴都买了十几袋。

许灿灿没忍住翻了翻，里面还有感冒药和退烧药之类的。

"她今晚不舒服，刚才走得匆忙，估计也没来得及买。"周晁嘉说，"我记得她小时候受到惊吓就会发高烧生病，退烧药我也放里面了，有备无患。"

这也……太齐全了吧，简直面面俱到。

许灿灿收敛了惊讶的神情，不过多少还是有点迟疑："行，那我就带回去，然后我跟她说是你买给她的？"

"随你。"周晁嘉眼皮微掀，投下浅浅的阴影，语气稍显冷淡，像是不太在意。

入夜的巷口寂静，车声和人声都很远。

狭窄昏暗的路口对面就是区派出所。

微弱的光影笼着路灯下面肩宽腰窄的帅气男人。

"他出来的手续都办妥了？"周晁嘉眯起眼，懒散地倚靠在路灯旁，修长的双腿交叠在一处，手机屏幕微亮的光显示正在通话中。

电话里的李子瑞打了个哈欠，强打起精神说："那人交了罚款，作案工具也被我们没收了。他说自己是第一次干这种事，也跟局里签了保证书，说以后再也不干同样的事情。我们头儿说这算是情节较轻的，没什么大事就放他回去。你找他还有什么事吗？"

"嗯，我有分寸。"周晁嘉依旧淡声说着，但他的眼底仿佛覆盖了一层薄冰，"不会让你为难。"

"嘀——"不知道突然从哪儿冒出来的货车飞驰而过，鸣笛声响彻整片空巷。

周晁嘉挂了电话，去旁边的小卖部买了包烟和一个打火机。

"嚓——"火焰的光亮照映他的下颌，指缝间徐徐升起了白烟。他吐了一口烟雾，火光在黑暗中明明灭灭。

他平时很少抽烟，或者说，连他自己都不记得上次抽烟是在什么时候。

周晁嘉目光轻慢地抬起，看向区派出所。

直到烟蒂熄灭，被捻进了泥土里。

深夜十二点，对面区派出所的大门突然打开，一个头发稀疏的中年男子啐了口痰，晃晃悠悠地走了出来。他绕过门以后没走人行道，径直从街道中央的围栏跨了过来。

一阵急促又诡异的电话铃响起，中年男人接通。

四周空旷，衬得他的声音格外响亮。

"等我避避风头再去那个大学。整我的那女的我看清长什么模样了，反正是长得好看。要是能从她那里弄到点那种照片，你懂吧？那种，那还不血赚……"

后面的话还没说完,中年男人突然感觉到一阵风从耳边划过。等他反应过来时,嘴里的血腥味已经溢出来,手机也不知道被这一拳头打到哪儿去了。他只感觉脸颊一侧肿胀难忍,啐了口痰都带着血沫,又窄又小的豆豆眼肿得老高。他勉强地睁着眼睛,但因剧烈的疼痛,眼皮止不住痉挛。

"兄弟,你这是……"中年男人看着面前眉眼间堆满漠然的少年,这一拳打得他人都蒙了,"我是哪儿得罪了你?"

周晁嘉没有接话,却从光影中走出,一步步地慢慢逼近。

他长睫低垂,扫了眼前的中年男人一眼。

"兄弟,有什么话可以好好说嘛。"中年男人睨了睨周晁嘉的身高,被他逼得步步后退,像是突然意识到什么似的,"别冲动,别冲……"

话还没说完,中年男人又被一脚踢翻在角落,闷哼了一声。缓了半晌,中年男人才抖着往后退了两步,两条腿颤得跟筛糠似的,又害怕又想咆哮。

"我到底哪里惹到你了?我好像都不认识你啊。"

周晁嘉薄唇抿直,似笑非笑的:"里面有视频?有照片?"

中年男人愣了一秒,狐疑地打量他:"这手机里没有。"

刚才在派出所里,他用来拍照片视频的那部手机已经被警察收走了,这部是他用来联系客户和日常生活用的,里面重要信息多着呢,哪里敢随便乱拍。

"其他手机里还有?"周晁嘉垂眸,声音越来越冷,像是没了耐心。

中年男人看不懂了:"你、你是……买主?"

"其他的照片和视频在哪儿?你们网址是什么?"

中年男人这会儿察觉到不对劲了,要是这时候他还没发现眼前的小伙子压根就不是奔着钱来的,他简直就是脑子有问题。他不吭声,也不想回复。

周晁嘉抬手掐着他的下颌,语气轻慢:"我在问你。"

初星眠迷迷糊糊睡到半夜却突然惊醒。

她摸了摸自己的额头,掌心的温度比额头还烫,也分不出到底是不是发高烧。

室友们都已经睡了,她慢吞吞地爬起来,呼了口气,鼻息间的气息滚烫灼热。

她自小就有受到惊吓会发高烧的情况,估计这次也不例外。

窗外阴沉沉的,四周昏暗,仅有的微弱光亮也是从走廊里渗进宿舍门上方的高窗的。

初星眠压低身体,摸索扶手的位置,一点点下了床。

她刚碰到桌面想找杯子喝口水,结果却摸到了一袋子的东西。

她迷迷糊糊地扒开袋子摸了摸,里面好像都是些日用品,还有药之类的。

借着微弱的光亮,初星眠勉强看清了几盒退烧药。

她不记得自己什么时候买过这些东西。

可能是许灿灿她们买的。

没想，初星眠喝了口水，顺便吃下退烧药，再回到床上，晕晕乎乎就进入了梦里。

许是生了病的关系，她翻来覆去都没能进入深度睡眠，虽然是闭着眼，但总是胡乱地想些乱七八糟的，有很多小时候的场景，也有很多高中时期的事情，还有……

"别怕，坚持住，用湿布捂住口鼻。

"小姑娘，你看过古代的电视剧吗，就是人能在天上飞来飞去的？

"一会儿叔叔把你绑在床单上，然后你就能顺利地从那边的小窗户飞下去。"

烟熏火燎中，她的记忆也跟着断断续续……

她喉咙发紧，咳嗽了一声。

平宅大院里的房子是老式格局，只有六七十平方米，除了客厅稍微宽敞一些，就是两个都不到十五平方米的主卧次卧，门口正对着厨房，拐角处的次卧背阴，时常晒不到阳光。窗台外的角落里长满了苔藓，潮湿逼仄。

次卧有一扇不到半米高的小窗，窗很窄。

火光在蔓延，浓烟很快就熏黑了贴满奖状的墙壁。

初星眠使不出力气，也看不清正在和她说话的中年男人的长相，他的口鼻处似乎也围了块湿毛巾，正俯低身体凑近了她。

"叔……叔。"艰难地挤出两个字后，她再也发不出任何声音。

中年男人的面容像是蒙了层白茫茫的雾气，但他却很利落地将她捆在了床单上。

初星眠感觉到口鼻被潮湿的布料遮盖住，随后整个人就被男人抱了起来。

窗口很窄，虽然小姑娘身材纤细，但她的腰间跟捆粽子似的被绑了里三层外三层。男人试了几次，都没能安全地把她送出窗口。

火势越来越大，浓烟呛得人几度晕厥。

初星眠第一次觉得自己离死亡如此近。她使不出力气，也说不出话，甚至连表情都做不出来。她看着眼前还在努力的中年男人，很想跟他说一声，她不害怕，但是眼皮却越来越沉。

"别睡，小姑娘，别睡。"

这声音变得越来越遥远，像是从天边传过来似的。

"你还记得隔壁的小朋友吗？就是你帮他解围好几次的那个？他其实是叔叔家的孩子。

"叔叔一直都很想感谢你能帮助他，想请你吃个饭，但总是太忙，忙到连自己的孩子都没能照顾好。还多亏了有你，肯多照顾照顾他。

"叔叔记得有一次其他小朋友欺负他，是你替他出头，将其他小孩子都打跑。

还有一次，他们笑话他，也是你……"

后面的话，初星眠听得不太真切。

眼前的场景突然变成了碧蓝的天空，晴朗无云。

她背对着大地，就这么直接掉了下去，头轻，脚底也轻。

再度醒过来是被关门声吵醒的，初星眠头疼欲裂，睁开眼睛，神思恍惚了好一会儿。

"怎么样，好点了没？"许灿灿洗漱完回来，额前细碎的发梢还滴着水，见她坐在床上便说，"你凌晨时烧得迷迷糊糊的，还一直说梦话，吓得我都快给你送医院了，结果我出去洗个脸的工夫回来，你就醒了。正好起来穿衣服，我陪你去医院吧。"

"嗯？我没什么事了，"初星眠说，"再吃点药就好。"

许灿灿将信将疑地过去："我摸摸你的头。"

初星眠乖巧地探身。

许灿灿点点头："咦，好像是不太烫。"

初星眠没什么血色的嘴角扯了扯："所以不用去医院啦。"

她从小就这样，每次受到惊吓虽然会发高烧，但是高烧持续的时间不长，第二天早上起来就没事了，倒是有点像应激反应似的。

"对了，"许灿灿像是想到什么，"昨晚那个变态你还记得吗？"

初星眠蓦地心脏一紧，回想到昨晚的事情还会觉得有些不适："怎么了？"

"他在派出所门口被人给揍了，听说被打得鼻青脸肿的。"

初星眠一愣："这怎么可能？"

"这人被抓去派出所以后，结果因为手机里照片和视频不多，量不足以称得上情节较重，然后他又没反抗，老老实实地交了罚款，昨晚就给放出来了。

"但是被什么人给揍的，现在还没传出来消息。反正那个死变态是活该，只能说这位仁兄干得漂亮。要不是你昨晚拦着我，我对着死变态的猪头也要一顿输出。

"这种人渣，这种败类，听说网络上很多人就是利用偷拍、偷窥他人隐私盈利，真是恶心。"许灿灿气不过，又多说了几句，"现在科技这么发达，偷拍者的惩罚却不重。"

初星眠没回应，只是心里却隐隐约约想到周晃嘉。

她停顿了一会儿，问道："灿灿，你在哪里听到的消息？"

"群里啊，南工大好多群都炸了，都在聊这个事。"

李子瑞看着眼前的手机，一夜没睡的疲惫全体现在黑黢黢的眼袋上。

他掐了掐眉间，想抽支烟，但又不行。

"我记得你跟我说过，你已经递交了入伍申请书。"李子瑞哑着声道。

周晃嘉眼皮微抬："嗯，在走流程。"

"那你还这么冲动？你知不知道你要入伍，档案里不能有案底？"李子瑞叹口气，"虽然这也够不上刑事拘留，闹到最大顶多也就是个治安拘留，说破天也没什么影响。"

"但是你这不是给自己找麻烦吗？"李子瑞不太懂，"到底为什么啊？就为了出口气？"

"嗯，就为了出口气。"周晃嘉身体向后仰了仰，随意搭着的手关节有多处瘀青。

李子瑞不是不知道周晃嘉那臭脾气，有些无可奈何："但你这口气是替谁出的？初星眠？"

周晃嘉没说话。

李子瑞更无奈了："自从你遇到初星眠以后，我真是越来越看不懂你。

"你该不会真的坠入爱河了吧？

"别跟我说你谈恋爱以后就是这样，和我想象中差距也太大了。"

"你想象中，我什么样？"周晃嘉问。

李子瑞回道："起码也该是女生追着你到处跑，现在你做了这么多，人家初星眠可未必知道。"

"她知不知道对我来说不重要。"周晃嘉眼眸微敛。

话题只能聊到这儿。

"录音里的证据我帮你转给我们头儿。"李子瑞拿走了手机，"你喝不喝点热茶？"

周晃嘉摇摇头，看向李子瑞的眼睛平淡而冷漠："我今天还有事。"

"反正不管怎么说，你这录音也算是帮了我们一个大忙。"李子瑞说。

昨晚在那男人打电话的时候，周晃嘉提前打开了手机录音。

"你怎么知道他当时会和同伙联系？"李子瑞问。

周晃嘉瞥了他一眼："用脑子想的。"

李子瑞咬咬牙："嘿！别这样，显得我这个问题问得很没有意义。"

送走周晃嘉，李子瑞进了办公室。

几个同事在追踪偷拍者平时用来盈利的网址，办公室里很静，只有"噼里啪啦"敲打键盘的声音。

李子瑞把手机扔到桌面上："头儿，录音在这里。"

有了证据，才好依法办事。

周晃嘉在工业园 A 区下车。

张守平已经在门口等他。

"这么突然联系你，你一定觉得很意外。"张守平推了推眼镜，"只是有些事情，我觉得不跟你说,心里总像是堵了什么。"

两个人走进了园区内的咖啡厅。

"我确实没想到,当年瘦瘦小小的小孩子会是你。"张守平说,"以前在大院里,你不爱说话。我只知道你是周围山的儿子,后来出了事,我才听他们议论过你的名字。

"那天见到你,我真是愣了半天,确认过你们两个的身份证才敢信。"

周晁嘉点了杯水,目光看向张守平:"直接说事情吧。"

"出事那年,我家里刚好买了照相机。"张守平叹口气,仿佛这件事是积压在心里多年的阴霾,如今吐出来才觉得通畅些,"初茂平家起火那天,我在外面忙,家里只有我儿子和我妈在。我儿子住的房间正对着初茂平女儿的那间。"

平宅大院各家各户的户型都差不太多。

"那天我不知道我儿子怎么摆弄的,把事故的录像全都拍了下来。

"当时我们不知道,过了两三年,我突然翻出来才看到。

"你爸爸的事故……其实另有原因,不完全是初茂平家的责任。"

气氛沉默。

半晌,周晁嘉眼眸微抬:"录像拍到了事故的全过程对吗?"

"对。"张守平愣了愣,同时又在心里暗暗佩服,如今的周晁嘉气质沉稳,镇定自若,再也没有当年只会低着头像闷葫芦似的往前走的阴沉感。

"那你为什么没有把视频给初茂平?"

如果录像里的证据真的对初茂平一家有利,为什么不拿视频做讨巧?

张守平蓦地怔了怔,随后才说:"因为我不想……把人逼上绝路。

"录像我会发到你邮箱,你看过以后就知道。既然你是周围山的儿子,这段视频无论公开还是不公开,我都会尊重你的决定,这是你的选择。"

第八章
小小的萌芽

"眠眠,你知不知道你们学校里的阮东俊?不过他好像不是你们专业的。他爸提过一次,我也没记得住。"初茂平电话打来得真是时候,初星眠刚上完课回到宿舍,他的电话紧跟着就过来了。

"你们学校又不大,你俩年纪也差不多,平时就应该多来往多走动。"

安庆街国际新城项目竞标有几个月了,一直迟迟没落实。

初星眠有些意外的是,这个项目竟然被阮东俊的父亲拿到。

阮东俊就是现在的篮球社社长,篮球社聚餐的那次她见到过,之后两个人没再有过交集。

"见过,不熟。"初星眠放好书包,余光瞥了眼后面的温意和钱思,然后拿着手机进了卫生间。

关好门,她才漫不经心地拒绝道:"不过走动还是免了吧,你和他爸是合作关系,又不是我和他。"

擦干净手,初星眠挂了电话。

微信消息是吕征发来的。

双口吕:【晚上篮球馆有轰趴活动,来吗?】

他又补了第二句。

双口吕:【我和晁嘉都在。这不是下周就是国庆假期嘛,社团想趁着大家放假前搞活动。】

上次吕征请她吃火锅,就顺便加了微信。

前两天她在教学楼被吓到,吕征还发消息安慰她。

一来二去,两个人也算是朋友。

反正至少比和周晁嘉相处要热络得多。

初星眠这样觉得。

她白嫩的小手在屏幕上敲下几个字，犹犹豫豫还是发送了：【可以呀。】

说起来，上次教学楼事件以后，初星眠已经有好几天没见到过周晃嘉了。研究生课程表和本科生非常不同，如果不是特意蹲守，平时根本碰不到面。

理智上，初星眠觉得自己和周晃嘉也没有那么熟悉，保持些距离也好，就如同她之前认为自己是周晃嘉的"扫把星"那样。但实际行动做出来的选择，总是和理智背道而驰。

每次在学校里路过研究生宿舍，她总是会下意识往门口看上几眼，也会期待在路上或者教室假装不经意地偶遇，她也不知道自己是怎么了。

篮球馆的轰趴定在晚上九点半。

听吕征的意思，这次来的人很多，都是阮东俊组织的。

初星眠刚到篮球馆门口，就看见各式各样的豪车，篮球馆前面就那么大的停车位，此时已经被停得满满的，而且车辆的颜色都很骚气，放到网红街都是要被疯狂拍摄的程度。当然，现在也确实有很多同学在旁边偷偷围观。

对比了阮东俊的做派，初星眠觉得自己平日里的生活真的很朴素，一点都不像"暴发户"的女儿。

"这儿。"吕征眼尖，从人群里走出来朝她打招呼。

初星眠步伐一顿，走过去："这么多……人？"

"我跟你说的时候还没。"吕征向她解释道，"原本就是篮球社自己的活动，我想着你之前不是打算应聘篮球社助理吗，再说也是熟人，所以就叫你过来热闹热闹。谁知道社团拟定参加人员表的时候，阮东俊来了。"

吕征先一步打开了篮球馆的大门，很绅士地等初星眠走进去。

"就变成了这样。"他无奈地耸耸肩。

放眼望去，哪儿还有什么篮球场地啊。

篮球馆的正中央，摆了张巨大的气垫游泳池，霓虹灯花洒自两米高的跳台而下，空气中弥漫着呛人的香水味道，两侧各类叫不上名的酒水平铺摆满，四周的桌案上还有零食水果。现场有打光灯，还有专门的调光师，昏暗的氛围衬得灯红酒绿，在会台上，几个DJ正在打碟。

年轻的男男女女穿着清凉，吊带背心游泳裤，正在泳池中向篮筐里投篮，水花迸溅得到处都是，叫好声被吵闹的DJ音乐掩盖。泳池边扭动着性感鲜活的身躯，时不时还有人爬上跳台。

初星眠简直愣在原地。

要不是知道这是哪儿，她还以为自己进了夜店。

"搞成这样，学校不会批评吗？"她忍不住问道。但她的声音还没传多远，就被嘈杂盖住。

吕征双手揣进兜里，俯低身体凑到她耳边说："反正现在篮球社……嗯，乌烟瘴气。"

他说得隐晦，初星眠没太理解。

吕征笑了笑，继续说道："现在的篮球社连日常训练和比赛都没有，不过聚会倒是很多。"

言尽于此，他也不再多说。

初星眠视线扫了一圈，没在哄闹的人群中看到周晁嘉的身影。

"你跟我走吧，今晚娱乐活动还挺多的。"吕征拍拍她的肩膀，"不过我和晁嘉一般不爱参与这些，他现在在二楼的投篮机那里，还是说你打算去别的地方玩玩？"

"我跟你们一起就行。"初星眠说，"对了，我有个问题想问你。"

"嗯？你说。"

初星眠停顿了一下，漂亮的眼眸眨了眨："我忘了。"

她本来想问吕征，那个偷拍的人是不是周晁嘉打的。但是话到了喉咙里，她却不知道该怎么说，好像问出来会显得自己很多事。

"这也能忘？哈哈，你和晁嘉还真有得一拼。"吕征笑道，"等你想起来再问。"

初星眠感到好奇："周晁嘉的记性也很差吗？"

"那倒不是。他也喜欢说话说一半，留下一半不说，让人干着急呗。"

投篮机是篮球馆内原本设计的娱乐设施，方便社团成员们放松。

初星眠跟着吕征从旁侧楼梯上了二楼。相对来说，二楼要清静许多。

整层区域被大致分成三个部分，左侧是桌球，中间是桌上足球，最右侧的拐角里才是投篮机摆放的位置。

机器运转的声音"嗡嗡"作响，混杂着馆内的音乐声，震得人耳鸣。

"这两台是阮东俊下午找人搬过来的。"吕征下巴一抬，指了指桌球和桌上足球，"你要是想玩我可以陪你。"

"桌球我会玩一点，但是就一点点。"初星眠小小地比了个手势，"桌上足球一点都不会。"

"不会没事啊，我可以教你。"吕征抬起胳膊架在她肩膀上，语气熟稔，"你看像我这样德智体美劳全面发展的三好少年，那必须是包教包会。"

"不然怎么当你学长啊？"话落，他对着拐角处的背影喊，"晁嘉。"

好几天没见，初星眠看着前面瘦削却又懒洋洋的背影，蓦地心间一紧。

扔出去的篮球在空中划出了完美的抛物线，又精准地落进篮筐里。伴随着劣质又怀旧的游戏音效，显示器立刻闪烁着时间结束，大写加粗的红色字体显示成绩"600"。

"晃嘉，你放过这游戏吧，每次来都被你打到满分。"旁边的男生开玩笑说道，"你不累，游戏机都崩溃。"

周晃嘉没说话，他接过旁边男生递上的毛巾擦了擦手，倏地，侧过身微抬视线。

两人的视线蓦地在空中相撞，嘈杂声和谈笑声似乎都变得很远。

初星眠慢慢地攥紧掌心，圆润的指甲掐进了皮肤纹路里。

好像，拥抱过了吧？

那天晚上她哭得稀里哗啦的，扑进了他怀里。

虽然有点丢人，但是好像又……有什么东西在心里萌生。

两个人目光相撞，周晃嘉稍一顿，收了回去。

"换你了。"他说。

旁边男生嘻嘻哈哈地接替了周晃嘉的位置。

初星眠仍旧局促地站在原地。她自己也搞不懂，以前在周晃嘉面前，她可不会感到拘谨，但现在是怎么了，面对他的时候，感觉手脚都不知道放在哪里比较好。

"趁着我去接初小学妹的时间，又欺负我学弟。"吕征笑嘻嘻地走过去，也开了台机器。

随着"嗡嗡嗡"的震动声，一排排的篮球自上而下一个接一个地掉落下来，他熟门熟路地捡起，投进去。

周晃嘉眼皮微掀，对吕征的话漠然以对。

他走过去多拿了瓶矿泉水，来到初星眠面前，拧开瓶盖递给她。

"嗯？谢谢。"初星眠脸颊微热，伸出两只手，客客气气地接过来。

周晃嘉眉眼扬了扬，看着她，仍没说话。

"我脸上有东西吗？"

小姑娘话音落下，他才闲散地收回视线。

"跟吕征倒没这么客气。"周晃嘉说着，黑眸有意无意地瞥过她的肩膀。

初星眠一愣："什么？"

"听不懂算了。"周晃嘉眉尾稍扬，"要我陪你玩会儿吗？"

初星眠指腹摩挲着瓶身，话没聊几句，她只觉得脸颊的热气都要涌到头顶了，连空气都变得闷热起来："可、可以啊。玩哪个？"

"会打桌球吗？"周晃嘉问她。

初星眠轻咬了下唇："会打一点。"

"嗯，那就这个吧。"

小姑娘脸颊红润，杏眸像是浸了水般，略微沉思的模样娇态萌生。她今天穿的热裤，短袖衬衫衣领宽大，稍一动便滑落至肩侧，细软的长发搭在锁骨，露出的脖颈白皙修长，直角肩漂亮又完美。

桌球这个东西，初星眠只在高中的时候打过。

那时候学习压力大,她就会在周六周日和许灿偷跑出去打桌球。

听着球杆与球体清脆的碰撞音,两个小姑娘随意又自在地倾吐着青春期的各种烦恼琐事,那段时间里,这是她最解压的游戏。

周晁嘉从旁边拿了根球杆递给初星眠。

旁边有人替他们摆好球。

"你来开球?"周晁嘉笑了笑。

初星眠俯低身体靠在桌案边,细长的球杆在指缝间校准几次,对着前面的球径直打了出去。

桌球四散开,几颗花色球急促地滚进了洞里。

她换了个位置,又连续打了两杆。

轮到周晁嘉。

初星眠喝了口水,目光却忍不住落在他身上。周晁嘉打台球的动作很好看,微垂的领口刚好能看见深陷分明的锁骨,他的喉结随着抬起俯低的动作而微微滑动,骨节清晰的手指随意地搭在球杆上,不经意地瞄准,一杆进洞。

打了会儿,周晁嘉只剩最后一颗球了。

这场两个人之间的比赛,她肯定是输了。

初星眠默默地看着他,球杆撞击球体的清脆声响起,这颗球径直冲向了洞口。就在她以为这颗球肯定是稳进的时候,在距离洞口只有不到一厘米的位置,球停了下来。

周晁嘉眉头轻抬:"到你了。"

"你是在让着我吗?"初星眠走到桌案旁,睨了他一眼,小声问道。

周晁嘉敛眸:"只是技术不好。"

他越这么说,初星眠就越不信。

他之前的球打得稳准狠,偏就是最后一颗失手了。

"每次的最后一颗球,我都打不进。"周晁嘉淡淡地说。

初星眠打了一杆,见球进了,才看向他:"这是为什么呀?"

"越急迫,越适得其反。"他说。

初星眠糊里糊涂地点点头,也不知道他这句话表达什么意思。她俯低身体,继续打。

球杆刚出的瞬间,她突然感觉有股气息蔓延过来,清冽又好闻的味道。

"不然,你教我打最后一个?"

他靠得不近,声音也很轻,像是在认真地向她询问。

初星眠蓦地心头一颤,下意识回应道:"也不是不行。"

话都说出口了,她才缓过神来:"可是我也打得不好,角度不刁钻的话,才能打进。"

"那我们互相帮助?"周晁嘉的嘴角挑了上去,"我不会打直球。"

等回过神,初星眠才发现自己被他的影子半笼着。周晁嘉没有逾矩,他的手压住了球杆的另一侧,离她的位置不近不远,把球杆的重心一点点地向下压。

她和他之间也没有接触,但初星眠却觉得心跳比以往任何时候都快。

"现在怎么打?"

他的声音略低,在一众杂音里,在她耳边泛起。

他温热的气息喷洒在初星眠耳侧,她强打精神让自己将注意力集中在他压球杆的指尖上。

初星眠屏住呼吸,红着脸说:"对准我们要打的那颗球,然后再保证我们的击打、击球路线的吻合,最后出杆。"

"这样?"周晁嘉嗓音轻缓。

初星眠感觉心要从嗓子眼里蹦出来,眼神躲闪:"嗯,这样。"

碰撞声响起,也不知道是角度还是力度不对劲,球竟然没进。

"咦,不应该呀。"初星眠疑惑,这颗球都到球洞门口了,她竟然还没带周晁嘉打进。

呜呜,感觉好丢脸啊!

纵然她心中万般感慨,但说出口的却是:"我果然好菜。"

"是我的问题。"周晁嘉说,"再来?"

来来回回打了几遍,同样的位置打了好几次,这颗球就是不进。初星眠也由最开始的别扭到习惯了周晁嘉和她靠近,还共用一根球杆。

"怎么还是打不进呀?好奇怪。"小姑娘懊恼地叹气。

周晁嘉说:"多试试,或许就进了。"

他话音刚落,口袋中响起"嗡嗡"振动声。

衣料很薄,薄到初星眠都感觉到了他手机的振动。

"你手机好像在响。"她犹豫了下,说道。

周晁嘉懒散地应了声,手指离开球杆。

错开的瞬间,他的指腹不经意地划过了她的手背。冰凉又干燥的触感,让初星眠一怔。

偏偏周晁嘉却像是没察觉到,他看了眼手机,将目光又投到她这里:"我有电话,你先打。"

稍一顿,他又说:"或者,我叫吕征过来陪你打。"

"好,我都可以。"初星眠撑着桌案,眼眸眨了眨。

"嗯,我去叫他。"末了,周晁嘉又说,"吕征要是让你教他就拒绝。"

初星眠一怔:"嗯?这是什么意思?"

周晁嘉脸不红心不跳地说:"他喜欢装菜鸟。"

说完,他转身离开桌球台。

初星眠站在原地想了一会儿。

半晌,她才突然反应过来周晁嘉的话是什么意思。

他喜欢装菜鸟,骗女生教他打桌球。

初星眠看向背光而站的周晁嘉,脖颈都在泛红。

吕征很快就走过来。

两个人打之前,初星眠没忍住又看了一眼周晁嘉的方向。

他这通电话,似乎还要打很久。

反正闲着也是无聊,初星眠就和吕征打了会儿。

两个人正打得热闹,突然冒出来几个男生打破了气氛。

"你们在这里玩得这么开心,怎么不下去和大家一起?"

阮东俊身后跟了七八个男生,他们头发染得五颜六色的,初星眠只能从他们头发的颜色来区分谁是谁,但看得多了吧,就觉得眼花,连看他们脸都是那个色的。

"吕学长竟然偷偷跑到这儿来躲清闲,还不带我们哥几个。"有个倒霉催的看了眼阮东俊的眼色,立刻跑出来搅局,"学长,都是学弟学妹的,也带带我们呗。"

一个人出声,其他几个立马跟着附和:"是啊,我也想打桌球。"

"我也想跟初学妹打。"

"谁啊你,就跟初学妹打?"另一个压低了嗓音,"没看阮哥对那谁有意思吗?"

阮东俊眼睛眯起来,目光在吕征和初星眠身上扫了一圈。

"光玩就很没意思。"阮东俊笑笑,他人长得高大,眉深眼阔的,笑起来显得很爽朗,"让他们上点酒,轰趴没酒还能叫轰趴?"

旁边站的几个服务生模样的人立刻端了酒水过来。

半个巴掌大小的玻璃酒杯里面盛满高度烈酒。

酒香很快就弥漫在四周。

初星眠是能喝酒的,大一刚开学的时候,宿舍里的四个小姑娘跑出去吃第一顿入学饭,她把温意和钱思两个人一起喝倒,许灿灿因为滴酒不沾,才能幸免。

但这不代表她什么场合都会喝。

阮东俊把第一杯酒递给了初星眠,见她没有接的意思,他笑了笑:"别吧,这也太不给面子了啊。好歹我和你爸爸吃过饭,说起来,我和你也是朋友关系。"

初星眠仍然没接:"我对朋友的定义还是很准确的。"

言外之意,不是谁都能跟她成为朋友,自然也就不是谁递给她酒她都会喝。

"那看在你是新任篮球社助理的份儿上呢?"阮东俊倚靠在吧台旁,双手环胸,显然是她不接他就不罢休的意思,"本来这个好消息我想等会儿当众宣布,给你一个惊喜。"

"什么新任篮球社助理?谁?"初星眠一愣,被他的话搞得疑惑。阮东俊该不会说的是自己吧?

嘿,还真是她。

"我替你申请的。"阮东俊薄唇勾起,眼底颇有点邀功的意思,"之前我看社团的申请记录里有你,所以昨天替你去教务处跑了一趟。按理说这样的事情没这么麻烦,但是吧,我这个人喜欢名正言顺,所以这社团申请书盖了章才敢送到你面前。"

他撑着下巴,俊俏的面颊被光影笼着:"那这杯酒是不是能喝了?"

气氛沉默了会儿,好像一时间所有人的目光都投在初星眠这里。

大家都想看她会不会还是驳了阮小少爷的面子。

阮东俊的家庭条件说出来,在整个华江市富人圈里也是混得开的。

和家里是拆迁暴发户出身的初星眠不同,阮东俊他太爷爷就是华江市第一批搞建设的企业家,祖祖辈辈传下来的资产,再富个三代都不成问题。

"不喝。"小脸白嫩的初星眠坦然地看着阮东俊,"我没有同意你去帮我申请,你这是自作主张。"

半响,她像是觉得还不够直白似的又补了一句:"我不喜欢自作主张的朋友。

"而且这个助理的职位,我也不会接受。"

初星眠突然然想起当初她想破脑袋也要挤进篮球社的时候,面试时却被周晁嘉刷下来。

现在想来,周晁嘉当时的想法是对的,她进篮球社的目的不单纯,也不是真正喜欢这个社团,自然不应该占用真正喜欢社团的人的位置。

在场的人都清晰地看见阮东俊的脸黑了。

在南工大混这么久,不对,在华江市混这么久,他们几乎就没看见过阮小少爷吃瘪。

阮东俊一行人冷脸离开以后,吕征才从震惊里缓过神。

他给初星眠竖了个大拇指:"你是我见过的第一个让阮东俊脸色黑得和煤差不多的人。"

"难道就没有其他人拒绝过他吗?"初星眠不解,按照她的原则,如果有任何她不想去做的事情,她就一定会拒绝。有时候,学会拒绝也是一件好事。

吕征说:"没有。就这么跟你说吧,阮东俊的家庭背景确实挺吓人的,他父亲家那边是什么土建局的,他母亲家这边是搞外贸汇率的,华江市的经济一大半都要过这两个单位的流程,要是没什么必要,谁想得罪一个家庭背景这么硬的人?

"再说了,马上就大学毕业,睁只眼闭只眼就过去了。

"什么叫有根基?他们家就是。"

话题到此为止,吕征也不想和初星眠说得那么复杂,人嘛,总是要有自己的原则和三观的，所以他也很佩服初星眠刚才能够按照自己的原则做事。

两个人又玩了会儿。

吕征正打算给初星眠拿瓶饮料，余光一瞥，看见了一个人影。

他下颌朝着泳池旁的吧台位置点了点："那个人看着面熟啊，是不是小学妹你的朋友？"

初星眠顺着他视线的方向看了过去，还真是。

"是我室友。"她眉头倏地一皱，"学长，我下去看看我室友。"

钱思被人灌酒灌到脸色通红。

初星眠刚过去，就见钱思差点摔倒在地，她连忙把人扶起来。

这桌上喝酒的估计都是表面朋友，哪怕看钱思喝成这样也没有要帮衬一把的意思。初星眠扫了一眼，果然，面孔看着好像都是学院里的，但是她一个都叫不出名。

"你怎么在这儿？"初星眠还挺意外的，"你和谁来的？"

"我、我、我忘了。"钱思喝多了，憨态毕露，"好像是被谁拉过来的。"

初星眠忍不住蹙紧秀眉，看着桌前几个打扮性感成熟的女生，"我先送她回去，你们继续吧。"

"哎，别呀。"其中一个红头发大波浪的吊带女生忙叫住她，"星眠，轰趴还没结束呢，你这样把人送回去，不是扫兴了吗？"

"是呀，要不然我们一起吧。"另一个也搭腔，"钱思和我们打了赌的，她面前的酒要是喝不完，她的两千块就要输给我们。"

初星眠眉头皱得更深了，她了解钱思的家境，两千块对钱思来说，可能就是两个月的生活费。她虽然不想支持钱思的做法，但是更不想看着好友被坑。

"我帮她喝，可以吧？"

"可以是可以。"红发女生伸出手指绕着发丝打转，"但是我们这里还有一个规矩。星眠，你可别说我们欺负你，毕竟规矩就是规矩，替喝要喝两倍。"

初星眠瞥了眼钱思面前的酒杯，约有六杯。杯子是玻璃质地，不是很大，大概只有半个手掌那么高，但是里面酒的颜色很醇厚，看起来度数不会太低。

十二杯的量，她在心里预估了下，应该是没什么问题。

"我记得好像有谁说过，初学妹还是很能喝的。"

"对对对，我也是听人说过，初学妹是千杯不倒。"

"大一新生聚会的时候，我有个学弟和初学妹是一个院的，他说初学妹的酒量绝对可以。"

旁边看热闹的人越围越多，毕竟起哄又不需要花钱。

"按照你们的规矩来。"初星眠淡声说道。

酒水过半，初星眠品了品舌尖上的苦辣，就像喝啤酒的时候能浅尝到的麦芽

香气。

她对酒味不反感。

不过很多人受不了酒水的味道，像许灿灿，她每次闻到酒味都会蹙起眉头。

初星眠思绪回笼，指腹轻慢地点着杯壁，余光扫到隐匿在阴影当中的阮东俊。只见对方朝红发女生暗示般地点下颌，便一搭没一搭地喝着酒，像是藏在黑暗深处蛰伏已久的豺狼，静静等待着这场博弈的战利品。

"星眠，单纯这样喝很没意思的，不如我们来玩点什么？"红发女生眼波流转，打量初星眠的眼神里又多了几分其他意味，"骰盅比大小，三局两胜定胜负怎么样？"

明知道红发女生没安什么好心，但初星眠也厌倦了此时一杯接着一杯地喝酒，很乏味。

她红唇轻抿，漫不经心地摇晃着手里的酒杯，迸溅出的酒渍沾在了指腹上。她抬起手抹了抹唇边，眼底醉意微醺："怎么个玩法？"

"规则呢，很简单。"红发女生说道，"骰盅里有三个骰子，谁的点数大就算谁赢。如果你赢了，不仅这些酒不用喝，而且你朋友欠我们的账目也可以一笔勾销；如果你输了，只需要喝掉 Ruisi（鲁伊西）最得意的拿手作品，就可以带你朋友走。"

说完，红发女生下颌微抬，点了点旁边吧台里的酒保。

这些人自然不可能是学校里的，稍微想想也能猜出来，他们是阮东俊不知道从哪个酒吧挖过来捧场的。但是能和阮东俊混在一起的人，肯定也不是什么普通人。

第一轮，初星眠点数大；第二轮，红发女生点数大。

气氛热烈，周围的人全都聚过来凑热闹。

第三轮开始前，所有人都屏气凝神，等待着初星眠揭开答案。

三个四。

对方两个四，一个五，险胜她一点。

红发女生吹了个口哨，被称作 Ruisi 的酒保立刻推过来一个精致又漂亮的玻璃杯。

里面的量不多，连酒杯的五分之一都没有，但还没尝，初星眠便已经闻到了各类酒精混合在一起的浓香味道。她漂亮的杏眸微微眯起，知道这杯酒的度数绝不会低。

她现在是真的对阮东俊感到好奇，千方百计想要让她喝下这杯酒，目的到底是什么？

见初星眠迟疑，红发女生忍不住急声道："都说星眠是我们学校里最讲诚信的女生，愿赌就要服输，可不能耍赖。"

初星眠仔细又认真地看了对方一眼，像是想要找寻到什么线索。

半响，她敛眸，气定神闲道："皇帝不急，太监急什么？"

"你说谁是太监?"当着这么多人的面,红发女生脸色顿时变得不太好看。

初星眠慢慢地摇着酒杯,有意无意地睨着阮东俊:"我又没说我是皇帝。"

周围的人都留意到了初星眠的小动作,同时也都屏气凝神,看着她在老虎屁股上拔毛。

"我确实讲诚信。

"所以这杯酒,我喝。"

愿赌服输。

她话音刚落,却被一只骨节分明的手打断。

傍晚风吹过,清凉中带了丝闷热的余温。

初星眠一路跟着周晁嘉走上篮球馆顶楼的阳台。

他在前,她在后。

"替你喝了那杯酒,算不算我多管闲事?"周晁嘉倚在铁栏边,他的目光深邃沉郁,此时背对着后面的城市灯火,仿佛映着光,"阮东俊看起来对你很感兴趣。"

"怎么能叫多管闲事?应该是英雄救美。"初星眠说完,自己也有点不好意思地移开视线。

她愣愣地站在原地,脸颊因为染了酒气而泛红,随即又懊恼道:"你也看出来了吗,难道是我拒绝得还不够明显?"

其实初星眠也挺奇怪阮东俊的态度,按照今晚她从吕征那里听到的消息,像阮东俊这样家庭背景的子弟,根本就不会把心思放在一个对他根本不敢兴趣的人身上。

虽然现在他们两家的确是有干系,可不代表阮东俊就会因此喜欢上自己吧。

思来想去,初星眠还是觉得莫名其妙。

不过在应允那局游戏的时候,初星眠已经悄悄给许灿灿发了微信。她总觉得阮东俊的目的不是那么单纯,所以哪怕义气地替钱思出头,她也是想好了退路的。

原本许灿灿想让初星眠带着钱思一起回宿舍,但是初星眠还有些问题想问周晁嘉,便让两个人先回去,她承诺许灿灿自己会在门禁之前回宿舍。

周晁嘉笑了笑,没答话。

两个人视线碰上,他神情自然地抬起下颌:"不好奇我为什么替你喝掉?"

初星眠被他如此直接的话问得一顿,下意识地摇摇头,半晌,又忍不住地点点头。直觉告诉她今晚周晁嘉一定会有些话想跟她说。

周晁嘉微敛眼眸。

小姑娘心性单纯,眼里的世界黑白分明,哪里能想到暗处的肮脏手段多不胜数。她能被初茂平养成这样的性格,他对此不算意外,只是看着她傻傻地被其他人盯作诱饵,难免让他有些不爽。

尽管这事跟他没什么关系。

"我的脸上有什么东西吗？"小姑娘抬起手，小心翼翼地摸了摸自己的鼻尖，双眸水润盈盈，像是深林小鹿的眼睛，澄澈又干净，"还有到底是为什么呀？"

"因为……"周晁嘉慢慢站直身，走到她面前站定，低头靠近，呼出的气息都是温热的，漂亮的眉眼稍扬，"你酒量不好。"

话音落下，他单手插进了兜里，却像是喝醉酒般站不稳，下颌垫在了初星眠的肩窝里。

"周晁嘉，你没事吧……"初星眠轻轻推了推他。

他懒散地应声，动也没动。

初星眠耳畔响起均匀的呼吸声，颈窝里被温热的呼吸吹拂，像是连心窝都跟着软了下来。

"到底是谁酒量不好呀……"

夜风里，小姑娘无奈地喃喃自语道。

末了，周晁嘉半合起眼，低笑出声。

药物起了反应，他能清晰地感觉到微微的头晕和无力，不过问题不大，看起来就像是酒醉状态，没什么其他的异常。他勉强抬起的手指指节微绕，缠住了她垂落在肩处的头发。

校园里已经没了什么声响，静谧得能听到风吹动树叶的声音。篮球馆前的操场上有几个人在交谈嬉戏，但那声音像是很远很远，仿佛是从另一个世界传来的。

"周晁嘉，你醉了吗？"

许久，小姑娘才轻声问道。她挺直又僵硬的背脊像根木桩，生怕哪里没站直歪倒。

"嗯。"

"那要不要我送你回宿舍？"她犹豫了一瞬，还是问道。

其实初星眠也没什么别的想法，她就是觉得大晚上一动不动站在这里吹冷风实在……太傻了。

"什么时候开始连助教也不称呼了？"他压低声音，像是困了似的，说话很懒倦。

小姑娘振振有词："可是，你已经不是我的助教了哎。"

"那算不算是你学长？"他敛眸，想起小姑娘称呼吕征时一口一个学长叫得热切，莫名的闷气上涌，难得较劲。

"算吧。"初星眠"唔"了声，悄悄地瞥了眼周晁嘉的宽肩。

可是她好不习惯叫周晁嘉学长哎！

还是"周晁嘉"念着舒服，她偷偷在心里嘀咕道。

"你在我这儿，倒是越来越不见外。"周晁嘉若有所思。

气氛安静了会儿。

初星眠的心却蓦地多跳了几下，身体紧绷，连带着其他感官都变得敏感。

好闻又浅淡的味道顺着风吹拂，混着她鼻息间的酒气，弥漫在四周。

隔着微薄的布料，她几乎能感觉到他的体温。

初星眠的手笔直垂在裤缝两侧，掌心蓦地攥紧，湿滑又不安。

她开始意识到两个人之间贴得有多近，意识到肩窝里周晁嘉压下来的重量，意识到现在这样的状态或许……有那么一点暧昧不清。

是酒精……的关系吗？

在这样静谧安心的氛围里，她想到的都是这个原因。

回到宿舍刚好赶在门禁之前。

初星眠趴在桌子上，宿舍里很静。

大概是许灿灿和温意都没想到今晚阮东俊的人竟然会和钱思扯上关系，再加上钱思回到宿舍又吐了两三回，所以大家收拾完以后都各忙各的，谁也没说话。

过了半晌，初星眠才从手臂间抬起小脑袋，小声喊许灿灿。

"什么事？"许灿灿翻过身，长腿直接搭在护栏旁，从护栏的空隙间回应她。

"你说，我要是对周晁嘉有了其他的想法，是不是很罪恶？"

宿舍里顿时静了下去，连呼吸都跟着慢了一拍。

除了在床上睡得正香的钱思，许灿灿和温意都不约而同地看向初星眠，眼睛都瞪得很大，仿佛既紧张又期待能从初星眠口中听到什么。

许灿灿慢吞吞地咽了咽口水，试图解析她的话："你说的其他的想法是指什么？"

"就是，哎，我也说不上来，"初星眠的手挂在下巴上，"感觉挺奇怪的，我好像喜欢上周晁嘉了。"

"啥？错觉，绝对是你的错觉。"许灿灿"啧啧"了两声，"先不说这世界上所有的一见钟情都是看脸，就说你喜欢的基础是什么呢？脸还是性格？还是其他？

"我很怀疑你们两个从认识到现在，说过的话有没有超过十句。"

初星眠小声辩驳："当然有！"

"不过周晁嘉确实挺帅的。"温意眨眨眼，笑道，"你们要是多去逛逛论坛，就能知道我们学校有多少女生关注他。"

初星眠若有所思："那兴许我真的就是看上了他的脸蛋。"

"可得了吧。"许灿灿不置可否，"你想想你这几年参加过的各类聚会还少吗？甚至有几个大佬的私宴还请来了各路帅气年轻'小鲜肉'，你也没瞧得上眼的呀。你压根就不是颜控。

"再就是那个和你家现在还有合作的阮东俊，人家长得也是一表人才啊。虽然也不清楚是不是渣男，但是你看你对阮东俊的态度，避他就跟避蛇蝎没两样。"

"那就是性格？"初星眠心虚了一下，自己也不确定地迟疑道。

许灿灿拍了两下手，冷笑一声："那我更是哈哈，周晁嘉性格那么冷，和你的性格简直是天壤之别，你们两个一个南极一个北极啊。"

初星眠被许灿灿分析得长叹了口气："那还能是因为什么啊？"

"酒精。"许灿灿腿一跷，"等你明天酒醒了，不用我说，你自己都能因为有过这样无厘头的念头而尴尬到想找条地缝钻进去。"

末了，许灿灿又像是想到什么。

"你没表白吧？"

"没有。"

"那就好，不然我明天就要看到你的转学申请了。"

第九章
奉一捧鲜花

或许许灿灿的分析是没错的。睡了一晚，第二天起来时初星眠抓了抓微拱起来的头发，一个鸵鸟埋沙把脸藏进了被子里，内心在羞赧尴尬中疯狂挣扎。

昨晚！昨晚！昨晚她是不是说了喜欢周晁嘉来着？

"唉——"

许灿灿和温意洗漱回来对初星眠的反应见怪不怪，毕竟初星眠的反射弧长得很，也因此时常纠结于已经发生过的事情，有的时候甚至能纠结好几天。

"醒了？"许灿灿扎起的高马尾扫了扫肩头，上半身的收腰牛仔衬衫衬得胸部傲然挺立，"怎么样，缓过来了没？"

"没。"初星眠瓮声瓮气的，末了，她又忙补充了句，"你们就当昨晚我什么都没说过，你们什么都没听过，无事发生，嗯，无事发生。"

许灿灿笑道："早猜到会是这样，你一喝酒脑子就发热，什么乱七八糟的念头都能跑出来。我倒不是反对你谈恋爱，但是作为你朋友，我有责任也有义务帮你规避风险。"

稍一停顿，许灿灿又说："起码得在你脑子清醒的时候。"

初星眠睨了她一眼："别这么了解我啦。"

像是想到什么，初星眠猛地起身："对了，钱思怎么样？"

昨晚钱思喝得那么多，今早起来肯定头痛吧。

"人家一大早就出门了，醒得比谁都早。"许灿灿回答初星眠，"你突然问这个做什么？"

初星眠没回，倒是问向在桌案旁抹爽肤水的温意："钱思最近是不是出了什么事？"

在宿舍里，初星眠和许灿灿认识得早，两个人关系又好，四个人自然而然就分成了两组,平时都是温意和钱思结伴而行。

"是有这么回事。"温意顿了顿,没忍住叹口气,"她的经济上出了点问题。"

"什么时候的事?都没听她说过呢。"许灿灿停下手里的动作。

"也没太久吧。我也是星眠和周晁嘉被造谣传绯闻闹上表白墙那天才知道的。"温意说,"但钱思很在乎这件事,也不想跟大家说,所以你们就当不知道吧。"

宿舍里蓦地静了。

谁也没再开口讨论。

而那晚之后,初星眠和周晁嘉也没再联系。更确切地说,除了那次群里发起的临时会话,初星眠到现在连周晁嘉的私人联系方式都没有。

夜里的风、酒后的醉意,以及隔着微薄布料的体温,都像是做了场梦似的。

国庆节的假期,初茂平有事在身忙得走不开,徐星约上了一帮小姐妹去旅游。

"这几天中午不想订外卖就去你外婆家里蹭饭。"临出门前,徐星嘱咐道,"但是你下午别待太久,你外公外婆他们睡觉都早,你在,他们都陪着你哄着你,睡不好。"

"哎哟,妈,我知道啦。"初星眠穿着小熊维尼的黄色睡衣,把宽大肥厚的睡帽往头上一套,两只小耳朵跟着她的动作晃了晃,"我又不是小孩子了啊。你还是检查检查证件什么的带齐了没,还有衣服,换洗的睡衣不多带几套吗?"

家里的司机陈叔正好进来拿箱子,见状想到了什么似的,伸手从口袋里拿出一个淡黄色的牛皮纸信封,说道:"小初,门口保卫处说是有你的信件,我就顺便带了过来,你看看。"

"我的信?"初星眠愣了愣,随后嘀咕道,"现在还有人写信吗?"

信封上面干干净净的,只写了一句:给初星眠。

门关上,客厅里顿时静下来。

初星眠歪着脑袋夹住电视遥控器,顺手就把信封一拆。刚撕开封口,几张还带着新鲜胶卷味道的相片滑了出来。

上面都是朦胧又模糊的背影,晚霞下的长直街道显得异常空旷。

"什么吗?"

初星眠思索了几秒是不是谁的恶作剧,但很快她就把照片往储物盒里一扔,转头拨通了许灿灿的视频电话。

许灿灿这个假期回了老家江定市。

"就我自己在这边,我都快无聊死了。"初星眠都快把小熊维尼的耳朵薅秃了。

许灿灿一边吼着身后的小孩别抓她头发,一边气息不匀地化着妆:"那咱俩换换吧,你来江定替我应付这一大群的亲戚,还有这些小孩,我跟你讲,我真的要烦死。"

"不许捣乱！不许动我东西！"

"都给我站墙边，背书去！"

许灿灿扭过头吼了两声，满脸生无可恋。

"你化妆是要出门？"初星眠问。

许灿灿"嗯"了声："祝亦辰约我去吃饭，我思来想去打算赏他这个面子。"

"还是小奶狗香哪。"

晃动幅度太大，初星眠刚说完话就一脚踢翻了储物盒。

"对了，灿灿。"她说，"有人往我家门口的邮箱里塞了个信封。"

许灿灿问："里面有什么啊？估计是谁送你的情书吧？"

"什么都没有，就是几张照片。拍的地方是哪里我也没看出来，好像是郊区的郊区，靠近后山那边的南区公路。"

话音刚落，许灿灿突然高声道："你别动。"

"怎么啦？"

"照片后面有数字。"许灿灿凑近镜头眯了眯眼。

初星眠翻转一看，嘿，还真有串数字。

"是手机号吧，要不你打打看？"许灿灿说。

视频没持续太久，那边几个小孩子吵闹得凶。

初星眠挂断视频以后盯着这串数字看了许久。

她深呼口气，还是没按捺住好奇心，拨了过去。

"嘟嘟嘟"的几声响起，接电话的是个嗓音尖锐的女人。

"小初姑娘，我猜到你一定会给我打这通电话，不过你没想到会是我吧？"

初星眠愣了愣，会用这样怪气的语调称呼她的人……

"葛红……阿姨？"她不太确定地轻声道。

葛红约初星眠见面的地方是附近的一家餐馆。

假期刚至，周遭人来人往，人声鼎沸。

忙碌又嘈杂的氛围，没人留意到葛红。

初星眠到的时候就看见葛红已经坐在门口的餐桌那里。

她脚步一顿，还是默默地走了过去。

"你找我有事？"她礼貌又疏离地开口，毕竟当初在她的生日宴会上，葛红对她的态度着实说不上友好。

其实初星眠本可以不来的，初茂平曾提醒过她，如果葛红私自联系她的话，让她不要理会，但她还是没办法置之不理。

和那日相比，葛红仿佛又憔悴了很多，眼角平添了更多的细纹，让她整个人都呈现出不健康的状态。

"服务员,上杯水。"葛红没应初星眠的话,而是对着那边忙得团团转的服务员说道。

玻璃水杯刚刚放稳,葛红就端起抿了口,等干瘪没有血色的唇瓣稍微湿润了些,她才说道:"你想要吃点什么?菜单在这里,你可以自己看看。"

顺着菜单推过来的方向,初星眠视线微垂:"阿姨,你找我来,是有事情要说吧?"

"这里的菜其实做得还不错,别看门店小,但是正宗。"葛红说,"我在这个地方生活了这么久,也就他们家的饭菜合我胃口。"

初星眠有些不太懂她的意思,犹豫了会儿,说道:"阿姨,你要是没有其他的事情,我还是先走了。"

闻言,葛红却古怪地笑了声:"照片你没有看吗?"

"你是什么意思……"

"今天是我那可怜老公的忌日。"葛红端起水杯又喝了口,中指上粗大的金戒指映着光闪闪烁烁,"照片里的路,是通向后山墓地的必经之路——南区公路。我拍照的时候,晁嘉那孩子也在画面里,他孝顺,总是时不时要去看一眼。"

"你要是有心的话,也去祭拜祭拜吧。"葛红一顿,突然佯装友善地解释,"之前闹了你的生日宴,你别怪阿姨,毕竟我痛失爱人难以忍受,看着你们阖家欢乐,我老公却在深山老林里孤苦伶仃,这叫我怎么能踏实安心?"

初星眠一时间竟不知该怎么宽慰葛红。

她无措地站在原地,想说些什么,但最后所有的话还是都咽回了肚子里。

也是,在生死面前,语言显得那么苍白无力。

临走前,葛红像是怕初星眠找不到路似的,又往她怀里塞了张地址。

出了巷口,初星眠就打了辆车。她把地址给司机看了看,心情复杂地翻开临时对话框。

她手指在对话框里反反复复地按下了好几次,但还是没想好和周晁嘉说句什么。

末了,她还是先给许灿灿打了电话。

"你是说,是周晁嘉那个继母给你塞的信封?她还让你大下午的跑后山去?"许灿灿的声音陡然拔高了好几分贝,"这老巫婆安的什么心思啊?你不会真的要去吧?"

初星眠看向车窗外,视线触及的,皆是浮光掠影。

她闷闷地应了声,这个话题对她来说太沉重:"以前不知道,所以一直没能去。"

现在知道了,她总是想要去奉一捧鲜花的。

"按照我对你的了解,你肯定是打定主意要过去。"许灿灿见初星眠不说话,大抵也猜到了她的想法，稍顿，声音也越来越轻，电话里的杂音混着汽车的鸣笛声，此起彼伏，"不过，你最好联系一下周晁嘉吧。他妈妈我可信不过，他这人还成，最起码靠谱。"

挂了电话，初星眠把脑袋抵在车窗上。她承认自己做事的确很冲动，有时候也不确定一件事做得到底是正确还是错误的，但若是不遵从内心的想法，会让她更加难受。

想做的事，想见的人。

在这个年纪所有的冲动。

她没办法装出来别人期待的那般少年老成游刃有余，仿佛事事都能完美周到。

可是这就是她初星眠呀。

气氛重归于宁静，电台里主持人在小声地播报前方的路况，竟有种莫名的平淡安宁感。

司机透过倒车镜瞥了后座上漂亮的小姑娘一眼，没忍住搭话："小姑娘，你是一个人去后山吗？"

"嗯？"

"你一个人的话实在很不安全啊，一定要叫上你朋友。后山那里一到下午四点以后阴得很快的，路也不好走，有几个坡很陡的，本地人除非必要情况，也不会去。"

她没跟司机大叔说她知道，毕竟她这个本地人对后山的路况的确是有了解，那里可是吓唬小孩最有用的地方。

"好的，谢谢你。"初星眠认真向好意提醒的司机大叔道了谢，指腹轻轻磨蹭在手机屏幕上。这次她没再犹豫，给周晁嘉发了条信息。

对方很快打通了她的电话，中间的间隔连两秒都没有。

"你在路上？"周晁嘉问。

他的语气稍微有点沉，让初星眠分辨不出周晁嘉到底是什么情绪。

不知该说什么，她浅浅地应了声。

"你走的路线是哪条，我去接你。"

初星眠把字条上的地址念给了周晁嘉听。

葛红给的地址很详细，不仅仅写了从哪条路走，还写了到后山公园墓地的几号碑。

周晁嘉闻言顿了两秒，快速说："换条路，跟司机说你不走南区公路，去新平公路。"

司机一听有人来接，脸上顿时露出了轻松的表情，但年纪大了吧，就忍不住用教育的口吻告诫后辈，再加上初星眠长相讨喜又软糯，更想让人提醒一番。

"小姑娘,你长得这么漂亮,以后千万不要一个人走这样的路了,就算要走也要找人陪着。你这是运气好,碰见我,万一碰见那些人品不好的司机呢?"

"还有,电话里的男生你可得提防着,约你来这里的,能是什么好男生?"

"正经男生约女孩,就算不是高档餐厅的标准,那也得是装修精致的小餐厅。哪有约会来荒郊野岭的?唉。"

"你这么年轻,可别听那些就会耍嘴皮子的甜言蜜语,没用。"

初星眠听得连连点头,半句反驳的话都没说,心里还试图把周晁嘉和耍嘴皮子的人画等号,但是一想到周晁嘉闷葫芦的样儿,她怎么也对标不起来。

要是哪天周晁嘉在她面前油腔滑调,那她才觉得这个世界疯了呢。

到了目的地,车还没停下,缓缓前进的途中,笔直又宽阔的柏油马路旁,一道清隽瘦削的身影站在路标下。周晁嘉单手揣进兜里,另一只手在看手机,姿态散漫又随意。他脚边放了个袋子,看起来里面应该是装了些水果、鲜花。

像是察觉到了这边的动静,他微抬下颌。

越过光影,初星眠和他的视线撞了个正着。

心跳蓦地空了一拍,她紧张地抿了抿唇,这会儿才后知后觉地感到局促。

司机说得没错,后山这边阴得很快,明明是下午阳光最热烈的时候,路面却被大半的阴影遮挡。远处繁茂的树林随着山体坡度而起伏,挡住了日光,打眼一看,郁郁葱葱。

"司机大叔,我到了,前面那个就是我朋友。"初星眠正准备支付车费,就听见大叔叹息一声。

她抬眸,刚好听见司机大叔恨铁不成钢地说:"小姑娘,长得再帅的渣男,也是渣男。

"你,一定要明白这个道理啊。"

初星眠被大叔搞得哭笑不得,连忙辩解道:"大叔,你误会了,今天是他爸爸的忌日,我们……是来……"

再不解释,她都怕司机大叔一会儿下车揪着周晁嘉的衣领质问:长得这么帅,为什么还当渣男?

"这样啊。"司机大叔眼神复杂地盯了周晁嘉好半响,最后还话里有话地对初星眠说道,"小姑娘,你要是有任何问题都可以联系我,可以找到刚才的订单,上面有我电话。"

"晚上下班之前我都在附近接单。"

初星眠再次表达感谢之后,和司机大叔挥手告别。

转过身,她看见周晁嘉若有所思地看着出租车离开的方向。

"怎么了吗?"她问。

周晁嘉视线微敛:"没,在想我和刚才的人见过没有。"

"为什么这么说？"

"他看我的眼神挺复杂的,像是怕我把你拐卖了。"

初星眠笑了笑："司机大叔人很好,还十分热心肠。"

"你不担心我拐卖了你？"末了,周晁嘉薄唇微勾,突然笑了。

初星眠眨眨眼,脸颊的热度顿时就泛了上来。她视线和他轻碰,磕磕绊绊地说道："那、那那我高中时候吧,也学过两天防身术。"

他温热的手指蹭过她的脸颊,眼底带了点笑意,将刚落在她发丝间的碎叶摘掉,意味不明地说道："还挺厉害。"

初星眠也不知道他这句话是夸奖还是嘲笑,糊里糊涂地跟了句："要不改天切磋一下？"

周晁嘉低头瞧着她："好啊,别说我欺负你。"

"欺负"两个字被他咬得很轻,初星眠却听得耳根一热。

"咳咳,放心放心,友谊第一,比赛第二嘛。"她含混不清道。

"友谊第一？"周晁嘉似笑非笑地看了她一眼。

新平公路在南区公路的北侧,这条路是近两年新建设的,原本是为了方便运输后山制造工厂的材料,但谁知道那工厂一年前就倒闭了,所以这条路没什么货车跑,路面还很平整。

初星眠默默跟在周晁嘉身侧,没说话,就盯着路面上周晁嘉的影子,小心翼翼地避开。有几步踩到一点边角,她立刻跳远,蹦得跟兔子一样。

"这通电话我接得很意外。"周晁嘉略微挑了一下眉,看着小姑娘蹦得更远了些。

"是、是吗？"初星眠的语气顿时紧张起来。每次涉及周晁嘉父亲的事情,她双商都会跌到谷底,就好像不知道怎么做才是正确的,但又觉得不能什么都不做。

周晁嘉停住步伐,侧过身,余光瞥见路面凹陷进去的坑,没怎么思索就伸手拉扯住初星眠的手腕。她的手腕纤细,骨节分明,他的掌心能够将其完全包裹,掌心触及的地方干燥滑腻。

周晁嘉的目光在上面停留几秒,才轻慢地提醒道："有坑。"

"哦,谢谢。"小姑娘有点羞赧,也跟着他的动作停下来。

山间的风比城市里还要强烈。

初星眠挺直背脊,被握住的手臂也没缩回来。她喉咙干,轻咳一声："其实,是葛红阿姨找的我,她跟我说今天是周叔叔的忌日。"

又是一阵沉默,风捎带了两片落叶,转着转着就飘到了初星眠脚边。

周晁嘉没说话。

初星眠低垂视线,硬着头皮把剩下的话说完："我想来表达感谢。"

家里出事以后的那几年，初茂平除了拆迁款、投资成功的事情对她讲起过，关于平宅大院里的事情什么都不跟她说。后来生日宴当天葛红大闹，她才知道隔壁邻居的消防员叔叔牺牲的消息。

但哪怕她和初茂平提过想去祭拜，也会很快就被初茂平三言两语打发回来。大概在初茂平的认知里，这是大人们的事情，而初星眠还是个孩子，没资格参与。

头顶突然沉了沉，清冽好闻的气息顺着他的动作落在她鼻尖。

周晁嘉温热的指腹轻轻地抵在了她的眉心，不轻不重地揉捏了两下。

"别皱眉。"

"这从来都不是你的错。"

"所以你不用感到愧疚和抱歉。"

这样的话，在她的印象里，周晁嘉好像说过一次。

初星眠低低地应了声。

她目光停顿在两个人牵在一起的腕骨上，心底像是有根羽毛轻轻拂过似的，说不出是什么滋味。

她没话找话道："你经常过来吗？"

"嗯？"周晁嘉眉尾稍扬，动作很自然地收回手，"闲下来没事的时候会过来看看。"

"离公园墓地大概几百米远的木屋里，住着我父亲生前的朋友。"他说着，提了提手里的袋子，随着晃动的动作里面有清脆的碰撞声，"我带了两瓶好酒。他一个人守在林场，也寂寞。"

初星眠抬眸看他。

周晁嘉的脸庞笼着淡淡的光影，眉眼清隽，神情依旧散漫冷淡，仿佛任何事情都不能引起他的情绪波澜。

她突然想到那个叫楚漫的女生的话，随即否认般地敛了敛眼眸。

周晁嘉其实……真的是一个很温柔的人吧。

她心里轻轻地动了动。

怎么办，好像还是会觉得喜欢？

公园墓地在半山腰处，整片区域都呈现出阶梯形式向着山顶层层递进。

迈过一层接着一层的台阶，四周越来越肃穆冷清。

墓碑前干干净净的，显然是经常有人来打扫。

初星眠陪在周晁嘉身侧，从他手中接过花束，将花束抚平后，慢慢地放在碑前，视线稍抬起，看着照片里的男人。

照片里的男人约二十岁左右的年纪，穿着消防员的制服，领口被精心地整理过。他笑得眼睛微微眯起，露出了几颗整齐的牙齿，眉眼间的清隽与周晁嘉有几分相似，只是看起来更温和,让人感觉像是一位很好相处的大哥哥。

初星眠眼底微沉,无数声谢谢在心底响起,宛如挥之不去的心虫。

"这是周叔叔年轻的时候吗?"她小声地问道。

"他生前的照片不多。"周晃嘉单膝跪地,将碑前被风吹乱的东西摆正,"这张照片是他正式加入区消防队的时候留下的,他一直很小心地保存着。"

他偏头看了初星眠一会儿。似是察觉到初星眠低落的情绪,他伸出手揉了揉她的脑袋。

空气捎带了几分凉意。

初星眠突然想,如果周叔叔还在的话,也会像周晃嘉安抚她一样,在周晃嘉难过或者不安的时候,揉揉他的脑袋吧?

气氛沉闷了一会儿。

先起身的是周晃嘉,他经常来这里,像是对情绪的收放已经习以为常。

"要我现在送你回去,还是,"他稍一顿,"和我一起走?"

逆着光,他宽阔的肩线有着浅淡的影儿,腿长腰窄,目光澄澈干净,却莫名有些形单影只的冷清。

鬼使神差般,初星眠脱口而出:"好。"

"嗯?"

她语气坚定地重复道:"我说好,我们一起走。"

当两个人一起出现在墓地附近的木屋前时,初星眠的视线落在窗户倒映出的影子上,她看见自己正在发呆。

门很快打开,里面站着的男人长着一对浓眉,眼眶深邃,脸颊经风吹日晒有些干燥泛红,唇峰上方的胡楂因常年抽烟泛出淡淡的金黄色。初秋的季节,男人已经穿上了防蚊虫的长袖衬衫。

在看到两人的瞬间,男人吃惊地愣了好一会儿。

"这位是?"他目光不太确定地看向周晃嘉,像是在等待介绍。

初星眠蓦地紧张起来,攥紧的掌心微微有些潮湿,她也不知道自己在期待什么,绷起的背脊还没松弛就听到旁边清淡疏朗的嗓音响起。

"是我的一位朋友,今天和我一起来的。"

"叔叔好。"初星眠乖巧地应了声,心里却莫名有点失落感。

"我姓吴,你喊我吴叔叔就行。"男人立刻就反应过来,让出半侧,另一只手把着门,"快请进。"

"怎么没提前给我说一声,我好下山去买点吃的招待你们。"等到两人进屋,他又顺手关好了门。

山间不比市区里,早晚都潮湿阴冷,门要是不关,冷风顺着缝隙就钻进来了。

周晃嘉笑了笑："不用这么麻烦。"

说着，他将袋子里的两瓶白酒拿了出来。

"还是你小子懂我啊！"老吴顿时眉开眼笑地说，"我平时下山一趟特别麻烦，哪怕开车去市区也远。有时候馋两口酒，也就只能忍着，在梦里盼着你小子赶紧过来。"

木屋里的活动空间不大，除去卫生间和打了隔断的厨房，就只有客厅。在靠南的窗户边摆了一张狭窄的单人床，旁边就是个书桌，上面有很多笔记类的东西，书桌下面还有个很老式的暖水壶。靠东的位置有张饭桌，应该是平时吃饭和摆放工具的地方。

在单人床床头的墙壁上贴满了各式各样的奖状。

初星眠扫了眼，奖状颁发的时间都比较早，大概是十五六年前。

房子里虽然拥挤却不乱，物品摆放仍是井井有条的。

"怎么称呼？"老吴拿了杯子出来，拧开酒瓶，看向初星眠，"这还是晃嘉这个臭小子第一次带女生来见我，你们的关系肯定很好吧？"

初星眠脸颊一热，睨了周晃嘉一眼，见他神色淡淡的没什么反应，便说："吴叔叔，我叫初星眠。我和周晃嘉是……一个学校的同学。"

"初？"老吴一愣，"初茂平是你什么人？"

"我爸爸。"初星眠的指甲慢慢地掐进掌心里。

空气有一瞬的静滞。

"吴叔，下酒菜都在冰箱里？"

周晃嘉的问话打破尴尬的气氛。

初星眠的视线抬起，见周晃嘉淡淡地扬起下巴，看过来。

她和他的目光撞了个正正着。

他的眉眼微微上扬，背脊懒散地挺直，手臂搭着冰箱门。

老吴应了两声，有些嗔怪道："你小子不是经常来，这么快就忘了在哪儿？"

"小初姑娘，今天我也没准备太多。"老吴三言两语换了个新话题，笑呵呵道，"你将就着尝尝吴叔的手艺，甭管好吃难吃的，就当体验生活了怎么样？"

"没事的。"初星眠低垂眼眸，"吴叔，我不挑食的，你把我当小猪就行。"

老吴被她逗得直笑，忍不住感慨道："你这么一说，我倒是想起我女儿。我女儿也不挑食，我回家做什么菜她都能吃光，不过我一年也回不了几次。"

说起女儿，老吴淡金色的胡子也跟着翘了翘，满面红光。

"叔叔，你女儿多大了？"

"应该和你们差不多，现在准备考研呢。"老吴自豪地指了指墙上的奖状，"我女儿从小到大学习都是她妈妈陪着，我也没出什么力，但是她挺争气的。"

周晃嘉倒了杯温水递到初星眠面前："吴叔的女儿不在本地。"

"那岂不是能见面的时候更少。"初星眠蹙眉说道。

老吴一边择菜叶,一边感慨:"可不是嘛,我女儿也就过年能回来两天,但是到了年底各项防火检查,我这边忙着也走不开。"

"不能请假吗?"初星眠问。

老吴苦哈哈地笑着:"谁都想请假,但是山林总得有人看着。"

初星眠突然想起一句话:现在的安逸生活,不过是有人在替我们负重前行。

她扬起白嫩的下巴,很有信心地对老吴说:"叔叔,你女儿肯定也会为你自豪的。"

"那我就借你吉言了,小初姑娘。"

"肯定会的。"初星眠迫切地看向周晁嘉,想拉拢他一起。

他却什么都没说,只是目光淡淡地看着她,神情若有所思。

相处了一会儿,老吴已经和初星眠熟悉了很多,直夸小姑娘乖巧懂事。

老吴炒菜的时候,初星眠和周晁嘉帮忙打下手。

初星眠把洗好的胡萝卜从水里捞出来,正打算甩甩上面的水渍,手背却微微一凉,带来了些许不属于她自己的体温。

白皙的手指蹭过她的手背转向手心,还没等她反应过来,周晁嘉已经从她手里拿走了胡萝卜。

初星眠悄悄地瞥了他一眼。

他神情自然,仿佛刚才的小动作再平常不过。

"小初姑娘,你今天也是来给老周上坟的吗?"

终于,还是没能避开这样的话题。

周晁嘉来的时候就说过吴叔和他父亲周围山生前是好友,所以能知道她家和周家的事情也不奇怪。

"嗯。"初星眠洗完了菜,慢吞吞地倒掉洗菜盆里的水。

老吴也觉得这话题说着挺尴尬,就换了个轻松的口吻:"老周那照片显得年轻吧,你是不是都没认出来?我有时候没什么事就去扫扫墓,实在憋得没意思就和他唠唠嗑。"

"想当初我俩是一批考上的,又被分配在了同一区。"老吴年纪大了,没话聊的时候就忍不住说些往事,"你俩知道我和老周第一次出任务在哪儿吗?"

初星眠很配合地摇摇头。

"我跟晁嘉都说了好多次,这臭小子也不怎么听进去。"老吴说,"你们知道梧桐路吗?"

"梧桐路?"初星眠愣了愣,觉得这个地名有点熟悉。

老吴接着说:"估计你俩就算知道也没啥印象了。那会儿梧桐路那边还是县城,叫梧桐县,不属于华江市的管辖区域。后来第一次城市规划,把梧桐县叫成梧桐路。"

你们现在看到的都是前几年的第二次城市规划，已经彻底改名了。"

初星眠听得感兴趣，两只小手撑着下巴，问道："吴叔，你们当时就在梧桐路出任务吗？"

"是啊。"老吴说，"那会儿梧桐路370—379号全都是纺织工厂，再加上那些年火灾监管力度比现在差远了，每次烧起来都是两三个工厂一起遭殃，损失很惨重。

"我第一次出任务还没什么经验，看着大火直往头顶冲，又热又呛，其实心里也挺恐惧的。

"火还没扑灭的时候，工厂最靠里面的房间有个人在呼救。老周当时听见动静，想都没想就往里面冲，几乎是顶着大火把小姑娘背出来的。那次出任务他的肩膀被断掉的横梁砸伤，后来一直有个疤痕印来着。"

"后来我问他，火势那么大就不怕交待在那儿吗？"老吴"啧"了声，"结果人家老周当场给我背了段口号——人民卫士，英勇扑火；抢险救危，真情为民。"

晚饭过后，远处霞光的最后一丝余晖也消失在山峰一侧。

木屋里的灯早就已经亮了起来，映衬着背后阴影重重，像是漂泊在海面上的孤舟。

初星眠和周晁嘉告别了老吴大叔。

两个人沿着上山时的路线往回走。

晚饭老吴做的家常小炒，虽然清淡，口味却很地道。许是有人来看望，老吴心里高兴，硬是拉着周晁嘉喝光了两瓶酒，喝得满面红光，醉意醺醺。

初星眠也跟着尝了口。

期间他又多说了几件往事，比如周围山表面看起来是个硬朗的大汉，其实也有写日记的习惯，还有两个人之间是怎么相处的。推杯换盏间，让人听着都觉得温馨。

临走前，老吴脚步都不稳，送不了他们太远，便只能趴在门口目送。

山间的秋风萧瑟，他站在风口，含混不清地说了句："晁嘉，你爸爸他很久之前给你留过一封信，封在了木箱里。我当初看见，他还神神秘秘地藏着掖着。"

"也不知道现在还能不能找到了。"他叹息一声，尾音逐渐消散。

"有机会，去找找看吧。"沉默了片刻，老吴一边摇头晃脑，一边自言自语，"真是喝多了，这都多少年过去，哪还能找到，瞧我说的什么糊涂话……"

第十章
温暖

回去的时候,两人走的南区公路。到了晚上,这里比起刚修建没几年的新平公路光线要好。

沿着坡度向下,大概要往前走两公里左右才能打到车。

路灯将两人的身影拉得很长,时而交织,时而并列。

初星眠低着脑袋,余光里微微能瞥到周晁嘉瘦削而笔直的双腿。

丛林间的虫鸣声此起彼伏,衬得这里格外寂静,仿佛此时此刻天地间只有他们两个人。

有意无意的,他们的步伐就慢了下来。

两个人之间的距离不远,初星眠稍抬下颌,目光便划过周晁嘉露在兜外的半截白皙腕骨。

她小声喊他:"周晁嘉。"

"嗯?"周晁嘉懒散地侧头,应了声。

许是很久没说话,他嗓音沙哑深沉,声线压得很低。

初星眠的脸莫名地一热:"你说,吴叔叔刚才说的信现在还能找到吗?"

周晁嘉神色淡淡,看不出在不在意,就轻笑了声:"你还想着这件事?"

"对啊……吴叔叔不是说放在了木箱里,那应该还是有迹可循的吧。"

周晁嘉却没接话。

他突然停住,若有所思地看着初星眠。

风声很轻,却衬得呼吸都变重,气息间隐约能闻见淡淡的酒香气。

手机铃响得很突兀,硬是将气氛割裂。

周晁嘉扫了眼,下颌微收。

初星眠也缓过神来,瞥了眼屏幕,很自然地说道:"是阮东俊。"

说完,她才后知后觉地耳热。

她好像……没有跟周晁嘉汇报的必要。

对方淡淡应了声,像是不太在意。

手机躺在初星眠的掌心里振动响铃,她犹豫要不要接。

本来她不想存阮东俊的手机号,奈何抵不过初茂平的软硬兼施。

后来想想,左右不过是一个手机号而已,她不存,初茂平也会想方设法把她的手机号留给阮东俊。这样的事情她又不是没碰到过。

她其实是个不热衷于社交的人,平时放假就是宅在家里看看漫画打打游戏。高三经历过一次校园冷暴力,身边的知心好友也就许灿灿一人。初茂平曾经也推过几次客户家里跟她同龄的小孩们,但她懒得去,道不同不相为谋。

气氛沉闷了两秒,她指腹一划,接通电话。

"初星眠?"阮东俊清朗的声音传了出来,"你现在在哪儿?"

当着周晁嘉的面接阮东俊的电话,初星眠心里多少有点尴尬,她下意识压低了嗓音:"你找我有什么事,没事的话我就挂了。"

就……避嫌的意味好像有点明显。

"别啊。"阮东俊笑了,笑声格外清晰,倒像是刻意营造出来的,"我在你家附近。"

"所以?"

"所以一起出来吃个饭。"

"没空。"初星眠拒绝得干脆。

阮东俊也是个有脾气的,没回话就直接挂断了电话。

听着话筒里"嘟嘟嘟"的声音,初星眠松口气,动作利落地收了手机。

"有事找你?"周晁嘉望她一眼。

初星眠摇摇头:"没,估计是我爸安排的吧。"

"这样。"他意味不明地给出回应。

之前初星眠就听徐星提过几次,说初茂平和阮家生意做得有声有色,还想探探她的口风,有没有联姻的打算。初星眠自然是不可能同意联姻的,她拒绝将婚姻当成商品。

不过现在看阮东俊的架势,显然对方已经有了些不该有的想法。

他们又往前走了一会儿,已经隐约能瞥见城郊的灯火。

两个人商量着准备打车,订单还没发送,突然听见路边的草丛里发出窸窸窣窣的动静。

没两分钟,约有六七个男人从草堆里爬出来。

为首的两个胖子空手,后面的四五个手里都拿着长短不一的木棍和捆绳。

"不是说只有什么什么眠一个人吗?那男的怎么回事?"

"雇主就要求绑架，扔后山废弃的工厂里。"

对面几个人有备而来，不怀好意的猥琐目光一直打量，初星眠下意识地蹙紧眉头。

只是她还没说什么，便瞥见一道人影不经意间挡在了她的面前。

初星眠指尖蓦地掐紧，压进了掌心的肉里。

周晁嘉就这么疏朗地站在她面前，侧脸清瘦干净，轮廓像是要融进周围的夜色里。

莫名地，初星眠心口也跟着软了下去，像是有一方不停地塌陷。

吹拂过的风，也带了他的味道。

在此之前，初星眠没有见过周晁嘉打架。

她一直以为周晁嘉是做什么事情都慢条斯理的人，至少，没有这么凶狠。

那几个混混被打得屁滚尿流落荒而逃，坚持的时间还没有出租车赶过来的时间长，工具甩得满地都是。

混乱的场面过后，周晁嘉就站在那儿。

浮光掠影间，他偏头看过来。

初星眠的视线远远地停在了他身上。

其实也没看清什么，她就是想看他。

"你没事吧？"他问。

初星眠摇摇头。她哪里有什么事，一根汗毛都没被对方碰到。反倒是周晁嘉刚才挡了几棍，也不知道受没受伤。

坐上出租车回到市区里，两个人一路相对无言。

气氛突然就变得很微妙，像是有根紧绷的弦。

初星眠不知道该怎么开口表达关心才显得正常，但又没傻到猜不出今晚这几个混混是谁安排过来的。给了她详细地址，又和她有矛盾的人，除了葛红也没其他人。她想不明白葛红这么做的目的是为了什么，就是为了报复初茂平？

初星眠轻咬唇，没说话，但目光总是有意无意地瞥向周晁嘉。

他的手随意地搭在膝盖旁，关节处泛起红肿瘀青，在后排落座后，两条长腿就显得无处安放，空间瞬时变得狭窄。

这车小，紧凑型的。

偏两个人都挤在了后排，他的大长腿还没伸直，就已经要越过中线。

前面路口司机突然拐了个急弯，初星眠没扶住，整个人朝着周晁嘉栽倒过去。

她穿的破洞牛仔裤，蹭过他的小腿时，若有似无的摩擦感让她耳尖一热。

初星眠手指软软地撑在她和周晁嘉中间，竭力保持着身体的平衡。她真怕自己没撑住，直接趴进周晁嘉怀里，要是那样真的太尴尬了。

"今天的事，很抱歉。"

先开口说话的竟是周晁嘉。

初星眠愣了一秒："啊？"

"其实也没什么。"她不自在地挪了挪脚，"多亏你在。"

不然她自己要摆脱那几个混混，恐怕还得多花好一阵工夫。

气氛又沉闷下去。

诡异的僵滞让前排的司机都忍不住挪了下屁股。

"这件事情我会给你一个说法。"周晁嘉垂手，看着她。

初星眠轻挠着脸颊："哦，好。"

"你微信给我。"

"哦，好。"

莫名其妙的氛围里，初星眠通过了周晁嘉的好友申请。

目的地填写的是初星眠家的地址。

到了地方，初星眠先下车，周晁嘉紧随其后。

"我到家了。"初星眠双手攥紧挎包带，不太确定地说，"你要上去坐坐吗？"

平时做饭打扫的阿姨通常下午五点多就下班，所以现在家里就她一个人。

"不了，你进去吧。"周晁嘉眉头微抬。

话是这么说，但他双手揣进裤兜里，却没有要离开的意思。

这是打算要看着她进家门才放心？

初星眠心里的念头一闪而过，想到什么，又说："你手上的伤不要紧吧？如果很疼的话可以喊我陪你。"

周晁嘉轻笑，眉眼上挑："你陪我？"

"呃……陪你去看医生。"初星眠被他揶揄的目光看得脸热，"我刚才话没说完。"

周晁嘉点点头："嗯，放心，它会在关键时候疼。"

什么意思？初星眠眼睛眨巴眨巴，望进了他眼底。

周晁嘉黑眸中带着几分笑意，显然没有要跟她解释的意思。

"上去吧。"他的声儿冷冷清清。

远处的车声很远，这里像是分隔出了单独的小世界。

简短的几句话过后，初星眠进了小区。

她朝着家门口走去的时候，意外地在路灯下瞥见了一道人影。

"啪啪啪"，很轻的鼓掌声自走近的人影发出。

阮东俊拍完掌，懒散地把手插进兜里："你说的没空就是找其他男人？"

初星眠脚步顿住，没应声。看着阮东俊跟抓奸似的走近，她感觉有些无语，长叹口气。

她对阮东俊的忍耐真的会有限度。

108

简直莫名其妙，搞得她好像是他的专属物品，跟谁玩也管。

"我找不找其他男人，好像跟你没什么关系啊。"

"初星眠，"阮东俊难掩失落，"你为什么这么讨厌我，和我说两句都抵触，我没有你想的那么不堪。"

他用的陈述句，语气还挺委屈。

初星眠忍不住扶额："我觉得你搞错了一件事。我和你之间没有那么熟悉，所以完全说不上是讨厌不讨厌的问题，就是我们不熟，我希望你能把握分寸。"

"那你和周晁嘉很熟？"他还在追问，"你对我，和对周晁嘉根本就是两个态度。"

初星眠越来越不耐烦："我的事情没必要跟你解释。"

她简直没办法和阮东俊沟通，这个傲得二五八万的"二世祖"到底为什么要浪费时间耗在她这里？完全不能够理解。

"如果你成为我的合法妻子呢？"阮东俊一步步地逼近，抛出来的话题直奔打破她的心理防线而去，"这也叫不熟悉？"

联姻的事情阮家老头子跟阮东俊提过几次，但双方都没怎么上心，一来他们现在年纪还小，二来阮家和初茂平的合作才刚刚开始，也不稳定。

但在这一刻，阮东俊却后悔没早点让老头子去催促。

要说喜欢，他好像也没有多喜欢初星眠。小姑娘的确是长得不错，身材也好，情史空白，但这样的人阮东俊见多了，哪有什么特殊的地方。结果几番接触下来，这小姑娘越对他爱搭不理的，他反而还越惦记得紧。

就好像有颗禁忌果挂在他心口，越是不能够触碰，越是抓心挠肝地想一亲芳泽。

阮东俊自嘲地笑了笑，心想，自己这算不算犯贱？

"至少现在不是。"初星眠微怔一瞬，很快就缓过神来，漂亮的眼睛微微眯起，"而且哪怕我是你的合法妻子，你也该尊重我个人的意愿，没资格插手我的事。妻子只是一个身份，不是一件物品。"

稍一顿，小姑娘困惑道："再说你也不喜欢我，这么做图什么？"

阮东俊没回答，视线划过初星眠的眉眼。

夜幕笼着，小姑娘白皙的锁骨分明好看极了。

他恍惚间想起来之前朋友曾发给他的图。

那是高中时期初星眠打网球时被拍过的一组学生照，清纯明艳。

阮东俊喉结上下滑动，眼眸低垂："谁说我不喜欢你了？"

初星眠愣住。

他走得近，个头高，阴影遮挡下来，几乎盖住了初星眠的眉眼。

呼吸间的气息流转，阮东俊目光淡淡地扫过小姑娘柔软又红润的唇瓣。他突然很想知道，这个既讨厌他又嘴硬心软的小姑娘亲起来会是什么感觉。

气氛蓦地寂静,直到被一道清冷的声音打破。

"不介意,"路灯下的周晁嘉似笑非笑的,视线却往初星眠那边滑了滑,眯了眯眼,语气意外深长,"打断一下吧。"

阮东俊点了支烟,薄唇轻抿,吐出的烟雾顺着高挺的鼻尖徐徐而升,朦胧中模糊了视线。

刚才心底那点旖旎全被周晁嘉这个碍事的破坏殆尽。

两个人中间隔着不近不远的距离,他在打量周晁嘉的同时,对方显然也在打量他。

视线碰撞,一触即闪。

"啐。"他收敛眼底的戾气,烦躁地弹净烟灰。

和初星眠错肩而过时,阮东俊说:"既然你还有事,我不打扰了。"

话音落下,他眼皮泛起轻浅的褶皱,捎带冷意地划过周晁嘉。

对方神情散漫冷淡,深邃的眼眸像是口深沉的古井,浑不在意的模样。这让阮东俊心里更是闷堵,像是憋了口气一拳打在了棉花上。

他捏紧烟蒂,直到残渣碎进他指缝间才不耐烦地丢了。

阮东俊的背影逐渐消失在门口,随后街拐角发动机引擎的轰鸣声响彻云霄,引得狗叫声此起彼伏,草丛里的虫鸣声一阵接着一阵。

良久,四周归于安静。

"你找我?"初星眠下意识地看向周晁嘉。

她知道周晁嘉刚刚是在替她解围。

空气中有极淡的烟草味道,这会儿都还没完全散掉。

周晁嘉摊开掌心,语气舒淡:"你掉了点东西。"

他纹路清晰的手掌上躺着一颗纽扣,上面映着很浅的灯光。他的手很宽大,关节清晰分明,简直堪称完美。

初星眠愣了一秒,顺势翻了翻自己的毛衫外套,果然在最后一颗纽扣的位置上面发现些许线头空荡荡地挂在那儿。思绪停顿一瞬,想来应该是车拐弯那会儿,她怕栽倒时撑着胳膊,不小心扯掉了吧。

"谢谢。"

她指腹蹭过他掌心时,有一种干燥微凉的触感。

周晁嘉敛眸,低垂着视线,手跟着揣进口袋里,慢慢攥紧。

他云淡风轻地回了句:"不客气。"

小姑娘沾了些醉意,脸颊泛着绯红,长卷的发梢垂落在胸前,恰到好处地嵌在凹陷的锁骨里,星眸映着浅淡的光影,懵懂稚气而不自知。

周晁嘉默然地瞧了她一眼,眸底划过些许暗涌。

"下周校庆,你参加吗?"临分开前,初星眠想到了什么似的问他。

"校庆啊。"周晁嘉神色淡淡的,"或许吧。"

回到房间,初星眠把手机扔床上就进了浴室。

今天发生的事情很多,多到她好像到现在都没有完全消化。

她迷迷糊糊地泡在按摩浴缸里,再出来已经是两个小时以后的事情了。

初星眠躺下前翻开手机看了眼,困意顿时消退得一干二净。

四十二分钟前收到的微信消息。

是周晁嘉发来的,很简短的两个字:【到了。】

几分钟后,他又跟了一条:【早点休息。】

初星眠脸颊忽地冒了热气,脑海里忍不住浮现出周晁嘉的语气。

她手指点开键盘,又收了回去,想解释一下她刚才没看到是因为在洗澡,但又觉得会不会显得太啰唆。

反反复复地纠结中,她盯着这两排字看了好一会儿,才慢吞吞地发了个:【好。】

尽管如此,初星眠仍觉得心脏仿佛裹了层蜜,期待止不住地往外涌。

想靠近,想靠得更近。

国庆节后返校,初星眠是第二个到宿舍的,快到的时候她还点了奶茶外卖。

她拎着行李迈进宿舍大门的时候,余光瞥见钱思的床铺上鼓起一道人影。

"你什么时候回来的?"她换了双舒适的拖鞋,正打算整理东西,还没动,就听见钱思的床铺传来呜呜咽咽的抽泣声。

钱思的哭声随着初星眠走近的举动越来越大,直到喷涌而出。

初星眠吓了一跳,忙探过脑袋去:"钱思?"

钱思腾地从床铺上坐起来,她原本水润的眼眸已经红肿得只剩一条缝,像是过敏了似的,头发也跟炸了窝一样乱糟糟的。

她嗓音沙哑,瓮声瓮气地说道:"星眠。"

她不开口还好,一开口就哭得更厉害。

"发生了什么?"初星眠哪里见过钱思这副模样。她目光瞥过钱思凌乱的床铺,还有满地的外卖包装袋,随即意识到什么,"你国庆没有回家?是在宿舍里住的吗?"

"嗯。"钱思哽着喉咙,一说又开始流眼泪,"我、我失恋了。"

初星眠愣住,她甚至都不知道钱思什么时候谈的恋爱。

"先不说这个。"钱思长缓口气,抬起手背抹干眼泪,语气是从未有过的急迫,"你,能不能借给我一点钱。"

初星眠现在思绪混乱，下意识问道："你要多少？"

"三万块。"钱思见初星眠露出疑惑不解的目光，像是害怕她不借给自己似的，口快地保证道，"你放心，我绝对会还给你的，接下来每个月的生活费我都转给你，就当是我分期向你还款好不好？"

"你要用这三万块做什么？"初星眠摇摇头，她倒不是担心钱思借钱不还，况且三万块对她来说也不是特别大的数目，刚好前阵子游乐场的赔偿款已经到账，只是……

"我……"钱思吞吞吐吐，手猛地攥紧了被角，"我、我就是急用。"

"我没别的意思，"初星眠一顿，意识到钱思眼底的防备，只好把自己的担忧说出来，"就是你突然这么急需钱，我会担心你是不是被骗了。"

"还有你刚才说你失恋了……"初星眠小口地叹气，"思思，你至少应该把来龙去脉告诉我呀。如果真的是因为被渣男哄骗，我还能替你想想办法。"

钱思没吭声，良久才吐了口气。

奶茶很快就送到了宿舍楼下，初星眠取回外卖以后，递了杯红豆薏米给钱思，她记得钱思平时最喜欢喝的就是这个口味。

这会儿捧着奶茶杯的钱思看起来情绪也平复了很多。

抿了口奶茶，钱思温暾地说道："之前一直没跟你们说，是因为我怕你们会瞧不起我。"

"怎么会？"初星眠不解。虽然平时宿舍里四个人会分成两个小团体做事，但是四个人的关系一向是很友好的，大学三年以来，从没有过不愉快。

钱思小声说："因为我男朋友，哦不对，现在应该是前男友了。"她稍显落寞，"在高中毕业后我们就彼此喜欢了，但是他没考上大学，于是早早就进入社会工作。"

空气中飘散着甜腻的奶茶香气，窗外空气干燥冷清。

钱思把这件事的前因后果向初星眠讲完，已经是两三个小时以后的事情。

初星眠这才发现，原来相处这么久，她都没有真正了解过钱思。

钱思的前男友叫王德庆，两个人从高中毕业就开始谈恋爱。王德庆学习不好，没能考上大学。后来，王德庆跟着钱思一起从农村来到了华江市，前两年王德庆游手好闲，经常靠钱思接济他才能生活。今年不知道从什么时候开始，短视频爆火，王德庆跟风拍视频也赚了个盆满钵满，有了钱，他认识的网红不知不觉就多了起来。

王德庆挥霍无度，开始沉迷于赚快钱的道路，花钱也变得大手大脚，甚至贷款去购买昂贵的奢侈品，出入高消费餐厅。

"你借给他多少钱？"初星眠压住了心窝里的怒火，"他有没有写欠条？"

钱思抹了把眼泪："有一段时间了。其实王德庆也不是第一次这样对我，上次温意陪我出去，就是因为他一直在找碴。"

初星眠问："那你借的钱是给他还是？"

她是真怕钱思恋爱脑，到现在还没拎清楚。

钱思眼神闪躲："是还我自己的外债，我借了很多钱，之前都不知道利息能滚到这么高，现在他们天天给我打电话逼我还钱，还说要联系我父母。"

初星眠松了口气："行，我现在就把钱转给你。"

气氛沉闷了会儿。

"也许我不该和王德庆在一起，那样我们还会是相互问候的老朋友。

"他就不会来华江。

"也就不会认识这么多不好的人。

"星眠，我后悔了。

"朋友比恋人，更长久。"

初星眠默然片刻。

她眼前突然浮现出周晁嘉的模样，心底像是打翻了调料瓶，五味杂陈。

她没谈过恋爱，可是看到钱思现在痛苦不堪的状态，却忍不住开始胆怯。

理智上，初星眠知道钱思说的没错，恋人相处到最后也许就会变了味道，会开始厌倦争吵。而朋友的关系就显得简单很多，也会更平淡长久。

初星眠的指腹在手机屏幕上划来划去，余光扫过周晁嘉的头像。

两人的交谈还停留在她回复的"好"字上。

"校庆你们都准备怎么过啊？去还是不去？"吕征洗了把脸，毛巾就那么随意往肩窝里一搭。这两天天气闷得厉害，吕征趿拉着拖鞋回了床位，用余光斜睨了眼旁边盯着手机不出声的周晁嘉。

一别几日，对方漆黑的短发修剪得更短了，发梢利落，他穿了件浅色的衬衫，领口位置投出了很淡的阴影，干净又出众。他白皙修长的手指有一搭没一搭地摩挲着屏幕，若有所思的模样不知道又在琢磨什么。

这会儿日光最盛，照得地面像是能发光似的。

气氛有一瞬的静谧。

假期过后，宿舍里的人都犯懒。

吕征不动声色地收回视线，察觉到周晁嘉某处细微的变化，却也什么都没问。

"其实我一直觉得我们南工大校庆的传统活动挺土的，都什么年代了，还来假面舞会这一套。"吕征说道，他虽然没点名，但下颌却是朝着周晁嘉的，"搞点什么桌游啊，真人 CS 玩玩也行啊。"

"拉倒吧。"床上不知道谁接了一句，"桌游就没几个女生在玩。真要这么搞，到时候你就只能看见一群大老爷们儿。一群大老爷们儿有什么意思？"

周晃嘉"嗯"了一声,终于舍得把手机扔在了桌面:"什么传统活动?"

吕征说:"就是那个校庆啊。不知道哪届校领导一拍大腿想出来的活动,据说能够促进校内气氛和谐。哦对,我忘了你今年才来南工大。"

南工大传统的校庆活动类似于二十世纪八十年代的联谊晚会,就是在校庆当天的傍晚时分,男生女生在操场上围着篝火一起唱歌、跳舞,与轰趴联谊的区别只不过是南工大的校庆篝火晚会上,所有出现在体育场内的同学们都需要特别着装且头戴面罩才能入场。

每年都会有喜好另类的同学扮出稀奇古怪的东西来,甚至有一年有同学装扮成李白、杜甫的模样,在操场吟诗作对。

只要行为举动不出格,学校都是鼓励和支持的,穿什么都行。

当然,这个传统活动不是强制要求每个人都参加。算起来还是刚入校门的大一新生比较多,大概也是因为图个新鲜。

校庆?周晃嘉一顿,薄唇漫不经心地扬了扬,好像有个小姑娘在前几天也问过他参不参加。

原本他对学校举办的这类活动不太在意,这会儿倒是多了些兴趣。

话声停顿。

"你怎么突然笑得这么温柔?"吕征凑近周晃嘉盯了半响,狐疑地挤眉弄眼,"而且说是来找我,结果坐在我座位上捧着手机看半天,就好像在等什么人发消息啊。"

周晃嘉下颌微收,眉眼间的笑意也收敛了,散漫地回道:"有吗?"

"谈恋爱了?"

"没。"

"那就是准备谈恋爱了。"吕征一拍大腿。

周晃嘉没理会他,话题一转:"晚上一起吃饭,你选个地方。"

吕征可没被周晃嘉三两句话忽悠:"你竟然没有直接否认我的猜测,周晃嘉你不对劲。"

"火锅,还是什么?"周晃嘉说着,桌面上的手机屏幕突然一亮,他拿起来看了眼。

他没看到期待的信息,便又随意把手机扔了回去。他不是急躁的人,这会儿却控制不住失落的情绪,像是心脏缺了个角。

"你说火锅我倒是想起来了,门口有家火锅店新店开业大酬宾,搞促销呢。"吕征说。

收到三万块转账的钱思终于露出如释重负的神情,连道谢的语气都变得欢快起来。不过没安静两三分钟,她的手机便如同被轰炸一般狂响。钱思犹豫不决地看了好几次屏幕,才敢偷偷地斜睨了初星眠一眼。

"我、我去接个电话。"钱思含混了两句忙赶着跑进了卫生间,锁上门。

隔着门,里面交谈的声音也听不真切,钱思哭哭啼啼的动静断断续续,想也知道肯定是前男友的电话。

初星眠紧蹙秀眉,有心想提醒几句,又怕把事情搞得更棘手,但她总觉得钱思现在跟渣男藕断丝连,怕是将来会受到更大伤害。

很快,许灿灿和温意也相继回了宿舍。钱思也在打了那通电话以后神色恢复如常,当晚几个人便商量着出去吃顿饭。

"星眠,你想什么呢?"许灿灿碰了碰初星眠的胳膊,"这么入神,不知道的还以为你老僧入定了呢。"

"嗯?"初星眠有心事,愣了一秒,下意识接过许灿灿递上的东西,"什么?"

初星眠视线稍抬,刚好撞上钱思的目光。但下一秒,对方躲避似的很快就收回视线。

许灿灿坏笑着用只有两个人能听见的声音问初星眠:"后面几天太忙了,我都忘了问你,你俩的关系现在进展得怎么样?"

许灿灿虽没明说,但初星眠知道许灿灿在说谁。

她咬了口地瓜干:"就还好吧,除了那天见了一面,之后就没怎么说话了。"

况且周晁嘉也没主动联系她。

这么一想,初星眠忍不住懊恼地叹了口气,心说,我自己的情绪也太不对劲,周晁嘉和我算不上什么亲近关系,连称作朋友都很勉强,不联络我不是正常情况嘛。

她在期待和失落个什么劲啊?

四个人商量来商量去,最终敲定吃饭的地点在学校附近的火锅店。

"聚餐除了烤肉、火锅,还能吃什么啊?"许灿灿懒懒地靠在初星眠的肩窝里,"说真的,这些东西这个假期我和朋友们都快吃吐了。"

"也没什么能吃的。"温意说,"反正每年假期回来,学校门口总有新店开张。"

"这跟新店有什么关系吗?"初星眠闻言疑惑道。

温意笑着说:"你是不是傻,新店开张有活动呀,能比平时省一半!"

许灿灿说:"人也多,估计今晚那店里一大半都是我们学校的,搞不好推门进去一看,嚯!都是熟人。"

"熟人"两个字就跟春水似的,搅起初星眠心中的一番涟漪。她睫毛轻颤,指甲在掌心的嫩肉里划过,掌心蓦地攥紧。

她正想着会不会在火锅店碰见周晁嘉,结果刚到门口就撞见了。

火锅店里人声鼎沸。

新店促销,来的果然都是南工大的学生。

初星眠正打算去调料区,也不知谁在旁边推搡了一下,她往后一倒,连胳膊也不受控制地抬起来。她刚勉强抓住扶梯，抬眸就撞进一双漆黑散漫的眼眸里。

周晁嘉站在门口，门外灯火阑珊融于夜色。他身后跟了两三个年轻挺拔的男生，有眼熟的，也有从来没见过的。

初星眠眼蓦地想到，已经有好几天两人没见面也没说话了吧？

站在人群中的周晁嘉比旁人高一些，短发细碎利落，像是刚修剪过，干净且出众。

远远地，两人打了个照面。

初星眠心脏莫名地多跳了一拍，没来由地有些慌张。

相比起她的措手不及，周晁嘉显然镇定很多。他微侧视线，不知道跟旁边的吕征说了什么，吕征也突然朝着她的方向看过来。

这会儿，初星眠想装作没看见都不成。

吕征朝着初星眠挥手。

初星眠僵直着背脊回了对方一个很浅的笑。

到了跟前，就只有周晁嘉一个人过来。

他很自然地问好："刚返校吗？"

"嗯。"初星眠应了声，手里端着陶瓷碗碟，指腹有一搭没一搭地刮蹭，"你也是过来吃饭吗？"

这话说完，她脸颊一热。

她好蠢！来店里不是吃饭还能干什么啊！

周晁嘉笑了："和吕征一起。"

"对了，你伤好点了没？"初星眠低垂视线，快速地瞥了眼他的手。

之前下山被那几个小混混纠缠，虽然事情没闹太大，但周晁嘉还是受了点伤。

她这几天也纠结要不要在微信里问一句，但总是有奇奇怪怪的思绪在作祟，导致一直没主动问出口。

初星眠偷偷在心里想，以前面对周晁嘉好像不会这样。

"嗯？好多了。"说话间，他也顺着她的视线方向低下头去，视线稍有一顿。

两个人就站在这里说话实在太奇怪，刚巧店里没位置，老板见他们两群人似乎认识，便礼貌地询问能不能拼桌，给他们从一楼大厅换到楼上的大包厢。

吕征他们没什么意见，那边四个小姑娘也觉得可以，一行人便上了二楼的包厢。

包厢相对来说就清静了很多。

吕征和许灿灿见过几次，倒是不怎么认识温意和钱思。不过他目光划过钱思的时候，神情间露出几分恍然，篮球社轰趴的时候，可不就是这个叫钱思的小姑娘喝醉了嘛。

这群人大都是能吃辣的，所以非常和谐地叫了麻辣锅底。而周晁嘉不能吃辣，所以也就没怎么动筷子，全程神色自然地替初星眠夹菜。

见她碗里空了些,他就补上。

许灿灿自来熟,不用初星眠多介绍,她就已经和旁边的几个男生打成一片。温意虽然话少点,却也时不时能搭腔几句。

火锅的热气直扑向面颊,初星眠夹起周晁嘉刚放进碗里涮好的青菜,轻蘸了酱料,入口便是麻麻辣辣的滋味。

她右边是周晁嘉,左边是钱思。当时大家是随便坐的,不过好像都心照不宣似的留出了两个相邻的空位。

"今晚这几个男生是吕征的室友。"周晁嘉胳膊搭在初星眠的椅背上,慢条斯理地向她介绍,"之前总是会在一起玩球。"

"嗯……"初星眠戳了戳碗底的土豆。

其实和周晁嘉做朋友应该也会很开心吧。

说到底,钱思的那些话总是在她的脑海里回响,让她有点在意。

一顿饭下来,初星眠有心事,话少。

中途她去了趟洗手间,出来时,刚巧看见周晁嘉候在旁边的走廊上。

他双手揣进了兜里,长腿交叠倚靠着墙面。

见她出来,他便上前一步,笑了笑:"带你去个地方。"

路灯安静地亮着,今夜的风也很轻。

"你说的地方就是楼顶的天台啊?"初星眠看了他一眼,"好端端的跑这里来做什么?"

天台就在路灯的上方,隐隐约约有光亮。

在这里能听见楼下嬉笑吵闹的动静。

初星眠往里面走了两步,突然被周晁嘉叫住。

他不知道何时从口袋里拿出了两片创可贴,单膝蹲在她面前:"连自己受伤了都没察觉到吗?"

被他这一提,初星眠才发现她的小腿上有道半寸长的伤口,但伤口很细,只渗漏了很浅的血珠出来。应该是之前调蘸料时被撞,不小心剐蹭到的吧,也不是很疼。

"疼吗?"他问。

初星眠摇摇头。

"你哪里找到的创可贴?"她问。

周晁嘉笑了:"问老板要的。"

他动作很轻,将创可贴覆盖住伤口,指腹又轻轻地压了压边缘,贴得很仔细。

他微凉的指尖触碰到她时,伤口突然萌生出微微的痒意。

初星眠呼吸慢了半拍,下意识地退后了半步:"不、不用亲自帮我贴的。"

周晁嘉没说话,只起身和她对视了会儿。

117

初星眠脸颊更热了，气氛莫名染了些沉闷，她支吾地说道："我们还是赶快回去吧，不然他们肯定以为我们丢了呢。"

"不急。"周晁嘉浅淡的嗓音和风一样轻，宽阔的掌心立刻包裹覆盖住她的一截腕骨。

她不由得手腕间一紧。

"陪我待会儿，屋里太吵。"

他抓住她的腕骨，没用力，却也没松开，就懒散地牵着。

周晁嘉生得漂亮清俊，稍扬的眉眼衬得眉头高挑，眼睛被微弱光影照得微微眯起，目光干净清明。他此时这么盯着初星眠瞧，让初星眠有些招架不住地心脏狂跳。

好像没有哪次心跳能快得如同现在。

也是这两句话，轻而易举就拿下了她。

晚风静谧，她抿着唇，轻轻地"嗯"了声。

初星眠的目光迅速划过他握住她的地方，又很快就挪开。

明明空气凉爽，她却觉得浑身燥热。她轻轻吐了口气，想吹散令人脸红心跳的热度，但好像完全没什么用处。

她视线挪开，一直低垂着盯住了脚尖，没抬头，但仍能感受到周晁嘉注视的目光。

初星眠只觉得思绪很乱，理智和期待在互相拉扯。

她虽然没有谈过恋爱，却也不傻，和周晁嘉之间的微妙变化，她不是感觉不出来。

甚至是因为有些喜欢他，便将他的细微动作放大了更多倍。

从前的冷淡，如今的亲近。

可她脑袋里，钱思的前车之鉴还历历在目。

她很怕有一天，她和周晁嘉也会变成互相憎恶的陌生人。

如果是这样，她宁愿和周晁嘉做一辈子的朋友。

"晚上看你都没怎么吃东西，"周晁嘉眼眸低敛，"胃口不好吗？"

平和又随意的口吻，像是老友间寻常的问候。

"也有在吃啦，我吃了好多蔬菜呢。可能是刚回学校，所以吃得不多。"初星眠望着远处路灯下的光影，楼下热闹，天台静谧，这里仿佛被隔绝在了喧嚣吵闹以外，"你今晚好像什么东西都没吃，会不会觉得饿？"

"你在关心我吗？"周晁嘉轻笑了声，眉眼稍抬。

初星眠这才后知后觉地发现自己语气里不着痕迹的亲近感。

她轻咳一声，习惯性地碰碰鼻尖："就，朋友之间的关心呀，比如像今晚吕征学长吃了好多，我也有注意到。

"感觉吕征学长算是比较能吃辣的,这家新店的锅底很正宗,我只吃了几口就辣得直喝水,他吃起来面不改色。"

"是吗?"周晁嘉声音很小,字音却咬得清晰,有一种意味深长的味道,"朋友啊?"

气氛突然沉闷了下来,带了点空落。

"倒是很少听见你叫我学长。"周晁嘉语调轻慢地说,手指搭在围栏上,有一搭没一搭地轻敲。他眼皮微掀,泛起了浅淡的褶皱,眼眸漆黑,叫人看不清楚他此时的情绪。

初星眠怔了怔,下意识地回复道:"你和吕征学长有点不一样。"

听到她说的这句话,周晁嘉来了点兴趣:"哪里不一样?"

"感觉上不一样。"初星眠琢磨着用词,细嫩的指尖轻挠着下颌,若有所思地说道,"吕征学长就像是普通学长一样,这么喊就感觉很顺口,单独称呼名字的话,我还有些不习惯。"

"嗯。"周晁嘉追问,"那我呢?"

"你是助教。"初星眠眨眨眼,没什么底气地嘀咕。

周晁嘉俯低身体,眯起眼睛,双手就这么插进口袋里,靠得近了些:"什么意思?"

"我显老?"

"啊,倒不是因为这个。"初星眠被他温热的呼吸扑热了脸颊,"嗯……就是,就是……"

她脑袋努力地转动,想着怎么表述才能不得罪周晁嘉,还用余光瞥了对方一眼:"就是你看上去比吕征学长要令人尊重。"

这算是个什么答案?

周晁嘉有点不爽。

"有多,"他瞧着她,盯了几秒,一字一顿地问,"令人尊重?"

初星眠答不上来了,总不能说令人爱戴吧?

早知道她就不乱说话了!尊重个什么劲啊!

心虚劲涌出来,她往后躲了躲。

可惜她还没躲开太远的距离,就被周晁嘉给捞了回来。

他指腹有些干燥,捏住了她脸颊的嫩肉。

他动作不重,更像是轻轻地揉捏。

初星眠虽然很瘦,但哪怕已经成年的她,脸颊还是保留了些许婴儿肥。

触感滑嫩,周晁嘉忍不住多捏了几下,没舍得松开。

不过他没捏多久,面前的小姑娘就躲开了。

小姑娘似乎对此十分不满意,两只手捂住了小脸,一副不再给他任何可乘之机的模样，还义正词严地质问："为什么要捏我呀？"

"跟你沟通一下。"周晁嘉收回动作，两只手揣进了兜里，不动声色地掩去眼底暗涌的情绪。

小姑娘将信将疑："什么沟通？"

"打破你对我的误解。"他说话的语气倒是很严肃，仿佛真的没有多余的想法。

手机适时地振动了两声，周晁嘉拿出来看了眼。是吕征发来的消息，询问他们两个人怎么出去了半天还没回去。他没回复，顺势将手机放进了兜里。

面前的小姑娘还在捧着脸，仰起头，微抬的下颌白净，映了点淡光。她长睫轻轻扇动，看起来心事很多的模样，像是懊恼又可爱的小白兔。

但她言谈举止间的疏离，让他有点烦闷。

周晁嘉知道初星眠对吕征不是喜欢，可利用吕征来搪塞他的问题，让他很难不去在意。

真的莫名很不爽啊。

"期中考试的复习都准备了吗？"周晁嘉收回视线，按捺住心底的浮躁，有点没话找话。

初星眠点点头："假期在家没事做，正好把备考的资料都看了一遍。说起来，吕征学长之前推荐了我一个学校备考的公众号，在里面找资料特别方便。"

沉默半响，气氛诡异的安静。

周晁嘉站起来，迈开了几步，两人之间的距离被拉开。

"回去吧。"周晁嘉说。

初星眠愣了愣："唔，好。"

回去的路上，初星眠总觉得周晁嘉在生闷气。他走在前面，背对着她，步伐虽然不快，但浑身都透着生人勿近的冷漠劲儿。难道因为她说周晁嘉是助教，让他觉得自己很老，所以惹得他不高兴？

她思来想去，想着也只有这几句话能惹他生气了。后来她转念一想，也对，哪有人不喜欢被夸年轻的？

这么一考虑，她当即就在内心打定了主意。

等下有机会，她一定要夸夸周晁嘉真的很！年！轻！

初星眠跟在周晁嘉后面回了包厢。

一进门，火锅汤底的味道扑面而来，麻辣中带着辛香。

桌上点的菜已经被吃得七七八八了，只有几盘青菜还剩了大半。

注意到两个人一前一后回来的动静，刚才还热闹的包厢静了一瞬。

吕征开玩笑地说道："你们两个人跑哪儿躲清闲去了啊？发消息也不回，把我们一大桌人都晾在这里。"

"屋里太闷，出去吹吹风。"听出了吕征的调侃，周晁嘉神色淡淡地应道，"你们吃完了？"

"差不多了吧。"吕征扫了一眼桌面，又比对了一下菜单，"哟，还有个炝拌生蚝没上，好像点了很久了啊，我竟然才注意到。"

"没做的话就让店家退了吧，"许灿灿说，"反正我感觉我们也吃得差不多了。"

说完，许灿灿又问了一圈，大家都摸着肚子说吃不下了。

吕征点点头："行，那我出去问一下，看看怎么退。"

他刚打算起身，就见包厢的门被推开。

服务生推着餐车进来，顶层摆放着一盘做好的炝拌生蚝。

初星眠不怎么吃得惯生蚝的味道，所以这类东西她也一概不碰。

看着一桌人推托来推托去，还是吕征咬紧牙一拍大腿，挤眉弄眼地推给了周晁嘉："老大，这可是男人的加油站啊，再说现在也不年轻了不是，快好好补一补。"

周晁嘉眼皮一抬，漫不经心地说道："我看起来像需要？"

这话就像是在初星眠的小脑袋瓜里敲响了警钟似的：夸他的机会来了！

她腰板挺得很直，忙帮腔，小脑袋还很配合地摇了摇："当然不需要。"

她说完，包厢里突然静了下来。

吕征和几个男生都神色古怪地看着初星眠，一副想说什么，但又碍于旁边坐着个周晁嘉，还不能说的模样。

初星眠没懂男生们眼底的深意。她见周晁嘉也看向了自己，于是，她当即就投给了对方一个非常肯定的目光。

言外之意：你很年轻，相信你自己！

周晁嘉抿唇，被小姑娘可爱又单纯的模样逗笑。

他眉梢眼底染了几丝笑意，刚才郁结的沉闷情绪也一扫而空。

怎么办，太可爱了。

也太想据为己有。

结束聚餐，一行人就回了宿舍。

回到宿舍的初星眠经过许灿灿非常费唇舌的一番解释，终于彻底搞懂了"男人的加油站"到底是个什么意思，她顿时就差点找个地缝钻进去。

所以，她是当众肯定了周晁嘉那方面的能力吗？

她好想转学。

这一整晚，初星眠都没睡好。

第十一章

一波未平

许灿灿洗漱回来，刚巧撞上一大清早就要出门的钱思。

"钱思最近怎么回事？我刚才在洗漱间看她接了个电话，接着就匆匆忙忙地出门，她还好吧？"

见初星眠和温意都沉默不说话，许灿灿"咝"了一声，震惊道："她该不会是谈恋爱啦？"

最近钱思的反常，大家其实都看在眼里，只不过心照不宣地选择眼观鼻鼻观心。

校门口，公交车刚巧到站，钱思紧抓挎包，走上去对准机器扫码。

公交车很快启动，一大清早，车内已经人满为患，钱思只能勉强用指腹钩着两侧最高的拉环。车往前，她没站稳，狠狠地向后摔去。

也不知磕碰到了什么，撞得她肩胛骨生疼。

手机铃也适时地响起。

钱思艰难地稳住身体，接通电话。

"你到底什么时候过来啊？还要我等你多久？不知道我今天很忙的吗？"

如同弹射钢珠般的三连问，让她哽了哽喉咙："我上公交车了，马上就到。"

"你听不懂人话是吧？我不是跟你说过让你打车过来吗？公交车到这里一个半小时你不知道吗？"

"可是打车很贵啊。"钱思紧咬唇，使劲地摁着手机侧面的减小音量键。

对方显然已经不耐烦到极点："多花两个钱你能死是吧？"

钱思情绪绷不住了，但她还是在竭力忍受，压低声音："你说话能不能不要这么难听？我在公交车上。"

挂了电话，钱思深吸口气。

她都不知道自己现在到底在干什么。

这么卑微地求着复合的人是她，被王德庆骂得团团转的人还是她。

脑袋里突然闪过初星眠的身影，钱思想，如果她能够像初星眠一样优秀，现在也许就不会落得进退两难的地步了吧，更不会欠了钱被催债，还被王德庆嫌弃辱骂。

她也不是没想过放弃王德庆，可是，两个人最初在一起的时候那么美好，她根本就没办法忘记。王德庆成为网红之前，他也会为了买她喜欢吃的东西满城市跑，也会为了假期见她一面坐很久很久的车，甚至自己都舍不得买包烟，却给她买各种各样的零食。

夏天替她扇风，冬天替她暖手。网络上各种浪漫的节日，他从来不错过。她腰酸背痛时，王德庆也会任劳任怨地替她捏肩捶腿。

她总是在想，如果没有视频平台就好了，这样王德庆就不会变得这么陌生。

钱思眼眸微敛，目光投向车窗外，垂落在裤线一侧的右手慢慢攥紧，连指甲掐进掌心里都没察觉。

她真的从来没有像现在这样忌妒过初星眠。

漂亮的脸蛋，纤瘦的身材，还有华江房地产大亨的爸爸。

初星眠真的什么都有了，就连阮东俊这种富二代子弟也围着她转来转去。

而自己向她借钱，三万两万也能是随手就转的。

钱思翻出手机，看了眼账户余额。

广播里响起到站提醒，她叹了口气，还是下车打了辆出租车。

王德庆所在的网红公司其实门面不大，网络上看着气派辉煌的，实际上却是在郊区破旧的回迁房里。门口的牌匾很小，红字绿底看起来非常艳俗，牌匾下方贴满了各式各样的小广告。小区外的街道拐角就是垃圾存放处，没人打扫，垃圾已经堆积如山。

十月份的天气，上面还是有多不胜数的苍蝇盘旋。

钱思熟门熟路地走上了二楼。

阳台上挂着几条男士内裤。

她敲了敲 204 的房门。

门内顿时响起不堪入耳的咒骂。

钱思紧咬牙关，看着面前的门打开。

王德庆光着上半身，下身只穿了一条花纹内裤，见到她的第一眼，就不耐烦地嫌恶道："叫你早点到，非要来这么晚。"

不等钱思说完，他接着恶狠狠地质问道："有没有钱？"

"我这里有三万，够吗？"钱思唯唯诺诺地踏入屋内，还没等她掏出手机，就已经被对方抢先一步夺走。

王德庆知道她所有的密码，当即就把钱转到他自己卡上："你这三万块钱从哪里来的，前段时间不还说没有钱了吗？你骗我是吧？"

"不是，这钱是我向我室友借的。"钱思解释，"以后我妈每个月给我打的生活费我再用来还她。"

王德庆对她怎么还账根本不感兴趣，但对她的室友来了点兴致："你哪个室友这么有钱，随手都能借出来三万？"

钱思掩饰失落："她爸爸是华江房地产大亨，这点钱对她来说不算什么。"

气氛沉默了会儿。

王德庆突然问道："你跟我说过，你们学校是不是有个什么校庆？"

钱思愣住，她之前的确跟王德庆说过，但是对方当时极为不耐烦，丝毫没有兴趣听。

"对，就在这周末。"钱思老实回答。

话音落下，王德庆突然靠近过来，抱住她。

钱思还没反应过来，耳垂已经被热气吹拂得滚烫。

她听到王德庆低沉的嗓音在她耳边响起。

"你之前不是说想带我一起去参加你们的校庆吗？我想想觉得还挺有意思，所以，一起去吧。"

到了校庆当天，宿舍里的几个姑娘都还赖在床上。

许灿灿的闹钟响了好几遍。

"灿灿！你的闹钟！"温意哀号。

初星眠也被吵得睁开眼，下意识先去拿床边筐里的手机。

微信里没有新的消息，除了腾讯新闻提示今日天气，再没有消息提醒。

"星眠，今天校庆你打算穿什么去啊？"钱思猛地抬起身子，睡眼蒙眬地看着她。

初星眠想了想："汉服。"

"哪套？是最近花间酒他们家上新的那款星月踏雪吗？"温意问道。

初星眠应声："嗯，是那款。"

温意发出艳羡的声音："星月踏雪我抢了好久都没抢到。不过说来也是，花间酒他们家预售总搞这一套，每次拿到第一批现货的人都特别少，估计南工大也只有你有。"

刚出宿舍楼的大门，路上已经能看到很多着奇装异服的学生在拍照。

旁边的同学对此已经见怪不怪。

汉服相对轻薄，裙摆跟水波似的漫过脚踝，风一吹，掀起阵阵涟漪。

初星眠配了把伞，竹骨的伞柄触手生温。

今天阳光好，照在身上又暖又亮。

阮东俊看到初星眠的第一眼，心脏就无法控制地下坠，瞬间就紧张得手心冒出薄汗。他知道初星眠长得好看，只是没想到她穿上这身汉服，就跟从画里走出来的古典美人一样。

"阮哥，我的消息还靠谱吧？"旁边的男生见阮东俊目不转睛，知道邀功的时候到了，"我花了好大功夫才打听到初学妹参加校庆的事。"

阮东俊神色微敛，下颌朝着旁边另一个人点了点，漫不经心地注视着初星眠的方向。

这个人立刻会意："行行行，知道了。放心吧，阮哥什么时候对你抠门过？好处少不了你的。"

"阮哥，那我们现在跟上去吗？"

校庆日除了装扮，露天操场上还会有很多娱乐项目，各个社团都会举办活动，一来为了校庆热闹一下，二来也顺便招收社员。

初星眠等人在体育馆门口刷了学生卡，里面的操场已经被人群围满，空气中飘着香水味道，还有食物的香气。

周围嘈杂，喧闹声不绝于耳。

"不是吧，我今天才知道我们学校竟然有美食社团。"温意惊讶地说。

初星眠顺着她的视线看了过去，嘿，还真是，就在离操场入口最近的地方，有五六个小摊车并排在一起，上面拉了很长的一道横幅：美食社团欢迎你，用心做美味，用爱筑未来。

"我们去看看吧。"温意牵着初星眠就走。

初星眠想和许灿灿打声招呼，但一回头，哪里还有许灿灿的身影。

这不到一会儿的工夫，她们就被人群冲散。

初星眠买了几个章鱼烧。

她捧着新鲜出炉的美味，正想分给温意，还没转身，就感觉到有人在蹭她的肩膀。

初星眠视线微偏，映入眼帘的是一张小丑面具，从穿着打扮来看，似乎是个男生。

小丑的身后还跟了几个戴着不同面具的人，对方来势汹汹，感觉不是善茬。

初星眠用余光扫了眼，温意这个时候也不知道跑去了哪里。她紧蹙眉头，不想理会对方，打算离开，可刚迈出去一步，就被小丑拉扯住。

"初星眠小姐？"

小丑声音很清脆，应该是个年轻人。

初星眠一怔："你是？"

"你可能不认识我，"戴小丑面具的男人轻笑，"如果让我自我介绍的话，我目前在运营个人的自媒体账号，粉丝差不多有三四十万。"

言外之意，他是个重量级别的网红。

初星眠想了想她的朋友圈，好像不认识什么做自媒体账号的，除了……

像是想起什么，她猛地震惊："你是钱思的前……"

她轻咳一声，迅速改口："朋友？"

"是啊。"王德庆对她的反应没感觉意外，看起来也不在意，"原来钱思没和你们说啊！"

"说什么？"初星眠顿了顿，觉得这个王德庆要说的话肯定不是她关心的问题，更对对方为什么要找上自己不感兴趣。

"现在不是前男友了，"王德庆勾勾嘴角，语气轻描淡写，"我们两个已经和好。"

果然……

初星眠虽说不上震撼，但下意识想要皱眉。

"如果你找钱思的话，她应该就在操场里面。"她敛过视线，不想在这里和王德庆浪费口舌。

本质上，初星眠还是不看好钱思和王德庆的感情。

但是下一秒，初星眠察觉到了哪里不对劲。倏地，初星眠抬起手摸了摸自己脸上的面纱，这款面纱虽然不像其他人那样全副武装，不过也只露出一双眼睛，王德庆又没见过她，怎么能直接喊出她的名字？钱思和他说的吗？

几个疑问闪过，初星眠见王德庆没有要离开的意思，于是她打算拿着章鱼烧先走。她一只脚刚迈出去，还没绕开，衣袖就被王德庆死死地拉扯住。

对方的笑声故意放得很轻，跟在他身后的人纷纷拿出了手机拍摄，看起来很像那种非常专业的团队，恨不得将镜头怼到她眼睛上。

"我不是来找她的，我是专程来找你的。"

"我看了你们室友间的合照，我对你，一见钟情了，漂亮小姐姐。"

"你开什么玩笑，你不是刚和钱思和好？"初星眠用古怪的眼神看着他。他说的每个字她都能听懂，可组合在一起，她怎么就理解不了呢？

这人神经病吧？这能是正常人的思维？

王德庆语气里充满了无所谓："钱思那种女生，太无趣。但你不同，要是能跟你在一起，我保证，我只宠着你一个。"

"不用。"初星眠语气冰冷，"你已经让我增长了不少见识。"

"嗯？"王德庆还愣了一秒，没反应过来。

初星眠补充道："见识到了物种的多样性。"

王德庆许是这么多年混迹网络，脸皮早已经比城墙还厚，不仅没生气，还越来越得寸进尺。

眼看着王德庆伸出的手一路向上，几乎要攀到自己锁骨肩颈的位置，初星眠下意识甩开对方，向后退了半步，冷声道："请你自重。"

她真的很厌烦不熟的男生靠近。

越来越多的目光被吸引过来。

"初星眠,你别太不识抬举。"王德庆依然是笑着说的,只是笑声里的得意和阴险藏都藏不住,"你是长得好看,家里也很有钱,但是你没有流量,不如我们合作,我替你引流,你……"

"我什么时候说过我要引流?"初星眠发现这个人优越感不是一般的高,她能忍着听到现在,她自己都在心里夸自己是"活菩萨","你还有没有事,没事别挡路。你没听过,好狗不挡道?"

王德庆还是第一次见识到这么不按常理出牌的女生,对着他这么一个粉丝量不少的网红,说话竟然还这么不客气,让他几乎说不出话,他立马气得脸色不太好看。

于是王德庆甩了几个眼神,他后面那群人顿时就围了上来。

初星眠动弹不得,想出出不去。

她长这么大,还是第一次遇到这样无赖又恶心的男人。

在此之前,哪怕她遇到过再不喜欢的男生,对方的谈吐还是很妥当的,起码不会这么无理,所以她没处理过这样棘手的状况,尤其对方还跟狗皮膏药似的,怎么甩都甩不掉,一直挡着她的路。

"你没事吧?"初星眠不耐烦了。

"被我说中了?"

"傻子。"

初星眠也没在嘴巴上吃亏,但对方一群人,她依旧被困在当中,仿佛一只小羊羔进了狼群,孤立无援。

就在这时候,突然伸过来的一只玩偶熊猫手掌挡在了两人之间,接着,不知道从哪里冒出来一位穿着熊猫玩偶服装的人。他挺着圆滚滚的肚子就挤了进来,肆意又散漫地撞了撞,将那群对着初星眠拍的人全部挤到了屁股后面。

嘈杂的环境中,初星眠只觉得眼前一暗,仿佛所有的恶意都被隔绝在外,鼻息间都是玩偶布料毛茸茸的、被阳光晒暖的味道。她的脸颊埋进了玩偶熊猫圆滚滚的肚皮中,像是埋进了柔软的棉花糖里,细嗅还能闻到极淡的清冽味道。

她刚想探出脑袋。

"别动。"一个深沉低哑的嗓音在她耳边响起。

不过因为套着个厚重的毛绒头套,显得模糊又不真切,但能听得出来,是个男生的嗓音。

"我带你走。"他语气轻慢。

初星眠愣了一秒,就这么被玩偶熊包裹着带出了人群。玩偶熊的手掌遮在她的头顶,她稍微抬了抬眼,就能看见遮挡在她面前粉嫩的掌垫和熊猫又短又黑的手臂。

　　熊猫玩偶带着她走向了没人的偏僻处。

　　四周没有了怪异的目光,只有神色匆匆奔向图书馆的学生。

　　他这才放开了她。

　　停顿了一会儿,对方问:"还好吧?"

　　"嗯?"初星眠缓过神来,蓦地攥紧手指间的细纱,"我没什么事,非常谢谢你。"

　　其实她刚才也没怎么吃亏,就是对方太无赖了,一直不肯放她走。

　　气氛仿佛凝固,一人一熊相顾无言。

　　初星眠认真地看了看熊猫头套的眼睛,像是想通过那层布料看到什么似的。但很可惜,除了黝黑圆润的眼珠,一点都看不出里面的信息。

　　"你没什么事的话,我先走了。"沉默片刻,玩偶熊说。

　　"那个。"初星眠喊住他。

　　"嗯?你还有事吗?"

　　她就是突然很想知道他是谁。

　　但是对方都没有摘掉头套的意思。

　　内心纠结了好几秒,初星眠还是放弃想询问的念头。她支吾片刻,装出云淡风轻的模样:"唔,其实也没什么事。"

　　玩偶熊轻笑了声,隔着厚重的头套,这笑声就显得略沉闷。

　　初星眠心里划过一丝异样的熟悉感。

　　女生的第六感就跟雷达一样"叮叮叮"作响。

　　"你、你明天有时间吗?我想请你吃个饭。"

　　"明天吗?"对方尾音拖长了些,语气散漫,"好啊,约在南校门吧,晚上六点。"

　　他话音刚落,旁边几个男生吵吵闹闹地撞过来,不小心挤到了玩偶熊的后背。

　　"抱歉啊抱歉啊,兄弟。"

　　男生们嘴里说着道歉的话,但眼睛却忍不住一个劲地朝着身穿汉服的初星眠身上打量。

　　熊猫玩偶侧过身,微点点脑袋,挡住了几个人好奇又八卦的目光,什么都没说。

　　等到他走了以后,初星眠才后知后觉地想起来,他没有给她留下联系方式啊!

　　万一有什么突发情况,茫茫人海的,让她上哪里去捞熊?

　　初星眠默默地咬了口章鱼烧,香嫩软滑的口感蔓延在舌尖,不由得抿了抿唇。

　　她再度看向熊猫玩偶笨拙的背影,忍不住去想里面会不会是……那个人的可能性。

　　慢慢地,她嘴角微弯,扬了起来。

周晃嘉回到公寓才摘了厚重的头套。

这玩意儿又沉又闷，热得他锁骨处的布料都湿了一大片，头发被压得翘起。

他拧开水龙头，冲了把脸。

冰凉的水流扑在了脸上，他才觉得呼吸间都是清爽的气息。

这两天气温虽然不高，但是闷得很。

"这是在搞什么？"

吕征惊异的怪叫声响起。

周晃嘉微卷的睫毛还滴着水，他瞥了眼一脚踢开熊猫玩偶头套的吕征："有事？"

吕征关上门，看到玩偶服还穿在周晃嘉身上，更是惊得下巴都差点掉下来："不是吧，你怎么、你怎么！"稍一顿，他小心翼翼地凑过来，"没看出来，嘉哥还是个……福瑞控？"

"瞎扯什么呢你？"周晃嘉懒懒地搭腔，他心情好，连说话都带着几分笑意，"校庆。"

"你今天去参加校庆了啊？"吕征说，"这两天那么忙，我还以为你不打算去了呢。"

周晃嘉敛眸。

他忙得确实没打算去。

但是因为有非常想见的人。

不过他没跟吕征详细说明，而是转移了话题："李导师的需求，你按照规定给他了？"

"没啊，李导师罗列了一大堆，我都没顾上。"吕征一拍脑袋，"我今天过来找你有别的事。蒋老师说，明天有个局，你必须得去，还让我亲自过来把话捎带给你。"

说完，吕征摸了把玩偶胸口柔软的毛。

"哟，别说，你这个熊猫手感还挺好。"

周晃嘉斜睨了吕征一眼，眼神不冷不热的，"离我远点"这四个明晃晃的大字更是都快从表情里溢出来。

他像是想到什么，问："明天几点钟？"

"你有事啊？"吕征反问。

周晃嘉懒散地应声："嗯，答应的事……"

他想到今天小姑娘埋头的可爱模样，难得见到初星眠还有这么乖巧老实的一面，漫不经心地扯了扯嘴角："不好爽约。"

"应该也就下午四五点吧，运气好的话，应该能在六点前结束。"吕征说。

当晚钱思没回宿舍，也没跟任何人说她干什么去了。温意倒是给钱思发了几条消息，但钱思都没回。

宿舍里，许灿灿正因为这事生钱思的气。

"哪有这样的朋友啊，拿了自己室友的信息就这么卖给别人。"

"她那男朋友烂成这样了，还想着挽回呢，脑子是不是进水了啊？"

"算了算了，我不劝她。放下助人情节，尊重他人命运。"

过了会儿，许灿灿又说："不行，还是好气。"

许灿灿就是这样的性格，有什么便说什么，脾气来得快，去得也快，但对朋友是绝对真心，所以她格外生气钱思的背叛。

气氛安静了会儿，初星眠一直窝在床上没说话。

她其实也想不通钱思为什么还喜欢王德庆，那明显是个渣男，有什么好值得留恋的。

"你们先别气了！"温意正摆弄平板，突然高声喊了一嗓子，紧张兮兮地说道，"王德庆那个不要脸的果然把视频传上平台了，他自己的私人账号点赞都破百万了！"

温意一向脾气很好，这会儿都能痛骂出"不要脸"三个字，可想而知已经气到了极点。

王德庆带了团队的人来，又是摄像又是拍照的，不弄出些东西来，他肯定不会罢休。所以宿舍里几个人对视频会泄露不意外，只不过令人意外的是，这样的视频竟然能达到百万赞数的级别。

许灿灿也凑过去一看。

嘿，还真是。

百万点赞的流量，这已经不是小面积的传播。

而且王德庆还把视频剪辑过，导致很多不明真相的网友以为这是有剧本的，一边津津有味地看，一边吐槽女主角初星眠演技太差。评论区都是对王德庆行为的幽默调侃，还有少数人对初星眠说的话表示不赞同，觉得她戾气太重。

甚至很多王德庆的铁杆粉丝已经自发人肉初星眠，在她的私人账号下进行辱骂。

"这怎么办？"温意看向初星眠。

"能起诉他吗？"许灿灿也看了过去，"点赞这么多，视频播放量肯定也不会低的，简直是对你声誉的毁灭式打击。"

说到起诉，倒是让初星眠想起个人来。

她轻咬了下唇，杏眸水光流转，拿起手机，翻到安菏的电话。

电话很快拨通。

初星眠笑得很贼，她是见识过安菏的专业能力的。

这个人思维缜密、手段独特，办事准则最对她的胃口。

说到底，今天王德庆的所作所为彻底惹怒了初星眠。她这个人平时看起来是很好说话的，但真要把她惹烦，反击起来出手必然就是重拳。

"安大美女。"

那边停顿两秒："我怎么嗅到了阴谋的味道。"

安菏简单地了解了一下情况，便要初星眠放心，只说把这件事交给她去处理。维权的过程总会艰难些，但也不是完全没有办法，只是事情在网上发酵，对当事者的生活必然会产生一定的影响，所以安菏也嘱咐初星眠，这一段时间要保证自己的安全。

毕竟有些事情不怕一万就怕万一，王德庆利欲熏心，为了炒作什么做不出来？

几个小姑娘也跟安菏说了好一会儿的话，才准备熄灯休息。

睡觉前，初星眠翻来覆去了半天，睡意朦朦胧胧不真切。这一天乱糟糟的，发生的事情也多，因为太慌乱，那些微妙又不安的情绪在夜幕里滋生发酵。

她轻咬唇，盯着天花板看了好一会儿，还是顺从自己内心的想法，点开了周晁嘉的对话框。

时隔久远，她回复的那个"好"字仿佛成了永恒的休止符，像是彻底阻断了两个人聊天的可能性似的。

她心里也说不上是什么滋味儿。

周晁嘉没再给她发过消息，她也不知道该主动找什么话题合适。

挺奇怪的，之前想和他保持距离做朋友的人是自己，可如今真的许久都不联系，也不再互相发信息，倒让她觉得心里酸涩沉闷起来，好像空落了一处。

其实，初星眠也只是想问问周晁嘉，今天穿着熊猫玩偶服装的那个人是不是他。

可手指反反复复地敲着键盘，在脑海里预想了一遍又一遍的开场白，她却连按下发送键的勇气都没有。

这样的心态真的好奇怪啊，莫名其妙地胆怯，又莫名其妙地惦念。

但纵使心里的念头千回百转，表面上初星眠却还是抱紧被角不肯吭声，埋在被子里的身体蜷成了小小的一团，别扭又惆怅。

她就这么心不在焉地盯着屏幕，关上，又点开，又关上。

直到她竟然一个手滑没注意，不小心拨通了微信的视频通话。

看着对话框变成视频通话的界面，初星眠羞赧得整张脸瞬间暴热，滚烫的气息仿佛蒸发到了头顶似的，热得她冒出一层细汗。

她手忙脚乱地点了挂断键，顿时就把脑袋埋进了被子里，掌心攥紧，手机也顺势被推得远远的，尴尬得恨不得找个地缝钻进去。

她该如何让周晁嘉相信，她真的是手滑不小心点错了，而不是寂静深夜的"老流氓"行为。

纠结了好一会儿,她捂住眼睛,慢吞吞地从手指缝里盯住屏幕,小心翼翼地瞥了眼周晁嘉的对话框。

什么都没发生。

空白。

一片空白。

微信消息除了运动步数提醒,根本没有收到最新消息,安静如鸡。

五分钟过去。

初星眠没忍住刷新了一下界面,又看了看手机的信号。

她轻咬了下唇,连着无线为呀!网络应该没有问题吧?

可是对话框内,除了她刚才不小心点的取消视频通话的消息,周晁嘉竟然什么都没有回复哎。

他是没有看到吗?

还是看到了也不想问啊?

初星眠叹了口气,鼓起的气势当即就变弱了,好像突然被泼了冷水,连情绪都跟着冷了下去。

其实她对周晁嘉来说也不是什么不同的人吧?

有那么一瞬间的恍惚,她在想,她似乎一直都高估了自己和周晁嘉的关系啊。

心里腾起几分失落,手机屏幕的光亮也被她按熄。

周晁嘉洗完澡,擦拭着还在滴水的发梢。

手机振动了两声,他拿起来看了眼。是吕征发来的消息,上面有蒋老师安排的餐厅地址,还有些吕征习惯性的啰唆。

邮箱也有新消息提示。

周晁嘉点进去看了眼,是之前入伍申请的回复。

他没急着处理。

除此之外,他目光停顿在一则视频通话被取消的消息上。

被置顶的对话框弹出的视频通话在四十分钟前,显示已经取消。

他看了眼时间,心想,估计这会儿初星眠已经睡了吧。

周晁嘉垂眸,往上翻看着聊天记录。

他散漫地擦拭着头发,薄唇缓慢地扬起个弧度。

客厅内的灯光黯淡,手机屏幕却异常明亮。

她发过来的每个字仿佛都带着语气似的,几乎能让周晁嘉在看到文字的瞬间就回想起她可爱又生动的表情。

她的头像更换了。

现在的玩偶熊图片看起来更像个没长大的小朋友。

导致对她有别样心思的周晁嘉莫名萌生出了些许"罪恶感"。

他手指微划,轻触到小姑娘的头像。

停顿了两秒,对话框内再度提示了新的信息:【我拍了拍"星星"的脑袋发现够不着。】

他难得有闲情逸致地想,是不是该给官方提个建议,考虑设置防误触模式。

周晁嘉靠在墙边,侧脸映着微弱的光,眉眼稍抬,修长手指敲下几个字,发了出去。

半响,他略微一顿,又将那句话撤回。

第二天上完课。

初星眠和许灿灿打算从食堂带午饭回宿舍。

钱思昨晚没回宿舍,就连今天早上的课也没来上。

许灿灿原本还很生气,但钱思如今不见人影,打了几个电话也没接,她又不由得担心起来。

昨天王德庆的那件事最先是在校内网发酵的。

论坛也好,校园群也罢,已经有不少关于这个话题的讨论。

校园内的讨论自然不像王德庆账号下面那般"腥风血雨",多数人还是向着自家小学妹的,而且明眼人一看便能看出来,这个王德庆为了火,已经不择手段到令人生厌的地步。于是很多人替初星眠愤愤不平之余,还夸赞了一番初小学妹的美貌。

校园论坛吧主甚至置顶了声援初星眠的帖子,不少人在里面顶帖留言,算是变相地支持。

不过这些事没传到初星眠耳朵里,她现在已经不太在意王德庆事件的影响了。

食堂里排队的人多,人声鼎沸,空气中都散发着菜香。

期间有几个男生欲语还休地塞给了初星眠精心裁剪过的信封,一脸真诚地鼓励着她,搞得初星眠一时间也不知道该怎么拒绝,只能哭笑不得地收下。

这事常有,许灿灿也习以为常。

两个人拎着牛肉面出来,天朗气清,初星眠跟许灿灿有一搭没一搭地说着话,正聊着中午吃完饭是不是再给钱思打个电话,脚尖刚迈出食堂的门槛,冷不防迎面撞上个人。

周晁嘉双手揣进口袋里,目光从初星眠的身上掠过,视线微微向下,停顿在了她手里的信封上。

两个人都不约而同地停在了原地。

"晁嘉，怎么不走了？"是朋友的问声最先打破了沉寂。

"你先去。"周晁嘉散漫地说道，揣进裤袋里的手腕露出半截，正映着光，衬得腕骨分明白皙。

朋友顺着周晁嘉的目光看向了初星眠，了然似的笑笑，也没说什么，打了声招呼便和旁边的同伴说说笑笑地朝食堂走去。

见状，许灿灿也非常识趣，对初星眠说道："那我出去等你。"

初星眠微怔，点了点头。

两个人走出食堂，朝着旁边的林荫小路走去。

天气好，吹过的风捎带了几分凉意。

初星眠悄悄在心里酝酿了好几段话，比如怎么解释昨晚那通没有接通的视频电话，又比如他昨晚到底撤回了什么，再比如，想旁敲侧击地问问他今天下午有没有什么安排。

可惜她都没问出口。

"昨天晚上看到你微信视频电话的时候，"周晁嘉停住脚步，语气平和随意，"我刚洗完澡，所以没接到。"

风卷着残叶而落，他抬起手，自然地替她拂去肩膀的碎叶。

这是在跟她解释吗？初星眠愣了愣。

想了想，她顺着他的话回应道："其实我也是手滑。

"你昨晚……"

周晁嘉看向她："嗯？"

"撤回了什么？"

问完以后，初星眠便彻底觉得心虚到没底气了，就像是把昨晚那点蠢蠢欲动的小心思全都暴露给他似的。

可是她又真的好想知道他到底撤回了什么。

被问到这个事情，周晁嘉笑起来，眉头微抬："很想知道吗？"

他声音很轻，带着点不同于平日里的小亲昵，像在和朋友说话，却又像比朋友更近。

初星眠默默腹诽：当然想！但是我绝对不要表现得太热切。

"还好啦，你不想说的话也没关系。"她呼吸慢下来，脸微热，垂眸拨弄着手中的信封，将页脚折来折去，混着空气中的温度，能闻到他棉质卫衣清淡好闻的味道，"就是今早无意间看见了，不知道是不是什么重要的事情，具体跟什么有关。"

"既然这样，那下次有合适的机会再告诉你。"周晁嘉瞧着她别扭的表情，笑了笑，视线从她手中的信封上划过。

没了？就这么没了？也没说撤回的话到底是跟什么事情有关。

"唔……"初星眠欲哭无泪。

早知道她刚才就应该实话实说的。

两人又聊了两句。

初星眠绕过食堂门前的路灯,瞧见了许灿灿在不远处等着她。

下午没什么课,吃过午饭以后,初星眠把课上留的习题做了。

期间初茂平和徐星都给初星眠打了电话,话题无外乎就是王德庆引起的网络风波。

傍晚五点半的时候,初星眠跟许灿灿、温意打了声招呼,便准备出去。临出门前,许灿灿还八卦地问了声是跟谁去吃饭,初星眠笑了笑,没回答。

约定的地点在南校门,时间六点。

这里位置比较偏远,只有几栋实验楼临近此处,平时也很少有人会过来。

霞光笼着,天还没完全暗下去,路灯却已经亮起来,昏黄的光映在路面上,远处背景都仿佛虚幻般不真切。

离约定的地点越近,初星眠的心跳得越快。

初星眠提前二十分钟赶到,原本她以为自己到的时间算是早的,结果看见眼前的景象后生生愣了好半晌。

平常空旷寂静的南校门此时熙熙攘攘。

约有二十多个穿着熊猫玩偶服装的人成群结队地站在那里,他们起初没注意到初星眠的身影,有说有笑,聊得好热闹。

也不知道谁眼尖,发现了准备悄悄溜走的初星眠,突然大喊了一声:"来了,她在那儿!"

刚才还聊得欢快的人群顿时朝着初星眠跑了过去,乌泱泱地拥过去一大片,好像谁能追上初星眠,谁就能心安理得地冒领这份功劳。

惊!

这是什么情况啊!

初星眠几乎下意识就朝着南门外的巷口跑去。

南校门外是一片很老旧的家属楼,没拆迁,巷口交错地势复杂。她就这么和后面那群男东躲西藏,绕了好大一个圈,搞得路边闲坐的大爷不停感慨:现在的年轻人,体育活动都这么丰富了啊,老鹰抓小鸡也能搞出这么大的阵仗。

躲藏的工夫,她还抽空接了许灿灿的电话。

"星眠,你那边状况还好吧?"

初星眠跑得上气不接下气,直在内心捶胸顿足,早知道体育检测她就不该偷懒的!闻言,她略迟疑:"不太好,突然冒出来好多人追着我跑,不过你怎么这么问?"

许灿灿说:"我也是刚才看了帖子,才知道你是出去见那个什么玩偶熊。"

初星眠鼻尖冒着湿气,杏眸忽闪忽闪,一时间没理解许灿灿话里的含义:"什么帖子?"

"就是有人发帖称撞到你和玩偶熊说话,还约定晚上吃饭什么的。总之,帖子里的内容一时半刻我也跟你说不清。"许灿灿说,"反正就是有好多人回帖凑热闹,说也要去。我还以为只是开玩笑,没想到真有人去。"

岂止是有人,简直是有好多人。

眼看着大部队又要追上来,脚步声越来越近,初星眠说:"我先挂断了,等到回去再跟你详细说吧。"

初星眠刚抬腿,不知从哪儿探出了一只手臂,温热的掌心轻揽着她的腰身,向后方不轻不重地带了带。

"别出声。"像是察觉到了她惊呼的意图,后面的男生用另一只手捂住了她的口鼻,力道不重,仅捎带些警示的意味,"先等人走。"

鼻息很近,初星眠几乎能察觉到他的下颌蹭过她的耳尖。微暖的气息拂过,她几乎能察觉到对方说话时轻颤的喉结。

初星眠的心跳无端地快了几分,让原本急喘的呼吸缓缓平复,在沉寂的墙缝间,衬得胸膛里心脏的跳动如擂鼓般闷重。

等到一群人嘈杂凌乱的脚步声从前方消失,她才不经意地留神,此时两个人跻身的墙缝有多么狭窄。她的肩贴在对方的胸膛前,热度都在蔓延。

"谢谢。"她小声地说,有点不自在。

对方轻笑了几声,却没着急撤开身子。

初星眠听着这声音有些耳熟。

好奇心使然,她小幅度转过一点,看了看后方的男生。

她的角度只能微扬起下颌,忽明忽暗间,她将周晁嘉眼底的微光看了清楚。

距离很近,近到她几乎可以看清他睫毛垂落在白皙皮肤上的阴影。

"你……"她舌头跟打了结似的,眨巴眨巴眼睛。

怎么说呢,意外,但又觉得不意外。

刚才她太紧张,听见他说话也没反应过来。

两个人不知道以这样的姿势维持了多久,在初星眠确信那群男生已经不会再回来以后,她才轻咳了声:"好像人都走了,我、我们应该可以出去了吧?"

"嗯。"周晁嘉声音很低,倒是没松开。

见他没行动,初星眠只好自己做那个先起身的人。她往前抻了抻,但这个墙缝实在太窄,窄到她不能够直接正面出去,还需要微微转一下身子侧过去才行。

她下意识把手搭上了周晁嘉的肩窝,但脚还是没站稳,歪了歪。

"慢点。"

温热的触感在指尖散开,她愣了一秒。

巷口灯光昏暗,远处的路灯映在围墙上方,初星眠看不真切周晁嘉的表情,但她却觉得心里有个地方一直在不停地塌陷,难以压抑住的喜欢情绪四处蔓延。

好在周晁嘉没有察觉到她的异样情绪,神色自然地揽住她的手臂。

两个人一前一后出来,温热的气息渐渐融进了夜风里。

他俩也没多说什么,就不约而同地朝着家属楼后面的一条小吃街走过去。

离开了昏暗的巷口,走在了灯光明亮的路灯下,初星眠浅浅地吸了口气。她顺手将垂落的发丝绾至耳后,装作不经意地问道:"话说,你今天怎么会出现在这里?"

"嗯?路过。"周晁嘉掀了掀眼皮。

初星眠今天穿得很简约,米驼色的毛衫外套,里面搭配了白色的衬衫,下身是浅蓝色的牛仔裤,清新又干净。可她即便如此素雅,往人堆里一站,还是漂亮得惹人注目。

她不太相信周晁嘉的说辞。

哪里能刚好路过?

他向来对任何事情的回应都淡淡的,哪怕有心也不会承认。

到了夜间,路口的大排档都在门外支起了摊子,浓郁的烧烤香气飘散得整条街都是。

老板们忙碌着,啤酒瓶撞得"叮当"响。

兜里的手机响了几声,初星眠拿起瞥了眼,是许灿灿打来电话。

"你那边现在状况怎么样?"许灿灿语气挺着急的,也是怕人多事杂,再出什么状况,"我找了学校保卫科往那边去了。"

初星眠低低地垂着小脑袋,脚尖在地面上画圈圈,让许灿灿别担心。

两个小姑娘聊得久,周晁嘉也慢下来步伐等她。他目光落在她红润的脸颊上,看着灯光柔和地映在她的身上,莫名间,他心软得不像话。

巷尾的老味道串串香确实地道,红油辣子"咕嘟咕嘟"地冒着热气,厚实的肉片沾满了光亮的油渍,香气扑鼻。

舌尖才沾到,便被辣红了脸。

初星眠刚才老鹰抓小鸡似的跑了那么久,现在早就已经饥肠辘辘,再加上她和周晁嘉也吃了好多次饭,所以没那么拘束。

也是比较饿了,这顿饭吃得安静,两个人都没怎么说话。

过了会儿,初星眠满足地抿了抿唇。

"饱了?"周晁嘉瞥见她抚摸肚子的小动作,往常冷淡的声线带了点笑意。

初星眠认真地点点头,抬眸恰巧撞进了周晁嘉的清澈眸底。见他正饶有兴味地看着自己，于是她乖乖巧巧地回应道："嗯嗯，吃得很饱。"

运动过后果然吃什么东西都觉得很香。

小姑娘吃饱喝足，睫毛轻颤着，捧起奶茶喝得两颊鼓鼓的，鼻尖蹭了点奶盖的白沫也没注意到，使得红润面颊中间平添了一抹白，看起来呆萌，却带了些许清纯不自知的无辜神情。

像偷吃的猫般餍足。

再没有什么能比这番场景更勾人心魄的。

"奶茶好喝吗？"周晃嘉突然问道。

初星眠没想到他会问这个："还可以，我点的七分糖，甜度刚好。"

稍一顿，她迟疑地问道："你要尝尝吗？"

周晃嘉眼眸微微眯起，抬起指腹蹭了她的鼻尖，顺势抹了那点奶盖。他修长的手指拿起纸巾，不疾不徐地轻捻，喉结微微上下滚动，声音却有些沙哑："看起来很好喝。"

这动作搞得初星眠一怔。

她的心跳悄然变得不规律起来。

杯中的奶茶已经见底，初星眠抿着唇不知道该说些什么。好在周晃嘉也没再有什么奇怪又亲昵的举动，他结了账，回来接过她的背包："走吧。"

巷尾再往不远处走走，在南校门和家属楼间有几家还在营业的店铺。

吃过饭出来，已经是四十分钟以后。

原本初星眠还记着晚上约了玩偶熊一起吃饭，结果旁边站着周晃嘉，这事完全就被她丢在了脑后。

等到她想起来，再一看时间。

得，这事估计也就这么着了吧。

入了秋的夜，晚风清凉，再没了白日里的暖意。

往前走了会儿，初星眠才后知后觉道："这顿饭多少钱呀？我们AA吧。"

"不用。"周晃嘉心不在焉地拒绝，"跟我这么客气做什么？"

她心里悄悄嘀咕道，哪有客气。

她其实就是在没话找话而已。

初星眠喉咙微紧，干干地"哦"了声。不知道什么时候开始，她和周晃嘉的关系就像根紧绷的弦，外表看不出什么，但只有她自己心里清楚，松也不是，紧也不是。

也是这会儿，初星眠彻底推翻了自己先前想要跟周晃嘉做朋友的想法。

她不比周晃嘉那么冷静自持，面对他细微又亲昵的小动作，她根本无处安放自己的内心，甚至因为他的不说破，让她心情都跟悬在绳索似的，折磨至极。

她瞥了他一眼，见他眼神慢悠悠地瞧着前方，也不清楚在想些什么。

期间他接了几个电话。

好像是吕征打过来的,他好像有挺多事要忙。

"虽然说事情谈得差不多了,但晃嘉你也不能把一大群人都撂在这儿。"电话那边的吕征叫苦不迭,"搞得大家都在猜你是不是谈恋爱了,抓着我八卦个没完。我哪知道你要去跟谁约会。"

也不怪吕征备受折磨,周晃嘉和导师们相处这么久,但像今天这样抛下一桌人独自先离开的事,还真是头一次。

周晃嘉人长得不错,成熟稳重,学校里有不少相熟的导师都对他的感情生活格外留意,时不时还借着饭局替他介绍不错的女孩子认识。但奈何周晃嘉那个冷淡性子,对哪个女生都是神色淡淡的,一来二去,导师们也就作罢。

虽然搞科研的都不着急谈恋爱结婚,但导师们看周晃嘉就跟看自己孩子一样。

"打电话就这个事?"周晃嘉极其冷淡。

"敢情被一桌人围着的人不是你。"吕征平时跟周晃嘉挺随意的,但一听他声音凌厉起来,也不免收敛,委屈巴巴道。

"是不是有什么急事?"初星眠以为周晃嘉的不痛快是被电话催的,忙说,"你去忙吧,我从前面那条路绕到北门回去。"

她不敢从南校门走,明显还对刚才的事情心有余悸。

毕竟被二十多个身穿玩偶服装的男生追逐,她不想再来体验一次。

还没等周晃嘉回应些什么,电话里的吕征听到了初星眠的动静,当即就兴奋了,声音更是大到直接从电话里窜了出来:"是初小学妹吗?原来你约见的人是初小学妹!"

"我想起来今天老陈给我发的帖子!"吕征像是撞破了什么惊天大秘密似的,在电话里激动起来,"所以昨天我在你宿舍看到的那个玩偶……"

"嘟嘟嘟——"

电话被周晃嘉直接挂断。

"他挂了。"周晃嘉声音清淡,无辜且理直气壮。

初星眠悄悄地睨了他一眼,心说,明明是你自己挂断的,居然甩锅给吕征学长。

"昨天的校庆,你去参加了吗?"她问。

很明显的试探意味。

"嗯,路过。"周晃嘉说。

初星眠很闷很小声地说道:"又是路过吗?那还真是巧。"

她其实挺不喜欢周晃嘉这样子的。

明明知道她想问的问题是什么,却还是不冷不热地回答她的问题。

说到底,是她不信他口中的巧合。

一次也就算了，今晚他又出现在她面前，就不能主动一点吗？

主动把这层暧昧不清的窗户纸捅破。

她知道周晁嘉性格向来都是沉沉闷闷的，可那是跟别人相处啊，难道她在他心里也是跟别人一样的吗？

还是说，其实一直以来都是她自己误解？

沉默了一会儿。

初星眠心里有闷气。她故意自顾自地走向旁边卖零食玩具的店铺，也没跟周晁嘉打招呼。家属楼附近有几所小学，所以有些专门卖零食玩具的商店也就开在了这边。

店铺里的玩具零食都比较过时了，像是她小时候才会买的。

旁边有发传单人员会用的那种玩偶服装租赁，还有不少不知是正版还是盗版的书籍租赁。

初星眠有心跟周晁嘉闹别扭，走到店铺摆出的摊前东瞧瞧西看看。

租的书都是很古早的言情小说，光是看名字和封面就能感受到与现在完全不同的气息。

初星眠随意地翻了翻，发现纸质也很粗糙。

老板今天红光满面的，像是生意不错。见又来了两位顾客，他笑眯眯地从后面摆放 CD 碟片的架子旁出来："小姑娘，有没有什么喜欢的小说？我这里租书是很便宜的。"

"哦对了。"老板挺着圆滚滚的肚子极力推销，"小姑娘你们也可以看看这个服装租赁，最近很火的呢，光是对面的南工大今天就租了二十多套，流行得很呀。"

老板的话吸引了初星眠的注意。

"南工大的学生租服装吗？"

"是啊，好像是说有什么校庆吧。"老板见初星眠有兴趣，便更加热络地攀谈起来，"今天下午来了个男生直接租了二十套，就是那种玩偶熊服装，这时兴的东西真是轮回着转。反正我这里租东西是很便宜的，你们在我这里买东西就放心。"

稍一顿，老板眼睛一亮，指了指站在暗处的周晁嘉："那个小伙子昨天也买了一套呢，最近真是很时兴。"

初星眠一怔，猛地回过头。

"他也买了吗？"

老板认真地点点头，回道："我们做买卖的，记忆力都好着呢，更何况就是昨天的事，我不会记错。"

"小姑娘，你要不要也买一套，或者租一套回去玩玩？很便宜的哦。"

在店铺里买了两瓶汽水,初星眠递了瓶给周晃嘉。现在夜里风凉,她没买冰镇的。

"现在回去吗?"周晃嘉坦然接过。

"唔,回去吧。"她慢吞吞地说道。

初星眠悄悄睨了眼周晃嘉,之前和他一起躲在墙缝里的时候,光影暗,她根本没怎么看清他,后来去吃饭,她也光顾着填饱肚子。这会儿安静下来,两个人并肩而站。

她打量着,抬眸撞上周晃嘉淡淡的一双眼。他五官深邃,肩膀平宽且直。

有时候她真搞不懂周晃嘉到底是怎么想的。这人是把做好事不留名刻在 DNA(脱氧核糖核酸)里了吗?

刚才和店铺老板交谈中,她已经推断出来昨天那位穿熊猫玩偶服装的人就是周晃嘉。

不然,他怎么会这么凑巧买到了同款服装,又那么凑巧今天出现在南校门?

她刚才故意拖沓,没想到他真的在店铺外面一直安静等着,直到她出来。

"你就没有什么话要跟我说吗?"

"你想听什么?"周晃嘉反问。

"我……"初星眠语塞。

好一个反问。

"老实说,昨天帮我解围……"

初星眠决定捅破这层窗户纸。她这段时间想了很多,不想再和周晃嘉这样你来我往地打太极。她想,她是喜欢他的。

可话还没说完,却被另一个男声打断。

"我在南校门等了你好久。"阮东俊冷着铁青的脸,憋着清冷又委屈的劲儿,"所以你是和他在一起吗?"

初星眠把剩下的话噎了回去。

她眨眨眼,看着摘下头套的阮东俊站在那边的围墙旁,他抱着玩偶熊的头套,短碎的头发已经被发套压没了型。

他站在冷风里,看起来可怜又无助。

初星眠认识阮东俊到现在,第一次看见他这么狼狈心酸的模样。一时间,她喉咙发干。

她又转过头去看周晃嘉。

周晃嘉单手揣进兜里,神色淡淡,也没有要解释的意思。

阮东俊突然间冒出来,口中还振振有词,仿佛是初星眠对他做了什么不负责任的事情,始乱终弃似的,一下子就把初星眠给搞糊涂了。

"你是玩偶熊?"她指了指阮东俊怀中所抱的玩偶头套,不太相信,"和我约定好的吗?"

她心里已经认定是周晁嘉。

再加上她对阮东俊不学无术的富二代印象很难改变。

尽管她自己也勉强算是半路出来的富二代。

阮东俊没说话。

事实上,在他看到初星眠和周晁嘉在一起的时候,他的目光就已经越过初星眠,直盯周晁嘉。

要说对初星眠有什么心思,阮东俊的确是有。

在遇到初星眠之前,他父亲已经私下里把初星眠各种各样的信息推到他微信里。原因很简单,他父亲想要块地,这事只有初星眠她爸初茂平能解决。他要是轻松摆平初星眠,他父亲摆平初茂平才会更顺利。

更何况两家也都存了几分联姻的心思,所以他追初星眠的确是别有用心。

可渐渐地他发觉自己的别有用心里面,真就多了几分真心,越是追不到,越是抓心挠肝的滋味,着实煎熬。

直到周晁嘉出现。

男人看男人最准。

阮东俊要是看不出来周晁嘉的心思,那他真是白活二十年了。这人看着闷骚,实际不动声色地出现在初星眠身边,"温水煮青蛙"。

真卑鄙。

阮东俊心里骂着,盯住周晁嘉的眼神也越来越冷,好像乌眼鸡似的,恨不能把周晁嘉狠揍一顿出出气。

他看起来是个富家公子哥,阅女无数,女生根本不用他出手就都成群结队地等着贴上来。论正儿八经追女生,他追初星眠确确实实是第一次。

"周学长这么巧,又碰见。"阮东俊冷着脸,紧盯周晁嘉。

"不巧。"周晁嘉挺冷淡地回应。

言外之意,某些人是不请自来。

就是说,有没有可能,阮东俊比较在意的人是周晁嘉?

初星眠轻咬唇,她秀气的眉头微微皱紧。

这会儿她已经完全从当事者角度切换到了旁观者角度,津津有味地看着阮东俊和周晁嘉有来有回地打太极,就差搬个板凳抱着西瓜啃。

"听说蒋老师有位很看中的研究生学姐,打算介绍给周学长做女朋友?"阮东俊打听到了不少关于周晁嘉的事,他就是故意拣着没成的在初星眠面前说,"既然都是已经打算谈婚论嫁的人,收收心也好。那位研究生学姐我见过,长相学历都相当出挑,和周学长也般配。"

"看来你的消息确实不太准确。"周晁嘉轻笑起来,四两拨千斤,"倒是蒋老师提起,学校里有学妹闹着见你,事态影响很大。"

周晃嘉这番话顿时让阮东俊脸色更加难看。他本身脸色就已经难看到了极点,这会儿雪上加霜,脸都绿了。

这小学妹的事确实如周晃嘉所说,闹得很大。阮东俊原本只是抱着玩玩的心态,谁知道对方当真,见不到他就要死要活不肯分手。

这段时间他一直没抽出时间来找初星眠,也有这方面的缘故。

"学长就别开我玩笑。"阮东俊皮笑肉不笑,还想拉周晃嘉下水,"谁不知道给学长送情书的女生能从南校门排到北校门。"

周晃嘉不紧不慢地说:"我看起来像是会开玩笑的人?"

阮东俊愣了愣。

初星眠鼓起勇气想说的话,想捅破的那层窗户纸,在被阮东俊打岔以后,终究是没说出口。

她晚上回到宿舍,许灿灿立刻扑过来跟她八卦了帖子里的内容。

但其实初星眠这会儿已经不怎么感兴趣了。

这场因替她解围而衍生出来的乌龙闹剧,早已经在发酵的过程中变质。

她洗漱完毕倒在了床铺上,疲惫感如潮水般涌出来,懒得她根本不想思考。

什么玩偶熊,什么阮东俊,通通都被她扔在了脑后。

"钱思还没回来?"初星眠勉强撑起疲惫的身躯,目光无神地环绕了一圈。

许灿灿摇头:"没,也不知道中了什么邪。"

"连温意给她打电话都不接。"末了,她又补充一句。

在宿舍里,温意和钱思来往更密切。

温意也从遮光帘的后面探出头来:"星眠,我和灿灿正想着,要不要把这件事报告给辅导员。"

初星眠沉默了会儿,说:"明天早上我再给她打个电话。"

钱思每年都在争取奖学金,如果直接捅到辅导员那边,她肯定要背上处分,那这学期的奖学金不用想了,必然泡汤。

三个小姑娘也都是顾虑这点。

"灿灿。"熄灯前,初星眠突然喊道。

许灿灿正在护肤,察觉到初星眠不对劲的情绪,顶着面膜就爬上了她的床:"说。"

"你说,有没有一种可能,"初星眠小声说,"我是真的喜欢上了周晃嘉?"

不是少女情窦初开的茫然,也不是青梅竹马相伴而行的情愫。

是喜欢。

是她能清晰地感知到的情绪。

像是心里有什么破土而出。

许灿灿微怔。

少女神思缱绻，语气却是从未有过的坚定。

"阮哥，别生气。这次是我们没做好，追丢了初星眠不说，还耽误阮哥英雄救美的戏份。"

"我们自罚三杯。"

几个小弟捶胸顿足地揽下责任，懊悔地踹开租来的玩偶服装。他们心里也觉得憋屈，本来事情都有条不紊地在进行，只等阮东俊出现就大功告成，他们连庆功的地点都选好了，结果半路冒出来个程咬金，害得他们没捞到功劳不说，反倒是得罪了阮东俊。

其实帖子的事情早有预谋，昨天初星眠被玩偶熊拉走以后，阮东俊就让几个兄弟跟上去了。

他们故意撞在玩偶熊身上，就是为了听清两个人在聊什么。

"但我们也确实没想到，这周晁嘉还能杀出来，让兄弟几个也是措手不及。"

更何况初星眠躲得比兔子还快，他们才追了一会儿就把人给追丢了。

当然，这话他们不敢跟阮东俊说，只能自己在心里暗暗叫屈。

阮东俊坐在椅子上一言不发，其余的人连大气都不敢喘一声，生怕在这个时候谁点背撞上了枪口。

偌大的篮球社长办公室，长而宽的桌面上堆满了又厚又重的玩偶服，堆得跟小山似的。这些都是今晚他们租来的。

灯光昏暗，落地窗倒映着屋内的陈列摆设，三两个男生聚在角落里吞云吐雾。

阮东俊自回来就阴沉着脸色，他修长的手指有一搭没一搭地把玩着针式飞镖。

"咻——"

飞镖甩了出去，正中靶心。

叫好声一片。

阮东俊揉捏了两下腕骨，连眼神都没歪一下，吩咐道："你帮我去联系个人。"

旁边的男生乖乖点头凑近。

"阮哥，谁啊？"

"一个叫张守平的，是玛雅游乐场的经理。"

听到这个名字，几个男生里有个人"咦"了声，觉得有点耳熟，问道："阮哥，这张守平是不是你之前找过的？当时兄弟几个跟着去了趟游乐场，还进了操控室来着？"

"有这回事,我也记得。"

"是不是老三乱动人家东西,把设备都差点碰坏的那次?"

"可不是嘛,要不是那天有阮哥兜着,老三可就喜提包吃住套餐了啊。"

"老三你还不好好感谢阮哥?"

也不知道谁那么有眼力见,趁着阮东俊和旁边人说话的工夫,自觉地把跟踪周晁嘉拍摄的照片摆在了靶心。

"咻咻——"

两道飞镖应声而至,稳稳地刺破照片,将其固定。

"还有周晁嘉,也给我盯紧了,他的一举一动我都要知道。"

第二天上午,两节大课的课间。

初星眠找了处偏僻的楼梯间,给钱思打电话。

这两天钱思微信不回电话不接,甚至有时候她们打的次数多了,她还会关机。

所以在电话接通的瞬间,初星眠心里才终于踏实起来。

几个小姑娘在一起生活了三年,如果说真的一点都不担心,是不可能的。

那边沙哑又微弱的女声响起:"喂?"

"钱思?"初星眠迟疑着问道。

"嗯,你找我吗?"

"灿灿说这周末宿舍要聚餐,"初星眠斟酌着用词,"你在哪里?"

"而且最近装饰课留了挺多的作业,月底还有个模考,说是要和这学期的奖学金挂钩。"

电话那边沉默了很久很久,久到初星眠以为钱思是不是挂断了电话。

半响,钱思才沙哑着喉咙呜咽出声:"可是,星眠,我觉得我没有办法回去了。"

"为什么?"初星眠追问,"是王德庆不让你回来吗?"

"不是。"钱思难掩难堪,掩面哽咽道,"我害得你遭受了这么大的风波,我实在不知道该怎么回去面对大家。

"更何况,王德庆把我全部的积蓄都拿去了,我真的不知道该怎么办。"

钱思之所以不敢回来,无非也就是那几件事。

一是借了初星眠的钱给王德庆,二是校庆当天把初星眠穿着的服装告知了王德庆。

但要说她真的犯了什么大错,也说不上。

更何况,风波是王德庆引起的,这笔账怎么都该算到渣男的头上。

所以初星眠和许灿灿、温意商量以后,决定还是把钱思的安全放在第一位。

初星眠闷了会儿:"如果你信得过我,我认识个很好的律师,可以推荐给你打官司。

"没了感情,总是要拿回属于你的钱。

"及时止损才是最重要的。

"王德庆这样的渣男,对你来说,其实更像是泥潭,继续深陷只会让你越来越呼吸困难。

"早点摆脱,才能早点开始新的生活。"

初星眠这番话说完,电话那边的钱思沉默了好半晌,仿佛在认真思考初星眠话里的含义。

"星眠,我……"钱思说,"我想打官司。"

临挂断前,钱思哭哭啼啼地和初星眠道歉。

她说她一直都觉得很愧疚,没想到她惹了这么大的麻烦以后,初星眠还愿意帮助她。接着,她自己承认了她对初星眠确实存了点忌妒的心理,但是她真的没有想过要害人,也没想过要毁坏初星眠的声誉。

女孩子之间嘛,只要把话说开就好。

挂断电话,初星眠呆呆地盯着手机屏幕出神。

之前她曾因为看到钱思和王德庆恋爱中的恩怨纠葛,而萌生了退却的心思,但现在,她想,她和钱思不同,周晃嘉也不会是王德庆,所以她没有什么好胆怯的。

初星眠看向窗外,远处的操场上有几个男生在打篮球。

声音此起彼伏,远远地传了过来。

"星眠,你在这儿啊。"同班的女同学路过,瞧见初星眠便把消息捎带过来,"我刚才看见上课的教室门口有一群人在找你呢。"

"一群人?"初星眠怔了怔,"女生还是男生啊?"

"女生。"女同学说,"但是看起来不像是咱们学校的学生,领头的个头很高,棕色长鬈发披肩,穿着打扮特别时尚,看起来就不太好惹。"

初星眠认真思索了一会儿。

她印象里,好像没有哪个好友是棕色长鬈发,且个头很高挑的。

这个问题一直困扰到初星眠回到教室。

她还没进门,就在走廊的尽头看到了同学口中的那群人。

性感的五官,微微上挑的眉眼勾人心魄,红唇叼了支烟,娴熟地吞云吐雾。

她是……楚……

叫楚什么?

初星眠对女生有印象,是因为女生长得太过招摇,属于见过一眼就很难让人忘记的长相。

而且她们曾经在火锅店里有过交谈,这个女生好像是周晃嘉的高中同学。

初星眠不太确定自己有没有记错。

"初星眠。"

"你不记得我了？"

"楚漫。"

烟雾气息拂在了初星眠的鼻尖，引得她差点打了个喷嚏。

"想起来了。"初星眠皱了皱鼻子，被烟呛得轻咳两声，"你找我有事吗？"

楚漫瞥了眼四周，见不少好奇的目光都向这里投了过来，于是她简明扼要地说道："你微信给我，有些事现在说不清。回头我加上你，约你出去说吧。"

这个楚漫应该也是行动派，来也匆匆，去也匆匆，跟阵风一样。

她加上了初星眠的微信，二话不说领着那帮人就离开了这里。

要不是空气中还残留着烟味和香水味，初星眠都差点以为刚才的场面是她的幻觉。

"什么人啊？"许灿灿正在补口红，对着小镜子左看右看的，心不在焉，"怎么没见过？"

"周晃嘉的高中同学。"初星眠回答。

许灿灿"哒"了一声，终于肯把目光看向初星眠："那她来找你干什么？这女生该不会是喜欢周晃嘉，所以把你当成头号劲敌吧？"

"她说她有事找我，看起来不像是周晃嘉的事。"初星眠顿了顿，"已经加上微信了，后续再看她找我做什么吧。

"对了，你笔记借我抄一下。"

初星眠把课上没听懂的地方又做了一遍摘抄。她低着头写得认真，没扎起来的碎发顺着光滑完美的长颈落下来。

她皮肤很白，安静端坐不说话的时候，莫名有点温婉乖巧，自成风景。

长成这样，真的是老天爷的恩赐。

许灿灿光顾着瞧初星眠出了神，手中的口红歪歪扭扭画出了唇线。

"嗯？"察觉到许灿灿的目光，初星眠微侧头，"你盯着我看什么？难道是我脸上蹭了什么脏东西？搞得我怪不好意思的。"

果然，只要初星眠开口说话，仙气飘飘的气息顿时就荡然无存。

许灿灿也不过多操心："反正你多留些心眼。你这么单纯，我真是怕你被算计。"

"钱思接你电话啦？"许灿灿收拾好化妆袋，抿了抿性感的红唇，"她说了什么时候回来了吗？"

"没，但她有在考虑打官司。"

许灿灿轻飘飘地扬眉："打击渣男这种事，我一百万个支持。"

这起码是个好现象，证明钱思不再只想着渣男。

风平浪静地过了几天。

钱思拎着她买的所有东西从王德庆的住处搬回了宿舍。她也跟安菏联系了，打算叫王德庆把花她的钱都吐出来。

对渣男的滤镜全部烟消云散，钱思现在提起王德庆是要多恶心有多恶心，还不停地在懊悔自己之前怎么就和中了邪一样。

实属是已经大彻大悟。

这期间，楚漫也找上了初星眠。

楚漫现如今也是个自媒体创作者，与王德庆利用各种在违法边缘试探的擦边视频黑红炒作不同，楚漫就是正儿八经的美女博主。

她的视频分享很简单，妆容穿搭。

楚漫找上初星眠的原因也很简单，她对初星眠的印象不错，看到王德庆在网络上以诋毁初星眠作为流量密码疯狂捞金，这多少让她有些看不下去，所以她想出一期视频，替初星眠说几句话。

她上次带来的那些人，都是在自媒体行业工作的。楚漫一个人发声可能掀不起什么波澜，但如果大家都对王德庆这个渣男表示谴责，最起码还是会发出一些声音吧。

"当然，你也不用把我想得太好。"楚漫手撑着下巴，风情万种地拨弄着长发，"帮你是一方面，另一方面我确实也有私心，想蹭波热度。

"我的视频风格太固定，已经有很久没什么新鲜流量涌入。

"卷入舆论中心，意味着我也有利可图。"

初星眠捧着奶茶喝得畅快，浑不在意地晃着脑袋，说："我没有把你想得太好啊。"

其实楚漫发不发声，都不会影响初星眠。

安菏那边收集的信息资料都差不多了，对付王德庆还是绰绰有余的。

不过安菏确实也和初星眠提起过，如果能在网络上打赢舆论战，多少会有些帮助。

没多久，楚漫的视频就流传在了各大媒体平台。

不止楚漫，好多颜值漂亮的小姐姐都出来替初星眠愤愤不平地发声。

这么一来二去，再加上钱思这个前女友爆料的推波助澜，很快，王德庆便自食恶果。

当然，这些事情都是许灿灿天天在初星眠耳边八卦的。

最近初星眠脑袋里只想着一件事情——

她决定了！她要告白！

不过具体的实施计划，还是很令她苦恼的。

总不能让她直接找上周晁嘉，拍拍对方的肩膀说，"嘿，我喜欢你，我们在一起吧"?

看起来也太蠢了些。

而且非常流氓。

所以到底有什么样告白的方法才能显得她稍微聪明点?

许灿灿还在八卦:"我看楚漫的视频里还提到你和周晁嘉了呢,她说感觉你们两个很般配什么的。本来她从国外回来是打算倒追周晁嘉的,结果意外地认识了你,她就放弃了这个念头。"

"还算她比较识趣。"许灿灿"啧啧"了两声,力挺自己闺蜜。

初星眠心不在焉地敷衍:"嗯嗯?是吗?"

"是真的啊,不信你自己看。"许灿灿对初星眠左耳朵进右耳朵出的行为强烈抗议,把评论区的内容推给她看,"底下也有好多人询问你和周晁嘉在没在一起,她都回复说你们两个很般配,期待你们在一起。看来这女生也不是寻常人啊。"

初星眠还在想,把周晁嘉约到他们两个第一次认识的游乐场会不会比较好?

但是游乐场人多口杂的,氛围好像不是很能烘托到位。

要不然包一天呢?

哟,感觉包下来这个办法可行哎。

"你有没有在听我讲话啊!初初初。"许灿灿长腿一勾,白皙又笔直的嫩腿顿时就像道白光似的惹眼,"也不给我个回应。"

初星眠缓过神:"啊?我在想事情。你刚才说什么?"

"我说,现在网络上关于你的搜索度已经有了哎。"许灿灿头一歪,笑得挑起了漂亮的眼尾,"我们要不要借着这波热度,把工作室宣传出去?感觉是个很难得的机会。"

上学期期末,许灿灿和温意就加入了初星眠的队伍里,三个人打算共同创办个设计工作室。

这项计划一直延续到了这学期,成功申请了学校的创业资格以后,才初步有了眉目。

但如果不是初星眠她老爸这个名声在这儿顶着,大学创业中心里的个人工作室多得就像是雨后春笋,根本挑不出什么特别的。

"我知道你一直不想靠你老爸的名声,所以,喏,机会来了啊。"许灿灿说,"你可不要跟我说,这么高的免费宣传热度,你就打算这么放弃。"

也不是想放弃。

初星眠顿了顿,她只是觉得,网络营销就像是双刃剑,能载舟,亦能覆舟。

第十二章
一波又起

初星眠顿了顿:"我只是觉得我们的工作室还不够成熟。"

"但是所有人最开始都不熟练啊,谁都是慢慢锻炼出来的。如果我们不抓住机会,不知道什么时候才能从设计行业卷出头啊。现在的社会有流量就会有盈利。"

说实话,许灿灿的想法也没错。

工作室的名声需要打响。

设计行业又实在卷得厉害。

目前来看,初星眠她们三个人创建的设计工作室在校内接一些工作还能游刃有余。但资历尚浅的她们,就算是抓住了这波热度,实力也不知道能不能够支撑住。

两个人的意见出现了分歧,温意又刚巧不在宿舍里。

气氛沉闷下来。

五分钟后,许灿灿蹬着椅子滑到初星眠面前,脑袋蹭进了她的肩窝里,双手也环抱住她的腰肢,撒娇似的说:"饿了,先吃饭去。"

"灿灿,烤肉你想不想吃?"初星眠摆晃着点单页面,勾引道,"评分超级高的一家餐厅。"

"当然去啊,知我者莫过于你。前段时间减肥,我都好几天没吃油炸食物了。每天晚上看吃播,简直快要馋死我。"

"那你减肥还吃,会不会反弹啊?"

"我不管,我今天一定要吃到。"

"你请。"

"你请。"

两个人不约而同地说出声,又相视一笑,刚才那点不痛快的小隔阂顿时烟消云散。

烤肉店。

两个小姑娘互相给对方夹菜。

看着油脂被通红的炭火烤得"嗞嗞"作响，香气四溢，许灿灿直感慨没有烤肉的人生，简直是不完整的。

初星眠蘸了些干料，咬着筷尖若有所思道："灿灿，你说如果我想和周晁嘉表白，我该怎么说才会显得比较委婉又不失……"

"等会儿！"初星眠话还没说完，许灿灿就被她的话惊得咳嗽了好几声，又狂喝水，半晌才缓过来，"我是不是错过了什么？你怎么直接决定进行这一步了？"

什么时候决定的事情啊？

怎么完全没有预兆？

"就这几天我一直都在想。其实钱思的那件事，也给了我一些触动吧。"初星眠脸颊被热气熏得泛红，连耳郭都染了些许粉嫩。

她戳着碗中的肉，不紧不慢地说："但你是了解我的，在这方面我零基础，勉强有点理论知识还都是通过小说获取的。"

许灿灿很快就反应过来，没刚才那么惊讶了。她咬了口肉，被烫得含混不清道："女追男啊。倒也不是不行，只是在我心里吧，总觉得像你这样的大美女，怎么看都该是被人众星捧月追着跑，哪有主动的份？简直是暴殄天物。"

"其实周晁嘉也很优秀啦。"初星眠忍不住为自己喜欢的人说两句话，"他长相就不说了，校内公认，而且心地很好，不争不抢的，总让我有种他不食人间烟火的感觉。"

许灿灿一想周晁嘉那么沉闷的性格，点点头："不过也是。按照周晁嘉那个性子，你要想等他跟你捅破这层窗户纸，那恐怕真是有得等。"

当局者迷，旁观者清。

谁都能看出来周晁嘉对初星眠并不是完全没有那方面的意思。

只不过周晁嘉向来都是冷冷淡淡的，所以也没人敢以玩笑话试探他的态度。

"就是啊，"初星眠捧着脸颊，像是小仓鼠似的，"所以我决定我主动点。"

关于推广工作室的计划，初星眠和许灿灿各执一词，于是决定权就落在了温意手里。

温意想了好一会儿，才对初星眠说："你爸爸不是做生意很多年了吗，他肯定会有比我们更长远的眼光吧。不如，你去跟你爸取取经。"

初星眠一想，也对哦。

论老油条的眼界，还得是她混迹生意场多年的老爸开阔。

正赶上有两天初茂平工作不忙，喊初星眠回家里吃饭。

晚上徐星安排家里的阿姨做了很多初星眠爱吃的饭菜。

初星眠坐上了司机的车，刚回到家里就发现还有其他人在场，比如，正优哉游哉坐在她家沙发中央的阮东俊，看起来和初茂平相谈甚欢。

初星眠视线微抬，便越过客厅撞上了他。

"好巧。"阮东俊穿了件长至膝盖的深色风衣,懒懒散散地倚坐在沙发里。

他半点不觉得尴尬,反倒是吊儿郎当地勾起嘴角,漂亮又张扬的眉梢挑起,眼尾的黑痣也扬了扬,和之前遇到初星眠时的感觉完全不一样。

说不上哪里有了不同,但就是有很多细微的变化,就好像是压抑了很久,终于恢复了原来的本性。

不过想来也是,怎么可能让只吃肉的狼一直吃草。

阮东俊这样的富二代,深情只能装几天。

初星眠默默无言。

"有什么好巧的,这里是我家啊。"

会碰见她,不是意料中的事情吗?

气氛稍微尴尬。

还是初茂平率先打破僵局,他摘下挂在鼻梁上的精致眼镜,慢条斯理地擦拭着,说道:"眠眠,你和东俊应该认识吧?你们都在南工大上学。"

阮东俊搭腔:"我和眠眠在篮球社一起参加过活动。"

"那就不用我过多再介绍了。"初茂平心情愉快,就差亲自上阵帮他们两个联络感情,"今天我和他爸爸在一起应酬,想着你们周末休息,正好你今晚也回来,爸爸就自作主张叫上了东俊来家里吃饭。

"你们年轻人多聊聊天。"

初星眠闷闷道:"我们也不是一个专业的,没什么好聊的啊。"

她倒不是拆初茂平的台,只是明眼人都能看出来她爸爸打的什么主意。

简直就是"司马昭之心,路人皆知"。

看来初茂平还是没断了联姻这个念头。

徐星端着水果出来,瞪了初茂平一眼:"女儿都多大了,还要你在这里啰唆。"

紧跟着,徐星声音压低,威胁道:"这么久才回来吃一次晚饭,要是把女儿气走了,我可跟你没完。"

"好好好,我不掺和。"初茂平连连讨饶,"我去看看卫姨做的菜怎么样了。"

"卫姨是这段时间家里刚请来的煮饭阿姨,厨艺好着呢。"徐星把水果往两个年轻人面前推了推,解释道,"肯定是我们大人在这里,你们说话也不自在,我去帮帮眠眠她爸。"

什么帮忙都是借口而已。

徐星和初茂平一走,空旷的客厅就显得更冷场。

"你坐得离我这么远干什么?我还能吃了你不成?"阮东俊手臂搭在沙发背,薄唇勾起,逐字清晰地咬着,玩笑般地说道,"眠眠。"

初星眠马上说:"打住,我们还没熟到这个份儿上。"

阮东俊不在意她冷淡的态度,反而忽地主动凑近,他黑眸中噙了些笑意,略带讨饶似的说道:"你上次放我鸽子,还没说怎么赔罪。"

他指的是玩偶熊事件。

那晚,阮东俊和周晁嘉谁都没有挑明。

因为结果是谁,显然已经不重要了,而是初星眠愿意相信是谁,才是最重要的。

"下周末有个酒会,你陪我去吧。"他放软姿态,半倾身。

阮东俊身高腿长,一米八九的大高个挤占了更多的空间,灯光映下来,他的影子投在初星眠的身上。他靠得很近,近到初星眠能闻清他所用香水的后调。

和周晁嘉清冽的气息不同,阮东俊浑身都透着一副"我很贵气"的模样。

论身高,初星眠在女生中也算是中等的,但这会儿被阮东俊一衬托,娇小得像是要嵌进了沙发里。

温热的气息流转。

沉默了半晌,初星眠若有所思地说道:"阮东俊,其实你没必要这样。

"我有喜欢的人了,而且也不喜欢你。

"你一个这么受欢迎的人,不用非要围着我转。"

话脱口而出,连初星眠自己都愣了愣。

这不是推托敷衍阮东俊的说辞,而是她在认认真真审视自己的内心。

她有喜欢的人了,是周晁嘉。

原来大大方方地说出来,心里会这么轻松。

"我知道。"阮东俊一顿,突然笑了笑,虽然笑容有点牵强,"但我心甘情愿啊。"

气氛沉闷。

"更何况,你就这么笃定周晁嘉会比我对你更认真?

"你从最初认识我就戴着有色眼镜。

"但是我没你想象的那么浑蛋。"

这顿饭初星眠吃得多,说得少,偶尔回应,也是对答徐星的关心。

晚饭过后,她拉着初茂平进了书房。

初星眠先把楚漫的视频给初茂平看了看,然后再同他讲述了一遍视频的始末。

初茂平沉思了会儿,关注点偏得离谱:"你和周晁嘉一直都有来往吗?

"他的家庭状况会给你带来负担,更何况他妈那个人你又不是没见过,跟疯子一样。

"你别再和他有什么联系了,对你不好,对我们家也不好。"

初星眠愣了愣:"爸,这不是重点啊。"

初茂平倒了杯茶,轻轻吹了吹:"好好好,我的女儿长大了,也终于要开创自己的事业。爸爸很支持你的想法。"

两个人在书房谈了二三十分钟。

初茂平的想法和初星眠是差不多的,他同样认为初星眠她们创办的工作室没有任何抵御风险的能力,也不支持她们过早将自己的不成熟暴露出来,很容易影响到后续发展。

做生意,还是要脚踏实地稳扎稳打。

不过话题兜兜转转,还是被初茂平引了回来。

"周晃嘉那孩子性格和他妈不同,但是出生在那样的家庭,也是他的悲哀。"

"不过也幸好葛红不是他亲妈,才没有将那孩子教坏。"

话里话外,初茂平都在点拨着。

初星眠心不在焉地退出视频,刷了下微信朋友圈:"爸,我都要毕业了,有自己的判断能力,你就别操心我的感情问题。"

初茂平还想再多说两句。

初星眠提前打住:"您要是再说什么,我现在立马打包行李滚回宿舍。"

半响,初茂平这个商业大亨才不情不愿地嘀咕道:"行,爸爸给你这个面子。那你也好歹回爸爸个人情,阮家小少爷人都来了,你也不好就这么晾着吧?"

"阮东俊那孩子挺傲气的,这也就是在你面前,他让着你。"

"我看人家对你也很上心,这段时间流水一样地往我这里送东西。"

阮东俊是摸准了初星眠不会收他的东西,所以打算从初茂平这里下手。

"您又不缺那点东西。"初星眠忍不住辩驳。

初茂平吹胡子瞪眼:"不一样!送的那是心意。你还是太年轻,不懂权衡利弊。"

"那您不也是从年轻过来的吗?再说了,我觉得我们家没钱的时候,也过得挺开心的。"

父女两个话不投机半句多。

等到初星眠走了以后,阮东俊又和初茂平聊了几句。

初茂平心里满意阮东俊,说话间也就格外亲近:"星眠她的性格就是这样冒冒失失的,你也别往心里去。"

"怎么会。"阮东俊笑了笑,"我也很喜欢星眠。"

"对了,"像是无意间想到的,阮东俊眼眸微微眯起,手指有一搭没一搭地轻触着茶杯,"初叔认不认识一位叫张守平的人?"

"嗯?听着有点印象。"这两年初茂平接触的人多,人来人往的,好多名字都是听着耳熟,但真要说出个一二三来,倒也说不出来,"好像是平宅大院的?"

提起平宅大院,就不免要说当年那场火灾。

"是啊,我爸跟我提过周家闹起的事,我也就多留意了些,想帮忙打听打听。"阮东俊说,"这个张守平手里倒是有当年事发时的视频,只不过我去问的时候说是已经给了周叔叔的儿子,周晃嘉。"

"你这么一说,我倒是想起来。"初茂平停顿片刻,拨通了秘书的电话,"你找一下,上次周晃嘉发过来的邮件里有什么东西。"

周晃嘉私底下很少主动找初茂平,一次是宴会解围,第二次就是这封邮件。

秘书那边也是怔了好一会儿,鼠标声作响:"初总,是录像。"

"哦,什么时间发过来的?"

"初总,两个月前就发过来了。"

说是要告白,但这事被初星眠足足拖上了两周。

期间她也没怎么和周晃嘉聊天说话,就……停滞不前似的卡住了。

许灿灿那么急性子的人,看到初星眠这副新人小菜鸟的畏缩模样,恨不能自己撸袖子上阵,替她把人约出来。

终于,有天上完课,做好充分心理准备的初星眠颤颤巍巍地点开了周晁嘉的聊天对话框。

她也是第一回干这种事,所以特别心虚地躲进了教学楼的楼梯间。

四周寂静,只能听到远远的交谈和脚步声,这个时间没有人会来楼梯间。

很好,没人能打扰她。

现在是时候干点不正经的事了。

她白嫩的手指在屏幕前犹豫不决地停顿了好一会儿,然后发送了两个字。

星星:【在吗?】

好俗套。

好俗套的开场白。

连初星眠自己看完都觉得脸热。

而且因为她的别有用心,就显得更俗套了。

她全神贯注地盯着周晁嘉的对话框,以至于连楼梯间的门什么时候被推开的都不知道。

一秒钟。

两秒钟。

三秒钟。

微信里静悄悄的。

阳光透过窗户洒进来,将狭窄楼梯间的两道人影拉长。

小姑娘等得无聊,干脆把周晁嘉的头像、朋友圈全都看了个遍。要不然怎么说周晁嘉有股不食人间烟火的劲儿,他微信朋友圈里除了与学术相关的东西,什么都没有。

还没回复?

"周晁嘉是原始人吗?这么久都不看手机。"她忍不住出声吐槽。

"你找我有事?"

含着笑意的清朗嗓音响起,着实吓了初星眠一跳。

她一僵,转过身的动作就慌了些。

视线碰上,初星眠脸颊瞬间烧起来。

明明已经下定决心跟他摊牌,但做这件事的时候却被他抓了个正着,不知道为什么有种羞耻的尴尬。

"嗯……怎么说呢……"她抿抿唇,慢吞吞地说道,"就是可以有,也可以没有。"

"这算是什么答案?"周晁嘉微挑眉。

"我也说不清楚。"

初星眠本来好不容易鼓起勇气,被周晁嘉当面一打岔,那些喜欢的小心思全都跟害羞似的躲了起来。

初星眠才发现,原来当面告白也不是件容易事。

许久没见周晁嘉，他的短发好像更利落些，细碎的发梢映着光，衬得五官更精致。

他的眼睛被窗外的阳光刺得微微眯起，懒散地瞧着她，笑道："刚才不说得挺好的吗？还偷偷骂我。"

"我没有。"

"还不承认。"

周晁嘉屈指刮了下她的脸颊。

知道小姑娘脸皮薄，他也不逗她。

初星眠攥了攥衣角，想着反正周晁嘉现在还不知道她的那些小心思，于是表情放松了些，才抬头说："我就是想问问，你这个周末有没有事。"

"嗯？"周晁嘉看着她笑了，学她的口吻，"可以有，也可以没有。"

"我周末有事情想跟你说。"她目光虚，心底也虚，一边担心自己的小心思会被对方看穿，一边又担心对方完全不在意。

"可以。"他漫不经心地应声，神色淡淡的。

"不过，你怎么会出现在这里？"初星眠脚尖轻挪，踩着投在地上的光斑。

研究生上课的教学楼不在这边，所以这会儿撞见周晁嘉，她还真是很意外。

"来拿份资料。"周晁嘉扬了扬手中很薄的纸张，倏地，他指节一绕，将初星眠垂落在鬓角的发丝绾至耳后，"你这两天没睡好？"

他的指腹带了些冷意，不经意间蹭过初星眠的耳垂时，她只感觉呼吸都要停滞。

从前不曾在意的小举动，如今仿佛被她自己放大了好多倍，连心都不由得多跳两下。

"我睡得挺好的。"不知道是不是因为喜欢他，所以初星眠在他面前也格外注意外在形象，她当即就捧住了脸颊，恨不能挡住每一处细节，有些羞窘地说道，"我看起来很憔悴吗？"

"不憔悴啊，很好看。"周晁嘉笑了笑，有意哄她开心，"看你瘦了。再这么瘦下去，来阵风都能把你吹跑。"

没有哪个女孩子不喜欢被人夸瘦了，初星眠也不例外。

她抿嘴笑了笑，有些害羞地移开视线，整颗心都软乎乎的。

原来和喜欢的男生说话，是这么开心的事情。

她心思飘得有些远。

隔天，初星眠就联系上张守平，敲定了包场游乐场的事情。

张守平接到她的电话，还愣了好一会儿，似乎是挺吃惊的。

初星眠这个人没什么浪漫的细胞，许灿灿平时调侃她，说她简直浪费了这张清纯欲滴的脸。所以初星眠能想到的，无非也就是她第一次遇到周晁嘉的游乐场。

告白的地方嘛，当然还是想选择有纪念意义的场所。

不过初星眠想到第一次在游乐场碰见周晁嘉的时候，对方还冷着张脸，对她轻描淡写地说"含恨而终"四个字。

就是……还蛮感慨的。

想到这儿,初星眠难得有兴致地登录许久没上线的某知识问答社区。

她这才发现,当初她在某知识问答社区无意间写下的回答,评论区已经回复了近百条,而且被顶到了前排,评论区一水的"顶上去,让楼主丢人"。

除去幸灾乐祸的,就是嗑 CP 嗑到昏天黑地的。

其中点赞最高的一则评论写着:咱就是说,这能不嗑?kdl!kdl!所以后续呢?有没有后续?楼主什么时候回来,快回来更新吧!

于是睡觉前,初星眠的小脑瓜里面就在各种组织语言。宿舍关了灯,手机屏幕的微弱光亮映在她白嫩的面颊上。她轻咬着唇,慢吞吞地在屏幕上敲下了好长一段话。半晌,她又觉得不妥,按回撤键一点点地删除。

离周末还有两天的时间,这几天赶着学术会议,基本每天都要持续到深夜。

趁着导师休息喝水的工夫,周晁嘉将刚才阐述的几个观点敲在了文档里。

朋友在旁边拍了拍他的肩膀,指了指走廊,示意他出去。

"出去吹吹风,不然这一晚上我要困死我。"

赶在科研实践最紧要的环节,熬上几个通宵真是再平常不过的事情。

晚风吹拂,校园内已经陷入寂静,偶尔有几处亮着的灯光和路灯交错辉映。

遥遥望过去,人声与车声像是隔了很远,微弱的声音慢悠悠地荡了过来。

手机在裤兜里振动了两声,周晁嘉视线微偏,拿出来看了眼。

是某知识问答社区上,他关注的回答更新了后续。

上面只简短地更新了五个字:我要追他了。

"你看什么呢,这么专注?"朋友睨了眼周晁嘉的手机屏幕,"你还刷这软件啊,上面好多都是编出来的故事,看个新鲜还行。"

周晁嘉黑眸微沉,收回手机,却说了别的话题:"周末老陈是不是要组织饭局?"

"是啊,烦死了,最近开会多,饭局也多,想找个机会休息都不行。"朋友抱怨两声。

周晁嘉说:"帮我推了。"

这回,轮到朋友用怪异的眼神看他:"你干吗去?"

昏暗的光影下,周晁嘉神情懒散。他腿长腰窄,肩膀瘦削,目光却是清明温和的。

闻言,他随便应了声:"有点事。"

"'母胎单身'这么多年,你还能有什么事?"

学院里谁不知道周晁嘉对工作专心的态度,能让他推掉饭局也要去应付的差事,肯定不是什么普通小事。

朋友说到一半,周晁嘉的微信就响起来,硬是让他把话噎了回去,转而有点惊讶地说道:"该不会是真的给吕征说中了吧?你开窍了啊?"

周晁嘉懒懒地瞥了他一眼,没说话,打开微信消息,置顶的对话框弹出来。

星星:【睡了吗?】

他眼眸低垂，正想打字，但手一顿，很快回了张照片过去。
是刚才会议上拍摄的照片。
星星：【是在开会吗？】
初星眠刚发完这条消息，电话就响了起来。
她没调静音模式，在已经熄灯的夜晚，手机铃声就显得格外突兀。
好在其余的三个人也都没睡觉，都是戴着耳机看剧刷视频，压根没留意到她这边的动静。这多少让初星眠松了口气，不然她真的是要窘死。
初星眠深吸了口气，轻咳一声，接通了电话。
"喂？"
"还没睡吗？"
电话那边的周晁嘉声音有点哑，隐隐约约还能听到风吹过的"呜呜"声。
"嗯，你是已经开完会了吗？"因为在宿舍，初星眠也不好意思太大声，就压低着声音，听起来就跟小猫哼唧似的。
周晁嘉回道："没有，中间休息。"
初星眠在心里想，看起来好忙。
话音落下，谁都没有再说话，像是心照不宣地沉默着。
"早点睡吧。"半响，周晁嘉的声音混着车声传来，有点不真实感。
初星眠手指蹭着被角打转，小声应了句："唔，好。"
她慢吞吞地说："那我挂电话啦？"
"挂吧。"那边说道，"晚安。"
说是这么说，但是两个人谁都没有主动挂断。
电话里细微的电流声、忽轻忽重的呼吸声，都像是带着温度。
"周晁嘉，你还在吗？"她不确定地问了一声。
那边轻笑，尾音懒洋洋地溢出来："在。"

凌晨一点，周晁嘉这边才结束会议。
看着同桌的其他人伸个懒腰，收拾着桌面已经喝光的咖啡瓶离开，周晁嘉也抱着笔记本回了宿舍。
整个学校里都是静悄悄的，走廊里回荡着他不轻不重的脚步声。
钥匙刚插进锁孔里，门还没打开，里边就响起了"喵呜喵呜"的叫声。
就像是瞅准时机似的，等到周晁嘉推开门，一道娇小的身影迅速窜到了他的脚边。
走廊的光照进了房间里。
门口的小花猫看起来约七八个月大的样子，黄白相间的花纹，鼻尖上长了撮非常具有标志性的黄色毛。
小花猫尾巴翘得高高的，四只胖乎乎的小爪子来回踱步，不停地用屁股蹭着他的裤脚。
"喵呜——喵呜——"

周晁嘉半蹲，挠了挠它的下巴。

小花猫很受用，舒服得直"呼噜"，漂亮的眼睛都眯成了一道缝。

周晁嘉一顿，想到什么似的，也不知是跟小花猫说，还是喃喃自语道："倒是会撒娇。"

小花猫伸了个懒腰，打着哈欠在地面上打滚，四只小胖腿全都伸出去，肉垫也撑开了花，滴溜溜的小眼睛像是在打量他。

"喵呜？"它露出来圆滚滚的小肚皮。

周晁嘉敛眸，笑了，随手在它肚皮上揉了揉，起身，把它空掉的碗里添上了猫粮。

周末，初星眠睡不着，起了个大早。

她给周晁嘉发微信，告知了对方约见的地点和时间。

那边回了个"嗯"字，然后说是要先去交个报告。

初星眠想着周晁嘉最近挺忙的，就回了个安慰的表情包。

约定的时间在晚上六点，所以白天无所事事的初星眠就抱着专业书跑到图书馆去啃了。中午回宿舍，她还替许灿灿和钱思带了顿午饭。

钱思前两天打赢了官司，把这么多年借给王德庆的钱全都要了回来。王德庆那人看着好像很强硬，但其实色厉内荏，法院一传唤，当时就吓得给钱思又道歉又求原谅的。不过钱思现在对王德庆除了厌恶再没有其他的情绪，自然没有轻易放过他，也算是出了口恶气。

几个小姑娘还高兴地出去吃了顿饭。

王德庆一把钱还回来，钱思就立刻把三万块钱打给了初星眠。

本来初星眠是不怎么着急的，但钱思却执意要给她。

"我知道这三万块钱对你来说不算什么，"钱思说，"但是对我来说，现在的生活就是重新开始啦。"

钱思现在已经彻底想通了，她把借的钱全都还个干净，平时除了看书就是出去打工兼职，还准备考研。

其他三个人见钱思终于脱离渣男，也都替她高兴。

吃完午饭，许灿灿就开始收拾东西准备回家。

虽然周末两天时间很短，但她也要抽空回家待着。

钱思要出去打工，宿舍里就剩初星眠一个人。

她背了会儿单词，又上网查看女追男告白攻略。

明明平日过得很快的周末，此刻她却觉得分分秒秒都过得很慢。

到了下午四点多，司机已经在楼下等着她了。

初星眠刚到宿舍楼下，就见对面闹哄哄的，不少人都围在那里。没两秒钟，连救护车都赶了过来，事态好像还挺严重的。

她愣了一秒，听见旁边两个小姑娘谈闲话才知道，德育楼有人高空抛物砸到了人。

初星眠若有所思，德育楼似乎出入的大多数都是研究生。

司机按了按喇叭:"初小姐。"

"这就来。"初星眠看了眼时间,四点半。

现在赶过去的话应该能提前半个小时到。

当晚,初星眠从晚上六点钟等到了深夜。

空阔的游乐场灯火通明,除了她自己,没有其他游客。

整个游乐场仿佛成了她一个人的孤独狂欢。

最后还是门卫大爷看不下去,走过来。

"小姑娘,你等的人什么时候来?你要不要再给他打个电话?"

"天这么冷,你穿得这么单薄,在这里等着也不是一回事啊。要不,你上那个门卫室等着吧,里面有空调。"

初星眠的鼻尖被冷风吹得冰凉,她闷闷地摇摇头:"不用,谢谢。"

不知道是被风吹的,还是太沉闷,她脑袋昏昏沉沉的。

其实她给周晁嘉打了几个电话,但都是无人接通。

所以,他是什么意思?

是拒绝的意思吗?

那为什么不直接跟她说清楚呢?

初星眠患得患失地回了学校。

路过走廊,她听见两个女生捧着水壶议论。

"听说被砸的人是研究所的学长。"

"高空抛物的人是谁啊?"

"不知道,好像是个大几的学生。"

"真是太惨了,我没去现场,娇娇去了,好像说是砸到了肩膀,当时就疼晕了。"

"这不是废话吗,四楼的花盆直接砸下来,简直跟要命差不多啊。"

"不过我听内幕消息说,其实当时那花盆掉下来是砸不到那个学长的,然后有个小孩在吧,学长怕砸到小孩就……"

"你听谁说的啊?"

"你不知道啊?小孩家长都闹了一下午了。不过我们辅导员不让外传。"

初星眠听两个女生说话的时候,还有点神思恍惚,想着自己下午出去时,也看到了救护车。

昏昏沉沉的感觉越来越明显,她吸了吸不通气的鼻子。

好像是有点着凉。

她刚到宿舍门口,准备拿钥匙开门,包里的手机就响了起来。

看到打电话过来的是吕征学长,初星眠顿了好久。

她脑子里转过无数个可能,在想是不是周晁嘉不知道该怎么拒绝自己,所以让吕征学长过来跟她说?又或者,让吕征学长替他解释,他只是有事情很忙,所以忘了他们的约定?

但无论怎么想,她都没办法控制心情不停地低落,好像浑身的力气都被抽走,连说话都觉得累。

电话铃响了很久，直到初星眠接通电话。

"学妹，你现在人在哪儿？"吕征听起来很着急。

初星眠顿了顿："宿舍。"

吕征说："晁嘉今天出事了，我想了想还是觉得有必要跟你说一下。

"我也是听晁嘉研究所的同学说了才知道，他今天本来是跟你有约会是不是？

"能让他推掉各种会议、聚餐的人，也就只有你了。"

在接到这通电话之前，初星眠从没有想过世界上还有这么巧的事情。

偏偏她今天下午的时候，还看见了这起事故。

"他怎么了？"

"送报告的时候被高空落下的花盆砸了。"

"人有没有事？"

"已经被救护车拉去医院了，万幸的是没砸到脑袋。"吕征叹了口气，"但是砸到了肩膀，也不知道会不会有什么影响。虽然辅导员们都不让说，但是你也不是别人。"

稍一顿，吕征解释道："我怕你和晁嘉再有什么误会，所以想来跟你说一声。晁嘉很看重和你之间的约定，他绝对不是要放你鸽子。"

初星眠觉得喉咙发干，之前心里的郁结和不开心，好像都在这一刻被冲垮，感觉闷得不能呼吸。

"他现在人在哪个医院？"

"应该是华江第二急救中心吧。"

第二急救中心离南工大最近，平时学校里有什么伤员，救护车也都是往那边拉。

"吕征学长，谢谢。"

"别别别，不用谢，我也是想帮晁嘉。"

初星眠赶到第二急救中心时，已经是凌晨。

急救中心灯火通明。

门口拦着的门卫在确认以后，放了初星眠进去。

虽然是半夜，但是急救中心这边还是不断地有病人送过来。

初星眠打听了一番，确认周晁嘉已经转入病房。

他的伤势的确挺严重的，但好在没伤到骨头，拍完片子打上点滴就先推到病房观察。

小护士听说初星眠要找的人以后，笑眯眯地领着她进了病房："你是他女朋友吧？他拍完片子以后，医生看过说没伤到关键地方，所以不用太担心，就是需要养一段时间。

"不过我听急诊科的同事说了，你男朋友可真够勇敢的。"

初星眠不知道说什么，只含混不清地"嗯"了两声。

突然,像是想到什么,她问:"那他的家属现在来了吗?"

"你是说他妈妈吧?大概晚上八点多钟过来的,见人没事,把钱交完又走了。"

"这样……"初星眠敛眸,"好的,谢谢你啊。"

"没事。不过你男朋友刚打完镇静药,这会儿应该还没醒。"护士眨眨眼,见初星眠长得好看,不由得多看了她几眼,"你要在这里等他醒吗?"

第十三章
小闹剧

盛夏时节,平宅大院。

聒噪的蝉鸣声阵阵,没有丝毫凉意。

大院四周都是成排的平房,后面危楼林立,市政规划明年要拆迁盖楼。

道路没修,土路灰尘四溅,到处都是石子,还有工人在打浆。

几个老太太坐在院门口打着扇子乘凉。

放学的铃声已经响了好几遍,教室里人也走得差不多了。

但即便如此,沉闷燥热也没有减少半分,空气都跟灌了热浆般凝固,呼吸间都觉得喘不过气。

窗外操场上"乒乒乓乓"的拍球声掺杂着走廊里的交谈声,时近时远。

周晁嘉低着脑袋,发梢遮盖住眉眼,正慢吞吞地往书包里装着作业本。他校服短袖的后背被汗打湿,洇了一大片,跟被水泼洒过似的。

他身影瘦削,坐在班级最后一排的角落里,没什么显眼的。要不是他在喘气,估计旁边都不知道这儿还有个活人。

三班的人提起周晁嘉,都是三个字:不合群。

又因为不合群,他被明里暗里地排挤。

今天班里的值日生是王彤和李骏。

王彤瞥了眼后排座位,碰了碰李骏:"等会儿我扫前面,你扫后面。"

"为啥?"李骏不太满意,快速瞥了眼周晁嘉的位置,"我也不想扫后排啊。"

"你扫不扫?我是女生,你是男生。"

"行行行。烦死了,我最烦的就是扫他的地方。"

"'扫把星',晦气。"

"谁沾上谁倒霉。"

两个人窃窃私语，旁边人也没听见。

顿了会儿，王彤又瞥了眼周晁嘉："要说他除了闷点、瘦点，其实长得好像也还行。"

李骏故意挤眉弄眼："他那头发整天挡在眼睛前面，你从哪里看出来他长得还行的？有我帅？"

周晁嘉是转学过来的，性格很闷，每天走路都贴着墙边，几乎不跟班级里的任何人交流。

本来也没人注意到他这个无足轻重的小人物。

"他是得罪了谁来着，被欺负得这么惨？"王彤"啧"了声。

李骏心不在焉地说："忘了，谁知道因为什么事。"

两个人说完都愣了会儿。

是啊，他们都不记得最开始孤立周晁嘉的原因是什么。

但在大集体、大环境里，有一天有这么一个人做了这么一件事，其他的人好像就必须跟着做才能撇清和被孤立者的关系似的。

老师在讲台上归拢着课堂测验的试卷，往包里一装，踩着高跟鞋"嗒嗒嗒"地离开了。

悬在空中的几台老旧风扇"吱呀吱呀"地转，带起来的风还不如手扇的风大。

"啪。"

周晁嘉耳畔倏地拂过一道劲风，嗡鸣声响了几秒。

紧跟着，如针刺般的疼痛慢慢浮现出来。

周晁嘉下意识捂住耳朵。

他没回头也知道后面的人是谁。

刺耳又讥讽的笑声挤进耳鸣声里，像是隔了扇不透光的窗，让他觉得不真切。

他舌尖狠狠地抵在牙齿间，太用力地咬紧，有血腥味在口中蔓延开来。

周晁嘉深吸口气，沉闷着一言不发，低着头默默地捡起被掌风带飞的试卷。

天色渐暗。

远处最后一丝霞光也消失在夜幕里。

大院附近的路灯就跟摆设一样，三盏里面能坏上两盏。

一行人浩浩荡荡地挤在危楼旁边，围着一具瘦弱的身躯。

没了光，恶意就仿佛在黑暗的庇护下无限滋生。

一群人围在一起，几缕烟雾肆意飘散出来。

看热闹的、嘲讽的、轻贱的。

太多的目光汇聚而来，周晁嘉反而是最不在意的。

他下颌抬起，望着天，鼻腔里的血腥味明显，跟铁锈似的。

夜幕笼罩,草丛里的虫鸣声便格外清晰。

今晚有阴云,飘来飘去,挡住了月亮的光。

他已经习惯拳打脚踢的痛楚。

这几年来的经历,让周晁嘉对疼痛的容忍度极其高。

直到——

"你们在做什么!"

小姑娘脆生生的嗓音挤进了嗤笑声里,像是冲出了一道突破口。

下一秒,一道娇小的身影冲破人群挡在了周晁嘉面前。

"果然是在欺负同学!"小姑娘初生牛犊不怕虎,拔高了嗓音喊,"你们一群人欺负人家一个,怎么好意思的,真是不要脸!"

明明是在说骂人的话,但从她的口中说出来,却是奶声奶气的,一丁点儿威慑力都没有。

"哪儿来的小屁孩。"范贵皱眉。

他身后有个人认出她来,嘀嘀咕咕道:"她好像是附近平宅大院的。"

"谁啊?"

"初星眠。"

小姑娘长得俊俏可爱,在附近也有点名声。

"你们要是还敢欺负他,我现在就告诉我爸爸。我爸爸认识陈警官,把你们通通抓回去。"初星眠肉嘟嘟的脸颊气鼓鼓的,张开的短小手臂就好像是翅膀似的,护住阴影里的少年。

范贵还想说什么,就见小姑娘眼一闭,开始叫喊:"爸爸!这里有坏人欺负我!你快来呀!"

刚满十岁的小姑娘,喊起来那叫一个中气十足,恨不能方圆几百米都能听得真切。

果然,平宅大院那边有了骚动。

等到那群乌合之众散去,初星眠还扬着小脑袋,骄傲得跟只小孔雀似的。她口中还振振有词:"略略略,叫你们欺负人,知道害怕了吧?"

小姑娘转过身,看见疼得窝在墙角土坑里动弹不得的周晁嘉,走到了他旁边,漂亮圆润的星眸忽闪忽闪的,跟星星般好看。

"我最讨厌他们这些人,仗着自己个头大,就老是欺负人。"小姑娘伸出小手使劲了揉鼻尖,直到鼻头都被她揉捏得泛红,"他们现在都走了,你没事吧?"

周晁嘉摇摇头。原本根本不在意的疼痛,却在她的关心后争先恐后地蹦了出来,疼得他倒吸了口冷气。

估计是天黑了,小姑娘没看见他的动作。

周晁嘉停顿了两秒,很小声地说道:"没事。"

那句"谢谢",就好像是硬石块卡在了干涸的喉咙里,怎么都吐不出来。

好在面前的小姑娘也不在意,她似乎仍沉浸在自己的英雄角色里:"你还能站起来吗?要不要我扶你?"

话是这么说,但她压根没考虑他的回答,白嫩的小手就直接探了过来。在漆黑的夜晚里,小姑娘的肌肤白皙得像是在发光。

周晃嘉紧紧蹙眉,抵触道:"不——"

他还没说完,小姑娘的手臂就贴在了他的腰侧,剩下的话就硬生生地咽进了喉咙里。

小姑娘的年纪应该比他还要小上许多,但个头却跟他差不多高。她掌心软软嫩嫩的,带着熨帖的温度。明明她的力气压根就支撑不住他,但她还是铆足劲地想帮忙。

不知道什么时候,阴云被风吹散,月光洋洋洒洒地倾泻下来。

周晃嘉抬眸看清了面前的人。

脚踝酸涩,他踉跄着靠在后面的围墙上。

她真好看,好看到周围的一切都黯然失色。

像是晦暗不明的黑白世界里,突然照进来一束光。

她说:"我们一起回家吧。"

周晃嘉几乎连呼吸都要停止。

那晚以后,他打听到她的名字。

他知道她就住在自己家隔壁。

但周晃嘉没有再和她说话的勇气。

他每天都会在窗口看着她放学,看她出去和其他小朋友一起玩,看着她在院子里笑得开心。她那么鲜艳明亮,仿佛是一朵永远不会开败的花。

他也会在她因为做不出作业躲起来偷偷哭的时候,走过去一声不吭地把解题步骤写在她的草稿本上。但写完了,他又匆匆忙忙离开。

知道她爱吃小卖部里的水果糖,他就把自己所有的零花钱都攒下来买糖,再悄悄地送到她房间的窗户外面。

就这么过了段最平静安稳的日子。

范贵再次找上门的时候,周晃嘉没什么意外。

他们这些人就是这样,心情好了消停两天,心情不好就找机会在他身上出出气。

那是暑假最后一天的傍晚。

几个小混混把周晃嘉带到大院后面的河沟边。

他们轻贱他,嘲讽的话太多,周晃嘉耳朵都要听得起茧子。

直到范贵把周晃嘉的脑袋不停地往水里按,他第一次体验到濒临死亡的恐惧。

他不记得自己是怎么得救的。

那天的事就像是梦似的。

等到他清醒过来,发现自己浑身都湿透了。眼前的景象朦胧不清,他看见周围山风尘仆仆地赶过来,旁边还有个娇小可爱的小姑娘,两个人都是一脸担忧地看着他。

周晁嘉想说什么,但他喉咙里跟灌了铅一样,发不出声。

周围山还穿着制服,看得出是着急忙慌就过来了。他一边不停地给初星眠道谢,一边赶紧背起虚脱的周晁嘉准备送医院。

这事在大院里轰动了一阵,不过不是因为周围山的儿子周晁嘉差点被人溺死,而是初茂平知道自家女儿救人一命,觉得满面荣光,时隔几天就提起这回事显摆显摆。

后来,连镇上的乡报社记者都过来采访,要给两个小孩拍合影登报。

来拍照的是个陌生叔叔,周晁嘉不敢抬头,哪怕摄影师怎么逗他哄他,都于事无补。

最后还是初星眠一把搭在他的肩膀上,脑袋一靠,这才让他抬起头,顺利拍完照片。

"拍照而已啦,你不用觉得害羞。"初星眠拍着胸脯说,兴致冲冲地转移了别的话题,"我们今天在课堂上做了花灯,晚上我们一起去放花灯吧。"

"听说是能许愿的呢。"小姑娘说,"我打算许个愿望,让菩萨保佑你以后健健康康。"

鬼使神差般,周晁嘉点了头。

初星眠兴高采烈地跟他约了时间和地点,还说这是她长这么大第一次放花灯,让他一定要来。

不过很可惜,那晚他还是没能应约。

接下来的记忆就像是走马观花般混乱地串在一起。

有火灾前的,也有火灾后的。

葛红每晚歇斯底里的咆哮,还有诸多亲戚的冷眼相待……

日子又仿佛回到了没有温度的时候。

在葛红拿了赔偿款的当晚,她没有顾及周晁嘉的意愿,执意要带他离开这个地方。

周晁嘉长这么大,第一次态度坚决地违背了葛红的意思。

不过小孩的决定,向来是不重要的。

当年满腔的不情愿,也在时间的流逝中变得淡然。

窗外又下了一会儿雨,天空阴沉沉的。

冷风卷过，气温也跟着降了几度。

周晃嘉只觉得头疼欲裂，眼前的景象与梦中重叠又分散，朦胧得不真切。

再清醒过来，他看见了刺眼的灯光。

空气中弥漫着医院特有的消毒水味。

随着意识的清醒，肩膀处的钝痛也逐渐清晰。

他皱皱眉头，最先回想起的是昨晚的梦。

好像已经有很多年不曾梦到过去的事情。

他抬起没有受伤的胳膊，覆盖在自己的眼前。

"哎？你醒了？"来换药的护士愣了一秒，随即神色恢复如常，跟他确认了一遍病床床号的名字，"周晃嘉对吧？"

"嗯。"他太久没喝水，嗓子干哑。

"还好没伤到要紧的地方。"护士说，"你算是幸运的，花盆从那么高的地方掉下来，再偏一点啊都能砸碎你的骨头。

"挂完这袋药水，你按铃喊我。"

周晃嘉没说话。他没力气，也不想说。

"对了，那个是你女朋友吧？"护士朝着旁边的病床看了看，那张床铺上有个小姑娘趴在那儿。

护士艳羡地说道："你们两个长得都好看，看起来很般配呢。"

初星眠坐在凳子上，脑袋枕在胳膊上，微卷的长发有些凌乱地披散在肩窝里。她脸颊泛红，正闭着眼睛睡得香。

周晃嘉一僵。

梦里的场景叫嚣着涌了出来。

护士说："她陪了挺久的，昨晚就过来了，只不过那时候你没醒。"

他想起来，他爽约了。

不只是昨晚，还有很多年前。

也不知道过了多久，初星眠才醒过来。

她昨晚在游乐场吹了几个小时的冷风，刚回到学校又听说了周晃嘉的事情，马不停蹄地赶来了医院。

这么一来二去的，她连自己什么时候睡着的都不知道。

估计是昨晚实在太累。

初星眠揉了揉僵硬的脖颈，想伸个懒腰换个姿势接着趴一会儿。

倏地，她察觉到有些不对劲。

窗外明亮的光线照进病房里。

雨过天晴，今日的阳光格外灿烂。

本应该躺在床上的人，这会儿却正坐着。

似是察觉到她苏醒的动静，周晁嘉放下了手边的笔记本，深沉黑眸蓦地抬起，朝着她的方向看了过来。

隔着不远的距离。

初星眠撞了个正着。

"你醒了？"初星眠还处在茫然的状况里，她抓了抓略微凌乱的头发，"你是什么时候醒的啊？"

"刚醒。"周晁嘉神色淡淡的，薄唇却扬起很浅的弧度，看上去心情不错。

初星眠不信，目光在他手边的笔记本上打量了一圈。这么明显的办公状态，她又不是傻子。

"那你怎么没叫醒我？"

"看你睡得香，想让你多休息会儿。"

稍一顿，周晁嘉收敛视线："对不起。"

他这句话像是对昨晚的初星眠说的，也像是对很多年前的初星眠说的。

初星眠愣了愣："为什么要跟我道歉？"

"昨晚爽约，我不是有意的。"

半晌，她说："我知道。"

刚睡醒没多久，小姑娘杏眸中带着茫然惺忪，尾音慵倦。

两人的视线在空气中相撞。

稍一顿，周晁嘉眉梢微抬："你昨晚约我，是不是有什么事情想跟我说？"

他眼眸漆黑，抿着唇，下颌线条流畅清晰。

初星眠眨眨眼，她是打算告白来着，但是现在看起来显然不是个合适的时机。况且昨晚她吹了几个小时的冷风，好像那股冲动的劲儿也被风吹淡了不少。

虽然她知道他是因为出了意外才爽约的，但到底失落了好久。

初星眠喉咙干得厉害，目光下意识避开他，落在他瘦削的肩侧上，干咳了声："也没有什么特别重要的事情啦。我就是想着我们也认识挺久的，所以想约着出去玩。"

这个借口听起来有点蹩脚。

"是吗？"周晁嘉眼眸微垂，懒散的神情也瞧不出什么情绪，"可惜了。"

初星眠怕他不信，红着脸又小声强调了一遍："是、是啊。朋友之间约着出去玩不是很正常的事情？"

她现在不想说得那么清楚，本来告白的事情就八字没一撇，不想打草惊蛇。

初星眠收起小心思，向四周看了看。

病房里阳光正好，照得整个房间亮堂堂的。

走廊里，护士们正在走来走去忙碌着，细碎清浅的脚步声衬得此时格外安静。

房间里只有她一个陪护,其他人都没瞧见影子。

"可惜什么?"初星眠收回视线,想到昨晚吕征学长也说好要过来,但是不知道什么原因,到现在也没有看见他。

周晁嘉递了个眼神给她:"错过了。"

初星眠微怔,心轻轻地荡了下。

"过来。"周晁嘉轻声说道。

窗没关,慢悠悠地荡进来一阵清风。

他嗓音微哑,听起来像是片小小的羽毛扫过她的心尖。

初星眠慢慢起身走过去,垂在腰侧的手心蓦地收紧。她偷偷地用余光瞥了眼周晁嘉,没直接坐到他枕边,而是背对着他,把窗户掩了掩。

虽然今天天气不错,但是入了秋,阳光再暖也还是抵不住凉意。她想着周晁嘉现在还不能吹风。

两个人距离不远,她的手腕荡来荡去,能触碰到病床的床沿。

蓦地,她的腕骨被一只温暖干燥的手掌轻轻拉住。

"跟其他男生也是吗?"周晁嘉没有受伤的手臂懒洋洋地攥住了她的手腕,"你约他们出去?"

他还有点病恹恹的,面容苍白,但看着她时,澄澈干净的黑眸里倒映出她的身影。

初星眠脸一热,脑袋里却突然冒出来那句黛玉的台词:这是单送我一个人的,还是别的姑娘都有呢?

"唔……"她小心翼翼地抬眸打量着周晁嘉,有些害羞,"如果是指跟其他男生出去玩,之前社团活动的时候有出去过。不过像这样单独出去,其实也没怎么……"

初星眠说话越来越含混不清,最后耳郭都跟着热了起来。

她眨眨眼:"你是在吃醋吗?"

这句话冒出来的时候,初星眠自己都惊到了,但是话已经出口,就像泼出去的水,这会儿想收回也已经来不及了,她只能默默地屏住呼吸。

半晌。

周晁嘉嘴角微挑,声音很轻:"是啊。"

周晁嘉拉着她的手腕,盯住她的眼睛:"我在吃醋。"

我在吃醋。

窗外的阳光洒进来,照得墙壁像是在发亮。

周晁嘉懒散地倚在病床上,一只手缠着绷带,另一只手却牵住了初星眠的手腕。他的指腹有一搭没一搭地摩挲着,滑腻的触感。

吕征进来得很不是时候,初星眠像是受惊的小鹿似的,飞快地把手腕扯走。

周晃嘉眯起眼，余光扫过指腹边缘。他轻慢地捻着，又慢慢攥紧。

"我的天，我是不是来得不是时候？"吕征大呼小叫地走进来，手里还捧着果篮，"你们两个刚才是在……"

初星眠："没有没有。"

周晃嘉："你知道就好。"

两个人几乎是同时说出来的。

说完，他们又同时停顿住。

室内沉寂一瞬。

吕征贼兮兮的目光在周晃嘉和初星眠之间转来转去。

还没等吕征再说些什么，初星眠的手机铃声恰到好处地响了起来。

"我去接个电话。"话是这么说，但小姑娘表情轻松得仿佛如获大赦，飞快地溜到了门口，跟阵风似的。

周晃嘉漆黑的眸底暗了暗。

等到初星眠消失在病房门口，周晃嘉将视线收了回去，他有一搭没一搭地在笔记本的触摸板上划来划去。研究生时期要看的文献就像是大海里的水，无穷无尽。

左不过他现在闲着也是闲着。

"晃嘉，你身体好点了没？"吕征把果篮摆放好，寻了个位置坐下来，"你说你也是，这还好幸运，没砸到什么重要地方，要是砸到脑袋，你这命还要不要了啊？"

"那个小孩没事吧？"

吕征说："没事，小孩就是吓得不轻。不过他妈妈给学校送了锦旗，现在这事都在学校里传开了，我听组里的陈导师说，应该是打算给你发奖金吧。"

对于名和利，周晃嘉其实都不怎么在意。周晃嘉懒散地应了声，像是想到什么："高空抛物的人找到了吗？"

"你就先别操心这件事，好好养伤。"吕征神情僵了一秒，话题转得很生硬，"蒋导师刚才还跟我说，你要是伤得严重，就好好在家休息，手里的活交给其他人做就行。"

"我不碍事。"周晃嘉眼皮微掀，"倒是你，回避我的问题。"

吕征挠挠头，叹了口气："唉，果然瞒不过你啊。"

"高空抛物那人找是找到了，毕竟学校里的监控也不是摆设。"稍一顿，吕征有点为难地说，"学校目前给了处分，具体怎么办还要看院系处理。"

两人说话的工夫，初星眠也打完了电话。

吕征见她走过来，知趣地收声。

"初小学妹，中午一起吃个饭啊。"吕征笑嘻嘻的，"我刚才来的时候闻见附近快餐店的饭菜味道挺香的。"

"抱歉呀，吕征学长。"初星眠晃了晃手机，"我们老师找我有点事。"

"啊，那可惜了。"吕征说，"我本来还想着就我们两个去吃饭，不带晃嘉的呢。"

初星眠习惯了吕征学长动不动就爱开玩笑的性格，也不是很在意，就笑了笑。

稍一顿，初星眠看向周晃嘉，视线对上的瞬间，她还觉得脸有点热热的："我、我忙完事情再过来。"

"好，回去慢点。"周晃嘉微敛眼眸，声音很温和。

被当作超级大灯泡的吕征惊呆了。

这还是周晃嘉？这么温柔的声音是周晃嘉的？

临近考试周，初星眠团团转忙了几天。

等到她再联系周晃嘉的时候，才知道他已经出院回了宿舍。

在去往研究生宿舍的路上，初星眠看见路边有个奶奶在卖花，她也跟着挑了几束鲜艳好看的。

初星眠去的时间是傍晚。

夕阳快落尽了，远远瞧着，天边漫出橙光。

她来到周晃嘉的宿舍门口，还没来得及敲门，就听见很轻的脚步声落在了门后。

"啪嗒——"门把手的转动声轻响。

猝不及防地，初星眠撞进了漆黑深邃的眼眸。

夕阳的光线漫进了门缝里，延展得很长很长的身影。周晃嘉受伤的手臂静静地垂落在身体一侧，上面缠绕了一圈又一圈的绷带，另一只手还搭在门把手上，宽松柔软的面料折出细细浅浅的褶纹，肩宽腰窄，精致的眉眼里泛着浅浅的光。

"嗨。"明明已经提前跟周晃嘉打了招呼，但这么直截了当地撞上，初星眠还是下意识有点慌，"我、我给你买了束花。"

周晃嘉眼睛低着，嘴角抿出笑意："多谢。"

话音刚落，只听见"喵呜喵呜"的声音自门缝间溢了出来。

初星眠顺着声音看了过去，竟然看见一只黄白相间的小花猫踩着细碎的步伐蹭了过来。它的尾巴高高地竖起，仰着一张可爱的小圆脸，瞳孔像是倒映出光芒似的，歪着脑袋扭着身体在她的脚边打起了滚。

"呀，这是……"初星眠愣了一瞬。

周晃嘉说："它叫小星星。"

初星眠盯着小猫，俯低身体爱不释手地揉搓了好几遍："好可爱啊！它是你养的吗？"

"算是。"周晃嘉单手揣进裤兜里，"学校里的流浪猫。"

"它是小公猫还是小母猫呀？"初星眠挺喜欢小动物的，只是虽然家里置办的房产多，但初茂平却不允许她养这些，因为徐星对猫毛、狗毛过敏。

记得从前在平宅大院，她家窗口延展了一个小阳台，那会儿总有小猫咪跑过来讨食。那时候初星眠会偷偷拿个小碗，里面放点吃的东西。只是再后来，那小阳台被说是违建就给拆了，拆了之后便再没见到过那些小猫咪的踪影。

周晁嘉说："公、公。"

他的两个字音之间有个很短暂的停歇，初星眠微怔一秒后才反应过来。

她嘀嘀咕咕道："那叫小星星岂不是会显得——有点受——"

"嗯？"周晁嘉尾音微挑。

初星眠直接一个大转折："受宠若惊。"

周晁嘉笑了笑："它性格很温驯，平时我忙起来的时候，它倒是很会自娱自乐。"

两人没在门口待很久。

周晁嘉侧身让初星眠进门，给她倒了杯热水。

"你工作室的进度怎么样？"他把杯子放到初星眠面前，看着小姑娘还沉浸在"吸猫"的快乐时光里，"前两天听吕征说，学校那边手续出了点问题？"

初星眠揉捏着猫咪的两只小耳朵，有一搭没一搭地凑近："还好啦，只是小问题。"

这两天忙着应付考试，又要忙着应付工作室的事情，确实多少让她感觉到有些疲惫。

"对了，你的伤好点了没？"初星眠放下小猫咪，"吕征学长也是前两天跟我说，学校里好多事情你都没参与，现在就是在宿舍养伤。"

周晁嘉点点头："在养。你来看我，确实会好得快点。"

"反正、反正我这段时间也不忙，"她头低了下去，含混不清地说道，"也不是不可以经常过来。"

气氛有些暧昧不清的尴尬。

初星眠捧着水杯喝了几口。

他家里的摆设和之前她来时候差不多。厨房附近的餐桌上摆着笔记本电脑，这会儿屏幕还是亮着的，家里很整洁，几乎是一尘不染的状态。这让初星眠合理怀疑周晁嘉是个有洁癖的人。

倏地，她想起之前在周晁嘉这里住的那次。

当时她对周晁嘉还是神经很大条的，根本没察觉到孤男寡女同住在一个屋檐下是件多么暧昧的事情。要是放到现在的话，她肯定羞得都不敢吭声。

"吃晚饭了吗？"周晁嘉问。

初星眠摇摇头："还没有。"

她来得匆忙，想着好多天都没有见到他，手边的事情一忙完，她几乎是直接从教学楼奔向了研究生宿舍。周晁嘉不提，她还没觉得饿。

这会儿他问完，初星眠才恍惚觉得胃里空空的。

他眉梢扬了扬："想吃什么？出去吃还是点外卖？"

稍一顿，他薄唇抿着："或者我给你做？"

"你还会做饭吗？"初星眠来了兴致。问完话，她突然想起来，国庆节那次她和周晁嘉一起去吴叔叔那里，周晁嘉也打下手来着。

周晁嘉说："会一点点。"

"不要不要，你的伤还没好。"初星眠摇晃着小脑袋说，"要是你不嫌弃我厨艺不精湛的话——

"我可以给你煮点粥，生病的人最适合吃粥了。别看我其他手艺不怎么样，但是煮粥这方面，我还是很有心得的。高中时候我爸忙，那时候家里生意也才刚起步，所以没人顾得上我，我每年寒暑假一个人在家就煮粥吃。"

周晁嘉笑了："好。"

小姑娘很有活力，撸起袖子像是要干件大事。

不算宽阔的房间里，慢慢燃起些许暖意。

初星眠要煮粥，周晁嘉便去把没回完的邮件处理处理。

两个人各干各的，倒也温馨。

房间里安静下来，只有"咕嘟咕嘟"的煮粥声和鼠标点击的按键声彼此交错。冰箱里还有些摆放整齐的蔬菜和虾肉，初星眠也一起拿出来煮了进去。

时间一分一秒地过去。

粥的香气渐渐溢满了房间。

夕阳的最后一丝余晖也在窗口消失殆尽，外面的路灯一盏接着一盏地亮起，电脑屏幕微弱的光照出来，猫咪窝在阳台上的垫子里睡觉。

煮粥的空闲时间里，初星眠拍了两张小星星的照片。

小猫咪的睡姿稀奇古怪，一会儿窝着一会儿伸展，一点防备心都没有。

初星眠瞥了眼周晁嘉的方向，像是察觉到了她的小动作，对方也抬眸看了过来。

没开灯，昏暗的房间只有厨房亮着微弱的光。

视线一抬一垂间，撞了个正着。

"是不是觉得有点无聊？"周晁嘉问。

初星眠顿了顿："也还好。"

毕竟她还可以玩玩小猫咪，只不过现在小猫咪睡得香，怎么摆弄也不醒。她其实挺喜欢这样的相处氛围，轻松安静，觉得安心。

"小星星你是什么时候捡回来的呀？"初星眠问。

周晁嘉回答："有一段时间了。"

"说起来——"初星眠顿住，觉得这只小星星有点眼熟。

她拿起手机翻了翻相册。

初星眠平时不是特别喜欢拍照,所以很快就翻到了几个月前的照片。

那时候刚开学没多久,初茂平派人接她去参加宴会,她偶然在学校里看到周晁嘉在逗弄猫咪。她当时好像有偷偷拍下来。

指尖猛地停住,圆润光洁的指甲边缘落在了一张阳光明媚的照片前。

照片里的少年半蹲在一只较小的猫咪前面,他的侧颜姣好,鼻挺唇薄,伸出的手指正在抚摸着那只黄白相间的小花猫。

"唔,找到了。"初星眠高兴地说,"我就说看小星星有点眼熟,不过没想到你竟然把它抱回来收养了哎。"

有点意料之中,但是又意料之外。

她坐在沙发下面的地毯上,盯着照片看了好半响。

脚步声由远及近,在她身边停了下来。

周晁嘉瞥了眼照片,目光很快落在了认真思索着什么的初星眠身上。小姑娘半合眼眸,长而卷的睫毛扑闪,虽然已经成年,但圆嫩的脸颊仍带着恰到好处的婴儿肥。

天真稚气而不自知的茫然,再没有比这更妙的。

"什么时候拍的?"

初星眠没抬头:"刚认识你没多久的时候。"

她腕骨清晰的手腕垫在了下巴上,似是在回忆:"当时就在想,原来看起来铁面无私的周助教,还有这么铁汉柔情的一面。"

"嗯?所以是想拍下来笑话我?"他在调侃,指尖顺势划下去,停留在她软嫩的两颊,不轻不重地捏了两下,"还是早有预谋?"

"早有预谋"四个字被他咬得清晰且抑扬顿挫。

"我哪有。"静了会儿,初星眠不自然地低了低头,脸颊仿佛要蒸熟了似的红热。

周晁嘉压得近,身影几乎将她全部笼着。初星眠都没敢抬头看他,她知道只要自己现在抬起视线,一定会撞进他漆黑的眼眸里。羞赧心作祟,亲近中又带着暧昧不清的距离感。

"嘀嘀嘀……"

饭锅也恰到好处地响个没完,像是掐准了时间。

初星眠松了口气,小声说:"粥、粥煮好了。"

她顺势就擦着他的衣角错身而过,不着痕迹地换了个话题:"你有没有觉得小星星要比其他的猫听话可爱?"

周晁嘉收回视线,手指轻点:"有吗?"

"有呀。"初星眠回忆自己堂姐养过的一只猫,简直是闹腾大王,"有些小猫咪趴在那儿,任你怎么唤都不会理你,特别高冷,还有一些倒是不高冷,但是每天上蹿下跳。"

说到上蹿下跳……

"都说猫和主人是最相像的,可是你很安静哎,怎么小星星就这么活泼呀?"

此时正窝在阳台看热闹的黄白花猫咪从暗处抬起头。

"喵呜?"小猫圆溜溜的漂亮眼睛盯了盯初星眠,又盯了盯周晁嘉,来来回回,好像听懂话了似的,"喵呜?"

小猫咪微扬的音调像是反驳似的,充满了疑惑。

半响,它又专心致志地舔爪子:呵,人类哎。

周晁嘉买的锅具看起来就是简约风,不是黑白灰就是单调的颜色,看起来更像是摆设。

初星眠掀开电饭煲的盖子,米粥的香味随着热气四溢。

"也许是因为,"周晁嘉薄唇轻抿,嗓音暗哑,"随你。"

清冷房间添了热气腾腾的粥香,灯光昏暗,他在暗处垂手而立,而她在厨房升起的白雾里。"随你"这两个字像是带着前所未有的陌生冲击,将很遥远的事情逐渐拉近。

初星眠的心跳蓦地慢了一拍。

气氛蓦地变得很安静,能听见锅里米粥翻滚的细微声响和她自己的呼吸声。

她"嗯"了声。与其说是"嗯",还不如说就是轻咳。

她虽然没有谈过恋爱,但也不是完全察觉不到周晁嘉话语里的深意,反而正是因为有了更多的想法和念头,才不自觉地想要沦陷。

起码,周晁嘉对她的态度,应该也不是对待寻常的普通朋友吧。

她是这么以为的。

粥煮得不多,就两碗左右。

周晁嘉很捧场,将她煮的粥全都喝了。

他吃饭动作慢条斯理,初星眠拄着小脑袋偷偷看他。

她之前总听徐星说,做饭的人只要看到别人吃自己做的东西,就会很愉快。这会儿初星眠才真真正正地感受到,原来看着自己喜欢的人吃自己做的饭,真的会产生巨大的成就感。

类似于——满足。

"看着我能吃饱饭?"周晁嘉没抬头,勺子不疾不徐地盛起米粥,笑意明显。

初星眠老脸一红,答非所问道:"我也不是很饿,最近在减肥。"

周晁嘉淡淡地扬起下巴,与她平视:"这么瘦还减?来阵风都能被吹跑。"

"那得是多大的风呀。"话是这么说,初星眠杏眸悄悄弯了起来。她控制不住开心的情绪蔓延,于是干脆捧起碗,挡住大半的视线。

气氛归于沉寂。

初星眠捧着粥喝了几口,突然想起了一个八卦:"吕征学长最近是谈恋爱了吗?"

"为什么这么说?"周晁嘉放下勺子,手臂散漫地搭在桌面上,黑眸沉沉地看向她。

初星眠说:"我这两天在学校里碰见吕征学长和一个大二的学妹一起吃饭。也不是这两天,就是最近总能看到。"

那个大二的学妹和许灿灿是同一个社团的,所以初星眠也就听许灿灿提起了两句。因为初星眠,所以许灿灿和吕征也认识。

其实初星眠也不是真的要关心吕征学长,只不过是和周晁嘉太久没见面,也不知道该说些什么来找话题,所以……吕征学长,对不起!

"也许吧。"周晁嘉神色淡淡的,不太感兴趣的模样。不过他眼神微转,单手垫着下巴,身体放松地往前靠了靠,他问她:"那你呢,想谈恋爱吗?"

他的嗓音很轻很浅,像是漫过空气,触及她心底柔软的地方,甚至给了她温柔诱哄的错觉。

"我……"她的小心在安静的空气中显得格外明显。她低着头看向地面两个人的身影,勺子有一搭没一搭地轻碰着碗壁。

周晁嘉似乎也不是非要她给出什么答案。

"时间不早了,我送你回宿舍。"他说得有些轻慢。

初星眠本来是不想让周晁嘉送的,因为他胳膊的伤还没好。不过对方坚持,一推一间,等到她缓过神的时候,已经快要看到女生宿舍楼的灯光了。

"进去吧。"周晁嘉站在阴影里,受伤的那只手垂在身侧,另一只手插进了兜里。

初星眠点点头:"唔,好。那我先走了。"

"晚安。"他说。

初星眠余光快速扫过了他:"晚安。"

小姑娘没有迟疑地快跑进了宿舍大门。

周晁嘉嘴角勾了勾,没着急离开。他看着她的背影消失在电梯口,才收回视线。

回去的路上他刚好碰见吕征。

"你怎么在这儿?"吕征还挺吃惊的,愣了一会儿,"我还以为你在宿舍呢。"

这段时间周晁嘉受伤了,除非是开会或者学业方面的事情,其他的事他都很少参与。

"送人。"他没过多解释。

吕征微怔一秒,随即就反应过来:"初小学妹?"

"嗯。"

如果是初小学妹的话,确实没什么意外。吕征笑嘻嘻的:"看来这次受伤的事情,反倒是促成你们两个了啊。"

周晁嘉没说话,眼皮微掀:"哪有那么快。你最近不是也在追?"

"嗯？你不会这么神吧，这你都知道？我还以为你是两耳不闻窗外事。"吕征佯装出震惊的模样，开玩笑地说，"不过我这八字还没一撇呢，哪像你和初小学妹感情那么深厚。"

吕征这话说得周晁嘉心情不错，也有时间多和他扯会儿闲聊。

两个人边朝宿舍走，边说。

"说起来，我最近确实也遇到瓶颈了，总觉得这层关系就停滞不前了。"吕征说，"怕太热情了吓到人家女生，又怕不热情就永远成了备选。

"要不然这周末我请你和初小学妹一起出去玩吧，再叫上我的那位小学妹，我们四个人，唱K、吃夜宵。"

吕征越想越觉得四人约会的事可行，一拍手："师大那边有个夜宵摊，最近都火到上同城热搜了，正好我带你们去尝尝。"

"感情嘛，还是要多互动才能升温！"吕征一副老手做派地指导。其实他也没谈过恋爱，但是吹牛要到位，所以颇有点倒数第二教倒数第一的架势。

周晁嘉斜睨了他一眼，没说什么。

师大附近的夜宵摊一直开到凌晨一两点。四个人出来的时间刚好是下午五六点左右，人比想象中的还要多，两排餐车附近挤满了排队等待的大学生。

远处天际的霞光漫在了餐车顶端，人声鼎沸，空气中飘散着各类食物的香味，充满了烟火气息。

"怎么样，我就说这里吃的还蛮多的吧。前面有几家特别有名的关东煮，我看点评网站上面的推荐率极其高。"吕征有心想在喜欢的小学妹面前表现活跃，连话都比平时还要多，"等会儿我们先吃些东西，然后再去唱K怎么样？"

"我都可以。"大二的小学妹怯生生的，长得很清秀，一双圆溜溜的眼睛像是只可爱的兔子。

她悄悄打量着周晁嘉和初星眠，迟疑了片刻后问道："周学长和初学姐有什么想法吗？"

初星眠跟在周晁嘉的身旁，正在思考吃些什么。闻言，她顿了顿："其实我也都可以。"

她对吃的东西一向不挑剔。

不过小学妹和周晁嘉与初星眠都还不太熟悉，一开始的相处有些尴尬。

"昨天不是说想吃芝士蛋卷？"周晁嘉抬眸瞥了眼，"我记得附近有一家开了很多年的老店铺，味道很不错，等下我去给你买。"

那是初星眠昨天无意间在微信里跟周晁嘉提过一句，她没想到他竟然会记得。

"不用那么麻烦啦，只是昨天看剧的时候想吃。"初星眠脸一热。

周晁嘉揉了揉她的脑袋，不着痕迹地带了点亲昵："那现在想吃什么？"

他的问话都是很平常的语气，但初星眠却很心虚。出于微妙的"特殊感"，她整颗心都软乎乎的。

初星眠说："可以再看看。"

话音落下，她的手背不小心蹭过他的手腕。

轻触即离的摩擦，带着的体温有些热，她不自在地收回视线。

一旁的小学妹突然好奇又羞涩地说道："初学姐和周学长看起来很般配呢。"

"唔，我们——"初星眠下意识地想要开口，却被周晁嘉打断。

他漫不经心地瞥了小学妹一眼，声音挺轻的："嗯，你眼光不错。"

小学妹被周晁嘉夸了那么一句，顿时受宠若惊，不好意思地抓紧了自己的外套。

吕征把小学妹往自己身边带了带，邀功般说道："怎么不说我眼光也挺好的？"

小学妹对吕征其实也是喜欢的，闻言便也含羞带怯地看了他一眼。

天气逐渐变冷，虽然不是寒冬腊月，但暮色笼罩过后，凉意也渐渐蔓延出来。

初星眠左手捧着关东煮，右手捧着芝士奶糕，满载而归，吃东西的时候才稍微感觉到不便利。隔着大包小包的东西，她刚咬了一口芝士奶糕，鼻尖就沾了些甜腻的奶油。

下一秒，眼前的光影突然暗了暗。

微凉的气息拂过鼻尖，带着好闻清冽的味道。

周晁嘉抽出一张纸巾，动作自然地替她擦干净。

"谢谢。"初星眠刚说完，就感觉手里一轻，几个零食盒子也被周晁嘉一道拿了过去。她空下来的手就那么无措地垂在了裤线一侧。

周晁嘉没多说什么，只在人潮拥挤的时候拉了她一把，带进了臂弯里。

初星眠偷偷地睨了他一眼。

他的短发似乎是稍微修剪过，很利落。她以前都没有注意到，原来周晁嘉的发梢泛着很浅的棕色，而他的发根细碎且深，相互交映着，格外好看。

"跟我这么客气？"视线碰上，周晁嘉屈指捏了捏她的脸颊。触感很好，他一时没收回动作。

初星眠的心忽而停顿了下，欲盖弥彰地强调："才不是客气呢，是礼貌。"

周晁嘉被她的回答逗得笑了笑，手指顺势滑落在了小姑娘的耳侧。他眼神微微黯淡，语气不轻不重地说："懂得还挺多。"

小姑娘害羞的模样，让他觉得很受用。

当吃饱喝足的时候，再看到什么美食都提不起兴趣，看到什么都会觉得很撑，夜市在这个节点就没了逛的意义。

几个人闲转了一大圈，吕征又带着几个人来到了他预订好的 K 吧。

华江市可以闲逛的地方不少,师大附近的这条街算是比较出名的,自然旁边酒店、唱K一条龙服务的项目也就顺势跟上来。霓虹灯闪烁在夜幕里,不时响起来来往往跑车的轰鸣声,灯红酒绿。

"晁嘉哥!"对面呼啦啦地来了一群人,正好和初星眠他们四个打了照面。

人群里不知道是谁眼尖,还自以为很小声地嘀咕:"周晁嘉旁边的是初星眠吗?"

"应该是吧,我在学校里也没见过。"

"不过她本人看着比照片更好看哎。"

气氛凝滞了一瞬。

还是吕征打破了僵滞,他大大咧咧地揽着为首男生的脖子:"喂!张旭,你小子就看见你晁嘉哥,怎么没看见我啊!"

被称作张旭的男生当即就连连讨饶:"哪能啊!我喊完晁嘉哥就准备喊征哥你了。你们这是?"

张旭的目光环视了一圈,最后停顿在了初星眠的身上。他有些不好意思地打招呼,甚至紧张到呼吸都能听得出急促感:"初学姐。"

初星眠愣了愣:"嗯?"

她没想到这个男生认识她,还挺意外的。

眼前的男生个头不是很高,比吕征要矮一些,但是身材笔挺利落,远远看上去倒也显得清隽,眉眼很秀气,眼窝很浅。

"张旭是大二的,"周晁嘉俯低身子,在初星眠耳边解释了那么一句,"确实该叫你学姐。"

"我知道。"初星眠说。

不过,感觉到背脊处的贴合,她脸颊微热,悄悄在心里喃喃:倒也不用贴这么近跟我说话啊……

见周晁嘉把目光落向自己,张旭心里"咯噔"一下,不自在地抓了抓头发,下意识开口:"今天社团庆功,我们也是来唱歌的,不如我们一起吧,人多还热闹点。"

一群人呼啦啦地围上来,把他们四个人也融了进去。

"是啊是啊,跟周学长一起唱歌的机会可不多。"

"更何况还有初……"话没说完就被打断。

人群七嘴八舌地谈论着,大家都觉得人多热闹,更何况周晁嘉也曾是华大和南工大的风云人物。

吕征是没什么意见的,他向来是个自来熟,在哪儿玩都能混进人群内部。

这事也常有,所以初星眠和大二小学妹也觉得可以。

一行人浩浩荡荡地进了大厅。

包厢里很快就闹哄哄的。

几道好奇的目光落在了初星眠和大二小学妹的身上，有打探、有惊艳，也有不怀好意，不过很快就被周晁嘉挡了回去。

初星眠和大二小学妹窝在了沙发一角，期间周晁嘉被其他人叫去聊天，便有几个男生过来寒暄了两句。

你来我往间，初星眠还算应对自如。

"初学姐，你吃糖吗？"大二小学妹凑近了些，从口袋里拿出水果糖，递给初星眠，"因为我有低血糖，所以总是备着。"

"谢谢你呀，小学妹。"初星眠说。她记得吕征在最开始见面的时候介绍了小学妹，好像是叫范若若，但是她怕喊错，斟酌半天还是喊了小学妹。

范若若递过来的水果糖是硬糖，圆滚滚的糖块裹在了糖纸的中间，凑近便能闻到清淡香甜的味道。

"学姐，你喊我若若就行，若即若离的若。"范若若腼腆地笑了笑，"初学姐和灿灿学姐是不是住在一个宿舍？"

"对呀。"初星眠剥开糖纸，"不用总是喊我初学姐啦，喊我星眠就好。"

范若若不好意思地叫了声："星眠，那我以后就这么喊你。"

两个人又随意地聊了两句，还加了微信。然后初星眠才知道，范若若在很早之前就已经知道她了，甚至在王德庆搞出那场闹剧的时候，范若若还每天坚持在论坛里顶帖声援。

而且范若若还收藏了初星眠大一时参加绘画比赛的作品。

怎么说，就感觉……很有缘分。

范若若给初星眠看她喜欢的画册："华江市最近有个画展，星眠，你如果不忙的话，我可以约你一起去看吗？"

"可以呀。其实我平时除了上课，也没什么事。"初星眠一顿，"不过最近有点忙，到时候我哪天有空提前约你。"

"没关系的！我能加到学姐的微信就很开心啦。"范若若很激动地说道。

四周灯光昏暗。

初星眠刚收回手机，就感觉身旁的沙发沉了沉，清冽好闻的气息渡了过来。

她不用回头就知道旁边是谁。

不知道从什么时候开始，她已经习惯了周晁嘉的靠近，习惯他的味道，甚至会觉得很安心。

"你们在聊什么？"周晁嘉凑在她耳边问道，"看起来很开心。"

离得近，他的呼吸拂过。

初星眠顿时就挺直了背脊："跟小学妹随便聊一聊，若若说有时间要约我去看画展。说起来，自从在忙工作室的事情以后，我确实也很久没有出去放松了。"

她心里是想和范若若一起去的。

"怎么办？"周晁嘉突然说。

初星眠一愣："嗯？"

"有点吃醋。"这四个字他咬得很轻，漆黑的双眸直接而坦然地看着她，带着笑意。

视线相对，初星眠觉得呼吸都好像停滞了似的。她微微吐了口气，才发觉口中的果香是这么浓郁。

这颗糖是荔枝的味道。

第十四章
早有预谋

"上次和你单独出去的机会被我错过了。"周晃嘉说。

范若若的视线刚和周晃嘉对上,她顿时溜得比兔子还快。再眨眼的工夫,她就已经跑到了吕征旁边,就差在脑门上刻几个大字:我不是电灯泡。

初星眠杏眸微微眯起,余光扫了眼那边簇拥的人群和此时几乎一米内都没有任何生物的四周,笑得不着痕迹:"你看看,小学妹都被你吓跑了。"

"怎么就是我吓跑的?"周晃嘉眉尾稍扬,替自己辩驳道,"说不准只是不想打扰我们。"

话音落下,他下颌抬了抬,远远地递了个眼神给那群男生。对方立刻知趣,齐刷刷地收回视线,连余光都不敢往初星眠这里瞥一下。

"打扰我们"几个字……

她心里很轻地动了动。

"谁让你这么凶。"灯打得暗,两人贴得也近,初星眠捧起角落里的抱枕堆在胸前,虽然勉强拉开了些许距离,但温热的气息还在流转。

"有吗?"周晃嘉不答反问,"你也觉得我很凶?"他背对着其他人,将她完全挡在了沙发的角落里,像是在吵闹喧嚣中隔绝出另一个世界。

他眼眸漆黑,薄唇轻扬,眼底有很细碎的光,给人一种清瘦的少年感。

"我觉得嘛——"初星眠语调抑扬顿挫,正想说什么的时候,却被吕征的吆喝打断了思路。

除了两个唱歌的男生,其他人都围坐在圆桌旁等着玩游戏,吕征挤眉弄眼地喊他们两个人过去。见状,初星眠先一步起身,指腹轻轻地搭在周晃嘉的肩膀上,抿着唇笑:"大冰块。"

周晃嘉伸出手来钩初星眠的手,但可惜初星眠跑得太快,他的手指只轻轻地钩到了她指缝，下一秒便顺势滑落出去。

相处久了，她现在在他面前也越来越肆无忌惮。可偏偏他还挺喜欢初星眠的肆无忌惮，不会在他面前掩饰自己，也不会歪着可爱的小脑袋绞尽脑汁地斟酌用词。

他黑眸微沉，稍磨蹭了下，也跟在了初星眠的后面走过去。

唱K嘛，不喝点酒玩会儿游戏，怎么会有意思？

"转酒瓶的游戏都知道吧？"有个男生站出来，"就还是一贯操作，瓶口指到谁，谁就做选择，如果放弃就接受惩罚。我们的惩罚也不搞得太麻烦，就是喝酒怎么样？"

在问了两个男生与隐私相关的问题以后，气氛很快就调动起来了。

酒瓶在哄闹声中停停转转，蓦地，瓶口停在了初星眠的面前。

之前也有几次差点停到她这里，不过都是有惊无险。

房间里安静了一秒，正赶着切歌的间隙，前所未有的沉寂。

主持的男生咽了咽口水，目光下意识地看向了周晁嘉，然后轻咳一声："初学姐，你是选择真心话还是大冒险啊？"

初星眠撑着下巴，漂亮的杏眸眨了眨。

参考刚才两个男生选真心话被问到的尴尬，她果断地选择了大冒险。

主持的男生明显松了口气。还好还好，还好是大冒险啊，要是真心话，他都不知道能问点什么，总不能问学姐三围是多少吧？那样的话周学长直接靠眼神都能杀了他。

"学姐，给你安排的大冒险是——"主持的男生停顿一秒，"和你对面的男生对视三十秒。"

话音落下，所有的目光又齐刷刷地聚集到了初星眠对面的张旭身上。

连张旭自己都愣了好半响。他喉结微微上下浮动，没忍住看了初星眠一眼，内心暗暗叫苦，真不知道这大冒险是针对初星眠，还是针对他啊……

和初学姐对视三十秒，光是想到这个场景，他整个脸颊都烫得能煮熟鸡蛋。

张旭有个秘密，那就是对名字经常出现在男生夜间聊天里的初星眠一见钟情。进大学的第一天，他就被长廊上初星眠的海报吸引了。他偷偷把她的照片存进设置密码的相册里，也偷偷在微信等社交软件的密码里加上她的名字。他经常留意她在学校里的消息。

听说初星眠一直单身，张旭挺矛盾的，可以说又开心又失落。开心是因为她没有男朋友，自己对她的肖想仿佛合理化了一般；而失落是因为他清楚，像初星眠这么完美优秀的女生，他无论怎么努力也是没用的。

但这一切，谁都不知道，他也从来没有跟任何人讲过。

"我就算了吧。"张旭紧张地攥住手机，瞥了瞥初星眠，视线对上的瞬间，他连心跳都差点停止，"要不让初学姐和若若对视三十秒。"

主持的男生起哄道:"旭哥,怎么这么玩不起啊?"

初星眠和范若若对视三十秒还有什么意思?

张旭还想说什么,却被初星眠脆生生的嗓音止住了剩下的话。

"我们来试试吧,对视三十秒的大冒险,"初星眠仰着脸颊,许是气氛热烈,她耳郭都沾染了些许粉红,看起来更是软软糯糯的,"感觉也不是什么很难的挑战。"

虽然和这些学弟都不相熟,但是游戏有游戏的规则嘛,初星眠不想破坏气氛。

主持的男生闻言默默地哽住了喉咙,心说,小姑奶奶,周学长就坐在那儿,我们敢让你挑战什么困难的大冒险吗?我现在就已经是在危险的边缘疯狂试探了。

初星眠站起身,准备走到张旭的面前去。

谁知道她脚尖还没迈出去,手腕便被温热干燥的掌心握住。周晃嘉的指腹有些粗糙,可能是长期使用纸笔的缘故,刮在她的腕骨间,像是有道细微的电流,无限温柔缱绻。

初星眠愣住:"嗯?"

周晃嘉眼皮微掀:"替喝多少?"

"周学长替喝喝双倍,两杯变四杯。"旁边的男生看热闹不嫌事大,赶紧把初星眠面前的酒杯都给添满了,"喝完以后,还得和旭哥对视三十秒。"

张旭腹诽,那倒也不用这样吧。

眼看着酒一杯接着一杯见了底,玻璃器皿在昏暗光影的折映下格外清澈。

周晃嘉轻懒地抬起视线,眼底还盛了些许醉意,朝着张旭点了点下颌:"过来。"

张旭一惊,怎么回事,突然感觉有点紧张。

见张旭没有动,周晃嘉漫不经心地挑眉说道:"不是要对视三十秒吗?别浪费时间。"

"啊,好。"张旭咬了咬牙,走了过去。

他吞咽着口水,默默地走到了周晃嘉的面前。

周晃嘉俯身向前,沉沉的黑眸撞了过来。张旭一时间没有心理准备,咕咚一声咽了好大口口水,更觉得尴尬了,恨不能当场找个地缝钻进去。

也不知道谁开了句玩笑:"旭哥,这是惩罚周学长,怎么你脸红得跟娇羞的小女人一样?"

张旭咬牙切齿,但眼神还不敢挪开一秒,生怕统计时间重新计算:"闭嘴吧你。"

哄笑声此起彼伏。

"一秒,两秒,三秒……"旁边的人纷纷聚过来看热闹。

张旭的脸越来越热,他顶着周晃嘉的视线,感觉比顶着死亡射线还痛苦。

三十秒钟可真漫长,好不容易终于挨到了惩罚结束,张旭刚准备逃离这个尴尬的位置,却见周晁嘉淡淡地瞥了他一眼。真的是极淡的一道目光,但别有深意。

那一瞬间,张旭的冷汗就把背脊的衬衫湿透了。

周晁嘉知道了,他知道自己喜欢初学姐的事了。

猛地冒出了这个认知,张旭心虚得不敢抬头。

又是一阵嬉笑声。

一群人闹了好一会儿。

散场的时候都好像还没尽兴,他们商量着去哪里续下半场。

初星眠和范若若显然是没这个打算,首先时间太晚了,其次初星眠期间也喝了好几杯酒,虽然她酒量不错,但这会儿也觉得疲惫想休息。

临走前,周晁嘉替初星眠紧了紧领口。

指腹间毛呢大衣的粗糙感明显,他的角度。刚好能看见小姑娘的睫毛打在粉嫩脸颊的阴影,似乎是沾了酒的缘故,她的眼尾泛起很浅淡的一层薄红,看着真让人想欺负欺负。

周晁嘉收回视线。

"晁嘉哥,征哥,那我们就先走了。"张旭稍一顿,才敢将视线移向初星眠,"初学姐,再见。"

周晁嘉眉梢一挑,淡淡地扯了扯嘴角,算是告别。

身旁的小姑娘倒是没察觉,坦然的杏眸水光盈盈,伸长胳膊挥手:"小学弟,再见呀。"

周晁嘉抬起她毛呢外套的帽子,往她脑袋上一盖,又慢条斯理地压了压。小姑娘的视线被遮挡得严实,只露出了光洁圆滑的下颌和红润微翘的嘴唇。

他喉结微微滚动,喟叹般地呼口气。

和张旭他们一一道别以后,周晁嘉送初星眠回宿舍,吕征去送范若若。

南工大的宿舍分配其实挺不合理的,大一大二期间都是住在老破旧的小公寓里,到了大三突然迎来了新生活的曙光,全体都搬进了新公寓。

新公寓有电梯,而且位置也在南工大的中心,不管是去教学楼还是去食堂,都会比老破旧的小公寓便利一大截。

"今天玩得怎么样?觉得还开心吗?"周晁嘉分了些余光去看初星眠。

估计是酒劲儿上来了,小姑娘白皙的脸颊这会儿红得通透。

初星眠猛地点头:"开心。"

"喝了那么多,头晕不晕?"

初星眠摇摇头:"还好啦,我酒量还可以。"

她真的不是在逞强,其实她酒量一直不错,不过是平时不想多喝。

稍一顿，她突然扭过头去问周晁嘉："但是你今天晚上也喝了挺多酒的，伤口还没好，会不会有影响呀？"

"我吗？"周晁嘉笑了，"你这么关心我？"

晚风吹拂，空气中带了一丝凉意，甚至感觉呼出的气都隐隐带了白茫茫的雾气。

"当然……"初星眠几乎是用气音喃喃道，"我很喜欢你啊，所以很关心。"

许是借着酒精的缘故，"喜欢"两个字就那么悄悄地从口中溜了出来。

话说完，周晁嘉没回应。

初星眠默默地敛了敛眼眸。不知道周晁嘉有没有听到，不过也没什么关系。

再往前面走就能看见宿舍楼的灯光，也不知道今天是天气太冷还是其他原因，往常学生很多的公园路，这会儿只能看见零零星星几个路过的人影，而且还很快就走远了。

四周静谧，路灯下的灌木丛里能隐约听到窸窸窣窣的声音。

"我没什么事。"周晁嘉说，"再过两三天，应该就能拆掉绷带。"

"确定是已经完全养好了吗？要不要再多——"她的话没说完，戛然而止。

温热的气息溢在了鼻尖，像是和冷空气对抗似的。

她的腰被他带得靠近他，几乎要融进他的臂弯里。

他的薄唇很凉，但也很柔软。

是非常奇异又陌生的触感。

肌肤直接亲近。

初星眠睁大了眼睛，呆呆地眨了眨，看着周晁嘉将薄唇压在了她的嘴角，没有更进一步的动作。她的睫毛长而卷，轻轻扇动，酥酥麻麻而又不知所措的羞涩难耐，连呼吸都好像在慢慢停止。

他的指腹摁压在她的腕骨上，有一搭没一搭地揉捏轻蹭，动作忽轻忽重，像极了爱抚。

脚步声由远及近，猛地顿住，又像是受了惊吓似的迅速离开。

昏暗路灯下，初星眠被周晁嘉抱着，亲吻着。

薄唇微凉，鼻息却滚烫，呼吸间还有很微弱的酒气。

良久，周晁嘉才离开。

"对不起，我……情难自禁。"

他的指腹没舍得松开。

初星眠还晕晕乎乎的，原本没有喝醉，这会儿却觉得酒气不停上涌。

她迷茫地呆了几秒，随即反应过来刚刚发生了什么。

接、接吻了吗？

初星眠还有点恍惚。

但嘴角温热的触感还没有完全消失，无一不是在提醒她刚才发生的事情。

"没、没关系。"

其实她……她真的好喜欢刚才的吻。

但由于羞耻心在作祟,她是不可能说出来的。

气氛稍微凝滞。

一阵欢快的手机铃声打破了沉默。

初星眠愣了好一会儿,才意识到这铃声是从自己包里传出来的。

是许灿灿打过来的电话。

初星眠手一划,接通,电话里七嘴八舌的,很嘈杂。

"星眠啊,你在哪里?是不是还没有回宿舍啊?"

初星眠耳根一热,支支吾吾地说道:"我马上就要到楼下了,出什么事了吗?"

"啊?你已经回来了啊,我还以为你今天怎么也要晚上十一二点呢,毕竟约会嘛。"许灿灿语气揶揄。

"没有,我们去唱K的时候碰上了几个小学弟,大家就一起了。"

"这样啊。我还想着告诉你今晚不用回来了,省得你白跑。"许灿灿说。

初星眠一愣:"嗯?为什么不用回来?"

"别提了,宿舍里发大水啊!"许灿灿气得脱口而出,"我们这一层也不知道哪根水管出了问题,洗漱间的水都流到走廊了。你要是现在进去,得先去穿双雨靴。"

"严重吗?跟宿管阿姨联系了吗?"

"严重啊,不过还好水面的高度还没有到柜子,不然我书柜底层的零食全都要被泡湿了。跟宿管阿姨联系了也没用,打了好几个电话,说让我们今晚先出去找地方睡,明天上报给后勤,再找维修工。"

"那你们现在——"初星眠一顿。

许灿灿说:"我们现在已经出去了。你能过来找我吗?不过你得打个车。今天也不知道什么日子,学校附近的宾馆全都住满,根本找不到空房。我这是好不容易找了个五公里开外的,才勉强能住一晚。"

和许灿灿结束通话,初星眠陷入了纠结。

这么晚了,打车也挺不安全的。

她现在倒是可以联系司机陈叔过来接她一趟,只是明天还要上早课,要是今晚回家住,睡不了几个小时,明天一大早起床就要往学校赶。她家离学校还挺远的,二十公里左右的距离,而且早高峰还特别堵车。

"怎么了?"周晃嘉单手揣进了兜里,站在光影的暗处,懒洋洋地看着她。

初星眠说:"灿灿她们说宿舍里今晚住不了,发了大水。"

其实也不是不能睡觉,主要是大家都不知道这个水会涨多高,万一冲进了插座孔里再漏电就不好了,毕竟也不能拿生命开玩笑啊。

"那你,还回吗?"

初星眠"唔"了声:"我去找灿灿。"

周晁嘉没说什么:"我送你。"

"嗯?不用不用,"初星眠摇头,"都已经这么晚了。"

周晁嘉说:"或者你可以去我那里住。"

稍一顿,他压低的声音带了点蛊惑意味:"也不是没住过。"

浴室里水声作响。

昏暗的房间,微弱的光将初星眠的身影拉得很长。

初星眠机械地挺直背脊坐在沙发里,面前的水杯正冒着热腾腾的白雾。她眨眨眼,盯着面前正在播放晚间新闻的电视节目。虽然她没动,但是也完全没在看。

静谧安静的空间,水声仿佛要比电视机里主持人的说话声更真切。

事情是怎么发展到这个地步的?

原本在周晁嘉提出来他这里住一晚的建议时,初星眠是想拒绝的。拒绝的理由很简单,她倒不担心周晁嘉会做出什么出格的事情,她是怕……自己克制不住,再做出什么丢脸的事情。

但想到今晚轻触即离的那个吻,她莫名地想要从周晁嘉这里得到确切的答案。

到底是情难自禁,还是喝了酒以后的冲动?

初星眠手指轻碰着桌案上的玻璃杯,水温已经慢慢地降了下来。最近天气冷,尤其是夜间的温度更是一天比一天低。

她指腹有一搭没一搭地摩挲着杯壁,然后捧起来喝了口。温热的水漫过舌尖,带着丝丝缕缕的暖意汇聚。她抬起手碰了碰嘴角,不作声地低垂视线。

她和周晁嘉不是男女朋友,可如今也做了那么亲密的事,仿佛两人之间的那层窗户纸已经是半透明的状态了。

她在想,要不要和周晁嘉把话说清楚,总好过现在这样不清不楚的。

纠结了半晌,初星眠刚放下水杯,浴室的门也突然打开了。

周晁嘉背对着光线,衬衫被打湿,隐约可见腹部的肌肉线条,肩宽腰窄的。毛巾摩擦着头发的窸窣声,伴随着他的脚步由远及近。

"怎么不开灯?"他说完,停在了她的旁边。

初星眠前一秒还在想着怎么捅破这层窗户纸,下一秒就被淡淡的薄荷味道包裹,有种做贼心虚的感觉。她抬眼看他,又瞥向电视机:"在看电视。"

周晁嘉顿了顿:"你确定在看的是这个?"

"嗯?"这回换初星眠愣住,瞪大了眼睛。

她以为电视机里播放的还是晚间新闻,但这会儿也只能硬着头皮说:"就是想多学学，呃，哺乳类动物丰富的产后护理知识。"

周晃嘉蒙了蒙："什么意思？"

"了解了解母猪的产后护理。"

周晃嘉手指慢条斯理地擦拭着头发，闻言笑了："可以，学吧。"

说完，他倾身向前，修长的手臂直奔桌面的水杯而去。

他靠得近，肩膀几乎挤到了初星眠的下颌。初星眠不得不使劲地朝着沙发角落里缩了缩，但也没什么效果就是了，她还是能触碰到他。

"那杯水是我刚喝过的。"

她话音刚落，周晃嘉已经直起身将水杯递到了嘴边。他稍一顿，漆黑的眼眸看向她，神色坦然，不甚在意地扔出了三个字："嗯，知道。"

所以？

初星眠等着他的下文。

下一秒，周晃嘉薄唇轻轻覆盖在杯沿，他的发梢湿黑，喉结随着喝水的动作上下滑动，颈间的毛巾落了下来，领口微微露出了棱角分明的锁骨，清隽的少年感十足。

还未等到他放下水杯，初星眠已经一个箭步溜了出去。

她倚在浴室门口："我、我洗个澡。"

晚上在大排档吃了饭，又去 KTV 唱歌，虽然同行的人里面没有几个抽烟的，但是衣服还是沾染了油烟的味道，而且喝过酒，哪怕再怎么神思清明，酒水上涌的味道依旧让她很不舒适。

稍一顿，她想到了什么，又默默地扭过头："你这里有毛巾牙刷一类的用品吗？"

周晃嘉笑了笑，转身去吧台上方的柜子里拿出了一套没有拆封过的新用品。

里面有成套的牙刷、牙缸，还有毛巾浴巾。

初星眠没想到他准备得如此齐全，还愣了一秒："你这里经常招待客人吗？"

"嗯？"周晃嘉眉眼稍挑，不过他还没说什么，小姑娘拿了东西一溜烟就钻进了浴室。

热气很快就弥漫开来，还有淡淡的薄荷味道。

浴室里摆放的用品不是很多，而且都是黑白灰三色，看起来就像是样板间。

洗完澡以后，初星眠套着衣服走出来。

门外的冷空气扑面而来，吹得她鼻息间都是薄荷气息，很清冽好闻。

周晃嘉坐在沙发里，长腿交叠，腿上摆放着笔记本电脑。他的食指正不断地滚动着鼠标，文档的页面向下滑动。电脑屏幕的灯光衬得他肤色冷白，清冷又斯文。

"我帮你吹头发。"

说着，周晃嘉移开电脑，走了过来。

他很高,单手插进兜里,懒懒散散的模样。他那只受伤的手臂已经拆了绷带,不过好像还是不太舒服,随意地垂在了裤缝一侧。

"唔,好。"初星眠默默在心里念:没关系,就只是吹个头发而已。

气氛静谧,猫儿已经翻着肚皮在阳台上"呼呼"大睡。

看着初星眠绷直了身体站在那儿,周晁嘉笑道:"躺这儿,我吹起来方便。"

"唔,好。"闻言,她乖乖地躺在沙发上。

长发披散开,带着湿润的香气,像是倾泻而下的瀑布。

吹风机"嗡嗡嗡"的噪音响起来,初星眠瞪着眼看向天花板,余光扫过周晁嘉。他的神情很专注,好看的嘴角微微上挑。

她能感觉到有只手在不紧不慢地抚摸她潮湿的发丝。

温热的风拂过脸颊,香气浓郁。

呼吸也是热的。

"周晁嘉。"她下意识喊了他的名字。

他漫不经心地看她一眼:"嗯?"

初星眠也不知道自己想说什么。

"又在想什么?"他嗓音低了低。

初星眠脸颊热了起来。

她平躺着,下颌抬起时能感觉到他的指腹摩擦过她的耳垂,很微妙又奇怪的酥麻感。

"也没想什么,就是感觉……"她顿了顿,"你的手法很专业。"

"这是在夸人?"他嘴角勾起。

"当然。"小姑娘杏眸弯了弯,像是在说,她从不吝惜夸人。

他手指微屈,将她的发丝绾到了耳后。

指腹间的触感光滑细腻,像是冰凉的绸缎。

"晚上睡在哪儿?"他喉结微微上下滑动,眼眸暗沉。

初星眠根本听不出来他话中的深意:"沙发。"

她之前借宿在周晁嘉这里的那晚,就是睡的沙发。除了第二天早上醒过来发现自己被绑得像个粽子似的,感觉还是蛮舒服的,也不觉得肌肉酸痛。

"天冷,"他说,"你睡房间。"

初星眠愣了一瞬:"那你呢?"

"我睡沙发。"

话音落下,她突然感觉自己身体一轻,整个人被抱了起来。

客厅到卧室的距离也不远,但偏偏这几步路,却像是走了好久好久。

周晁嘉受伤的那只胳膊微微揽着初星眠的腰身,另一只手环绕在她的背脊间。与其说是抱过去的,还不如说是扛过去的。

卧室没开灯，门开着，客厅的光映进来。

视线昏暗，倒也能看清楚四周的陈列摆设。

房间里有一张单人床靠在窗边，床铺不宽，有点像榻榻米的风格，两侧铺了层灰色的格子地毯。白纱窗帘拉着，隐约可见窗外的暗影重重。在床铺的另一侧有个不高的床头柜，第一层放着牛皮纸袋的收纳盒，第二层是个香薰蜡烛，正散发着微弱的光。

初星眠的目光落在第三层。这层除了摆放着一个漂亮的礼品盒，没有放任何其他东西。她眯起眼，仔细看了看，突然觉得这个礼品盒有些眼熟。

这是她第一次送给周晁嘉的礼物！

当时的她没有多余的心思，只是觉得很想弥补周晁嘉，所以做了饼干用礼品盒装起来送给他。

其实上次在他这里借宿的时候，她也无意中看到了，就在吧台下方的抽屉里。不过她没想到他把这个盒子摆进了卧室。

思绪还没回笼，突然，伴随着一股失重感，她坠向了床铺。

"睡吧，有什么事情喊我。"周晁嘉晃了晃手腕，准备离开。

初星眠怔了怔："周晁嘉。"

他的步伐停顿在原地。

初星眠深吸口气，摇摇头："没、没什么事情了，晚安。"

"晚安。"他走向了门口，就在临关门之际，却突然停顿住，"从来没有别人。"

初星眠困惑地抬眸："什么？"

"你不是问我，是不是经常招待客人？"

他轻慢的嗓音一字一顿地说："这里从来没有别人，只有你。"

门轻轻地关上。

窗外渗漏进来很微弱的月光，被白纱窗帘衬得莹白。

他在向她解释。

这个认知，让初星眠的脸颊变得像是熟透了的虾。

原以为今天晚上肯定休息不好了，结果出乎意料，她睡了个很香甜的觉。想起来上次也是，她好像在周晁嘉这里住，总是会睡得格外安稳。

难道他的房间有出奇的安眠效果？

清晨，天边才泛起鱼肚白，屋内的光线也是淡淡的。

初星眠刚想抬起胳膊伸伸懒腰，却发现双臂都被桎梏在被子里，几乎动弹不得。

再一次，她被裹得像是个粽子。

既在意料中，又在意料外。

鼻息间都是清冽好闻的味道，像是被埋进了薄荷海洋。她下颌晃了晃，刚侧过一边，一道温热的呼吸拂了过来。靠得太近，她的睫毛几乎要碰到他的鼻尖。

视线触及周晁嘉的下颌线条,他的鼻梁很高挺,双眸紧闭,似乎还没睡醒。

初星眠向来知道周晁嘉有副好皮囊,只是没想到他这张脸真的是三百六十度无死角的完美,他这会儿睡着,眉眼间也没了防备冷峻,甚至温和得像个大男孩。

在盯着周晁嘉看了好一会儿,她才后知后觉地反应过来。

所以,现在这是什么情况?

初星眠咬着唇发呆,她在叫醒周晁嘉和决定等待他自然醒过来中反复纠结。

好在周晁嘉没让她纠结太久,就已经自己醒了过来。

"早。"他黑眸深沉,醒后完全没有惺忪困顿的模样。

初星眠艰难地微动了一下,眼神不断地往下示意,像是在提醒:嘿,你是睡好了,这儿还捆着一个呢。

"怎么又把我捆起来了?"她这个"又"字用得真好,完美地衔接了上次在这里借宿时没能问出口的问题。

周晁嘉笑了笑:"谁让你不老实。"

"我梦游了?"初星眠疑惑。

她知道自己睡觉不安稳,不是动动胳膊就是抬抬腿的,甚至还有各种翻身和蹬被子的习惯。

"倒不是。"周晁嘉半合着眼,垂眸看她,"你不停在地上打滚。"

初星眠眨眨眼,愣住:"哈?"

周晁嘉显然没有和她解释的打算,看着小姑娘杏眸里氤氲着困惑,觉得格外有趣。

他的床铺太小,昨晚他刚回到客厅没多久,就听见卧室里"咚"的一声,原本以为是初星眠摔倒了,打开门才看见小姑娘正趴在地面的毯子上睡得正香。

周晁嘉把她抱起来,盖好被子。

他连身都没转,就眼睁睁地看着小姑娘一个利落的翻身,"咚"地摔在地面。

真是够不老实。

他甚至抽空在想,她会不会把鼻子都摔扁。

如此多次反复,周晁嘉便参考了上次的做法。

鉴于周晁嘉问而不答的可疑态度,初星眠最终把问题归咎到了一个答案上——他的变态癖好。

"你是不是……"小姑娘的黑发散落在脸颊旁边,耳郭绯红,衬得脖颈雪白纤长,她郑重又严肃地开口,"有什么特殊癖好?"

"捆绑 Play(游戏)?"她坚持不懈地抛出自己的猜测。

周晁嘉瞧了她片刻,眼眸暗了暗:"以前没有,以后可以有。"

初星眠赶到教室的时候,许灿灿、温意,还有钱思,已经在老位置上坐好了。

三个人齐刷刷地低头看手机,画面倒也分外和谐。

她默默走过去,坐在了许灿灿旁边。

"你今天怎么来得这么晚?"许灿灿的目光从手机上移了移,"你昨晚回家住的吗?"

"不是,我找了个地方借宿。"初星眠一顿,"灿灿,我睡觉的时候有什么怪癖吗?"

这话倒是问得许灿灿一愣:"怎么了,谁说你了吗?"

"没有,我就是好奇。"初星眠昨晚没有跟许灿灿说她去周晁嘉那里借宿的事情,做了那么久好朋友,彼此早已经有了默契,所以许灿灿不会八卦地追着她问东问西。

许灿灿手指敲着下巴,认真地回忆:"你晚上睡觉没什么动静,就是有点蹬被子。"

"好像会翻身。"旁边的温意插话进来,"我有好几次看见你整个人抵在围栏底下,还以为你快掉下去了。其他的,我好像就没注意到什么了。"

初星眠说:"我抵着围栏吗?"

"对呀,要不是有围栏护着,估计你都从床上摔下去了。"

温意这话说完,初星眠顿时了然。

所以是不是昨晚她摔下床的次数太多,所以周晁嘉才把她捆起来的?

那她今天早上还说周晁嘉有特殊癖好!

初星眠的脸颊腾地热起来,她把脸埋进了课本里。

但是为什么她完全没有摔疼的感觉啊?

一上午的课,初星眠都上得心不在焉。

好不容易挨到午饭时候,她终于拉着许灿灿回了宿舍。

买完饭,钱思和温意也前后脚地跟着进来。

走廊里的水已经都退下去了,但是墙皮被水冲刷浸泡,掉了一层,露出了里面灰色的墙壁,看起来格外突兀。还有些残留的水渍窝在地势较低的坑里,不过也没什么大碍。

空气中都是生锈水管的潮湿气味。

温意打开了综艺,钱思搬着板凳坐了过去。

许灿灿也挪到了初星眠的桌前:"说真的,你昨晚是不是跟周晁嘉在一起?"

"这你都猜到了。我在他那里借宿了一晚。"初星眠咬了口番茄,末了,还此地无银三百两地解释,"研究生的宿舍比较宽敞。"

许灿灿说:"那你们现在到底有没有……嗯嗯……咳咳。"

初星眠一愣:"嗯?"

"关系更进一步啊。"许灿灿无奈地叹口气,"其实整个学校除了你和周晁嘉,明眼人都能看得出来你们两个互相喜欢。"

"有、有这么明显？"

"对啊，不信你问温意她们。"许灿灿下颌朝着温意她们抬了抬，"周晁嘉看你的眼神和看其他人的眼神根本不一样，而且你之前在医院照顾周晁嘉一整夜的事情，好多人也都知道了，大家都说你们两个挺般配的。"

初星眠红着脸："可是，我们现在八字还没一撇呢。"

"不会吧？还没？"许灿灿恨铁不成钢，"你跟他告白了没？"

初星眠摇摇头："没有。"

"那他跟你告白了吗？"

"也没有。"她突然停顿，"就、就亲了一下算吗？"

"所以竟然还没告白？"许灿灿捶胸顿足，"你们两个谈恋爱为什么这么磨蹭？隔壁恋爱番的孩子都能打酱油了，你们的恋爱番什么时候才开始啊？

"这但凡是个恋爱番剧，我都已经'弃坑'了！"

说来也巧，初星眠当天傍晚就在食堂碰见了周晁嘉。

初星眠拎着专业课的书，刚和许灿灿走进食堂，就远远地瞧见了周晁嘉等人。

他和吕征坐在那边，穿了件黑色风衣，腕骨露出一截，衬得白皙分明，背脊笔挺，肩宽且腰窄，神色一贯的淡漠疏离。

隔着喧闹的人群，他视线微抬，和初星眠撞了个正着。

有时候初星眠自己都在想，她对周晁嘉到底是日久生情，还是见色起意。

稍一顿，她的目光划过他漂亮的下颌和线条分明的颈部，默默地咽了咽口水。

嗯……还是见色起意的成分比较多。

周晁嘉眉尾扬了扬，很快就收了回去，随后他低垂视线，在手机屏幕上敲着什么。

下一秒，初星眠的手机在口袋里振动了两声。

周晁嘉发来的信息：【过来这边。】

今晚食堂人多，几乎是爆满的程度。

相邻的桌位已经有好几个学生在排队等位置，空气中飘散着食堂特有的油烟味道，和平时每个上学的日子都没什么分别。

初星眠正犹豫要不要把周晁嘉发给她的信息告诉许灿灿，眼尖的吕征就看见了她们。

"初小学妹，你们和我们拼桌吧。"吕征遥遥地递了个眼神，朝着她们打了个招呼，"不然要是等位置，不知道要等多久呢。听说今天晚上有几个院开年级组会。"

说着，他把自己的餐盘往旁边挪了挪。

一般遇到学院晚上开会的情况，食堂就会爆满，二食堂又是离图书馆最近的地方。

许灿灿自然是不介意的，初星眠也没拒绝。

吕征坐在周晁嘉的对面。

食堂的餐桌是四人位的，所以……许灿灿非常自觉地坐在了吕征旁边。初星眠也慢吞吞地落座，她的旁边是周晁嘉。

食堂的饭桌很小，周晁嘉个头高，这会儿窝在这里，更显得长腿无处安放。

他的双腿交叠着，轻而易举地就触碰到她的。

初星眠不自在地收了收，但奈何他的存在感实在太强，她的心跳还是没忍住漏了两拍。

气氛沉寂了一瞬。

初星眠斟酌了好一会儿用词，最后还是干巴巴地憋出三个字："嗨，好巧。"

学校说大不大，说小也不小。

"是挺巧的，再早一会儿都碰不见。"吕征说，"本来我和晁嘉还在二食堂和三食堂中间犹豫徘徊呢，后来晁嘉选的二食堂。"

这么说的话……

初星眠想起刚才下课的时候，许灿灿问她去哪个食堂吃饭。原本她们是打算去稍微远一点的三食堂，后来路过这里的时候，她临时改变了主意。

"看来他们两个还挺心有灵犀的。"果然，许灿灿搭腔道，"我和星眠最开始也想去三食堂来着，走到二食堂门口时，她闻到香味拉着我就进来了。"

初星眠马上解释："突然想吃二食堂的铁板烧了。"

倏地，周晁嘉漆黑的双眸抬起，目光往她的方向偏了偏："宿舍漏水解决了吗？"

"水是排干净了，不过好像还在维修。"初星眠说。

但一提这个事，初星眠就想起来"捆绑 Play"几个字，尴尬得连搁置在桌面的手都不知道放哪儿合适，就跟心里有鬼似的。

因为事情出乎预料地发展，初星眠紧张了两天。

期待，又不想太过期待。

总之，她就是在矛盾纠结中度过的，颇有点坐立难安的意思。

这两天周晁嘉偶尔会跟她聊上几句，但她都没有在学校里见到他。她在想，是不是他最近的工作太忙？

周五的下午，刚过五点。

学校两条宽阔的主路上来来往往都是学生，有骑着自行车背着书包去图书馆的，也有男女生牵着手在路边慢悠悠溜达的。

初星眠收拾好了东西，跟许灿灿告别。

许灿灿和温意雷打不动地要回家，钱思最近沉迷赚钱，已经联系上了南工大家属楼的学生做起了家教兼职。

窗外的夕阳余晖漫进来，给教室镀上了层金橙色的光。

手机适时地振动两声。

是周晃嘉发来的消息。

上面的内容依旧很简短：【来篮球馆】。

初星眠盯着这条消息看了很久，心里竟然俗套地在想，他是不是准备跟我表白？

但是转念一想又觉得不会，以她对周晃嘉的了解，他如果想表白的话，肯定不会兴师动众地选择在公共场合。

如果他要表白的话……

他肯定会选没人的地方，静谧、昏暗，只有她和他。

"星眠，不走吗？"教室里的人都走得差不多了，最后一个离开的男生见初星眠对着手机发呆，还一脸的深思熟虑，仿佛在思考什么重大事情似的，没忍住出声问道。

初星眠愣了愣，顿时感觉有点羞赧，自己刚刚莫名其妙地在想什么啊？

"我这就走了。"初星眠顿了顿，还是在微信里回复道：【好。】

篮球馆今日空前热闹。

说起来，她也好久都没有来这边了。

放眼望去，宽阔的篮球馆内座无虚席。

中间部分还有人拉了横幅，一眼便能看到周晃嘉的名字。

他在学校里挺受欢迎的，初星眠一直都知道，只是亲眼看见有学弟学妹们替他加油，又是另外的感受——有点陌生的疏离感。

球场内，两边的队伍已经在交手，来来回回的身影不断交错。

"学姐，周学长在前排给你留了位置。"

"好，谢谢。"初星眠说完，抬起视线向球场望了过去。

许是喜欢的缘故吧，她一眼便瞧见了周晃嘉。

他穿了件蓝白相间的球衣，肌肉线条紧实流畅，显得干净又清瘦。

像是察觉到了她的目光似的，他突然看向了观众席。

就这么猝不及防，她和他的目光在空气中撞上了。不过他很快就收回了目光，仿佛刚才的对视只是为了确认她所在的位置。

"对面的那支队伍也挺厉害的，好像是一群大一新生，才刚入学就能和周学长他们的队伍打得有来有回，估计以后没准能成为学校里新晋黑马。"小学弟怕初星眠不了解，很用心地替她介绍道。

顺着小学弟目光的方向，初星眠看了看对方的队伍。他们穿着黑红相间的球衣，和周晁嘉他们队伍形成了非常强烈的对比。初生牛犊不怕虎，虽然年轻，但是每个人的脸上都带着肃杀的凶狠劲儿。

初星眠对篮球的了解不多，尽管当初绞尽脑汁想要加入篮球社的时候，她去搜集过相关的信息，打听周晁嘉喜欢的球队，但论起技巧，她这个门外汉也就是看个热闹。

伴随着运球的撞击声、鞋底与场地的摩擦声，还有观众的加油声，将这场球赛的气氛推至高潮。

初星眠调动了仅有的知识，分辨出周晁嘉的位置是控球后卫。

他的进攻节奏很好，明明其他人都打得红了眼，偏偏周晁嘉一贯的清冷淡漠。但他的爆发力却惊人，初星眠看着他动作利落地后撤，游刃有余地将球甩了出去，三分进球。

全场都响起了热切的欢呼声，像是浪潮般一排排地涌了下来。

初星眠置身在欢呼浪潮的最前排，恍惚间，甚至能感觉到自己加快的心跳。

她之前也不是没有见过周晁嘉打篮球，但远没有像这个时刻那么震撼。

周晁嘉向来沉默寡言，往那里一站，便让人觉得懒散淡漠。如果不是很了解他的人，在第一眼见到他的时候，可能都不会觉得他篮球能打得这么好。可这一刻，他所有的动作流畅连贯，完美地掌控每一步的进攻。

是很独特的，属于周晁嘉风格的进攻方式。

裁判吹响了哨，上半场的比赛结束，周晁嘉的队伍领先二十分。

中场休息时间，比赛的队员们都纷纷回到了各自的位置休息。

有几个男生看见初星眠的时候，还边喘着粗气，边向她打招呼："学姐好。"

初星眠抬了抬小手："加油。"

"好，哈哈，谢谢学姐。"

吕征粗大的嗓门喊起来："臭小子，又跑过来跟学姐套近乎是吧。"

男生们推搡着笑嘻嘻地走开了。

初星眠视线稍抬，撞进了一双黑眸里。

刚打完球，周晁嘉的发梢湿黑，薄汗慢慢从修长的脖颈滑落直锁骨，胸口微微起伏，他懒洋洋地用毛巾擦了下汗。

期间，有两个小学妹像是在旁边蛰伏很久，终于找到了合适的机会，拿着两瓶功能性饮料跑过去："周学长，请你喝水。"

周晁嘉神色淡淡的，婉言拒绝。

他径直地走向了初星眠的位置，动作自然地拿了她的水。

矿泉水是冰镇过的，还冒着凉气，他的喉结也跟着滑动了两下。

"你的伤确定已经好利索了吗？"初星眠蹙紧秀气的眉头问道。

周晁嘉晃了晃脖颈，不甚在意："打几天比赛，不影响。"

"那也不要过度劳累，"她小声叮嘱，"不然怎么都说伤筋动骨一百天呀。"

周晁嘉凑近了些，他温热的气息拂了过去，唇齿间却是微凉的薄荷味道。

他一字一顿的："好，尽量不让你担心。"

"嗯？"大庭广众下，他靠得那么近，初星眠的脑袋已经晕乎乎的了，忍不住小声辩驳道，"我、我才没有担心啊，我就是给你科普科普。"

"晚上没什么事情吧？"他突然问。

初星眠摇摇头："没有。"

周晁嘉慢条斯理地坐在了她旁边："原本没想叫你过来，不过今天是决赛。"

"对方厉害吗？"小姑娘有点紧张，连背脊都绷得很直。

周晁嘉勾唇，笑着看她："嗯？还好。"

"还好是什么答案？"她脑子里有点空，顺着他的话问。

周晁嘉顿了顿，贴得更近："厉不厉害的有什么关系？我不想在你面前输。"

第十五章
所得皆所愿

周晃嘉肩膀有伤的事也不是什么秘密。

黑红球衣队伍的几个男生坐在休息区,猛地灌了几大口水。

不远处的观众席拉长了横幅,"动力机械学院"几个字尤为突出。这次来参加比赛的其他队伍,都是按照学院名称划分。

场内熙攘嘈杂,借着中场休息的工夫,不少人成群结队地朝卫生间走去。

比起配合更有默契的周晃嘉他们,动力机械学院这边临时组成的队伍显然就没有那么融洽。为首的高个男生不甘地捏瘪了水瓶,"啪"地扔进了垃圾桶里。

"甩脸给谁看啊?"人群里不知道谁不满地嘀咕了一声,但也就是嘀咕嘀咕,没胆子站出来当面说。

不过这话一出,高个男生当场就绷不住了:"我就想问问,你们都怎么打的,不知道对方核心就是周晃嘉?大个你还把球往他那边传,你到底是我们的人,还是他们的啊?"

"你就是故意给对方送分的吧?"

被称作大个的男生使劲擦了擦脸颊的汗,被骂得多少有点不爽,梗着脖子反驳道:"不是。你真好意思说这话?战术不是你制定的吗?现在打不出效果开始甩锅?我是看右边防守松泛。你会不会打球啊?被对方抄球几次啊?还要我给你数出来吗?"

"行了,大个。"旁边坐着的男生劝和,"寸头,你也少说两句,谁都不想看到比分拉这么大。不是还有下半场吗,调整状态追回来不就完了?"

"都吵什么?"一个阴沉冷淡的嗓音插了进来。

寸头转过身看了眼,立即收敛了神色:"阮哥。"

阮东俊从观众席的上方站起来,漫不经心地往下层的台阶走去。他手揣进兜里,脸色冷得吓人："吵就能打赢？"

"你们就这点能耐？"他语气很淡，但眉眼间的戾气像是逼人的刀刃。

刚才气焰还很嚣张的寸头和大个顿时蔫了，这会儿一声不吭，大气都不敢出一下。

他们对阮东俊的敬重，其实更多的是畏惧。

"阮哥，上半场的时候你没来，咱们队伍状态不好，被打得挺惨的。大个和寸头他们两个也是着急，都想赢比赛。"旁边的和事佬赶紧解释道。

阮东俊冷笑了声："所以光在这儿吵，就能扳回局势？"

"不是，阮哥你别生气。周晃嘉他们的确很厉害。"

"厉害有什么用啊，还不是胳膊受伤的废物！你们连个废物都打不过。"说着，阮东俊用余光扫了眼刚刚说话的人。

那人当即就收了声，低着脑袋不再说话。

停顿了一秒，阮东俊下颔稍抬，朝着对面的休息区看了过去。

隔着吵闹的人群，他一眼就看到了小姑娘通红的面颊。初星眠今天穿了件薄纱似的白衬衫，领口微微敞开，依稀可以看见纤细的天鹅颈和锁骨，下半身的牛仔裤将腰身掐得恰到好处，衬衫的一角搭在身侧，将完美的臀部曲线堪堪遮住。

尽管如此，却惹无限遐想。

稍一顿，他目光移向坐在初星眠旁边的周晃嘉身上。两个人并排坐着，正有说有笑。

阮东俊冷淡地收回视线："改个战术。"

下半场很快开始。因为动力机械学院换阮东俊上场了，顿时，场下的观众就更不淡定了，欢呼声一阵一阵的，就连篮球馆的入口都挤满了人。

场面喧嚣吵闹，气氛像是在无形中被推至高潮。

所有人的目光都落在了周晃嘉和阮东俊身上。

初星眠坐的地方几乎拥有最好的视野。

其实她不是经常看篮球赛，只有以前高二时候和许灿灿一起看过高中联赛。不过那时候她遭受了一些不好的流言蜚语，所以离人群很远，只遥遥地看了一小会儿。

而现在，她近距离地看着一群男生在球场上围堵、追赶，每个人额前都覆盖了一层薄汗。他们都打得很拼，带着热血和对胜利的渴望，充满了青春期特有的少年感。

一瞬间，初星眠竟有种遗憾被弥补的感慨。

球场上，两支队伍打得如火如荼。

周晃嘉是队伍里的核心，抄球、投篮，一气呵成。

初星眠没忍住，悄悄地举起手机拍了张周晁嘉投篮的照片，然后发给了许灿灿。收回手机的瞬间，初星眠察觉有一道视线落在了她这边，她下意识微抬眼，顺着目光的方向看了过去，随后顿住。

两人视线对上，目光在空气中撞上了。

阮东俊正站在球场边缘，他眉尾扬了扬，口中嚼着口香糖，吹了个泡泡。

稍一顿，他又重新把注意力放回了比赛上面，不断地和旁边的队友传递信号。

这让初星眠以为刚才的对视仿佛是错觉。

紧跟着，几个穿着黑红相间球衣的男生突然改变了方向，朝着周晁嘉的位置不断地靠拢，卡位的时候，有意无意地去推搡周晁嘉受伤的右手。

原本周晁嘉正在运球前进，如此一来，被对方的严防死守搞得不得不放慢节奏。连续的抢断动作迫使他将球转移到右手，但对方依然不断骚扰，每次防守搞得像是在肉搏战。

初星眠蓦地紧张起来，连呼吸都停顿了。

她看得很清楚，那几个人装模作样地撞过去，但次次都撞在周晁嘉受伤的胳膊上。

面对三个人的包夹，周晁嘉只好把球护在胸前。他发梢的湿汗已经顺着下颌的线条流下来。

"停球了。"观众席有人唏嘘。

阮东俊上场以后，动力机械学院的劣势被他慢慢扭转。

他不断地逼迫周晁嘉不得不将球传给其他人，再由自己队员迅速退防，形成少打多的局面。球重新传到阮东俊手里，他借着周晁嘉受伤的弱势直接破了他们的防守线，像是锋利的刀刃劈进。几个回合以后，比分差已经缩减到个位数。

"周学长他们的队伍已经没了优势啊。"旁边的两个小学弟皱着眉头交谈，"这么打下去，就是被拖死的节奏。"

另一个有点不屑地说道："动力机械学院他们现在就针对周学长受伤的地方打，好几个小动作都撞到周学长肩膀了啊。可惜，裁判没判。"

"他们的动作脏着呢。"

"这是要为了赢不择手段了吧。"

手机振动了两声。

初星眠看得太紧张，以至于手机差点滑到地上。正好是比赛暂停时间，她快速地瞥了眼。

是许灿灿回过来的消息，问她比赛情况怎么样。

初星眠轻咬着唇，有点担忧地蹙紧眉头。

星星：【不太乐观，感觉对面的队员一直在针对周晁嘉受伤的胳膊。】

星星：【我看到他一直在甩那只胳膊，感觉在忍痛一样，而且脸色也不好看了。】

灿灿许：【哪个学院的队伍啊，这么卑鄙？】

星星：【动力机械学院。】

灿灿许：【那不就是阮东俊他们学院？这手段也太无耻了啊。对了，你说动力学院我想起来一件事，我听说周晁嘉受伤的事，就是阮东俊手底下的一个狗腿子干的。】

灿灿许：【谁知道这事阮东俊有没有参与，没准就是他授意的呢，怎么会有这种人啊？】

许灿灿发过来的消息让初星眠很震惊。

她以为周晁嘉的受伤只是一次见义勇为的意外。

初星眠一向不喜欢阮东俊，但也仅限于不喜欢而已。在她看来，阮东俊只是过度轻狂张扬的男生，却没有想过他会在背地里做出这样不耻的事情。

而他对周晁嘉的各种针对，竟然是打着喜欢她的幌子，这让初星眠更觉得生气，粉拳默默攥得很紧。

后面许灿灿再发什么消息，初星眠已经没心思去看了，她现在就担心周晁嘉的伤势。

过了暂停时间，赛场又重新活跃。

周晁嘉很快就调整了自己队伍，他换了打配合的吕征，果断选择了接球时机，传球过半场给了另一个名不见经传的小学弟。

而阮东俊那边的几个男生依旧对周晁嘉进行严防死守战术，目标很明确，就是要锁死他。

学弟趁着自己这边防守松泛，接球后直插内线轻松得分，全场沸腾了。

沸腾的原因很简单，阮东俊带的几个男生动作太脏，只是还达不到裁判吹哨的程度，但他们几个一直朝着周晁嘉受伤的地方猛撞，傻子也能看出来怎么回事。

阮东俊的脸色顿时变得很难看。接下来，他拿到球以后，也顾不上什么绅士风度了，直接示意几个人过来挡拆。

很快就有两三个高个男生状似无意地重重撞上了周晁嘉的手臂，哨响，进攻犯规。

场内的局势好像突然间就有了新的变化。

周晁嘉熟练地抄球、传球，开始把队内的所有成员都调动起来。而阮东俊那边因为只针对了周晁嘉，防守根本应变不及，短短几个回合，比分差再次拉回两位数。

时间一点点过去，只剩下最后三分钟。

不过这一次周晁嘉没有将球传给队友，他示意吕征他们上前来挡拆阮东俊那方的其他队员，伺机插入内线带走了防守人，形成了牛角位。

一时间，周晁嘉和阮东俊对位。

吕征他们很有眼力地拉开了空间。周晃嘉几次做假动作后晃开，冲进内线灌篮得分，直接锁死比赛。
　　结束了。
　　全场再次沸腾。
　　连初星眠也没忍住发出欢呼声。
　　周晃嘉眼眸漆黑，径直地走到了阮东俊的面前。
　　他薄唇微启，发梢湿黑，声音却很淡："给你看看，干净的比赛。"
　　吕征也觉得神清气爽，跟在周晃嘉后面一甩手："懂吗，什么叫干净的比赛？这才是赢得干净。"
　　这真是他们打得最不痛快，却也是最痛苦的一场比赛了。
　　人群蜂拥过来。
　　初星眠瞬间就被挤在了外围，靠近休息区的地方已经被围了个水泄不通。
　　正当她发呆的时候，手腕突然被谁紧紧地握住。初星眠转头看过去，撞进了一双漂亮黑沉的眼眸里。
　　本该被欢呼和掌声包围的周晃嘉，却出现在她的面前。
　　"跟紧我。"他脸色仍然苍白，却也衬得眉眼越发明亮，像是深邃夜空。
　　初星眠一愣："去哪儿？"
　　没等到周晃嘉回答，初星眠就被他一路拉着向上。
　　篮球馆顶层有一片很大的天台。
　　这会儿，冷风扑面而来，吹得鼻尖清清凉凉的。
　　"周晃嘉。"
　　初星眠刚迈上最后一级台阶，前面的人却猝不及防地停在了那里。
　　惯性使然，她的鼻尖碰在了他的背脊上。
　　初星眠还晕晕乎乎的，没意识到发生了什么，只呆呆地退了几步，拉开了些许距离。
　　"有话跟你说。"周晃嘉看着她。
　　"什、什么？"初星眠脸颊热起来，心底就像是漏了个洞似的，仿佛有什么拉扯着她不停地下坠。
　　周晃嘉视线低垂。
　　天台没有灯。
　　夜幕降临。
　　四周静得如同这个世界只有她和周晃嘉两个人。
　　他微微俯身，手垂在她的手侧，手指时不时碰了几下。慢慢地，他的手越靠越近，直到将她的手完全都包裹住。
　　其实有很多话想说，可真到了这个时刻，他却不知道该怎么开口。

初星眠飞快地看了他一眼。

所以,他想说什么?

气氛沉静了会儿。

"晁嘉,可算找到你了!"一个男生踩着楼梯间的台阶"咚咚咚"地走上来,步伐很急很快。男生走到面前了,才注意到初星眠的存在。

"呃,我……"男生的声音戛然而止,但一想到自己来的目的,还是硬着头皮当起了电灯泡,"征哥让你赶紧去储藏室找冰袋敷一下。"

冰袋?初星眠愣了愣。

篮球馆的储藏室有专门给社团成员急用的医药间,因为像是扭伤拉伤这都是常有的事。

周晁嘉神色淡淡的:"行,我知道了。"

男生飞快地看了初星眠一眼,说道:"行,那我就不打扰了。那个,征说他们在选庆功宴的地儿了,到时候微信发给你。"

周晁嘉"嗯"了声。

等到男生"咚咚咚"地走远以后,他才微敛视线:"我去一趟。"

稍顿,他抬起手在初星眠的脸颊蹭了蹭。

算了,不急,有些事情来日方长。

初星眠说:"我跟你一起去吧。是不是你刚才打球的时候,又伤到之前受伤的地方了。"

小姑娘表情担忧,杏眸水汪汪的。她怕周晁嘉不带她一起,白嫩的小手立刻就拽住了他的手腕。

周晁嘉笑了笑:"别担心,我没什么事。"

说完,他屈指握住了她的手。

初星眠像是触电了似的,下意识就想把手扯回来,但还没动作,周晁嘉就已经先松了。

等到初星眠从天台下来的时候,篮球馆里的灯还开着,偌大的馆内只能看见零零星星几个人,安静到走路都能听到回音。

方才人山人海,这会儿空荡荡。

强烈的对比,让她有瞬间的恍惚。

好像今晚发生在这里的一切,跟梦似的,不真切。

储藏室在地下,走廊里潮湿阴冷。

储藏室里间的置物架上面摆满了各种药瓶,基本上都是治疗跌打损伤的。

空气中也有淡淡药香。

周晁嘉拿了个冰袋出来,又拿了些护具。

"我来帮你吧。"初星眠小声说。

她的嗓音轻轻回荡在室内,衬得氛围格外静谧。

周晃嘉眉梢微扬,把冰袋递了过去。

蓝色冰袋像是一块蓝晶似的,看起来竟然……有点可口。

温热的体温和触手冰凉的冰袋,让初星眠不自在地挺直了背脊,动作也有点僵硬。

谁都没有先说话。

半晌,初星眠问道:"确定这样做有效果吗?"

"有吧。"周晃嘉不太在意,"你饿不饿?"

初星眠低垂视线:"感觉还好。今晚的比赛太紧张,我都忘了饿了。"

周晃嘉笑了笑:"等一下和我们去吃饭吧。"

稍一顿,他又说:"今晚大部分都是以前篮球社团的,还有几个朋友,人不算多。"

"唔,好呀。"初星眠没拒绝。

她在想,这算不算是打入了他的朋友圈?

"你接下来还有比赛吗?"她问。

周晃嘉说:"下周六和华体打。"

华体,是华江体育学院?

初星眠愣了愣:"那你的伤怎么办?"

"到时候让吕征他们去就行。"周晃嘉说。

他接下来要忙论文和征兵入伍的事。

周晃嘉黑眸微敛,目光扫过小姑娘白嫩的脸颊。

储藏室微弱的光渗漏进来,她卷翘的睫毛在眼睑上投出一层很浅淡的阴影,鼻头小巧可爱,想事情的时候,鼻子会微微地动一下,可爱得像只小兔子。

里间的地方不大,旁边摆了个架子,衬得四周更狭窄。周晃嘉懒散地站在架子旁边,初星眠则是贴着墙壁,手边是里间的木门。

气氛蓦地沉静。

冰敷了约十分钟后,初星眠想替他换个冰袋,昏暗的环境里,她没看清左上方横出来的木架,木架是暗色的,完美融入了灰色背景。

猝不及防,初星眠差点撞了上去。

想象中的疼痛没有出现,反而是温温热热的触感。她和周晃嘉擦肩微错,他的掌心正横在了木架前。

周晃嘉的个头很高,初星眠飞快地瞥了他一眼,离得这么近,她扬起头就差点撞到他的下巴。

光线暗沉,他的轻笑声明显:"都不看路的吗?"

"我没注意到。"初星眠脸颊微热,她现在真的好容易出糗。

周晁嘉看着她:"撞傻了怎么办?"

明知道他只是在开玩笑,但初星眠心跳还是很快,像是要从嗓子眼里蹦出来似的。

今天,他的态度和平时有些不同。

具体哪里不同她自己也说不上来,他好像比以前更主动,也更直白。

初星眠能隐隐约约察觉到,也正是因为察觉到,才会更加不知所措。

她向来不是在感情里游刃有余的选手。

一时间,像是那层窗户纸变成了透明的。

小心思与小动作,一览无遗。

小姑娘眼底的紧张和无措清晰可见,甚至带了些羞涩。

初星眠避开周晁嘉的视线,呢喃道:"傻了就傻了呗,又不是什么大事,傻了以后还没有烦恼呢。"

"行啊,那我就喜欢傻傻的你。"周晁嘉这句话说得极其自然,仿佛只是谈论今天的天气。

初星眠哪里能像他这么淡然自若,当即就烧红了耳朵,浑身的细胞都跟打了营养液似的活跃起来:"这话说得好像你什么时候喜欢不傻的我了。"

"一直啊。"

周晁嘉话音落下,门外的走廊上传来杂乱的脚步声。

这脚步声来得急促突然,初星眠回过神。

周晁嘉脚尖勾了勾,球鞋的前端直接抵住了里间的木门,门被关上,发出不轻不重的"吱呀"声。

没了储藏室渗漏的光亮,里间顿时就陷入黑暗。

眼睛看不清楚,其他的感官就变得格外敏锐。

缝隙窄,他贴靠过来,两个人离得很近。

气息浮动,温热的呼吸交错融合,莫名的亲昵。

"关、关门干什么?"初星眠有点紧张。在黑暗中,她清晰地听到了周晁嘉的呼吸声,感觉到他的体温慢慢地传递过来,"好像有人过来了。"

她手里的冰袋还贴着他的肩膀,也正因为如此,这会儿两个人的动作看起来倒像是慰藉般的拥抱。

"我知道。"周晁嘉叹息,"不想被打扰。"

他低了头,下颌轻蹭过她的耳郭,垫在了初星眠的肩颈间。

初星眠心跳有些快,屏住了呼吸。

他的发梢细软,扫过她的耳后,有些酥酥麻麻的痒。

走廊里的人进来,先是问了声:"有人吗?"

那人没听到回应，紧跟着，又自顾自地嘀咕道："我刚才明明听到有人说话啊，奇怪。"

隔着根本没有隔音效果的木门，男生的声音像是被放大了许多倍，刺激着初星眠的神经。

脚步声由远及近，走到了里间的门口。

对方稍一停顿，初星眠的心都跟着提了起来。

隐藏在黑暗中不为人知的亲昵，让她一瞬间产生了要被发现的恐慌感。

好在男生只是"叮叮当当"地搬了些东西，很快就离开了这里。

四周又重新恢复沉静。

初星眠一直保持着一个姿势，压着冰袋的手都被冻得发麻。等到确定了那个人已经离开后，她才长舒口气，绷直的身体放松下来，下意识脱口而出道："好奇怪。"

周晃嘉笑了，轻嗅她发丝间的香气，神思倦怠懒散："什么？"

"明明没有做任何见不得人的事，但莫名感觉我们两个像是在偷情。"小姑娘正儿八经地分析道。

倏地，她被周晃嘉推着向后退了一步。

她的整个背脊都抵靠在了墙面上。

周晃嘉嗓音微微喑哑："那就假戏真做吧。"

他呼吸拂过，初星眠浑身像是被电到似的酥麻，差点咬了舌头："做、做什么？"

她脑袋里混沌的思绪还没理完，就听见周晃嘉一字一顿地说道："做我女朋友。"

"嗯？"初星眠一愣，随即又微微松了口气似的，"原来是做你女朋友啊。"

周晃嘉笑得身体微颤："那你以为是什么？"

初星眠马上回过神来："没有，我什么都没以为，我什么都没想！"

"做你女朋友是吧？好的好的。"

小姑娘太紧张，严防死守自己邪恶的念头暴露，因为实在是太丢人了！

周晃嘉眉眼微挑，嗓音低沉："就这么痛快答应了？"

他竟觉得有点被敷衍的委屈："怎么感觉好像只是给你交代了什么任务。"

尤其是那句"好的好的"。

怎么听着就那么让人不爽快？

周晃嘉不轻不重地咬住初星眠的肩膀，低哑的嗓音带着些许蛊惑："再说一次。"

四周安静，声音很轻，仿佛带着温度。

"好、好的？"他那口咬得很轻，却让初星眠羞耻得厉害，手足无措地站在原地，胸口不住起伏。

稍一顿，她的声音比刚才更小了："我说，好的。"
"我做你女朋友。"
气氛蓦地凝滞。
半晌，周晁嘉揉了揉她的脑袋："女朋友，你好。"

吃饭的地方定在了酒楼的二层。
初星眠跟在周晁嘉身旁，还没进门就能听见从包厢里传出来的嘈杂声。
她偷偷地瞥了眼周晁嘉。他换了身休闲的运动帽衫，肩膀宽且直，侧面看过去，下颌线条完美流畅。
初星眠想起刚才在储藏室里发生的事情，还觉得很恍惚，走路都轻飘飘的。
她真的成了他的女朋友啊？
她和周晁嘉，在谈恋爱了！
初星眠仍然有种不真实感。
倏地，她的手指被一只干燥温暖的手掌包裹住。
初星眠抬起头，看到周晁嘉神色自然，依旧是那副云淡风轻的模样。
见她看过来，他掌心摊开。
小姑娘细嫩如葱的手指轻轻地搭在了他的手里，一大一小，微妙的融洽。
慢慢地，初星眠把手指张开，沿着他的指缝滑落下去。周晁嘉一握，两只手便牢牢地紧扣着。
她以前没谈恋爱的时候，觉得和男生十指相扣真的！很肉麻哎！
但现在她自己做起这样的事……
呜呜，真香。
和男朋友牵手的感觉真的会不一样，就像是有羽毛在心尖轻晃。
她抬起的视线撞上了他的，初星眠迅速收了回去。她的余光有意无意地落在垂在中间的两只相握的手上，她的指腹正微微搭在他的手背上。
初星眠越走越慢，她抿着唇，眉梢微微上扬。
恰好里面开门，小学弟迎面撞见两个人，先是热情地打招呼，随后，小学弟的目光落在了两个人牵住的手上，当即就瞪圆了眼睛，瞳孔都在放大。
门没关，吕征对着缝隙喊："是不是晁嘉他们两个到了？"
周晁嘉和初星眠一前一后进了包厢。
里面的人还是习惯性地把他们两个的位置留在一起。
两人落座后，服务员也开始上菜。
这家餐厅的华江菜做得很地道，但又加重了麻辣的口感。
大家好奇打量的目光在初星眠身上聚集了那么两三秒钟，又心照不宣地恢复如常。

饭桌上，初星眠闲聊了几句，其他时间就一直低着脑袋吃东西。

初星眠的餐盘里只有两根青笋，她夹起来有一搭没一搭地咬着。

不知道是房间里开了空调，还是人多凑在一起热闹的缘故，总之她脸上的热潮就没退下去过。

"初学妹像是兔子一样，怎么一直吃青笋啊？"

被点到了名，初星眠抬起下颌："嗯？"

小姑娘圆溜溜的眼睛水润微凉，眼尾红彤彤的，鼻尖也红彤彤的，面颊鼓着，正慢条斯理地嚼东西："其实这个青笋挺好吃的，凉拌得很入味。"

青笋大多都是没什么味道的，除了一点点的脆和鲜，不过这家店在凉拌青笋的时候，加了很多入味又不过分咸的调料，所以吃起来格外爽口。

微微的辣，还有丝酸甜。

初星眠跟着初茂平一起去过几次宴会，她对宴会的社交没什么兴趣，所以就格外注意餐食。

几个男生都忍不住动了动喉结，正想把筷子伸向那盘凉拌青笋，但他们瞥了眼旁边脸色很沉的周晁嘉，都不约而同地把目光收了回去，没动筷。

包间里的男生们相谈甚欢，而初星眠对于自己已经脱离单身还有点恍惚，所以今晚她的话也就格外少，不过男生们也不在意。

只是有一个男生想过来劝酒的时候，被周晁嘉不动声色地拦了。

所以初星眠和周晁嘉谈恋爱这事，算是半公开。

为什么说是半公开？因为当事人没公布。

这顿饭吃得挺久，初星眠吃饱了，就在周晁嘉旁边陪着他。周晁嘉一向是个话少的，所以多数时间都是他们两个在应付别人过来聊闲。

吃完了饭，周晁嘉送初星眠回宿舍。

两个人像往常一样肩并肩地走回去。

除了周晁嘉会牵着她的手，会和她聊天说话，会在她要进宿舍大门的时候捏了捏她的脸颊，其他的并没有什么不同，以至于初星眠站在电梯里就在想，已经谈恋爱了哪！原来谈恋爱的感觉是这样，和平时有点不同，但又有点相同。

吕征他们几个男生赢了比赛高兴，所以拉帮结伙地出去玩了。临去酒吧前，吕征也问了初星眠和周晁嘉，两人不约而同地拒绝。

宿舍里就初星眠和钱思两个人。

初星眠今天回得晚，趁着即将熄灯的时间，她飞快奔向了卫生间洗漱了一番。

刚一忙完，灯就灭了。

她踩在台阶的最后一层，摸索着爬上了床。

钱思突然小声地问："星眠，你明天回家吗？"

"明天？"初星眠愣了愣，明天还没有计划哎。

但是她现在刚谈恋爱，应该是要出去约会的吧？

正想着，她的手机突然响起来。

铃声倒是不大，不过在这么寂静的时刻，初星眠还是被吓了一跳。她瞥了眼来电显示的名字，看到熟悉的三个字以后，脸颊微微有点热。

她接通了电话。

短暂的电流声过后，是很轻的喘息声和风声。

"看到你们宿舍熄灯了，已经躺下了吗？"周晁嘉的嗓音有些低沉沙哑。

初星眠的心很轻地荡了下："你怎么知道我刚躺下？准确地说，是我刚爬上床，你的电话就打过来了。"

电话那边笑了笑，蓦地传来两声汽车鸣笛声。

周晁嘉还在外面？

初星眠忍不住问："你送我回来以后，还没有回宿舍吗？"

"嗯。"周晁嘉说，"刚被导师叫到办公室打份文件，正好出来的时候路过你公寓楼下。"

"好辛苦。"初星眠抿着唇说，同时手指不停地揪着被角上面的线头，"对了，你……明天打算做什么？有什么安排吗？"

小姑娘小心翼翼地询问，像极了可爱小猫在歪着脑袋试探。

"有。"周晁嘉目光看向远处的林荫小路。他黑眸噙着笑意，不动声色地扬起嘴角，懒洋洋的。

初星眠提起气息："什么？"

"找你。"周晁嘉说，"你有时间吗？"

初星眠眯起漂亮的杏眸，笑得嘴角弯弯的："我当然有呀。"稍一顿，她压低了声音，"你先回去吧，等你回宿舍了我再跟你在微信说。"

那边周晁嘉淡淡地应了声。

初星眠挂断电话后，钱思突然抬头看过来："星眠，刚才给你打电话的是周学长吗？"

初星眠愣了愣，脸颊开始冒热气，含混不清地说："是。"

"你们……"钱思眨眨眼。

初星眠吞了吞口水："我们……都挺好的。时间晚了，早点睡吧，晚安。"

气氛重新归于安静。

等初星眠挂断电话，周晁嘉才收回视线。

夜里风很冷，他的掌心却冒出一层薄薄的汗。

他下颌微微抬起，目光扫过已经熄了灯的公寓楼。整栋楼都陷入了黑暗当中，只有楼下入口处还亮着微弱的光芒。

到了门禁时间，学校里来来往往的学生已经少了大半，偶尔有零星的交谈声由远及近，再远去。

他单手揣进兜里，吐了口气。

一向冷淡漠然的俊脸这会儿正蹙紧眉头，眉眼间都是紧张神色。

吕征曾说周晁嘉看起来对什么事情都游刃有余，哪怕谈恋爱也一定会是绝对理智的一方。

只有周晁嘉自己知道，他不是。

因为他喜欢的那个人，是初星眠。

他无数次午夜梦回，都在想念的女生。

第十六章

爱与春秋

周日一大早。

初星眠迷迷糊糊醒了,拿出来手机看了眼。

除了一些软件应用通知,还有一条微信消息。

是周晁嘉发来的,内容大概就是他今天上午有个组会,问她醒了要不要一起吃饭。

她当即就清醒了。

目光在手机屏幕上盯了好一会儿,眼睛都酸了,她才呆呆地眨眨眼。

这几天急剧降温,大有一股要跌到零下的势头,宿舍内已经是越来越冷。初星眠摸了摸冰凉的鼻尖,呼出的气息都是水润冰凉的。宿舍里的窗帘还拉着,屋内很昏暗。她愣了好一会儿,像是才适应了现在新的关系似的,斟酌着用词,慢吞吞地回了他的消息。

没多久,周晁嘉的电话打过来。

他嗓音清亮,带着些许笑意和亲昵:"醒了?"

初星眠还窝在角落里,墙壁像是透风似的,冷意不断地蔓延,她不由得卷了卷被角。现在已经是上午九点多了,不过钱思还没醒。

"嗯,我也是刚醒。"初星眠压低了声音,"你已经结束组会了吗?"

想着钱思还没睡醒,于是她窸窸窣窣地爬起来,小声说:"你等我一下,我拿着手机去卫生间。"

初星眠从床头置物架拿上了耳机,蹑手蹑脚地爬下床,进了卫生间。

"我现在在卫生间了。"初星眠的耳郭还冒着热气,刚才一直轻手轻脚地减少噪音,关上卫生间的门后,她连呼吸都急促了几下。

她环抱膝盖,蹲在门口的角落里,戴上了耳机,听见周晁嘉淡淡地回应了个

"嗯",于是说道:"你们这么早就开组会呀,还以为周末会晚一点呢。"

面前的全身镜里,小姑娘穿着奶里奶气的睡衣,踩着猫猫头装饰的可爱拖鞋,长发随意地披散在肩膀两侧,发梢柔软微卷。她露出来的白嫩耳朵里戴着插入式的无线蓝牙耳机,衬得脸颊格外小巧。

刚睡醒,小姑娘说话声还有些哑,像是带着慵懒缱绻的劲儿。

"赶进度,现在结束了。"周晃嘉笑了笑,"起床,我带你出去吃饭好不好?"

他语气温和,像是诱哄小孩子似的。

初星眠手指绕着睡衣的边缘打圈,杏眸弯弯的:"唔……好,正好我也有些饿了。"

"想吃什么?"他问。

初星眠顿了顿:"都可以,我吃东西不挑剔的。"

"嗯?"那边又很轻地笑了笑,"这么乖?"

他嗓音轻慢清冷,几个字说得慢条斯理的。

初星眠听着,却有些不好意思。

初星眠下楼的时间已经是半个小时以后。

想着今天算是正式约会,总不能穿得太随意,她选了件米色的针织衫,然后找了条格子裙搭配,又背上了小挎包,衬得双腿修长,然后简单地涂抹了防晒,也没擦什么粉底,就这么素面朝天出了门。

阳光不炙热,暖暖地洒下来,冷清中带着些许暖意。

刚到楼下,她就看见了周晃嘉。

他站在宿舍门口的不远处,穿了件黑色风衣,衬得身材高挑,肩宽且直。视线对上的瞬间,他遥遥地递了个眼神给她。

时间还早,公寓门口还没有什么人,偶尔有两三个早起去图书馆的学生经过,好奇地往周晃嘉的方向多看了几眼,不过也很快收回视线离开。

初星眠加快了步伐,凑到了他面前:"等很久了吗?"

"不久,刚到。"他揉了揉她的脑袋,掌心压了压。

初星眠皱了皱鼻子,不太相信他的说辞,但也没打算在这件事上浪费工夫。

两个人一起朝着学校主路走去,初星眠越走越发现这好像不是去食堂的路。

她偏头看他:"我们不去食堂吗?"

周晃嘉说:"带你去外面的早餐店。"

"很好吃吗?"初星眠问道。

周晃嘉慢条斯理地牵着她的手腕,指腹有一搭没一搭地在她的虎口处揉捏:"嗯,他家有很地道的华江小菜,我读本科的时候一直在那边吃饭。"

初星眠顿时想到了周晃嘉本科读的华江大学。

214

华江大学离南工大不远,坐公交车的话也就二十分钟。

不过两个学校不怎么有往来。

坐了十分钟左右公交车,周晁嘉带初星眠下了车。

早餐店开在坡上,连接着横跨人行道的天桥,往左边看,能看到华江大学最有名的教学楼,往右边看,隐隐约约能看到南工大的校园。

这个点,早餐店的人不少。

他们进去以后,老板看了眼周晁嘉,热情地打招呼:"来了。"

老板在看到初星眠以后,多瞄了几眼,随后了然地收回视线。

"嗯。"周晁嘉回应了声,在靠近窗户的地方找了处座位。

周晁嘉从没有带任何女生来吃过饭,所以老板暗暗琢磨着两人的关系。

老板拿出来菜单,看着初星眠笑了笑:"小姑娘是第一次来我们店里吧?我们这里做的华江小菜还是很不错的,可以尝一尝,点完去前台就行。"

说完,老板又转身去忙别的桌。

周晁嘉把菜单递到对面:"你早上想吃什么?"

菜单上面的早餐的确地道正宗,一看图片就知道是华江小吃。

初星眠点了几个合胃口的小菜,又加了些虾饺、云吞。

早餐刚上,门口突然走进来个人,那人喊了周晁嘉一声:"你今天来这边了啊?"

见周晁嘉起身,初星眠也转头看过去,竟然是教美学概论的蒋老师。

她一口茶水还没喝下去,差点呛到,闷闷地咳嗽了几声,犹豫着要不要打招呼。

不过周晁嘉没给她这个机会,他已经说话了:"嗯,开完组会想着很久没来吃了。"

"嗯,我也是想着这口。南工大附近做的小菜都不如这边正宗。"说完,蒋老师的目光移了移,落在了初星眠身上,浅浅地点了个头,"和女朋友出来吃饭?"

初星眠一副乖巧的模样:"蒋老师好。"

"不用这么拘谨。"蒋老师被她紧张的模样逗得笑了笑,"中午到我家去吃个饭吧,正好我这边有些事,要你交代给你导师。"

蒋老师是对着周晁嘉说的后半句。

见周晁嘉有一瞬间的停顿,蒋老师又朝着初星眠笑眯眯地补了句:"你也一起吧。"

吃完早饭,初星眠去食堂给钱思带了早饭,随后周晁嘉送初星眠回了宿舍。

因为他手里还有很多活没做完,所以上午要泡在办公室。

临走前,周晁嘉说中午再来接她。

蒋老师就住在附近的家属楼里，离教学楼很近，走过去也就十分钟不到。

家属楼已经比较老旧，外墙因为常年风吹日晒，已经灰突突的。他们刚到楼下就看到几个小孩在门口的凉亭里玩，旁边的老人穿着厚实的棉衣，坐在凳子上看着。

周晁嘉带着初星眠上了三楼。

门打开，蒋老师穿着家居服饰，腰间围了条围裙，厨房里酥炸的香气飘散出来。

"快进来，饭正做着呢，马上就好。"

蒋老师在门口摆放了两双拖鞋，笑眯眯地说："还差两道菜，你们坐在沙发上等会儿。"

没多久，拖鞋踩踏声响起，里面的房门倏地打开。

一个约十二三岁的男生从房间里出来，他顶着乱糟糟的头发，穿着松垮的睡衣，睡眼惺忪地端着果盘站在了门口。

初星眠好奇地看了过去。

男生也蓦地抬起视线。

两人的目光相撞。

男生脸色突然变得通红，一溜烟儿钻回了自己的房间。

蒋老师听见动静出来看了眼，没看见人影儿，只听见门"砰"地关上。

"这孩子，冒冒失失的。"蒋老师说完，便朝着沙发上的两人不好意思地笑了笑，"我家孩子，这不学校放了寒假，他跟我在这儿住，上学的时候都住他爷爷奶奶家。"

"现在骏骏的功课怎么样？"周晁嘉语气熟稔。

他和蒋老师认识了挺多年，之前也过来替骏骏辅导过功课。

蒋老师转身又进了厨房忙活："比上学期好点。我和他爸年轻的时候都挺爱学习的，谁知道这孩子成天想着玩，唉。"

正说着，房间的门再度打开。

被称作骏骏的男生背脊挺得直直的，端着果盘重新站在了门口。

他一改刚才邋里邋遢的形象，穿得笔挺板正，甚至连头发上都还喷了些发胶定型。见所有人都在看他，骏骏轻咳了声，走到初星眠的面前，说道："姐姐吃水果。"

初星眠笑了："谢谢，你真可爱。"

这话夸得骏骏脸色通红，当即就收回视线，半天才憋出一句："姐姐你也很漂亮。"

话音刚落，骏骏的脑袋突然被一只手掌压住。

他艰难地仰起头，只见周晁嘉摁着他的脑袋。

骏骏顿时讨饶："哎哟，哥，哥，你也吃水果。"

周晁嘉眉眼稍抬，眼底冷冷淡淡的。

他薄唇抿着："姐姐已经是哥哥的了，你别想了。"

骏骏听完这话,连耳朵都变成了猪肝色:"我、我哪有?"

小孩的伪装看起来很拙劣,初星眠被逗得直笑。

她余光扫过周晁嘉,看着他和骏骏打闹成一团,心底仿佛被什么东西击中,变得越发柔软。

"骏骏!"蒋老师出来,喊了声,"你头发上又喷什么东西啦?"

"这是发胶,是定型用的。"骏骏说完,还顺势抹了抹鬓角,"妈,我这不是因为家里来客人了,得先打扮打扮自己嘛!"

蒋老师无奈地说:"赶紧去洗脸刷牙,出来和我们一起吃饭。你呀,每天不是躺到大中午,就是打扮你自己。"

很快,蒋老师摆好了菜。

六个家常菜,看起来色香味俱全。

初星眠突然觉得蒋老师十分和蔼可亲,一点都没有老师和学生之间的距离感,反而像是一个慈祥的长辈。

蒋老师会在吃饭的时候跟他们谈起琐事,谈起管教孩子的烦恼,还会问一问学校里的近况。氛围特别温馨融洽,偶尔还有骏骏突然冒出来和初星眠搭讪。

临走前,骏骏依依不舍地趴在门口:"姐姐常来玩啊!"

倏地,骏骏感受到一道锐利的视线。他吞咽口水,被周晁嘉极具压迫感的视线盯得直冒汗。毕竟,周晁嘉当初给他补习功课的时候,那叫一个严厉,他至今都忘不了那种滋味儿。

稍一顿,骏骏又补了句:"哥哥嘛……哥哥随便。"

说完,骏骏"砰"地把门一关。

里面传来了朦胧不清的对话,像是蒋老师在问他干吗那么用力关门。

初星眠还挂着笑意,收回视线的时候,突然撞进了周晁嘉漆黑的眼眸里。

他靠得近,眉梢眼角微微上扬:"这么开心。"

"我从来都不知道,原来蒋老师家的小孩这么有意思。"初星眠贴近了周晁嘉,下意识地想去握住他的手。不过迟疑了一秒后,她还是抓了他的袖口。

"你现在准备去哪儿?"她问。

周晁嘉眼眸低垂,瞥了眼小姑娘搭在黑色袖口上的手,慢慢地握起来:"下午可能要去办公室。你呢,想回宿舍吗?"

初星眠摇摇头,老是待在宿舍里也没什么意思,正好她也有几篇课题要做,于是说:"我和你一起去教学楼吧,我去自习。"

稍一停顿,她说:"等你忙完,我们一起吃个晚饭。"

"好啊。"周晁嘉低头,凑过去亲了亲她的脸颊。

他的唇很柔软,蜻蜓点水般地停留了那么一秒钟,带着温润凉意。

初星眠脸颊蓦地热起来,紧张得绷直了背脊,掌心里微微出了汗。显然,她还没习惯。

午饭时间过后,学校里的人渐渐多起来。

不少人在看到初星眠和周晁嘉牵手走在一起时,就多瞄了几眼。

周晁嘉先是等初星眠回宿舍拿了书本,然后两个人又到了教学楼,周晁嘉把她送到了空教室。

因为周末的关系,教室里空空荡荡的,所以也有很多在图书馆占不到位置的学生跑到空教室自习。

初星眠选了一处靠窗的位置,刚摆好东西,就见周晁嘉懒散地倚在旁边。

初星眠愣了愣:"你现在不打算去办公室吗?"

"不急,再陪你一会儿。"

窗外很安静,偶尔有窸窸窣窣的鸟叫声穿插在树荫间。

初星眠把书本打开,盯着上面的字,心思却被扰乱,有些飘远。

没办法,周晁嘉就坐在她旁边,她哪里能看进去书。空气中弥漫着淡淡的薄荷味道,清冽又好闻,而且他离得近,她能听见他均匀的呼吸声。

阳光从窗户照进来,书本的页面像是在发光。

她在看书,周晁嘉在看她。

他的手指钩在了她的耳后,慢条斯理地替她绾着垂落的发丝。

周围很静,静得初星眠似乎都要听见自己心跳的声音。

"你这样,我看不进去。"半晌,她还是小声地说道。

她没办法控制她的注意力,仿佛她全身的精力都被他的手指带着走,她总是忍不住用余光去瞥他。

周晁嘉压低了笑声:"为什么?"

"还不是因为……"你在我旁边。

话没说完,初星眠的脸就已经通红了。

手机振动了两声,周晁嘉看了眼信息。

"因为什么?"他凑得更近了些,漆黑的眸底划过一丝笑意。

初星眠耳郭发热,他明明知道自己在害羞,像是嗔怪似的,她瞪了周晁嘉一眼。

她心里越慌,声音也就越来越轻:"我没办法忽略你的存在……"

小姑娘一喜一嗔的表情太过生动,周晁嘉眼眸暗淡下去。

他瞧着她,黑眸中情绪翻滚:"怎么办?"

"嗯?"初星眠茫然地抬起视线。

他低叹一声:"你太可爱了。"

话音落下,周晁嘉的手掌托在了初星眠的脑后。

他揉着她的头发,轻柔发丝划过他指缝间。

两人靠得近，初星眠脑袋就像是空掉了似的。

她眨眨眼看他。

他的呼吸就这么洒落在她的颈间，酥酥麻麻的。

"我一会儿过来接你。"他低声道，"乖乖学习，等我。"

空气仿佛凝滞。

周晁嘉揉了揉她的脑袋，笑了笑。

初星眠含混不清地应声道："好，那你结束了给我打电话。"

等人走了以后，她才缓过神来，抬起手背揉了揉燥热的脸颊，气息仍旧不平稳。初星眠呼出口气，感觉自己好没出息，只是这样就这么坐立难安的。

她坐在窗边看了会儿书，只是目光盯着页面看了半天，愣是一个字都没看进去。脸颊的热度持续不退，于是她决定去卫生间洗把脸，顺便降降温。

卫生间距离她所在的教室不远，出了门右拐就能看到，这时候楼梯间已经有零零星星的脚步声，应该也是其他准备来空教室自习的学生吧。

初星眠没多想，拧开水龙头，水"哗啦啦"地流出来，她接了一捧按压在脸颊两侧。

快入冬的时节，水格外冰凉，像是冰锥刺入皮肤似的，确实是个快速降温的好办法。

等到脸颊的温度褪去，她掏出纸巾擦干了水，刚转身，就看见门口站着一个人。

男生的身影倒映在洗手池的镜子里。

教学楼里的男女卫生间是挨在一起的，男生在右边，女生在左边，中间是专用的洗手台和整理仪表的镜子。

初星眠目光扫过来人，眼底的抵触清晰可见。

她没有任何沟通交流的欲望，偏偏阮东俊堵在了门口。

"借过。"初星眠面无表情。

阮东俊手臂抵在门的两侧："我有话想跟你说。"

初星眠奇怪地看着他："我觉得我们之间好像没有什么必要聊的话题。"

这话阮东俊不是第一次听到了，但他还是有些难堪："哪怕是关于周晁嘉的呢，你也不想听我说？我知道你们两个在一起了，对不对？"

初星眠神色冷淡"我和谁在一起，都不需要向你解释。当然，这和你也没关系。"

她真的对阮东俊时不时出现的情况感到非常不理解。

"但如果你指的是你安排人去砸伤他，又在篮球比赛的时候故意攻击他受伤的地方……"初星眠压住心里的气愤，"那我确实有几句话要跟你讲清楚。"

阮东俊愣了愣："我没有安排人……"

他话还没说完，初星眠就很郑重地说道："请你以后，不要再以喜欢我为借口，去做些为你自己争取利益的事情，我不想成为你不择手段的挡箭牌。"

"什么？"阮东俊皱眉，"你什么意思？"

"你去伤害周晁嘉，找他的麻烦，甚至不惜在比赛时用那么恶劣的手段，只是因为你自己想赢比赛而已，跟我没有任何关系。

"无论是你们篮球社的内部矛盾也好，私人恩怨也罢，请你不要以喜欢我的借口去做这些事。至于你父亲和我父亲的合作，我也不会考虑。"

从前初星眠没有恋爱的时候，她就没有想过要用自己的婚姻去换取家族的利益；现在她谈恋爱了，有喜欢的人，就更不会了。

"我真的没有让人去伤害周……"阮东俊紧咬牙齿，"我今天来找你，就是想跟你道歉。"

"我知道那天打比赛的时候，我的决策很不光明正大，但那纯粹是因为我太想在你面前赢。"

"对不起，我不该那么做。"

初星眠蹙紧眉头："你没有必要跟我道歉，你应该道歉的人，是周晁嘉。"

而且，她真是听不下去。

什么叫作因为想在她面前赢，所以使用了卑劣的手段？难道她不出现，他就不想赢了吗？

简直莫名其妙。

不过初星眠已经懒得和阮东俊多费口舌。

"至于周晁嘉受伤那事，"阮东俊说，"我承认我最初听到这个消息，是不太在意的，但我没安排人故意去弄伤他，请你相信我。"

其实阮东俊说的是实话，周晁嘉受伤那次，他的确暗爽了一段时间。不过他从来不屑于用这种手段，高空抛物故意伤人，这已经牵扯到刑事案件了。

显然，小姑娘根本不信他的说辞。

"你自己有没有做，或者你的朋友有没有做，你最清楚，不需要来向我解释。你想道歉，还是去找当事人比较好。"淡淡地丢了这么一句话，初星眠推开他，径直走了出去。

阮东俊在原地站了很久。他一直看着初星眠的背影消失在前面拐弯处，才失落地收回视线。

窗户没关严，走廊上很冷，凉意沿着墙壁不停地蔓延。

稍一顿，他眼神变得冷厉，拿出手机拨了个电话出去。

那边很快就接通："阮哥，你找我？"

"周晁嘉受伤到底怎么回事？"阮东俊冷声问，"前段时间学院突然给了东子处分，跟这事有关系？"

"不说话？"阮东俊心烦气躁，他感觉这事脱离了他的控制，而这不受控的感觉让他非常不爽。

四周安静。

阮东俊冷笑:"哑巴了?这事打算瞒我多久?"

"阮哥,不是你想的那样。"电话里那人说,"那天你不是让大家去盯着周晃嘉吗?东子是打听到周晃嘉要和初星眠出去约会,他也是想多为你做点什么,所以就想让周晃嘉吃点苦头。

"东子笨,没做好事,阮哥你别生气。"

本来东子推花盆时是瞄准了周晃嘉的脑袋去的,结果半路冒出来个小孩,周晃嘉扑过去救小孩,花盆也就正好砸歪,只是伤了胳膊。

阮东俊听完解释,尾指刮过眉头,不知怎么的,他突然想到了刚才初星眠和他说的那番话。

于是,阮东俊冷笑了声:"你这话的意思,我成了东子不择手段做坏事的挡箭牌?我只是让他盯着,我让他动手了吗?打着替我办事的名号,做这么蠢的事?"

"你让东子去查,故意高空抛物的刑事案件判几年。"

既然当初敢做,也得承担后果。

电话挂断,阮东俊思绪转得很快,他好像突然理解了初星眠的意思。

虽然,现在才理解,好像已经有点晚了。

过了两天,许灿灿分享给初星眠一个八卦。

"高空抛物砸周晃嘉的那个大二学弟,自己退学了,"许灿灿翻着手机,看得不亦乐乎,"好像还被判刑了呢。之前学校有人谈论这件事时,都替周晃嘉觉得不公平,好在这事还能圆满解决。"

退学加上有案底,前途算废了。

初星眠顿了顿,隐约觉得这事跟阮东俊有关系。

不过她已经不想再去过问,直觉告诉她,还是离阮东俊越远越好。

她收拾好东西,打算出门。

许灿灿见状,调侃道:"出去约会?"

初星眠和周晃嘉在一起的事情,如今已经在学校里传开了,学校里的男生女生们痛心之余,倒也觉得这两个人还挺般配的。

"嗯。"初星眠朝着许灿灿微颔首,"下午不是没有课嘛,憋闷在宿舍里多没意思。"

"哎呀,有男朋友的人就是好呀。"许灿灿白嫩的脚丫蹬在桌面,椅子歪了歪,她像是做拉伸似的,两只修长的胳膊支了出去,"哪像我和温意,只能待在宿舍里发霉。"

气温越来越低,渐渐有要下雪的架势。

华江市处于中部地区,偶尔会下雪,但是雪并不大,基本上浅浅地铺了一层就融化了。换句话说就是，能感受到下雪的氛围，但是体会不到下雪的快乐，打雪仗、堆雪人基本是不可能。

初星眠裹紧了围巾，下楼就看见了周晁嘉。

她小跑过去，抱紧了周晁嘉的手臂："冷不冷？是不是在这儿等很久了？"

他的鼻尖泛红，眼底却清明黑亮。

"不久。"他眼眸低垂，捏了捏她的脸颊，"跑这么快。"

"看到你在等我，就想快一点。"初星眠今天一大早就跟周晁嘉说好了，今天要去他那里学习看书，然后逗猫。

学习看书都是次要的，其实她就是想去逗猫。

小星星一天比一天胖了，现在圆滚得像皮球。

果然，哪怕只沾了一点点的橘色，也是拥有橘猫能吃能睡基因的。

两个人呼出的白色雾气从鼻尖散开，一路到了研究生宿舍楼下。

进了门，暖意扑面而来，空气中有淡淡的咖啡香气。

窗户蒙上了一层霜，光线看起来柔和又清冷。

初星眠把书包放在了阳台的桌面上，随后就欢快地跑去逗弄还在昏昏欲睡的小猫咪。

天气冷了，连小猫都不愿意动弹。还是被初星眠折腾久了，小星星才懒懒地伸长了四肢，舒服得连猫爪都张开了。面对逗弄，它有一搭没一搭地"呼噜"着。

初星眠深切觉得，果然猫和主人待在一起时间久了，会越来越相像的。现在的小星星眨眼皱鼻都带了点慵懒淡漠的劲儿，尤其是半合眼睛的神态，和周晁嘉几乎是从一个模子里刻出来的。

周晁嘉倒了杯热水放在了茶几上，他走到初星眠的身后，看着小姑娘坐在地上专心致志地和猫咪互动。

手机铃声响了起来，周晁嘉瞥了眼，是导师打过来的电话。

像是察觉到他要去忙似的，初星眠摆摆手："你去接电话吧，我一会儿自己找地方看书。"

周晁嘉住的地方有个很宽敞的阳台，阳台的角落里摆了个不算很高的书架，书架下有个像是沙发一样的软垫，平时初星眠过来的时候，就很喜欢窝在这里。

他买了很多书，初星眠会选几本感兴趣的先看着。

"好，你有什么事情过来找我就好。"周晁嘉俯低，在她额头亲了亲。

摆弄了一会儿猫，初星眠就窝在了软垫里看书。

气氛静谧，空气中的咖啡香气逐渐变淡，暖风吹着，她目光落在书面，看得津津有味。

不知道过了多久，连窗外的光线都变暗了，她的书也看了大半。

书页翻动，指尖与纸面摩擦发出窸窣声，猫咪依偎在小姑娘的怀里。光线暗淡，她微卷的发梢散落在耳侧，有几绺顺着她的动作滑落到了肩颈间，看着又细又软。

周晁嘉忙完论文出来的时候，看到的就是这幅景象。

他站在原地没动，就这么看了会儿。

半晌，他走近一步。

昏暗灯影下，他的影子和她的慢慢重叠交错。

初星眠被他抱起来时，还沉浸在书本的剧情里，连他是什么时候来的都没注意到。

她小小地惊呼了声，察觉到周晁嘉的气息，便在他的怀里调整了一个舒适的姿势。

"在看什么？"他亲了亲她的耳朵，问道。

初星眠手指夹在书页间，合上书本，意犹未尽道："在看《三体》。"

"休息会儿。"周晁嘉拿过她手中的书，放到了后面的书架上，"都看了两三个小时，眼睛会疲劳。"

"好。"初星眠刚说完，温热的气息便贴了过来。

光影很浅，他的手心轻压着她的手腕，掌心发烫。

两人挤在角落里的软垫上，体温沿着相触的布料慢慢地传递而来，麻酥酥的温热触感。

哪怕是接吻了几次，但初星眠还像个新手似的，不懂得迎合，只会傻乎乎又害羞地闭上眼睛。

他的舌尖卷过她的贝齿，不轻不重地扫了进去。

呼吸渐渐地就交错在一起，温暖而暧昧。

很快，初星眠脑袋渐渐就变得空白了，她迷蒙地仰着下颌，刚才还沉浸在剧情里的思绪，现在已经完全抽离了出来。

良久，周晁嘉亲了亲她的脸颊，又侧过去亲了亲她的耳垂。

温热的呼吸喷洒在她的颈间，带了几分酥麻感。

考试周结束得比较早，转眼已经是十二月中旬。

路面铺了层薄薄的积雪，气温也急转直下。

期间，初茂平和初星眠通过几次电话，叮嘱她记得买票。

初星眠的爷爷奶奶住在位于北方的江定市，许灿灿的老家也在那儿。因为距离远，初星眠也不能经常去看望两位老人，所以每年的考试结束以后，她就会先买票过去，等到初茂平和徐星忙完了事情，一家人便一起留在爷爷奶奶家里过年。

这天考试刚结束，初星眠正和许灿灿往外走，初茂平的电话就打了过来。

初星眠示意许灿灿等自己一分钟，随后走向了楼梯间。

电话接通，初茂平就在那边发牢骚。内容无非就还是以前那些，念叨她订头等舱机票，念叨着爷爷奶奶会骂他光顾着赚钱不顾着她……

初茂平又在那边絮絮叨叨说了几句，随后挂断了电话。

看着手机界面，初星眠不免长舒口气。不知道是不是快要临近大四毕业的关系，她总觉初茂平最近对她的唠叨特别多，不是在这个问题上吹毛求疵，就是在那个问题上长吁短叹。

初星眠出来的时候，看到许灿灿就倚靠在走廊的窗台等她。

初星眠说："谁知道他怎么想。对了，灿灿你什么时候回家？"

"我要晚几天吧，等我回去了，我去找你。"许灿灿说。

稍一顿，她想到什么，问："你要回江定的事，跟周晁嘉说了吗？"

初星眠"唔"了声："还没有。最近他也很忙，这几天都是中午挤出来的时间陪我吃饭。"

自从谈恋爱以来，她和周晁嘉的关系还挺稳定的，既没有吵过架，也没有闹得不愉快。只是每次周晁嘉亲初星眠的时候，她都还是会觉得不好意思。每天他们都会一起吃中饭，晚上有时候她会跑到他的宿舍，窝在角落里一起看书、逗猫，偶尔还会去图书馆复习考试资料。

虽然就是很普通寻常的日子，但是初星眠却觉得很开心。

许灿灿她们都说初星眠和周晁嘉谈恋爱像是两个和尚，清心寡欲的。

但是初星眠自己知道，其实他俩也没那么清心寡欲，比如接吻技术越来越娴熟的周晁嘉。

晚上周晁嘉忙完，初星眠陪他一起回了宿舍。

她现在已经把周晁嘉的宿舍当成了可以放松的私人秘密基地。

"我看天气预报说，今晚可能会降大雪哎。"初星眠进了门，点燃了桌上的香薰。这是她之前和周晁嘉逛商场的时候偶然看到的，觉得味道很好闻。后来周晁嘉就买了很多，基本上把同系列的所有味道都买下来送给她了。

初星眠在宿舍里也用不完，于是拿了好几盒放到了他这里。

房间只开了吧台的灯，微弱的灯光和桌案上的烛光交相辉映，墙壁上倒映着两个人的身影。外面的天黑得特别快，远远瞧过去，像是被泼了墨。

过了一会儿，奶香带着点草香的味道蔓延，光是闻着便觉得很温暖。

"那你今晚还回宿舍吗？"周晁嘉看着初星眠浅笑。

初星眠知道周晁嘉是在开玩笑逗弄自己，当即就正直而严肃地说道："还是回吧。"

"嗯？"周晁嘉眼皮微抬，知道初星眠还有下文。

果然下一秒，初星眠轻咳了声："不然我怕我对你把持不住。"

"没关系，我又不介意。"周晁嘉挑眉，眼神里暗示的意味很明显。

"别别别……"想起前两天因为接吻不会换气,导致她差点缺氧的丢人事情,初星眠脸颊一热。

周晃嘉把笔记本放在了吧台上。

初星眠在旁边有一搭没一搭地喝着他倒好的热饮,温暖的感觉很快就驱散了周身的冷意,她在网站上点了点。

"在做什么?"周晃嘉休息的空当,走到她旁边环抱了她一会儿。

他的下颌蹭过她的颈间,亲了亲。

初星眠很喜欢他这些小动作带来的亲昵感。

"在值机。"她说话很轻,衬得房间内更安静。

周晃嘉眼眸低垂,扫了眼:"要去哪里?"

"江定。"初星眠说道,"我爷爷奶奶在那边。"

"今年假期都在江定待着了吗?"他的手指绕上了她乌黑的发丝,漫不经心地缠绕着,漆黑的眼眸微沉,叫人猜不透里面的思绪。

初星眠点点头:"嗯。其实我每年的假期都在那边待着。"

周晃嘉在她的耳郭上亲了亲,慢条斯理地说道:"听说江定会下雪。"

"对呀!江定是北方城市,会下很大的雪。我记得我小时候去爷爷奶奶家,门口的雪都有半米多高,那时候我爷爷还给我在雪面上做了个滑梯。"

"而且灿灿的老家也在江定,我们两个之前还会一起打雪仗。"说着说着,初星眠把手机放下来,鼓着白嫩的脸颊感慨道,"说起来好像已经有好几年都没出去玩过了。"

"有机会我陪你一起,"周晃嘉低声道,"好不好?"

"好呀,到时候我们就去江定吧。听说今年江定新开了一个雪地游乐场,可以滑冰、滑雪,还可以骑雪上摩托车。"说起来玩的事情,初星眠感兴趣得两眼都在放光。

周晃嘉笑了笑,漆黑的眼眸里倒映着她的身影。

"我是不是说得有点多?"半晌,口干舌燥的初星眠突然意识到什么。

周晃嘉眼神懒散:"我喜欢听你说。"

"真的假的啊?我记得我刚上高中没多久,那个时候我还没被孤立呢,"初星眠仰着下巴,杏眸水润微亮,像是含着春光,"我同桌是个学习特别好的人,但是我总是忍不住和他说话,最后他就很讨厌我。"

房间里沉寂良久。

周晃嘉揉了揉她的脑袋:"你从来没和我说起过这些事。"

"现在这些事情对我来说已经无所谓啦。"初星眠摆摆手,她是真的已经不在意高中那段时光了,"而且我在高中也遇到了最好的朋友,灿灿。"

初星眠上高中的时候,正赶上初茂平的生意已经有了起色。起初,初茂平还是个刚入行业的新人,他虽然没有老套的经验,赚得却很多。再加上那个时候的初茂平不懂得财不外露的道理,树大招风,很快就惹了几个同行的嫉恨,他们大肆宣扬初茂平和周围山的事情,拿这件事来给初茂平一家泼脏水。

学校和社会是相互关联的,于是家长们也开始签名抵制初星眠和自己的孩子一个班级。初茂平好不容易将事情平息,这些人又将矛盾转移到了只有十五六岁的初星眠身上。他们找到了一组她假期时拍摄的艺术照,传播着她不检点的风言风语。

尽管初茂平花大价钱抓了几个造谣者,但他们都是未成年的学生,最后也就不了了之。

"我高中的时候,去过你们学校一次。"周晁嘉垂眸看着她。

初星眠愣住:"真的吗,我怎么不知道?"

"没进学校,就是在校门口待了几分钟。"周晁嘉说。当时葛红已经带着他搬到了很偏僻的小镇,交通很不便利,所以他只能趁着有次假期葛红不在家,才自己坐了十个小时的车回到华江,偷偷跑到初星眠的学校门口远远看了眼。

他只待了几分钟,因为还要赶车回去。

初星眠好奇地问:"那你看到我了吗?"

周晁嘉摇摇头:"没有。"

"说起来,我都不知道你的高中过得怎么样,有没有比以前开心?"初星眠小声问道。

"不算开心,也不算不开心。"周晁嘉笑了笑,"没什么能拎出来说的。"

初星眠不信:"为什么呀?"

周晁嘉看着她:"很平常的三年。"

因为没有她的存在,所以没什么值得回忆的。

第十七章
迟来许久

周晃嘉一度以为他这辈子就是会这么空洞、苍白地过去。
老了躺在病床上两眼空空，才发现没什么可值得他回忆的。
他母亲去世得早，周围山看待工作比自己的生命还重要，他甚至不记得和亲人一起吃顿饭是什么滋味，也不记得和父母聊天说笑是什么感觉。他没有什么话题想说，对周围山，对葛红，对任何人。
他就是很无趣的人，平静得如一潭死水。孤独对幼时的他来说，并不是难以忍受。
葛红是周围山后娶的，她对周晃嘉说不上好，也说不上不好，偶尔会关心几句，但更多的时候，她只在意周围山每个月能拿回家多少钱。钱少了，她又哭又闹，多给些才不会惹麻烦。
周晃嘉不知道葛红的来历，她不是本地人。
他只是偶尔听见大院里其他女人闲聊时，曾谈论到葛红。她们说她是从别的村跑出来的骗子，专门和男人结婚来骗钱，这次也是为了躲债嫁给了周围山。
她们津津有味地议论着，说起来的时候两只眼睛都在放光，言语间很是鄙夷。
她们还说，周围山是克妻的命，连带着周晃嘉也被骂"扫把星"。
周晃嘉路过时，她们的议论声只会在看到他的瞬间越嚷越大，丝毫不会节制。
不过明里暗里听多了这样的话，他早就已经没什么感觉。
不痛不痒，轻得连阵风都不如，就好像身上已经千疮百孔，还会在乎多刺一百针还是两百针吗？

过了几天，正式放假。
学生们基本都背着大包小包奔赴在回家的旅途。

远远瞧着，校园里空荡了不少。

初星眠拎着行李箱下楼的时候，陈叔已经在门口等着了。

这个冬日里的早晨格外宁静安详。

清冷的日光挂在树梢，吹过的几阵风都是微凉的。

"小初看着长高了不少呢，有两个月没见了吧？"陈叔说着，将她的行李箱锁在了后备厢里，"真是越来越漂亮了。"

初星眠揉了揉惺忪的睡眼，回应也是懒懒散散的："陈叔，我都二十多了，怎么可能还长高呀！"

"人家说，到了二十八还能窜一窜呢。"陈叔关上车门，坐进去系好了安全带。

闲聊了两句家常，初星眠很快就打起了瞌睡。

她的小脑袋随着车子前进的过程一颠一颠，像是小鸡啄米似的。

机场建设在华江非常偏远的郊区，开车过去大约要一个半小时。

初星眠到了地方，发现机场的出发大厅里人声鼎沸。

她跟陈叔告了别，进去取好了登机牌，办理托运、安检，坐着电梯上了二楼。

周围大多都是刚放假的学生，候机厅的座位已经被占满，不少人拖着行李箱站在墙边，戴着耳机心无旁骛地玩手机。

每年这个时候，她都觉得春运的气氛到了。

初星眠没有等待多久，很快就登机，按照机票的座位号找到了靠窗的位置。

其他人也陆陆续续地坐了过来。

她戴上耳机，将帽檐遮得更低，闭上眼睛小憩。

旁边似乎来了人，窸窸窣窣的声音响起，但他的动作很轻。

飞机渐渐起飞，四周也归于安静。

她没完全拉下遮光板，温暖而热烈的日光照在她这里，晒得她昏昏欲睡。

半梦半醒间，她的身体不受控制地倒向了另一侧。

随后，像是有什么抵在了耳边，初星眠下意识地调整了一个舒服的睡姿。

时间一晃过去，广播里提醒乘客准备下飞机时，初星眠才慢悠悠地醒过来。

她这一觉睡得很香，还做了梦。

梦见周晁嘉在她身边，她窝在他的怀里看书，能嗅到他身上好闻又清冷的味道，很温馨，他还亲了亲她。

思绪慢慢回笼，她也从梦中抽离出来，醒了以后不由得感慨，这才刚离开南工大，竟然就梦到他了。

初星眠揉揉杏眸，目光无意识地向旁边看了过去。

倏地，她愣住了，有点不敢置信地再揉了揉眼睛。

本来应该在南工大的周晁嘉，现在竟然出现在了她旁边？

"你……"刚睡醒，她的嗓音还有点沙哑。

周晁嘉在笑,眼眸漆黑:"觉得很意外?"

"当然啊!"初星眠还晕晕乎乎的,感觉像是在做梦一样,"我今早走的时候跟你发微信,你还给我回一路顺风,结果你现在坐在我旁边!"

周晁嘉顿了顿:"所以你是怪我没有告诉你吗?"

他只是想给她一个惊喜,没想到反而惹得小姑娘不愉快。

初星眠摇摇头,她还处于刚睡醒的朦胧里,都没什么面部表情:"没有,就是很意外,震惊到不知道该说什么。但是,你是怎么知道我坐的位置的呀?"

"是不是笨?你在我面前值机。"周晁嘉笑了,凑近她,"瞥一眼就看到了。"

"这样啊。"初星眠恍然大悟。

但下一秒,她竟然觉得有点害羞:"我刚才睡着的时候……"

周晁嘉"嗯"了声。

初星眠快速地和他对视,又挪开:"睡相有没有……"

"有。"周晁嘉攥住她白嫩的手心,有一搭没一搭地轻轻揉捏着。

初星眠微愣,"啊"了一声。

自从谈恋爱以来,她和周晁嘉虽然越来越熟悉了,但是她每次和他出去,或者在面对他的时候,还是会很刻意地保持形象的。

呜呜,刚才她毫无防备地就在他面前睡着,不知道有没有打呼、说梦话。

小姑娘脸颊涨得通红,哀怨里又带了点认命的劲儿:"那我都干什么了?"

"说梦话喊了我的名字。"周晁嘉执起她的手,飞快地落了个吻。

初星眠喉咙有点发干,半信半疑地说:"真的假的?你该不会是在逗我玩吧?"

"真的啊,你不信?"周晁嘉特别喜欢看她被逗弄得炸毛的模样,忍不住捏了捏她的脸颊。

初星眠恍恍惚惚地说道:"不是不信。"是她表示很怀疑。

虽然她做梦的时候,的确有梦到周晁嘉啦。

"你不想知道自己是怎么说的吗?"周晁嘉笑问。

初星眠杏眸微抬,有点期待,但是又很尴尬。

周晁嘉探过身,附在她的耳边,轻轻地,用唇齿咬了两个字。

江定市气温零下二十度。

从高空俯瞰,城市都被笼罩在白茫茫的雾气里。

周晁嘉推着初星眠的行李时,初星眠这才注意到他什么都没带。

"那你住在哪里呀?"她有在考虑要不要邀请周晁嘉去爷爷奶奶家住,但又怕说出这句话会显得太没有距离感,"我都还不知道你老家在哪里,是华江吗?"

周晁嘉说:"东济镇,是很偏远的小镇。"

"你的亲人都在那里吗?"初星眠扯着他的手晃来晃去,连步伐都变得很轻快。

"爷爷曾在那边参加过战役,后来就跟奶奶留在那边了。"稍一顿,周晁嘉揉了揉她的脑袋,"有机会,我带你去好不好?"

"好。"初星眠杏眸弯弯的,刚才的困劲儿过去以后,她现在看到周晁嘉只觉得很开心,"那你今晚怎么安排呀?"

周晁嘉笑了笑:"我朋友在这边,不用担心我。"

登机廊桥映着很淡的光,衬得他肩宽腰窄,身影笔挺。

出站后,初星眠很快就被爷爷奶奶派过来的司机接走。周晁嘉收回目光,拨通了李子瑞的电话。

那边很快接通:"喂,晁嘉。你到了啊?我现在就在出站口呢。"

江定的气温很低,冰冷刺骨的风就跟刀刃似的朝着脸上割。

周晁嘉是第二次来北方,还不是习惯这边的天气。

他冷得咳了几声,再抬起视线,就看见了李子瑞的身影。

李子瑞穿着军大衣,冻得哆哆嗦嗦的,依旧是那副吊儿郎当的模样。不过长年累月在警局里工作,他虽然瞧着痞里痞气的,眉宇间却有几分冷厉决绝的干劲。

李子瑞和周晁嘉在高中是不打不相识,两人关系好了以后,李子瑞经常喊周晁嘉去家里吃饭,而且李子瑞的妈妈刘玉很心疼周晁嘉,格外喜欢他,几乎是把他看成自己的干儿子。

江定的天很蓝,阳光也很好。

冰雪被日光照射得晶莹剔透的。

李子瑞一路开车进了小区,领着周晁嘉上了楼。

门打开,刘玉看到周晁嘉,赶紧招呼他进去,又倒了杯热水。

周晁嘉听着他们聊天,偶尔也会顺着话题说两句。

一顿饭下来,周晁嘉说的话不多。

不过李子瑞和刘玉已经很习惯了,活跃气氛这样的事情,向来不用指着周晁嘉。

在江定待了两天,初星眠就按捺不住想要出去玩了。

正巧许灿灿也回来了,于是她约上了周晁嘉和许灿灿,打算去冰雪世界玩玩。

当天来的人一共有五个。

除了初星眠和周晁嘉,还有许灿灿和许灿灿的奶狗弟弟祝亦辰,还有一个比较陌生的面孔。

男人剪着利落的寸头,皮肤晒得有点黑,他看起来很健硕,和周晁嘉这样清隽白净的感觉完全不同。

"李子瑞。"男人大步走上来,伸出手向初星眠介绍自己,他另一只手吊儿郎当地插进了裤兜里,"你可能不太认识我,我是晁嘉的青梅竹马。"

初星眠愣住:"呃?那你是青梅,还是竹马?"这个词是这样用的吗?

"你别听他瞎说,我们是高中同学。"说着,周晁嘉眼尾余光懒散地扫过李子瑞,后者笑得贼兮兮的。

"这样啊……"初星眠了然似的点点头,"挺风趣的。"

李子瑞一愣,心想,这还是第一次有人夸我风趣哎!

周晁嘉眉眼稍抬,眼底的暗示直接明显:你确定是夸?

几个人朝着冰雪世界走过去。

李子瑞是个闲不住的,不是找这个说话,就是找那个闲聊。

他刚才缠了周晁嘉半天,但奈何周晁嘉比冰雪世界的大冰块还冷,他深觉得无聊,又找许灿灿聊了几句。不过许灿灿和初星眠两个小姑娘在叽叽喳喳地聊天,他也插不进去什么话。

对于常年居住在华江市的初星眠来说,冰雪世界里的娱乐设施简直不要太好玩。

她小脸和小手冻得通红,眼睛却兴奋地亮起来,玩玩这个,试试那个,就连寒风吹在身上都不觉得冷。

玩雪地赛车的时候,初星眠自告奋勇要开车,于是周晁嘉坐在她身后抱着她。

他的手臂紧环着她的腰,下颌垫在了她的肩颈处。他的呼吸温热,对比起周遭冷冽的空气,简直像是一股暖流吹拂过她的耳郭。

初星眠猛地从游戏的快乐中缓过神来,有点害羞地轻咳声:"倒也不用抱得这么紧啦,这个车的稳定性还是挺好的。"

周晁嘉神色淡然:"嗯,我怕。"

初星眠心说,你这语气哪里像是害怕的模样。

赛车驰骋起来,车轮搅得雪花翻涌,新鲜感和刺激感接踵而至,几辆车都开出了很远。

离终点还有一段距离的时候,周晁嘉突然亲了亲初星眠的耳郭。

"嗯?"小姑娘还处在新鲜当中,含混不清地应声。

周晁嘉附在她耳边,黑眸里倒映着她的侧颜:"希望你永远都会这么开心。"

一番折腾下来,到了中午,几个人商量着去吃饭。

附近有火锅店。

在大冷天吃上一顿火锅,再没有比这个更舒服的。

经过一上午的熟悉,祝亦辰比早上刚来的时候开朗了不少,起码在李子瑞逗他的时候,还能回嘴呛声两句。初星眠和许灿灿真是哭笑不得,觉得这两个人就跟冤家似的,碰在一起不超过五句话就要拌嘴。

火锅店人声嘈杂。

麻辣味道弥漫在空气中,闻着便让人觉得食欲大增。

看着面前四个人成双成对的，李子瑞猛地灌了口酒，他怎么心里就这么不舒服呢？他以前可从来没觉得自己单身有什么孤单的，现在看着他的好兄弟都谈恋爱了，而自己单身，还真有点不是滋味。

　　一群人坐在包间里聊了会儿天。

　　锅底很快就开了，许灿灿一边用公筷往里面下菜下肉，一边说道："李子瑞，你和周晁嘉怎么认识的啊？"

　　稍一顿，她开玩笑似的说道："你俩性格也太不相同了吧。"

　　李子瑞活泼开朗，就没有他接不住的场面话，气氛活跃起来他跟谁都能称兄道弟的，永远热情似火。而周晁嘉沉闷冷淡，话都不超过三句。这两个人碰到一起，就跟火和冰似的。

　　"啊，这是能说的吗？"李子瑞挤眉弄眼地看向周晁嘉，"要不要把我们的秘密告诉大家？"

　　"我跟你可没有秘密。"周晁嘉懒得搭理他，倒是轻声细语地向旁边的初星眠嘱咐了几句，看她辣得一个劲地哈气，于是倒水、夹菜，服务周到。

　　"说说呗，我们好奇。"许灿灿轻咳了声，改口道，"主要是我们家星眠好奇。"

　　初星眠刚想说什么，就被许灿灿捏了把，她"唔"了声："嗯，好奇。"

　　其实她也挺感兴趣的，倒不是八卦，而是很想了解周晁嘉的过去，想知道没有她在的日子里，他的生活是什么样的。

　　趁着服务员上菜的工夫，李子瑞讲了他和周晁嘉是怎么认识的。

　　他们属于不打不相识，高一的时候，李子瑞住了一个学期的宿舍，当时周晁嘉就是他的室友。不过两人也的确是性格不合，李子瑞在高中时期属于一点就着型的，而周晁嘉的闷和倔刚巧就是他的着火点。

　　"我在高中还没碰过像晁嘉这么刺头的，跟块硬骨头一样。"李子瑞咬了口肉，被烫得合不拢嘴，"不过那时候都是年轻人，血气方刚的，就经常闹出矛盾。后来闹着闹着，我们两个还闹出感情了。"

　　"谁跟你闹出感情？"周晁嘉斜睨了他一眼，"不是我救你一命？"

　　李子瑞含混不清地说："那我不也救过你几次吗？"

　　"为什么说你救他一命呀？"初星眠舌尖尖辣乎乎的，直冒热汗。她一向是能吃辣的，但今天的这个锅底显然已经超出了她的承受极限。

　　周晁嘉倒了杯水给她，解释道："有次他惹上了校外的，被堵在后巷，我正好路过。"

　　"拉倒吧。"李子瑞说，"你就口是心非，明明是听到校外的人在厕所里商量要打我，你偷偷跟着我去的。"稍一顿，他对初星眠说，"弟妹，我跟你说，晁嘉就这样，就喜欢干这种做好事不留名的事。"

　　别的话初星眠不敢苟同，但最后一句，她深表认同。

一行人吃得差不多了，下午没什么活动，打算各回各家。

许灿灿本来想去找初星眠玩的，结果心不甘情不愿地被祝亦辰拉走了。

按祝亦辰的话来说，就是许灿灿和初星眠一个宿舍，以后见面的机会多着呢。但许灿灿一年才回来几次，还不如跟他多相处一会儿。

尽管许灿灿再三强调，她跟祝亦辰真的没有在一起，对小屁孩也完全不感兴趣。

初星眠到了家楼下，跟周晁嘉和李子瑞挥手告别。

两个高个男生站在一处，又是完全不同的两种类型，引来了很多女生的注目。

"回去我给你打电话。"周晁嘉揉了揉初星眠的脑袋。

初星眠杏眸亮晶晶的，语气欢快地说："好，那你们回去路上注意安全。"

"放心。"周晁嘉低头，亲了亲她的脸颊，呼出的气息温热，触感却微凉。

李子瑞摆摆手："好了好了，火锅我都已经吃饱了，别再给我喂狗粮了。"

接下来几天，江定突然降了暴雪。

因为天气缘故，航班停飞。

原本周晁嘉是打算赶在周六前离开的，现在这样的情况，他一时半会儿也就走不掉了。

正巧刘玉也不想让周晁嘉才住这么几天就走，于是安排他在这里过元旦。

盛情难却，周晁嘉没说什么。

日子和平时没什么不同。暴雪一直持续下到元旦的前一夜，小区路面的雪已经被清理干净，不过路两旁堆满了又厚又高的积雪。树梢晶莹剔透的，日光出来的时候，映得格外好看。

一大清早，刘玉喊着两个大男生陪她一起去置办年货。

刘玉走在前面，跟在后面的周晁嘉和李子瑞捧着大箱小箱往小区走。

路上遇到的几个熟人直夸两个男生长得好看标致。

刘玉一脸骄傲地谦虚道："也还行，就是长得个头高。"

很快就到了跨年当天。

听说江定今年的跨年夜会在广场安排烟花秀。

华江是禁止放烟花的，所以初星眠每年也就回老家的时候才能看一看。

她一大清早就给周晁嘉发了微信，约他今晚在江定广场见面。

到了晚上，广场的人群纷至沓来。夜里没了日光，吹过的风像是冰刃似的刺骨，但并不妨碍人们过来赏烟花的兴致。

四周的树梢上张灯结彩，看着很有过年的气氛，广场的正中央还摆放着不少冰雕。

初星眠穿了件厚重的羽绒服，衣摆很长，几乎要盖住她的小腿。她刚在雪面行走了会儿，脚尖就已经微微泛着凉意。

她搓了搓手,呼出的热气很快就变成白雾散开,目光环绕了一圈,倏地,隔着不远的距离,她撞进了周晁嘉漆黑的眼眸里。

广场中央的大屏幕已经显示出倒计时的时钟,人群如潮水般朝着中心拥过去。

而周晁嘉与人群背道而驰,很轻很慢地走向她的位置。

"今晚真的好冷。"初星眠小跑了几步,歪着小脑袋钻进了周晁嘉怀里,"不过为了看烟花,我还是不要有那么多抱怨了。"

出门前奶奶还说呢,外面那么冷出去看干吗,在家里的窗台上一样能看得见。

但对初星眠来说,完全是不一样的。

因为没有周晁嘉。

"戴好帽子。"周晁嘉抿唇,垂在身侧的手抬起,替她把羽绒服的帽子扣紧。小姑娘白嫩的脸颊被毛茸茸的帽子包裹着,衬得那双杏眸明亮又好看。

他没忍住亲了亲她的眼皮。

很短暂的吻,一触即离。

初星眠非常自然地贴着他的掌心蹭了蹭:"知道知道,刚才不是想找你嘛,所以跑得急了点。"

像是想到什么,小姑娘皱了皱鼻子:"为什么同样是穿的羽绒服,我看起来圆滚滚的像颗肉粽,你看起来就苗条又显身材?"

"因为你比较可爱,"周晁嘉摸摸她的头,眼神温和,"而且怎么看也不圆,不信让我抱一抱。"

初星眠两只手臂张开,跟小翅膀似的:"那你抱,你看还能抱得住吗?"

话音落下,她突然感觉温热的呼吸吹拂在了她的鼻息间。周晁嘉伸出手环住了她的腰身,把她抱了起来。

他亲昵地用鼻尖蹭了蹭她的下颌,有一搭没一搭地轻咬了口:"你说呢?"

靠得太近,他清冷干净的嗓音和周身好闻的味道,都像是抚平情绪的安定剂。

初星眠低头去看周晁嘉的表情。

视线对上,初星眠眨眨眼,脸颊的热气蔓延到了耳郭,她不好意思地说道:"好像,确实抱得住。"

周晁嘉薄唇微扬,勾了个很浅的弧度。

烟火在这一刻突然蹿上了夜空。

爆炸的瞬间,她在他眼里看到了无数火光星星点点坠落。

屏幕正中央的表盘出现了倒计时,每过一秒,下一秒就会放大了很多倍跳出来。

广场中央的人群齐声在喊:

"十。"

"九。"

"八。"
"……"
"二。"
"一。"

周晃嘉附在初星眠的耳边说:"新年快乐。"

"你也新年快乐。"初星眠回应道。

眼前的场景太过不真实,像是梦境似的。初星眠恍惚了片刻,却发现周晃嘉似乎也是一副若有所思的模样。

她趴在他的肩颈里:"你在想些什么?"

从她这个角度,能看到周晃嘉微卷的睫毛和高挺的鼻梁,他的侧脸清隽俊秀,在烟火的衬托下,皮肤更显白皙。

她真的和周晃嘉在一起了啊。

直到现在她还会觉得有些不真实。

吹过的风很冷,烟花还在一簇接着一簇地炸开,宛若夜空中的一场盛宴。

周晃嘉放初星眠下来,把她圈在自己的怀里,如墨的漆黑眼眸低垂,若有所思地笑了笑:"突然不想让你含恨而终了。"

他握着她的手,指缝交错。

初星眠愣了愣,意识到周晃嘉在说两个人初次见面的时候。她低下脑袋,看到两个人牵住的手,将其举到了两人中间,像是在刻意显摆给周晃嘉看。

她杏眸微亮,眼角多了些开心,揶揄道:"就是想,我也没机会,谁让我已经成功把喜欢的男生追到手啦。"

"那新年愿望,看来要许个别的了。"周晃嘉眉头稍扬,在她手背亲了亲。

稍一顿,初星眠说:"周晃嘉,新的一年,祝你岁岁平安。"

周晃嘉一顿,随后神色温和道:"说出来的愿望就不灵了。"

"那我再重新许个新年愿望!"初星眠当即就双手紧紧地握住,闭上眼睛。

愿望还没许完,她的嘴角突然一暖。

舌尖逐渐在发烫,口鼻间的呼吸却越来越凉。他的手覆盖在她的耳侧,沿着脖颈的地方很慢地轻抚,指节微屈,将她散落在耳前的发丝绾至了耳后。

直到很久以后,初星眠再次回想起跨年夜晚的那个吻,都只会想到冰雪琉璃的广场,寒风吹拂和烟花绚烂,还有眼前那个清隽俊秀的男生。

日子一天天平淡地流逝,假期余额很快不足,转眼间已经到了开学的时候。

大三下学期的课程不多,但初星眠工作室的任务却逐渐繁重起来,她和温意、许灿灿不是泡在工作室里干活,就是在导师办公室和食堂之间奔波,基本每天都是三点一线地过。

她这边忙起来，周晁嘉那边也不轻松。

两个人各自忙碌了几天，偶尔能约着吃顿饭。吃饭的时候会各自谈论学业、工作和生活。

在初星眠看来，他们的感情是很稳定的，而她也喜欢这样的稳定。

虽然有时候两个人走在校园里，总是会被周围的同学低声讨论几句，不过她不太在意。

这天下午，刚开完会的周晁嘉拿起手机，就看到了初星眠发过来的微信。

他知道这两天初星眠在跟进一个新客户。这个客户预算很高，出手也大方，就是线上对接总有这样那样的问题，所以他们打算约在周六吃饭谈生意。

看着小姑娘发来的文字，他几乎能想到她此时委委屈屈的表情。

周晁嘉薄唇轻轻勾起，发了个安慰的表情包，又嘱咐了几句。

"晁嘉，你入伍申请流程走得差不多了吧。"迎面过来的陈导师说着，甩了一沓文件在他的桌面，眯着眼打量，"听说这两天在安排走访调查。"

稍一顿，陈导师又说："只是你年纪轻轻的选了那么偏远的地方，怎么不留在华江附近啊？"

参军入伍的时候，地方武装部队都会先咨询本人的意愿，然后再结合学历和特长等分配。所以陈导师挺奇怪的，华江附近也有军区，如果能留在这边的话，条件总比周晁嘉选的偏远小镇要强，而且说不好还能留任部队，这也是为将来做考虑。

"已经想好的打算。"周晁嘉三言两语拨了出去。他神色淡淡的，说话时微抬的眉梢带了点冷漠感。

看着周晁嘉这个孩子老老实实的，没想到在某些方面还挺有主意。陈导师没多说，只吩咐他把接下来会议要用的资料整理一下，又闲聊了几句其他的。

一旁的吕征突然凑了过来："你入伍这事跟初小学妹提没提？"

周晁嘉和初星眠在一起的日子也不短了。

"还没。"周晁嘉垂眸，长而卷的睫毛低垂着，遮盖住眼底的情绪。他之前提过一次，是在两个人还没在一起时，初星眠按错给他打视频电话的那晚。

只不过他发出去了信息，很快又撤回。

还没有定论的事情，他的确不知道该怎么说。

吕征有点意外："不跟小学妹说吗？"

"等到张榜公示吧。"周晁嘉揉揉眉心，这两天要准备的资料太多，"把你手里那份报告给我。"

"稍等啊。"吕征扭过身去，随口嘟囔了句，"你说你干吗非要去，留下来和小学妹谈恋爱不好吗？"

周晁嘉微敛眼眸，语气淡淡的，也听不出什么情绪："因为有些心愿，总是要去完成。"

　　初星眠和客户约在了南工大附近非常有名的酒庄餐厅。

　　许灿灿因为有事情去不成,所以就温意和初星眠两个人去谈工作。

　　餐厅入口长廊挂满了壁画,灯光微弱,两侧的屏风衬得房间内低调奢华,空气中有淡淡的酒香。

　　温意还是第一次来这样的场合,有点紧张:"星眠,你说这么大的客户能看上我们这样的小工作室,还真是挺奇妙的啊。"

　　"确实。"初星眠应了声,只是她心里却有丝说不出的异样,就好像这件事来得太快太好,有点像蓄谋已久的陷阱。

　　直到她进了包厢,看见坐在中年客户旁边的阮东俊,她才突然了然。

　　中间负责项目的介绍人喜笑颜开地站起来:"王总,阮总,这是灿星设计室的两位负责人。

　　"初星眠。

　　"温意。"

　　介绍人说完,被称作王总的中年男人站起身,整理了一下自己的衣摆,随后伸出手表示友好。

　　"你好。"对方的态度恰到好处,既没有过分的压迫感,也没有面对两位年轻女生的轻视。

　　负责人又向初星眠和温意介绍道:"初小姐,温小姐,这是王成明王总和阮东俊阮总。"

　　"你好。"温意回应道。她在看到阮东俊的第一时间就忍不住看向了初星眠,同住在一个宿舍,她是知道阮东俊和初星眠有一些小过节的。

　　而看现在这个场面,傻子都能猜出来是阮东俊故意安排的。

　　阮东俊对温意的问好只是稍微点了点头。

　　随后,他深沉的黑眸慢悠悠地移到了初星眠的身上上下下打量了一番,喉结微微滑动。

　　小姑娘今天特意打扮得成熟了些,白色衬衫配上高腰牛仔裤,干练又不失可爱,衬得双腿笔直修长。

　　"初小姐,你好。"阮东俊薄唇勾起笑了笑,礼貌又绅士地伸出手。他的手停在半空,似乎是在等待着初星眠的反应。

　　初星眠的目光在阮东俊白皙的手指上停了两秒。

　　随后,她冷淡地收回视线,很敷衍地握了手。与其说是握手,还不如说几乎是一触即离,她眼底的情绪也跟着稍纵即逝。

　　从私人角度来说,她对阮东俊确实没什么好感,但她现在也不是小孩子了,工作和个人的纠葛她还是分得清楚。

王成明的这笔订单，效益还是很可观的，何况前期的投入也不少，她再跟阮东俊过不去，也没必要跟钱过不去。

初星眠的工作室是她和温意、许灿灿三人自己筹备的，在整个工作室的创立运转过程中，她没有向初茂平寻求过任何帮助，也不想靠着初茂平。

"人都到齐了，那我们就坐下来边吃边聊吧。"负责人摁铃叫了服务员端上点好的菜，套近乎似的说道，"听说阮总和初小姐、温小姐同样都是南工大的学生，还真是有缘分。现在的年轻人比起我们当年，可是后浪推前浪啊。"

初星眠端起冰水抿了口，目光微垂："有统计说目前南工大在校学生有六万多，而且在华江市也算得上是排名不错的大学，所以有概率会碰到也不是什么缘分的事。"

三四月份的天气，气温仍然只低不升，风透过窗户吹进来，捎带了几分冷意。

冰块在玻璃杯中晶莹剔透，随着晃动轻轻发出声响。

阮东俊似笑非笑地瞥了初星眠一眼，接着不紧不慢地端起水杯，也没说话。

气氛蓦地凝滞，安静得掉根针都能听见。

初星眠稍稍抬眸，莞尔："我比较相信科学。"

负责人和王成明交换了个眼神，在一旁暗暗打量着初星眠，心说，这个小姑娘面对阮家小公子竟然这么冷漠，还是头一回遇到啊。更奇怪的是，平日里脾气难以捉摸的阮小公子，竟然没有一丝要发火的意思，反而瞧着态度和眼神还带了那么点纵容的意味。

要说眼前的初小姐长得是好看，明眸皓齿，白嫩的脸颊带了点稚气，看着不像是大学生，倒是像十八九岁的高中生。但是华江市那么大，各种各样的女生跟春日里开不败的花儿一样，阮家小公子潇洒这么多年，什么样的没见过，也从来没听说阮东俊在哪个女生身上栽过跟头。

一时间，他们也不敢随便说话。

"我也相信科学。"阮东俊打破沉寂，勾着薄唇笑了笑。

阮家小公子一开口，负责人和王成明顿时就感觉浑身一轻，也跟着嘻嘻哈哈地开起了玩笑。

氛围顿时热络轻松起来。

生意谈得乏味，抽了个空当，初星眠偷偷在桌子底下给周晃嘉发消息。

话过三巡，事情谈得也差不多了。

初星眠这顿饭吃得少，说得也少。

她跟温意说了一声，起身去了洗手间。

水有点冰，指腹被冻得通红。

初星眠关好水龙头，刚转身，就瞧见阮东俊倚靠在门口。

初星眠眼皮微掀，懒懒的没搭理他，准备错身而过。

倏地，阮东俊抓住了她的手腕。

"放开。"她眉眼冷淡下来，用力扯了扯。

阮东俊叹息道："我有话跟你说。"

说完，不容许初星眠拒绝，他拉着她走向了长廊尽头的隔间。

门虚掩着，微弱的光亮渗漏进来。

隔间很安静，静到连彼此的呼吸声都能听得真切。

初星眠从阮东俊手里挣脱出来，下颌微抬："你要说什么？"

稍一顿，她目光笔直地看向他："如果是生意的事情，不如回到包间，我和我朋友一起参考怎么样？"

"不是，"阮东俊下意识想去拉初星眠的手腕，但被对方很巧妙地避开，"是关于你的。或者说，是关于周晁嘉。"

初星眠原本不想和他在这里浪费时间，闻言却忍不住抬眸看过去，步伐顿住。

"周晁嘉很快就要离开南工大了，你知道吗？"阮东俊的黑眸定定地看着她，像是笃定了她会待在这里听他把话说完，"他是不是没有把这件事情告诉你？"

"他没有告诉你的事情，其实也不止这一件。"

"别有用心这个词，放在他这儿一点都不为过。"

回到宿舍，初星眠一头扎进了床上。

许灿灿也刚忙完回来，看到这情景还以为是生意谈得不顺利，于是看了眼温意："生意谈黄了？"

"没有，吃完饭就敲定了方案，合同都签好了。"温意正在卸妆。

她顿了顿，瞟了初星眠的床铺一眼："但是今天这单生意碰到了阮东俊。后来星眠前脚去卫生间，阮东俊后脚就跟着出去了，两人好像在外面起了点争执，挺长时间没回来。

"再回来的时候，星眠的脸色就不太好看，不过我瞧着阮东俊像没事人一样。"

"你跟着去看看就好了。"许灿灿叹了口气。

温意说："我也想，但那个王成明和负责人拉着我说话，聊个没完，还都是屁话。"

"我就知道阮东俊没安什么好心。"许灿灿有点生气，把包"啪"地扔回了自己的躺椅里，"肯定是又不知道说了什么话来挑拨。"

温意瞧着许灿灿心情也不痛快，问道："你今天是怎么了？"

"唉，还能怎么。"许灿灿说，"事也办得不顺利呗，一点小问题翻来覆去地修改就算了，还找谁谁甩锅。

这一天，宿舍里的几个小姑娘都有烦心事，宿舍内的气压也低。

初星眠窝在床上迷迷糊糊的，等到醒过来的时候，才发现窗外的天已经彻底暗了。

宿舍里没开灯，也没什么动静，除了钱思的桌子上散发出来一点微弱的光亮。

她动了动，坐起身。

钱思端着水杯正要去接水，见状压低声音说："你醒了啊。"

"嗯。"初星眠脑袋混混沌沌，说话声音也沙哑，"我睡了多长时间？"

钱思摇摇头："不知道，我回宿舍的时候你们三个都睡着了。"

"现在几点？"

"八点多。"

初星眠一愣。

她大概睡了三四个小时，这么久……

她拿起手机看了眼，微信弹出来很多条消息，还有两三个周晁嘉的未接电话。思绪慢慢回笼，她收回视线，消息也没回。

对面床上响起窸窸窣窣的翻身声，许灿灿也醒过来了。

几个小姑娘商量着一起去食堂后面的小吃街逛一逛。

八九点的时间，小吃街灯火通明，人来人往。

四个人找了个烤串的摊铺，刚一坐下就闻到扑鼻而来的肉香。

"你还好吧？"许灿灿碰了碰初星眠的胳膊，"从刚才出来就一直闷不吭声的，还不停地看手机，出了什么事情？"

初星眠摇摇头，喉咙发干："没什么，就是有点饿了。"

"我回来的时候听温意说，你们谈生意碰见阮东俊了？"许灿灿凑近，下颌垫在手臂中间，"是不是阮东俊又说什么乱七八糟的话影响你？你别往心里去。这人吧，要么就好几天不出现，要么出现就没好事。"

"也不是什么乱七八糟的话。"初星眠原本还想说什么，可最终只是扯了扯嘴角，什么都没说。她收敛视线，目光落在桌面缺了一角的漆面上。

没多久，老板就把招牌小龙虾端上来，香气浓郁扑鼻，鲜红嫩滑的虾肉上面洒了一层细碎的蒜末，闻起来就令人食指大动。

几人吃完了东西，又听钱思讲了好几个她做家教时碰到的趣事，气氛逐渐活跃起来。

几个小姑娘回学校轧马路时，初星眠才觉得心里的沉闷消散不少。

手机铃声响起来，初星眠看了眼，是周晁嘉打过来的电话。

她犹豫了一秒，还是举起手机跟其他几个同伴指了指，走向了旁边的绿化带。

电话接通，初星眠很轻地"喂"了一声。

"还在忙吗？"周晁嘉说，"我这边刚开完会，准备去趟办公室。"

电话里很静,甚至能听到细微的回声。

初星眠低着脑袋,脚尖碰了碰路边的石子:"嗯……"

"怎么了,是不是有什么心事?"他语气温和,像是听出了她的不对劲,"跟我说说,好不好?"

"周晃嘉,"初星眠停顿了好一会儿,默默舔了舔唇,突然觉得喉咙发干,"你是不是要离开华江了?"

那边蓦地沉默。

话题撕扯开一条裂缝,初星眠反而觉得坦然了许多,就好像积压在心口的巨石被撬动了一角,情绪全都倾泻出来。

"你打算什么时候告诉我这件事?你要入伍的事情为什么都没有跟我提起过?我以为我们的关系,是值得你告诉我这件事的。

"你的事情,我不想从其他人那里听到。就算有什么,我也希望可以是你来告诉我,去也好,不去也好。

"我只是不希望被瞒着。"

其实阮东俊说的不只是周晃嘉去入伍这一件事,他还说了周晃嘉那里有一卷录像带,录像带里的内容是当年火灾现场的视频,而且完全能够证明是周晃嘉的继母葛红见死不救害死了周围山。

视频内容初星眠没有看到,所以她不想在这个方面有任何揣测。

"对不起。"

电话里又沉闷了很久。

周晃嘉的这句对不起,倒让初星眠不知道该说些什么。她茫然地眨眨眼,像是一拳打在了棉花上,使不出什么力气。

初星眠闷了闷:"除了对不起,你就没有什么其他的话想要跟我说吗?"

"入伍的事情,很久之前就在着手。"周晃嘉不擅长解释,叹了口气,"我不确定最后结果是什么,所以一直没跟你提起过。"

"那现在呢?"初星眠追问。

周晃嘉一顿:"在等公示。"

初星眠突然感觉情绪很低落,控制不住的低落,像是整个人都泡在了沮丧里:"既然这样,我们都冷静几天吧。"

她说完,没有等对方的回应,便挂断了电话。

吹过来的风微凉,初星眠在原地站了好一会儿,情绪慢慢平复下来。

仔细想想,这些事情不是什么大问题,只是她也不知道自己在气什么,总之就是莫名的闹别扭,也不想跟周晃嘉说话。

她像是突然想到了什么,很快就给张守平拨了个电话。有些事情,她还是想搞清楚。

在从张守平那里确认了录像带的时间以后，初星眠紧咬着唇没吭声。

和周晁嘉交往以来，她从没有想过他会瞒着自己什么，可张守平在电话里说的内容，完全颠覆了她的想法。

张守平说，这卷录像带是他无意中发现的，原本是想看看刚买相机时拍摄的回忆，结果不小心看到了案发当天的视频。

当年周围山的死因，不单单是因为救初星眠而葬身火海。

火是从厨房烧起来的，初星眠当初住的小房间是离厨房最远的一间，当时周围山发现起火的时候，整个平宅大院都很安静，院里也没有人，似乎谁也没有注意到。

周围山从窗户攀着过去，将初星眠用床单捆绑住，慢慢从窗台往地面送。

火势太猛烈，很快就蔓延到了房间，但是原本周围山也是能逃出来的，不凑巧的是角落里的衣柜砸在了他的肩膀上，导致他没有力气动弹，只能堵在窗口呼救。

在周围山支撑不住倒在地上之前，只有葛红一个人从大院门口进来，看到了这一幕。但在邻居们赶过去的时候，葛红却矢口否认，说火灾现场没有人，这才导致消防救援的时候，忽略了周围山所在的里间，耽误了抢救时机。

等到人员搜救过去，周围山已经窒息而死。

张守平也说，他很早就把录像带给了周晁嘉。因为这卷录像带几乎是对葛红犯下罪证的指控，所以他将录像带公开与否的选择权交给了周晁嘉。但他没想到的是，周晁嘉没有和初星眠提起过这件事。

电话里，张守平沉默良久："初小姐，当年的这件事牵扯很多，我觉得你还是很有必要和你父亲初茂平商谈一下，看看是否索要这卷录像带，将葛红绳之以法。我也是听我家里的长辈说的，葛红在周围山死之前曾替他买过巨额保险。而且火灾以后，她也的确收到了这笔保险的赔偿，但她却把自己伪装成受害者，这个人实在太恶毒。"

信息来得太多，让初星眠怔了很久。

"但是为什么？"她不明白，"葛红阿姨不是周叔叔的妻子吗？"

"初小姐，这世界上不是真心就能换来真心的，当利益大于感情的时候，哪怕是夫妻也会反目成仇。"

"当年，葛红阿姨和周叔叔不是感情不错吗？"

"葛红的事迹啊，恐怕我说上几天也说不完吧，她和周围山结婚也是抱有目的。"张守平叹了口气，"唯一可怜的，恐怕只有晁嘉那孩子。"

第十八章
时 隔 多 年

趁着工作室和课业的任务都告一段落，初星眠请了几天假。

她从初茂平那里看到了录像带里的内容，和张守平说的没什么不同。

只是时隔多年再重新经历，当年很多模糊的细节，都像是浮出水面般逐渐清晰起来，她沉默了很久很久。

后来，她询问初茂平是什么时候拿到这卷录像带的，初茂平没有给她明确的答复，而是模棱两可地说了几句话。

临走前，初茂平倚靠在办公桌边，语气难得的语重心长："你和周晁嘉那孩子之间还有很多的问题，他的性格我也清楚。

"他不愿意把家里的事情告诉你，在这一点上我就很不赞同。

"我相信你们在一起以后，也根本没有谈论过当年的事情，所以现在才会措手不及。爸也不是反对你们在一起，但或许你可以暂时和他分开一段时间。"

又过了几天，初茂平将视频内容公开，并以敲诈勒索等罪名将葛红告上了法院，要求消除这件事对初家的负面影响。但是葛红早在几个月前就潜逃，所以警方不得不发布了通缉令。

而这期间，她都没有和周晁嘉联系过。

倒是中间吕征有次跟她聊天提了一句，说是周晁嘉在忙着入伍的事情，公示已经出榜了。他还问她和周晁嘉是不是吵架了，感觉最近周晁嘉的气压很低，一直埋头在办公室里研究工作，都快要到不眠不休的地步，几乎连晚饭也不怎么吃。

吕征也很茫然，只能想着从初星眠这里打探打探。

初星眠三言两语绕开了话题，又随便闲聊了几句，再也没提起这些事情。

不过，当她问吕征是什么时候知道周晁嘉申请入伍的时候，吕征沉默了一会儿，似是在回忆地说了句大半年前。

初星眠便没再问下去。

她和周晁嘉，像是在分手，但谁都没有说破，仿佛陷入了僵局，关系如同绷紧的弦，再稍微用力就会立刻扯断。

假期结束回到学校以后，初星眠的生活和之前也没有什么不同，食堂、宿舍和工作室三点一线，大三下学期的课程已经少了很多，大部分时间她都和温意、许灿灿泡在工作室。

工作室起步算是比较稳的，也因此忙碌很多。

早晨五点多，初星眠就醒了过来。她最近都很浅眠，或许是有心事吧，每天天不亮就莫名地醒了，再怎么睡都睡不着。有时候实在醒得太早，她就睁开眼睛盯着天花板。

"星眠？"许灿灿压抑着声音，"睡不着吗？"

初星眠以为是自己吵醒了许灿灿，愣了愣，随即道歉："是我翻身的声音太大吗？"

"没有，我最近也睡不好。"许灿灿说完，蹑手蹑脚地下了床，又爬上了她的床铺。

两个小姑娘挤在了一张床，乍暖还寒的天气，竟然有点相互依偎的温暖。

"跟周晁嘉吵架了吗？"许灿灿问她。

最近她都没有提起过周晁嘉，身边的人难免不会察觉到。

窗外的天边泛起鱼肚白，宿舍里安静沉寂。

初星眠点点头，点完了才意识到许灿灿也看不见，便"嗯"了声。

她不知道这算不算是吵架，毕竟吵架吵架，重点还是在"吵"字上面，而她和周晁嘉都已经好久没有讲话，也不知道该说什么。

"这很正常，男女朋友总会有闹矛盾的时候。"许灿灿抬起手拍了拍她的肩膀，"但是我还是希望你能开心点，如果现在这份感情让你感觉到有负担，那就放轻松，分开一段时间也可以。无论什么样的感情，都应当以两个人相处舒服为前提呀。"

初星眠没说话。她在与人相处方面其实没有什么经验，现在听许灿灿说的几句话，觉得很有道理。

许灿灿接着说："我看你这几天都不开心，人都不爱说话了。你一向都是很活泼的，这么自闭的情况，我只在高中时候看到过。"

高中被排挤、被孤立的日子……

"灿灿，"初星眠很小声地喊了许灿灿，"跟你做朋友真好。"

许灿灿说："放心，我在呢。"

这么又过了两天，初星眠才感觉自己从沉闷的情绪当中缓过来。

至少在看到周晁嘉打来的电话时，她怔了怔，很快就调整好状态接通。

"有时间吗？"他说，"我现在在你宿舍楼下。"

电话里的嗓音听起来喑哑低沉,很好听。

初星眠以前很喜欢和周晁嘉讲电话,过年放假的那段时间,他们每天都会开着语音各做各的事情。

现在她却有那么一瞬的不知所措。

停顿了好一会儿,她才轻轻地应了声:"有,我现在下去。"

宿舍台阶前的灯亮着,有几只小飞虫绕着灯光转圈圈,偶尔有三三两两的学生们走过,发出断断续续的谈笑声。

初星眠稍抬眼,就瞧见了站在门口不远处的周晁嘉。

他站在路灯旁边,穿着黑色的卫衣和牛仔裤,肩膀瘦削笔挺,看起来很单薄,依然带着些清隽俊秀的少年感。

许久没见,他的头发剪短了些,堪堪遮住眉眼,衬得眼眸漆黑,神情淡漠。

视线在空中相撞,初星眠心跳猛地停顿住,又不可控制地狂跳了两下,她蓦地攥紧了手心。

就……还是会觉得喜欢啊。

她深吸了口气,暗暗吐槽自己没定力,稍一顿,收回视线,低着头走了过去。

"你找我啊。"她语气淡淡的,眉眼低垂着,想让自己看起来情绪平稳。

晚风吹过,初星眠抬手将垂落的发丝绾至了耳后。刚才下来的时候很匆忙,她才发现自己还穿着小熊维尼的棉拖鞋,这会儿视线落在鞋面上,她窘迫地反应过来,脚尖也跟着往里面收了收。

周晁嘉察觉到了小姑娘退避的动作,黑眸微敛,不动声色地说道:"我还没有吃饭,陪我去吃个饭吧。"

"唔,你要去哪儿吃……"初星眠其实很想说,她不想去,但话到了嘴边,还是表达了陪同的意愿。

话音刚落,她的手腕被微凉的手指轻捏住。他的指腹干燥,触碰的瞬间似乎带了几分缱绻。

初星眠诧异地抬起头,撞进了周晁嘉漆黑的眼眸里。

"你晚上吃东西了吗?"他有意无意地将两人的距离拉近了些,"现在饿不饿?"

初星眠点点头:"嗯,吃过了,不饿。"

停顿了两秒,想到之前吕征曾和她提起过,说周晁嘉最近也不怎么吃晚饭的事情,她还是下意识去关心:"你最近都是这个时间吃晚饭吗?"

"没怎么吃。"他轻描淡写的。

气氛沉寂片刻。

初星眠也不知道该说什么,她觉得自己要是再问下去,一定就会忍不住心软。可是想起周晁嘉对她的隐瞒,她又默默地将心底泛起的活跃情绪压了下去。

入伍也好，录像带的事情也罢，她不是不能接受周晁嘉的想法，只是她不喜欢被隐瞒，不喜欢被蒙在鼓里，最后才知道。

是啊，她现在对周晁嘉的感情很动摇。

不可否认，初茂平的话就跟魔咒一样。

两人就保持着这样的姿势往前走了一段。

初星眠背脊挺得很直，都快要僵硬了。她轻轻咬着唇，目光盯着被路灯拉长的影子，盯得眼睛都有点泛酸。

这还是两个人谈恋爱以来，她第一次感到这么拘谨。

很快就到了吃饭的地方，周晁嘉选的是两个人以前经常会去吃的面馆。

已经晚上九点多，面馆里没什么人，门口的灯泡亮着，光线昏暗，风吹过来就直晃，显得孤寂又冷清。

老板打着哈欠从柜台后面出来，闲聊道："好久没看见你们一起过来了。"

这话不说还好，一说，初星眠脸颊腾地热起来。

她回避了老板的目光，轻咳了声。

周晁嘉和初星眠的长相出众，看起来又很般配，属于见过就能有印象的。老板见了两回，自然对他们的印象就很深。

初星眠偷偷用余光看了周晁嘉一眼，见对方神色深沉，淡淡地应声道："最近忙。"

应对之间游刃有余。

"吃点什么？还是老样子？"

周晁嘉点了份牛肉面，然后把菜单推到初星眠的面前。

小姑娘摇了摇头："我晚上吃过了，你自己吃吧。"

这顿饭吃得很沉默。

初星眠看着手机上的时间发呆。

她不想主动开口说话，但心思也全然不在手机上面。但反观周晁嘉，仿佛真的就是两个人普通的相处，没有任何隔阂。

送初星眠回去的路上，周晁嘉没说什么，偶尔说两句关心的话，初星眠回答得也很敷衍。

到了宿舍楼下。

临近门禁时间，好多小情侣依依不舍地倚靠在暗处的墙壁说悄悄话。

初星眠瞥了眼门口掐着时间的阿姨，难掩失落："没什么事的话，我先回去了。"

她以为周晁嘉会说什么，但沉默了半晌，他只说："早点休息。"

这四个字如同巨石压在她心里。

夜里风很凉，也很静。

在一众难分难舍的情侣中间，她和周晃嘉倒像是两个异类。

"好。"初星眠顿了顿，刚想挪开的脚尖又猛地回来，她带了点赌气似的主动问他，"周晃嘉，你就没有其他的话要对我说了是吧？"

"你想听我说什么？"周晃嘉黑眸看着她，揣进口袋里的手猛地攥紧，面上却平静地说道，"只要你想问的，想知道的。"

小姑娘清瘦的背脊挺得笔直，眼底的倔强分明。

周晃嘉自嘲地低垂眉眼，他怎么会看不出来他的小姑娘在难过？

他深吸口气，耳边蓦地回响起初茂平的话。

周晃嘉敛过视线，越压抑，语气反倒越平常："我都会告诉你。"

初星眠从来没感觉这么心累过："为什么需要我来问？如果我不问呢，有些事情你是不是永远都不会告诉我？

"我不喜欢这样。"

本来满腹的委屈，在看到周晃嘉如此淡漠的态度后，也顿时烟消云散。她以为他今晚主动来找她，是向她解释的，是想解决问题的。

可事实不是如她想的这般。

"分开吧，"她努力让自己的语气听起来很冷漠，"或许我们现在真的不合适。"

可真的把这些话说出来，初星眠却觉得很难过。苦涩的感觉翻江倒海，让她喉咙发干，连手指关节攥得发白都没察觉到。

她也想和周晃嘉谈轻松的恋爱，但横在他们两人间的不确定因素太多。

尽管如此，有那么一瞬间，她还是希望周晃嘉会挽留她。

很可惜，她的期待没有成真。

初星眠没听清周晃嘉说的是什么，却把那个"好"字听得格外真切。

她转过身，没有回头去看周晃嘉走没走，就好像顷刻间，浑身的力气全都被抽空，只剩下麻木又空洞的四肢，抬起的脚都是机械僵硬的。

宿舍楼内，一盏一盏的灯都熄灭了。

草丛里虫鸣声作响。

路灯下的人影被拉得很长。

四周的人散了。

直到远处的天边渐渐泛起鱼肚白。

清晨的空气带着凉意。

周晃嘉手揣进口袋里，发梢被雾气打湿，他不记得自己在这里站了多久。

电话铃声蓦地响起来，刺破寂静的清晨。恍惚间，他接通电话。

"五点钟准时发车，来门口集合。"

他目光抬高了些，瞥了眼那扇熟悉的窗户。

他站了一晚上，嗓音听起来沙哑又疲惫："嗯，我这就来。"

八月，暑气正盛。

今年的华江比往年更闷更热，空气中散发着橡胶被烤透的味道。

蝉鸣声此起彼伏，一声和着一声高。

几个工人顶着烈日将家具挪进车内，倒车的提示音一直在响，吵吵嚷嚷的，搅得四周浮起很重的灰尘。

有几个邻居出来看热闹，眼神一抬，背着手向初星眠打了个招呼："这是要搬家？"

初星眠拿起冰镇的矿泉水喝了几口，感受到凉气席卷，才点点头应声道："是啊。"

阳光透过繁茂的树叶缝隙在地面投射出斑驳细碎的光影。树叶的边缘被晒得发卷，空气中浮动着热浪。

楼道里有很重的灰尘味道。

搬家公司的工人们上上下下的，台阶上捎带了不少泥土，这会儿正午阳光那么一晒，味道就开始冒出来。

初星眠绕开残留的物品碎屑，径直走进了房间。

外婆家里已经搬得差不多了。

她刚进去，阳光正好从窗户打进来，衬得房间明亮宽敞。屋里没了东西以后就显得太空旷，走起路来都能听到些回声。

空气中有很淡的旧物挪动的灰尘味道，地面光柱斑驳，细碎的粉尘灰屑飘浮。

她视线环绕了一圈才在角落里看见徐星说的那个箱子。

纸箱翘起来一个角，露出里面零零碎碎的物件。她目光落在最上面的浅黄色印花笔记本上，之前也翻出来过，这是老房子烧毁以后，外婆去现场搜寻的一些零碎物件，说是留作纪念。

初星眠拿起日记本，拍了拍上面的灰尘，嘴角扬了扬。

说起来，她觉得自己不算是怀旧的人，但这会儿看到旧时的物品，心里还是会有触动。

指腹在本子的边缘顿了顿，她慢慢地翻开看。

直到她看到本子的最后一页，目光倏地停住。

上面写着：梧桐路 37。

初星眠的手指顿在页脚边缘细细摩挲，眼睛一眨不眨地盯着。

梧桐路，这个地名总觉得在哪里听到过，觉得很熟悉，但她就是想不起来。

"那会儿梧桐路那边还是县城，俗称梧桐县。"

"我和老周第一次出任务，就是在梧桐路。"

初星眠猛地合上日记本，她想起来是在哪里听到过这个地方了。

去年国庆节期间,她和周晃嘉去了公园墓地,曾拜访过一位吴叔叔,梧桐路就是吴叔叔提起过的。他说他和周晃嘉的父亲第一次出任务,就是在梧桐路。

初星眠默默地咬紧唇。如果这张纸上的内容真的是周晃嘉的父亲留下的,那么这个地方肯定是有对周叔叔来说很重要的东西吧？

火灾事件已经完全结束,除了葛红逃脱出国还在被通缉,其他人和事都已经回归到生活正轨。

初星眠和周晃嘉分开了半年多,如果她冷漠自私,完全可以将日记本上的内容当作毫不知情。但是她却不想这样做,她没有办法对这三个字视若无睹,尽管这几个字透着干瘪无力,却是周叔叔临终前最后的夙愿。

到楼下的时候,她头也没回地往小区外走,怀里还抱着笔记本。

"不是让你上去拿东西吗？"徐星喊她,"车在这边呢,你做什么去？"

"妈,我有点事情,晚上我就不跟你们吃饭了。"初星眠抬手招了辆出租车过来,刚钻进车里便急促地向司机说道,"麻烦去公园墓地。"

今天日光正盛,走在林荫重重的山间小路上,呼吸间能感觉到微凉湿润的风。

老吴刚巡山结束,正准备回到木屋做顿饭吃,结果刚抬眼,却瞥见了一道纤瘦的身影。

他步伐停住,下颌扬起,因为逆着光,半晌他才看清楚来的小姑娘是谁。

"初家小姑娘？"老吴笑呵呵地从兜里拿出来钥匙,他摘下遮阳帽夹在了腋窝下面,"你在这里等我很久了吗？"

初星眠愣了愣,她没想到吴叔叔还记得自己："嗯。吴叔叔你好,很抱歉这样突然过来打扰你,因为太匆忙了,还没来得及跟你打声招呼。"

"没关系。"老吴掏出钥匙开门,"我这里平时也没什么人过来,看到你还觉得挺意外的。你是有事？"

"吴叔叔,"初星眠也没有废话,直接开门见山,"当初我们家那场火灾的事情,您应该听过吧？"

老吴怔住,好一会儿才困惑地瞧着她点头："华江也没有几个不知道的。你今天是为当年火灾的事来找我？"

"我在我的笔记本上面发现了这样几个字。"初星眠说着,翻开纸面递到了他的面前,"因为在我的印象里,只有去年国庆节时听你提起过梧桐路的事情,所以我想过来问问,这个字迹是不是周叔叔……留下的。"

话音刚落,她突然觉得喉咙紧了紧。

"我看看。"老吴接过笔记本,他长年累月被日光灼晒的皮肤已经黝黑,这会儿眯起眼来,显得有几分苍老,"是老周的字迹。他是我们连里字写得最漂亮的,当年我们有什么请假的字条,都让他写,我应该没有认错。"

初星眠听到了肯定的答案，心里却没有觉得松了口气，秀气的眉头反而蹙得更紧："吴叔叔，你知道周叔叔为什么要留下这几个字吗？"

老吴摸着下巴想了会儿："好像是有封信，不过他也没跟我说过太多，我只知道他曾经给周家那小子留过一封信，说是什么遗书。"

"如果你要是真的想知道，倒是可以跑趟梧桐路看看。"老吴惋惜地叹了口气，"不过很可惜我工作在这里，也不能陪着你去。"

"梧桐路37号。"初星眠小声地念了出来。

老吴却摇摇头："小姑娘，梧桐路没有37号，应该是370多号吧！但具体到底是哪个，我也拿不准。"

当年规划的时候，梧桐路和另外一条路交错，所以梧桐路的号码牌便直接从370号开始，当初那边也全都是工厂，号数大用来区别划分也很方便。

"对了，晁嘉今天没过来吗？"老吴喃喃道，"我很久没见到那小子了，也不知道最近在瞎忙些什么。"

初星眠呼吸蓦地轻浅了起来。

"他……或许有重要的事情吧。"她低声道，掌心慢慢地攥紧成拳，目光低垂着，盯住自己的脚尖。

老吴也没多问，又闲聊了几句其他的。

告别吴叔叔，初星眠又叫了车赶往梧桐路。

梧桐路在华江市的郊区，离市中心比较远，再加上初星眠从山上过去，一来一回的，路程就显得更长。

等初星眠到了梧桐路，天色已经渐渐黯淡。

梧桐路四周很荒芜，有几个塔吊还立在废弃的工地上，不知道是要拆还是要建。远处窸窸窣窣的虫鸣声作响，衬得周围安静沉寂。偶尔角落里有几个穿着白色坎肩和工装裤的工人走过，三两句的交谈声遥遥地传过来。

霞光的余晖、慢悠悠的步伐、空旷安静的场地……

这里仿佛是从繁华喧闹的城市中割裂出的另外一处世界。

没有车水马龙，没有灯红酒绿，格格不入。

荒凉的工厂人迹罕至，不知道有多久没有维修过，在路边排成一排，还能看到土坑里堆砌着各式各样废旧的器械。

初星眠循着工厂的号码一路走过去，微凉的风漫过脚踝，空气中有清淡的草地湿气。周围的工厂大同小异，看起来没什么不同的。

不过这些工厂的大门虚掩着，外面随意地挂了把锁头，看起来已经很久没人来过的模样。门把手生了锈，门缝间已经堆积起厚厚的灰尘，连门口两侧的监控摄像头也是歪七扭八地栽倒一旁。电线暴露在空气里，风吹日晒久了，边缘已经严重老化。

她抬眼，倏地，撞见一位中年妇人站在不远处。

对方捧着竹编簸箕，里面装满了晒好的辣椒籽，许是初星眠的面孔看起来陌生，对方正好奇地打量着她。

初星眠友好地朝着妇人笑了笑："你好，我想问下 370 号在哪里？"

"你有什么事吗？"对方警惕地拢了拢手中的簸箕，"现在入了夜，工厂连个看守的人都没有，如果你要是有事情的话，明天再来吧。

"往前走有个小棚子，里面就是负责看守的值班人员，不过现在没人了。你明天上午十点以后过来，里面都有人。"

妇人再三催促，口中直说着让她明天再来。

话音刚落，旁边的草丛里传出来声响。

一位衣衫褴褛的男人正在收拾他的铺盖。

他的被褥缝缝补补的，看起来又脏又破旧，他身后不远处还有个尿素袋，被塑料瓶撑得奇形怪状。

光影昏暗，这里的路灯像是摆设般迟迟不亮。

男人瘦骨嶙峋，没修剪的长发随意地披散在肩膀两侧，看起来落魄又心酸。

因为妇人的再三警告，初星眠考虑了安全因素，所以也没敢多停留。

只是临走前，她目光忍不住又投向草丛里的男人。

男人弓着腰驼着背，一点点地将遗留在草地上的空瓶装进了袋子里，然后很小心翼翼地将袋口扎紧。

像是察觉到了她的视线，男人猛地抬起身。

两人的视线撞了个正着。

距离不近，黯淡的环境里根本看不清男人的脸庞。

倏地，男人手中的袋子被撑到裂开了口，里面的塑料瓶像是倒塌的多米诺骨牌似的滚了一地。

气氛顿时变得尴尬僵滞。

男人似乎也对突发的情况感到很窘迫，手忙脚乱地捡着瓶子。

但等他再抬起眼时，面前伸过来一只白嫩纤细的手腕。

"给你。"小姑娘脆生生的语调很好听。

男人猛地低下头，口中不断地念叨着："谢谢谢谢。"

但他去接的手却不知道该放到哪里好，最后默默地攥住瓶口，接过来。

他以为面前的这个小姑娘只是好心，却没想到对方没有离开，反而蹲下来帮他捡起其他遗落的矿泉水瓶。

直到最后一个瓶子也被重新装进了袋子里，男人两只手抓紧了袋子，深深弯腰鞠了个九十度的躬。

"不用客气，举手之劳。"小姑娘站在原地，她肩膀瘦削，背脊却挺得很直。

男人喉咙蓦地发紧，眼眶一酸。如果他的女儿还活着的话，也会出落得这般苗条漂亮吧，也会在看到陌生人需要帮忙的时候，上前帮忙的吧？

如果他的女儿还活着……

他抬起手背擦了擦眼角，这么多年过去，想起这件事，他还是会控制不住情绪。

男人叹口气道："还是很谢谢你，小姑娘，天色不早了，你还是快点回去吧。这边没有路灯，治安也很松泛，你一个人在这里不安全的。"

说完道别，男人背起袋子，朝着370号工厂的旁边走过去。走到了一半，他回头见小姑娘还在，于是又大声地说道："谢谢你啊，小姑娘。"

回去的时候很快，车少，马路也通畅。

初星眠倚靠在后座的窗口旁，看着车窗外光怪陆离的城市，心口却有点闷。

她不知道当年周叔叔留下这个地方的目的到底是什么，但现在，她已经坚定了要完成这件事的想法。

梧桐路的370号。

她手指划过手机屏幕光滑的边缘。

路灯错开时光线蓦地黯淡。

周晁嘉他……现在会在做什么？

分开的这段时间，她都很少去关心了解周晁嘉的消息，许灿灿和温意她们也会避免在她面前提起这个名字。

她以为自己可以坦然面对这段失败的感情，可是时间越久，心里却越闷，像是被钝器敲击过的痛感。

也大概是这个时候，她才清晰地体会到失去的感觉。

初星眠深吸了口气，若无其事地收回视线。

隔天，初星眠吃完了早饭，又准备出门。

徐星放下餐盘，替外婆归置好餐具，瞥了初星眠一眼："你这么一大早是准备去哪儿？"

"昨天也是，说好的晚上一起吃饭，结果你一个人跑出去那么久，天黑了才回家。今晚不管怎么样，必须回家和你外公外婆吃饭，知不知道？"

初星眠抿了口果汁："妈，我这两天有事情要忙，晚上不知道什么时候回来，你们不用等我，先吃啦。"

"什么事情能比家里人一起吃个饭还重要啊？"徐星试探地问了句，"你工作室的活？我就说你的工作室找你爸爸帮帮忙哦，肯定比你自己在那边瞎摆弄要好。"

初星眠摇摇头："不是工作室的事情。"

更何况她也不想让初茂平再插手她的事情。

徐星还想唠叨两句，还没说话就被外婆打断。

老人横了个眼神过来："那么啰唆的，星眠长大了肯定有自己的事情要做，你怎么老是在这里管东管西？"

"妈，你就会偏心你外孙女。"徐星拗不过，只能眼神往初星眠那边丢，"办完事早点回家。"

"知道。"初星眠抓紧沙发里的背包，"外婆，我先走了。"

"嗯嗯，注意安全，要在外面玩得开心。"老人笑眯眯地摆手。

今天家里陈叔没什么事情，于是专门送初星眠去了梧桐路。

郊区一如既往地荒凉，只是比起昨天傍晚，这会儿四周有几家饭店已经开张了。门口的板凳上坐了不少中年男人，他们捧着饭盒吃得狼吞虎咽，看起来饭菜很香，也增添了不少的烟火气。

初星眠想着昨晚妇人的话，于是没有在工厂附近停留，而是径直去了警卫室。

警卫室很小也很简陋，彩钢搭建的，门边开了扇窗户。隔着不远的距离，一眼就能看到它的全貌，里面有张很小的单人床，床脚的风扇正铆足劲地吹风。

夏天闷热，刚在太阳下面晒了会儿，初星眠颈部的汗已经打湿了衬衫领口。

她敲了敲门，里面的人似乎还没反应过来，好半响才走过来。

"你有什么事？"见门外是个漂亮高挑的小姑娘，警卫还挺纳闷。

初星眠递上手中的日记本："你好，我想打听一下关于370号工厂的事情。"

"只有这么几个字。"警卫拿过来瞥了眼，抓了抓凌乱的头发，"370号原来是纺织工厂，有一年起大火烧得不成样子了，后来听说有人维修也没修好，这不就这么扔在那儿，好久都没人管。"

"那当年救火的是不是有一位叫周围山的消防员？"初星眠顿了顿，问道。

警卫打了个哈欠："这个我就不清楚了，我是这两年才过来的。当年火灾那事也就是听说过，具体发生了什么，谁是消防员我还真不清楚。

"不过我听说，当年火灾好像死了一个小姑娘，才二十多岁的年纪，挺可惜的。"

"对了。"说着，他抬手一指，"看见那个屋顶黢黢的工厂了吗？那就是370号。你要是想打听当年火灾的消息，你去附近问问那帮流浪汉。他们都是当年工厂烧毁以后下岗失业的工人，应该多少知道些当年的情况。"

初星眠道谢后告别了警卫，走向了警卫所指的方向。

她的目光扬起，视线漫过烧黑的屋顶。

370号工厂外观已经修缮了很多，如果不是从上面看的话，基本不怎么能够看出来这里曾经经历过可怕的火灾。

初星眠绕了一圈，甚至还去了旁边的店铺询问，但或许是她的面孔比较陌生，所以大家都对当年的事闭口不谈。

忙了许久,她还是没有获取到关于周围山的信息,不免有点沮丧。

小姑娘坐在路灯旁的座椅上,脸颊被日光晒得发红,鼻尖冒着薄薄的一层汗。

陈叔不知道初星眠来这边要做什么,见她顶着烈日这么辛苦地跑来跑去,不免有点心疼:"小初姑娘,眼看也到了中午,陈叔请你吃顿饭再忙,你看行不行?"

初星眠心里有事情,一上午也是手忙脚乱的,这才注意到陈叔也跟着自己到处跑。

她有点不好意思:"陈叔,我请你吃饭吧。"

陈叔原本还想拒绝,奈何小姑娘认真严肃地再三强调,他只得笑着点点头。

虽然陈叔是家里的司机,但这么多年一直跟着初茂平,对初星眠来说,陈叔更像是家里的长辈。

两人选了个家常菜馆。梧桐路这边的饭馆价格很实惠,两人点了三四道菜也不过几十块钱。老板娘人很好,说是夏天炎热,还特意送了两碟开胃小菜和茶水。

不过初星眠胃口不好,吃的东西也少。

她又买了两瓶冰镇矿泉水,和陈叔一前一后地从饭馆里走出来。

正值晌午,阳光热烈毒辣,饭馆旁边有几只狗趴在那儿打蔫,看起来没什么精神头。

空气闷热,能瞧见远处浮动的热浪。

两个人还在房檐下的阴凉处,陈叔忍不住好奇:"小初姑娘,这个370号工厂到底有什么事情让你这么着急?要不要我帮你去问问?我在华江有几个朋友是做消防的,应该多少能知道些。"

初星眠知道陈叔是好心想帮忙,不过她还是婉拒了他的好意。

又休息了一会儿,初星眠目光稍抬,却瞧见了一个熟悉的身影。

草丛的树荫里,昨晚碰见的那位叔叔坐在破旧的毛毯上发呆,他佝偻着腰背,目光呆呆地向着马路远处看,像是在等待谁。

"这位叔叔,一直都在这里吗?"初星眠问老板娘。

老板娘端着碗筷,闻言瞥了眼:"你说他啊,他是附近的流浪汉。

"听说工厂倒闭以前,他是工厂里的工人,老婆很早就死了,就剩个女儿相依为命。那年工厂起火,他女儿好像在那场事故中去世了,从那之后他人也颓废了,就每天出去捡捡垃圾,白天没事就在草丛里铺张毯子待着。"

似是感慨般,老板娘又说:"有时候他来我们这边的饭馆吃饭,大家也都不收费。"

"这位叔叔的女儿,是在火灾中去世了吗?"初星眠漂亮的眉眼低垂着。

老板娘长叹口气:"是啊,好像当时就是跟你差不多的年纪呢。说起来也是个可怜人。"

初星眠收回视线,她又从老板娘这里买了些包子和水。

同样是一双白嫩纤细的手伸到了面前。

男人怔了怔，下颌稍扬，看向站在自己身前的漂亮小姑娘。

刺眼的光线让他有点不知所措。

"今天很热，不知道您有没有吃过午饭。"小姑娘把还冒着凉气的矿泉水递到男人的手中，"我想跟您打听一些事情，所以买了点吃的，还希望您不会介意。"

小姑娘谈吐温和，眼睛澄澈明亮，话里并没有高高在上的姿态感。

男人手心被凉气浸湿，心里却流过一阵暖意。

他喉咙一紧，因哽咽的情绪声音也变得沙哑："你，想问什么？"

"您认识一位叫周围山的消防员吗？"初星眠停顿了半晌，"很多年前，梧桐路370号起火的时候，他曾经参与过那次的救火任务。"

男人怔了许久，像是尘封的回忆浮出，音调几乎到了哽咽的地步："周围山啊。"

"你是周围山的女儿？"他脖子猛地探前了些，拿着包子和水的枯瘦手腕微微抖动，连手中的东西掉落都不在意。

他声调越来越高，不可置信地反复强调："你是不是周围山的女儿？"

初星眠不理解眼前的男人为什么突然激动，但她还是摇了摇头，说道："我不是。"

被这个答案打了个措手不及，满心期待的男人怔了好半响。

"唉。"他难掩失落情绪，像是整个人被抽空了似的喃喃道，"我、我在这里等了这么多年，还以为终于等到了。"

虽然初星眠不知道这个流浪汉大叔到底在等什么，不过初星眠几乎可以确认，眼前的男人和周围山肯定是有联系的。

她不忍看到男人希望破碎的模样，便说："但我是为了周叔叔的事情而来。

"你和周叔叔……也曾有过交集吗？"

"是啊。"男人抬起皲裂的手背擦了擦，"他救过我的女儿，虽然命没有救回来。"

"如果不是还有没完成的事情，或许我也不会再生活在这里。"男人叹了口气，"但我答应过他，要替他做件事。"

稍一顿，他又感慨道："不过也幸好还有这件没完成的心事，让我还有点活下去的动力，不然我早就去陪我女儿慧慧了。"

初星眠声音变得很轻，像是混进闷热的风里，也变得沉闷："你的女儿是在火灾中丧生的吗？"

"嗯，就是当年370号工厂的火灾。周围山已经很久没有出现在梧桐路了，所以刚才听到他的名字，我情绪有点激动。"男人讪讪地道歉，"吓到你了吧？"

"没有。"初星眠不太在意，她现在更关心的事情，就是这一切到底是怎么回事。

周叔叔在日记本留下的痕迹。

370号工厂的火灾。

以及眼前的这位流浪汉大叔和他已经去世很久的女儿。

初星眠像是抓到了什么，但又转瞬即逝，这一切的一切让她捉摸不透。

恐怕也只有流浪汉大叔能替她解答。

"周围山他最近怎么样？"情绪激动过后，流浪汉大叔反而平静下来，他从口袋里摸出半截烟屁股，抽了起来。

烟味很快就融进了空气里。

工人们三三两两地经过，都或多或少投来好奇的目光。

梧桐路是郊区，平日里也少有陌生的面孔过来。

初星眠沉默良久："周叔叔他在很多年前就已经……去世了。"

流浪汉大叔手里的烟倏地掉了，他还没有消化这个消息，于是他又掏了掏口袋。

可这会儿口袋里哪有什么烟，于是他翻箱倒柜地从自己拾捡的袋子里又找到了半支烟。

点烟的时候，他的手都在抖。

良久，他才吐了口烟雾。

他眯着眼："周围山他还是没躲过。"

初星眠不懂什么意思，困惑地看过去。

"我叫王斌，从出生起就在梧桐县生活。"男人干瘪的嘴唇动了动，回忆起往事，眼睛里闪烁着很微弱的光，"那时候我们的工作都是包分配的，我和我的女儿都在370号纺织厂里做活。

"370号工厂起火的那天，我不在。

"回来的时候才听工友们说，那天的火烧得特别大，浓烈的烟雾把旁边的墙壁都熏黑了，火舌怎么都控制不住，就跟要燎到天边一样，把云彩都烧得通红。

"那场火灾死了不少人，我女儿当时在最里面的车间做工，她被呛晕了过去，也没人知道她还没逃出来。是周围山听到我女儿半醒间的呼救，不顾一切冲进去，将我的女儿背了出来。"

这些事王斌讲述得很清晰，就好像他每天都在回想，不停地复盘。

初星眠突然也想起来，这件事她在公园墓地听吴叔叔提起过。

吴叔说，他和周叔叔第一次出任务就是在梧桐路370号，也是那次，周叔叔从火场里背出来一位呼救的女生。

"那她……"

王斌知道初星眠想问什么，摇摇头，捻灭了烟蒂："虽然人是背出来了，但是她吸入的烟太多，最后还是没能救回来。

"周围山送我女儿去的医院，也是亲眼看着他刚救出来的人就那么没了呼吸。"

王斌至今也忘不掉那一幕。

火烧云染透了医院走廊的墙壁，红得艳丽夺目。

光线透过窗户投在地面的阴影将周围山框在里面。他默默地站在急诊室门前，身上有很多处伤，肩膀上还有被烧焦的残渣，灰头土脸，像是被绝望笼罩，整个人跟丢了魂般。

周围山机械地一遍一遍对王斌说对不起。

哪怕王斌一遍一遍地说感激。

当时的王斌还没有意识到失去女儿的痛苦，意外来得太快，太令人措手不及。

他知道他怨不得任何人。

"我女儿遗体被推出来的时候，周围山就站在我女儿的病床边，很久都没走。连护士都以为慧慧是他的女儿，还去宽慰他。"王斌苦笑着，有些回忆埋在心里太久，突然一股脑地释放出来，他竟然不觉得沉重，反而只有轻松。

"慧慧下葬的那天，周围山又来了。他把我单独叫到旁边的饭桌上，我们喝了好多的酒，他跟我说他也有一个孩子，跟我家慧慧差不多大的年纪。

"他说水火无情，但他作为消防员有应该承担的责任，所以他担心有天他不幸牺牲，他连遗书都没得时间去写，可他不想就这么悄无声息地消失在孩子的生命里。

"然后他递给我一个信封，那是他提前写好的一封信，说要寄存在我这里。为了这个念想，我就一直在这里等。"王斌说到最后，有点哽咽，"我其实希望他的孩子不要来，那样就说明他还活着。

"但我又希望他能来。"

尘封的回忆落定。

在那以后，王斌就一直守着那封信——一封遗书。

后来没多久，工厂损失过重倒闭，附近的工人们全都下岗了，他们或是去华江市里做工，或是背井离乡远走高飞。

留下来的，都是走不掉的。

王斌看到初星眠递过来的日记本，上面眼熟的几个字让他顿时就哽咽了。

那页纸面还沾了不少烟灰。

王斌想伸手去碰，但黝黑的手指在探伸去的瞬间，又窘迫地收了回来。

"既然他把信息传递给了你，这封信我就交到你手里吧。"王斌有点沉重，却又如释重负地说道。

稍一顿，他又问："你知道周围山的孩子现在在哪里吗？"

初星眠怔了怔，点头。

"他叫什么名字啊？"王斌问。

初星眠掌心蓦地攥紧。

她敛眸,下意识屏住呼吸。半晌,她才一字一顿地说道:"周晁嘉。"

"周晁嘉?"王斌挤了挤眼眶,跟着初星眠念了遍,低下脑袋,"很好听的名字啊。"

王斌住的地方离马路不远。

但与其说是住的房子,倒不如说是街边的危房小棚。

房间里面的设施都很简陋,他平日里捡来的废弃矿泉水瓶摆在角落里。

王斌从床底拿出个红木漆面的盒子。

周围的物品都很破旧,唯独这个盒子光亮崭新,能看得出来经常被擦拭。

王斌小心翼翼地打开锁头。

很宽敞的箱内,孤零零地躺着一封信。纸张很单薄,边缘稍微泛黄。

王斌把手擦了擦,拿出信递给了初星眠:"给你吧。我承诺周围山的事情,今天,到此为止。"

捧着信纸,初星眠不知道说什么。

临走前,她瞧见王斌蹲在地面盯着空箱子看,便问道:"王斌叔叔,您接下来有什么打算吗?"

"或许……我也该去陪陪我家慧慧,她一个人会孤单吧!"

初星眠咬住了唇,语气淡然坚定:"您的女儿,她一定希望您好好活着。"

王斌愣在原地,什么也没说。

"如果我能为您找到一份可以养家糊口的工作,您愿意吗?"初星眠内心挣扎了好一会儿,就在想要不要说这句话。

初星眠很少会想依靠初茂平解决问题,但现在,她承认她没办法坐视不理。

"谢谢你的好意,小姑娘,"王斌摇摇头,"我习惯了在这边。"

初星眠还想说什么,却见旁边的陈叔朝她摇摇头,最后她道了别便离开。

回到车上,初星眠看着信封发呆。信封是很普通的款式,就是几年前大街小巷里都会卖的那种,但王斌叔叔却将它视若珍宝,一直都小心翼翼地存放。

初星眠没有说话。

良久的沉静,她像是在认真思索。

第十九章
往事

回去的路上，陈叔用余光从倒车镜里瞥了初星眠好几次。

陈叔会将梧桐路的事情告诉初茂平，这点初星眠没有觉得很意外。

她在房间里收拾行李，刚将几件帽衫和长裤叠好，房间门就被敲响。

初茂平臂弯里还挂着西装外套，见状顿时就蹙紧眉头："你这是在做什么？"

"去东济。"初星眠稍一顿，倏地抬起头来看向初茂平，"周晁嘉是不是很早就将录像带里的内容发给过你？他把选择权交给了你，但是你辜负了他的信任，你甚至引导我相信是周晁嘉在故意隐瞒。"

初茂平被她的话问得一怔，随即冷下脸："你有什么资格这样跟我讲话？"

"我养了你这么多年，你却为了一个陌生人用这样的态度对待你自己的爸爸？"

本来初星眠还觉得心里很沉闷，但此时听完初茂平的话，顷刻间平静下来，目光直视："我是具有独立人格的人，不管和谁谈恋爱，都不需要你们插手。

"我有我自己的选择，我有我自己的判断，我知道我在做什么。"

"你不知道！"初茂平突然大吼出声，"我做的哪件事不是为了你好？"

初星眠突然沉默地看着他，半晌后，她说道："你不是为了我。"

"你在胡说什么？"初茂平的脸色阴沉得几乎要滴出水，额头的青筋也跟着一跳一跳的。

初星眠说："你让我嫁给阮东俊，只是为了和阮家联姻，好巩固你在华江的经济地位。"

"我这么做有错？"初茂平臂弯甩出去，西装径直扑向了旁边的凳子，"没有钱，你以为你还能活得这么随心所欲？你以为你现在优越的生活条件是谁给你提供的？"

"咣当——"木凳子砸倒在地面。

"但这不是为了我。"初星眠慢慢攥紧被汗水打湿的掌心，声音很小却很肯定地说道，"你不在乎我喜不喜欢，我不喜欢阮东俊，和他在一起我也不会开心。"

她从小到大很少有和初茂平吵架到这么凶的时候。

印象里，初茂平还是顾家又慈爱的父亲形象，可是不知道从什么时候开始，她和初茂平的沟通越来越少。

好像生活变得更好以后，父亲却也越来越疏离淡漠。

"周晁嘉的妈妈是什么样？在那样家庭里长大的孩子能有什么好？"

初星眠定定地看着他："周叔叔是为了救我才不幸牺牲的。"

这句话噎得初茂平语塞。时间过了太久，久到他都想不起来还有周围山这么个人。

许是吵架的动静太大，把徐星都引了过来。

徐星刚到走廊就听见父女两个吵得不可开交，快走几步赶过来。

"发生了什么事？"徐星进了房间以后，赶紧转身把门关好，"声音大得哟，我在楼下都听到了。"

话音落下，徐星瞪了初茂平一眼："你也是，爸妈还在家里就对孩子大呼小叫的，要是让他们两个人听见，准要把你臭骂一顿。"

两位老人有多疼初星眠，家里人都清楚。

徐星不来还好，她一进来，初茂平满腹的怨气没地方发泄，刚好找了个出口："你怎么不问问你的宝贝姑娘准备做什么？她拿着行李箱要离家出走。"

"你要去哪里啊？"徐星震惊地看了初星眠一眼，又瞥见地面的行李箱。

初星眠没说话也没动，她背脊挺得很直，视线却低垂着，显然也是在生闷气。

"是你把录像带的事情告诉她的？"初茂平质问徐星。

徐星吓了一跳，捂住胸口："我哪有？你不是不让说吗？"

眼瞧着继续争吵下去也没有什么意义，初茂平气得摔门而出，徐星也很快跟着出去。

房门虚掩着，没关紧。

初星眠听见徐星和初茂平也在争吵。

恍惚间，初星眠听到徐星埋怨初茂平私下里去找周晁嘉，不该以威逼利诱手段让对方知难而退。

此时，她却很平静，平静得如同一潭死水。

前往东济镇没有其他的交通工具，只能坐十几个小时的绿皮火车。东济镇偏远，几乎快要到边界了，隔着一条宽阔的江面就能看见其他国家。

事实上，初星眠会知道周晁嘉入伍地点在东济镇，还是从李子瑞那里得到的消息。

她给李子瑞打电话的时候，对方似乎正在执行公务，说了几句就匆忙挂断电话。不过没多久他又回拨过来，在电话里询问她找他什么事。

初星眠问及周晁嘉，对方并不感到意外。

"他爷爷奶奶都在东济。他爷爷当年是革命老兵，晁嘉受他爷爷影响很深。"

闲聊几句后，初星眠问李子瑞："你知道我爸爸找过周晁嘉的事情吗？"

他说："知道。"

凌晨三点的火车站，人潮涌动。

角落里挤满了提前候车的人，他们盘坐在地面，捧着泡面吃得正香。

冷气吹得不足，闷热潮湿的空气里飘散着各类食物混杂的味道。

"麻烦让让。"旁边的阿姨挤过来，口音听着不像本地人，她把大包小包堆在椅子上，然后从包里掏出来个水瓶"咕咚咕咚"地喝起来。

初星眠挪了挪腿，将行李箱拉到近前。

人群拥过来，也不知道谁撞了阿姨，她手里的水顿时洒了大半出来，连坐在旁边的初星眠都被波及。

"哎哟，真的是哦，走路都不长眼睛的。"阿姨嘟嘟囔囔地抱怨几句，目光打量到这边，"小姑娘，你那里有没有餐巾纸呀？"

初星眠很快就把纸巾递过去。

阿姨边擦边闲聊："小姑娘，你是准备去哪里呀？"

"东济。"初星眠回应道。

她话音刚落，阿姨顿时两眼放光："我也是东济的。是你父母还在那边？"

东济镇因为很破落的关系，城镇里凡是有劳动能力的年轻人几乎都跑了出去。

初星眠摇摇头："我是去那边找……我的朋友。"

"也是，像你们这样的小年轻，有哪个愿意去那样的地方。"阿姨自言自语地叹口气。

检票的时间很快到了，阿姨就在初星眠的前面，她们一前一后地上了车。

两个人竟然是同一节车厢的，连位置也挨得很近。

阿姨一个劲儿地感慨和初星眠有缘分，又是送水又是送自家烘干的小零食给初星眠。

旅途漫长枯燥，直到火车在清晨中"咣当咣当"地驶入目的地。

初星眠昨晚几乎没怎么睡着，她揉了揉惺忪的眼，微微叹口气，只觉得思维混沌。等她回过神来，车上的乘客已经走了大半，车厢里只能看到三两个座位上还有人。

她长途出行很少选择绿皮火车,猛然间还有些不适应,好像胳膊和腿都已经僵硬到不是她自己的。

凌晨三点多,东济镇的温度很低。明明是盛夏时节,她穿着短袖走在火车站的风口,冷到微微有点抖。

天边已经泛起鱼肚白,广播的声音时近时远,初星眠随着人流的方向出站。

东济这边的火车站台很小,入眼是垂直且高的楼梯。

前面的人拎着箱子,磕磕碰碰地往上挪,她低垂视线。

也是到这时候,她才有了点无措的茫然。

手机在她兜里不停地响起来,初星眠拿出来看了眼,是许灿灿打来的。

"喂,你到了吗?"许灿灿的声音听起来很沙哑。

初星眠说:"到了,我正在找住的地方呢。"

说着,一辆出租车停在她面前,司机问道:"小姐,可走啊?"

初星眠挂了电话,钻进了汽车的后座。

她向司机报了地址,下意识朝着后面的火车站看过去,"东济站"几个字散发着昏暗的光,看起来萧条冷清。

虽然东济镇经济不好,但是该有的设施倒也有,至少还可以提前在软件上预订酒店房间。不过初星眠点开外卖的界面,上面可以选择的商家不多,而且销量也都比较低。

路面坑坑洼洼的,她在后面颠得胃里直犯恶心。

眼瞧着司机往窄的巷子开,她不由得蹙紧了眉头,就好像脑袋里的警报雷达"嘀嘀嘀"直响:"你好,我看我手机上面的导航显示有个南北大街可以走,路况也比较好。"

"小姑娘,我是本地人,走这条路更近。"司机脸色有点不好看,"导航那个东西都不准的。"

说话间,司机直接将车头一拐,开进了连路灯都没有的山路。

初星眠顿时觉得不安:"您走我手机导航的路就可以了,我不需要走这条更近的路。"

可司机不仅没有减速,甚至还踩了一脚油门。

惯性使然,初星眠刚前倾的身体猛地撞在了靠背上。

"师傅?"沉闷的车内,无论初星眠怎么沟通,对方都好像听不见似的不做回应。

她一咬牙,举起手机拨通报警电话:"您如果再不停车的话,我只能报警处理。"

但显然初星眠一个小姑娘,对方听口音都能猜到她不是本地人,压根就没把她放在眼里，司机也就用余光瞥了一眼，很快又收了回去。

初星眠以前只在新闻上看过这类事情，没想到自己今天也能遇到。

几个念头在她脑海里转过一遍，她有考虑跳车，但是现在的车速太快，如果贸然跳下去……

初星眠还是放弃了现在就跳车的想法，太危险。

她不停地留意附近有没有商铺或者住宅，想着能不能有其他的办法。

情况明明很危急，奇怪的是，她却感觉非常镇定，好像连刚才还混混沌沌的脑袋都变得清醒了。

倏地，她瞥见山腰间有处微弱的光亮，隐隐约约还有几个整整齐齐走动的人影。

前方是九十度的急转弯，司机不得不将车速减慢。

初星眠看准时机打开车门，抱着脑袋滚了下去。万幸的是，因为车速很慢，她只是肩膀磕碰到了，有些疼，但情况不是很严重。

出租车已经往前开出段距离，她想也没想就朝着山腰有光亮的地方跑过去。

山路难走，初星眠爬了一会儿就已经气喘吁吁了。

司机见状就把车随便往路边停下，黑着脸在后面追，边追还边喊："你给我回来！你别跑！"

他喊得越响，初星眠跑得越快。

不一会儿的工夫，她已经能看到前面不远处有人影在动。

司机也看到了前面的哨岗，脸色顿时变得很难看，赶紧停下脚步又转头往回跑。

初星眠正奇怪呢，突然脚底一滑，踩在了一块尖锐的石头上面，脚踝也跟着崴伤。

"哐——"骨缝里的痛意涌出来，她重心不稳，眼看就要摔下山去。

蓦地，手腕被一道强而有劲的力气拉住，她脚蹬了几下，很快就稳住。

"谢……"初星眠话音刚出，在回过头看向对方的瞬间，剩余的话全都咽回了喉咙里。

清晨光线逐渐变得明亮清晰，淡淡的湿气笼罩在四周。

她什么想法都没了，只感觉脑袋里一片空白，只能下意识屏住呼吸。

眼前的男人发梢很短，剪得干净利落，军帽被树杈刮得翘起来一角，露出细碎的短发，高瘦的身材，套着陆军夏常服短袖，扎线腰带衬得肩宽腰窄。

他的脸瘦了很多，下颌线条单薄而锋利，黑眸映着浅淡的曦光。

分别许久，再次重逢。

初星眠没想过，会是现在这般场景。

"周晁嘉。"她下意识地喊他的名字。

周晁嘉淡淡地收回视线，目光在她脸颊快速划过："还有力气吗？"

他的神情淡漠疏离，也瞧不出什么特别的情绪。

这让她有点沮丧。

"有。"初星眠抿了抿唇,声音很小。

周晁嘉说:"那抓紧我。"

天边已经微微泛着白光。

初星眠沉闷着没说话,她的手堪堪钩着周晁嘉的手腕。

也说不上钩,就是轻轻地搭了个边缘。

"你这样能抓住我?"周晁嘉懒散地笑了声,"不怕滑下去吗?"

这两声很浅很慵懒的话音,才让初星眠找到点熟悉的感觉,仿佛他还是她熟悉的周晁嘉,而不是面前清瘦刚毅、眉宇间透着淡漠疏离的军人。

初星眠知道现在她应该乖乖地听从周晁嘉的指示,至少也得先从山坡边缘爬上去再说。

但是,她就是控制不住自己心底奇怪又酸涩的情绪。

她想跟他说关于梧桐路的事情,她也想跟他说刚才遇到的出租车司机有多么吓人,一路上的疲惫和紧绷都在看到他的瞬间涌了出来。

可话到了嘴边就被她狠狠地咽了回去。

现在周晁嘉看她的眼神,就跟看个陌生人没什么两样。

四周雾气逐渐散去,湿润的气息从草地里漫出来,她鼻尖凉凉的。

"不说话?"周晁嘉轻轻挑了挑眉,黑眸沉沉的,像是在逼她做出行动。

初星眠顿了顿,手指慢慢收拢,严丝合缝地贴在了他的手腕上,指腹间能感觉到他温热的体温。

她小声嘀咕道:"人民子弟兵不是都很有耐心的吗?"

话音落下,她就感觉面前的人淡淡地把视线一垂,落在她身上。

两秒钟后,她听见周晁嘉不冷不热地说:"那是配合的,像你这样不配合的,一般我们都是直接打晕了带走。"

"你在开玩笑吧……"初星眠紧张得喉咙发干,轻咳了声。

周晁嘉懒懒散散地看她:"你可以试试。"

还是算了吧。

初星眠放弃这个想法,要是换了别人不好说,但她面前的是周晁嘉哎。

她觉得他能干出来这样的事。

初星眠乖乖听话,明显感觉面前的人在漫不经心地坏笑。

一来二去,她干脆用力抓紧了些。

也是趁着她的这道劲儿,周晁嘉一把将她拉了上来。

结果就是她用力过猛,没收住,反倒是径直扑倒在了周晁嘉胸前。

两人都跌进了草丛里,她鼻尖撞在了他下巴上,结结实实的酸涩感涌出来,她眼眶都跟着红了。

她咬紧了唇，两只手还没支撑起来，目光就撞进了周晁嘉漆黑深邃的眼眸里。他神情如常，眉梢微微扬了扬，眼睛一眨不眨地看着她。

"对、对不起。"初星眠紧张到声线都有些沙哑，手忙脚乱地想要起身，可非但没找到稳定的支撑点，反而因为慌乱把他胸前摸了个遍。手感好像变得比以前更结实了，不过隔着军装布料，其实也没摸到什么。

最后她爬起来，半晌后才硬着头皮岔开话题："你没事吧？"

"你觉得呢？"似乎是被她麦毛的反应逗笑，周晁嘉反问。

初星眠脑袋垂得更低了："那个，谢谢。"

"倒是客气。"对方不冷不热地接了句。

就在气氛沉闷至极的时刻，她听见周晁嘉问道："这么早你来这儿做什么？"

这个问题就很尴尬了。

初星眠想，她总不能说自己是特意为了找他来的吧？

不过初星眠确实没想到周晁嘉能待在这样山沟里，要不是这次阴错阳差为了躲司机跑过来，恐怕她就算满东济镇地去打听，都不一定能找到周晁嘉部队的大门朝哪边开。

不知道这算不算是因祸得福。

"我、我有事……"初星眠下意识就回道，"我有个方案要过来考察。"

周晁嘉有点不太相信她的说辞："来东济镇？"

"对啊，这里山清水秀的，很适合我们最新的方案。"像是怕他不信似的，初星眠小脑袋跟捣蒜似的猛点。

周晁嘉淡淡地瞥了她几眼："带雨衣了吗？或者雨伞、雨鞋？"

"没有。"初星眠不理解，"带这些东西做什么？"

她虽然没有来过东济镇，但来之前订酒店的时候也粗略地看了攻略，没见谁说还要准备这些东西。

周晁嘉说："最近这边都下暴雨。"

"那会下多久呀？"初星眠眨眨眼。在她的认知里，下雨也没什么可怕的，左不过就是今天下明天不下的，总会有晴天。

周晁嘉没多说其他的，简单地拍了拍衣摆的尘土："你先跟我过来吧，现在太早了，你一个人下山不太安全。"

"你是在关心我吗？"初星眠下意识地问道，话说出口，她才后知后觉地收敛视线，"我就随口问问，没其他意思。"

毕竟她当初决定和周晁嘉分开的时候，也是态度坚定，更何况她爸爸还去找周晁嘉的麻烦，怎么看她和周晁嘉都没到友善和睦的地步。

而且两人已经半年多没联系。

她悄悄地叹了口气，察觉到周晁嘉看了她一眼，不过也没说什么，反而转身要走。

现在贸然下山显然不是明智的举动，初星眠思索片刻，干脆就跟在了周晃嘉后面。

他们又往前走了段距离，部队高高悬挂的红旗在层峦叠翠中已经隐隐约约可以窥见一角。

离得越近，传来的口号声也就越清晰。

之前没有这么近距离地接触到部队基地的时候，初星眠对部队的印象还停留在记忆很模糊的军队大院。

走得越近，她心里的底气越足，扑面而来的庄重感让她感觉突然间有了后盾。

"你刚才怎么会出现得么及时？"初星眠情绪平稳不少，便把心里的好奇问了出来。

四周只有他们两个人，周晃嘉脚步微顿，侧过身，看向后方的小姑娘。她白嫩细腻的脸颊像是剥了壳的鸡蛋那么水润，鼻尖蹭到些泥灰变得黯淡，杏眸也因为疲惫而雾气盈盈的。很快，他收回视线，丢了两个字出去："巧合。"

初星眠目光微敛，真的是巧合吗……

所有的疑虑在初星眠跟着周晃嘉回到部队那一刻消散。她这才知道他口中所谓的巧合，只不过是个借口。

周晃嘉因为没请假私自外出的行为，被记过，军姿罚站。

部队基地设置在了这么隐蔽的地方，肯定出入也是很严格的，所以初星眠想趁着这次进来的机会，顺便把那封信给周晃嘉。但她翻了翻自己背的书包，这才想起来信在行李箱里。

而她的行李箱，还在出租车的后备厢里呢！

下山后，她先去派出所报了警。

东济镇这边的派出所很小，里面也空空荡荡的。

接待的警员立了案，还让初星眠留下了联系方式，说有线索会通知她过来。

这么一来，她的信没送到周晃嘉手里，行李箱也丢了。

初星眠只能先在东济镇住下来，等到事情解决了再做打算。

不过她没想到的是，这一待就是一周。

而当她再次去派出所询问的时候，得到的回复还是和之前差不多。

民警说没有具体的出租车车牌号，现在还没进展，让初星眠先回去等消息，有了消息会第一时间通知。

总而言之，初星眠已经从最初的焦急不安到淡然自若，甚至还趁着天气好把东济镇都转了一大圈，就当是旅游。

东济镇只有镇中心有几栋高楼小区，其他的还是平房居多，平房连成的区域里面有无数交错的小路。小孩子们穿着拖鞋在自家的院门口玩，家里的老人就坐在不远处的板凳上看着，连时间都好像变得慢了下来。

夕阳的霞光散漫地落满了街道，老人们仿佛也被镀了层光。

门里有人喊着："吃饭了。"

小孩放下手里的东西，欢天喜地朝着屋里跑。

初星眠觉得这一幕很温馨，便举起手机拍成了照片。

画面定格的瞬间，她猛地撞进了站在门口那位女人的视线里。

阿姨在看到初星眠的时候也是一愣。

"是你啊。"稍一顿，阿姨热情地招呼着，"吃过饭没？进来坐坐吧。"

"我们也真是有缘分哦，当时我从火车站出来没看见你，以为你提前走掉碰不见了呢。"阿姨的手在围裙边缘擦了擦，微胖的脸颊挤出来一抹笑意，眼睛眯了起来。

原本初星眠打过招呼以后就想走，但耐不住阿姨的热情，硬是被拉了进去。

阿姨做的都是家常菜，口味偏甜辣，初星眠吃了几口，觉得比她在菜馆吃的还要正宗。

聊了几句，她知道了阿姨姓薛，是在华江做家政工作的，薛阿姨人很好，经常回到东济镇照顾这边的独居老人们。

时间久了，邻里都互相熟悉，看见薛阿姨都会热情地打招呼。

下午薛阿姨准备去看望一对退伍的夫妻，两位老人年轻时候都是参过军的。她在准备水果的时候，顺便问了初星眠要不要同行。

薛阿姨要拿的东西很多，初星眠便没拒绝。恍惚间，她想起周晁嘉似乎说起过他的爷爷奶奶也在东济镇生活。

如果有机会的话，她其实也挺想去看望两位老人的。

这两天下过雨，巷口的路面泥泞潮湿，青砖翘起几块，积留的污水迸溅得到处都是。

空气潮湿，初星眠跟在薛阿姨后面，两个人一前一后地来到铁门前。

院里的树看起来有些年头了，繁多杂乱的树枝旁逸斜出，从围墙四周垂了下来。

薛阿姨向她解释道："这两位老人在东济很有声望的，夫妻两个人都参军打过仗，后来上级本来想把他们夫妻调走的，但是两位老人留了下来，在这边任教。"

"镇里不少有出息的大学生都是周老师和李老师教出来的。"稍一顿，薛阿姨叹口气，"也算是给了这个小镇里的年轻人一点希望。"

说话间，薛阿姨已经敲响了大门的把手。

把手生满了铁锈，却擦拭得干净锃亮。

很快，门慢慢地打开了一道缝隙。

里面的奶奶已经满头白发，她的肩膀微微佝着，看起来似乎行动不太方便。

"李老师，这不是今天天气不错，我们过来看看你。"薛阿姨笑嘻嘻地举了举水果。

见到是薛阿姨过来，李老师愣了一秒，嘟囔着："来就来，带东西做什么。"

倏地，李老师看到不远处的漂亮小姑娘，困惑地问道："这位是？"

"李老师好。"小姑娘恭恭敬敬地弯了弯腰，"我叫初星眠。"

薛阿姨说："是我在车站碰到的。家里可有人呀？"

这时，屋内传来很轻的说话声，李老师回过头看了眼："今天孙子请假回来看看我们。"

"就是在部队当兵的那个？有出息的。"薛阿姨夸赞道，"是不是没有女朋友呀？我在华江有很多雇主家里的女孩子都不错，要不要我给介绍介绍？"

"不急，孩子会有他自己的想法。"李老师笑了笑。

薛阿姨看向初星眠："小初姑娘长得这么好看，肯定有男朋友的吧？"

初星眠顿了顿："没有。"

薛阿姨有点诧异，不过下一秒，她笑着揽过初星眠的肩膀："女孩子嘛，当然要好好挑的。不过你也没男朋友，那正好就和李老师的孙子见一见。

"李老师家的孙子长得真的很帅的，阿姨绝对没有说瞎话。"

李老师迎了两个人进去，院里的空间很大，两侧种着几棵树和一些蔬菜，两只猫躺在瓜架下的阴凉处，正优哉游哉地舔着爪子。

像是听到了动静，其中一只黄白相间的猫咪顿住动作，没一会儿工夫，它从瓜架下跑了出来，蹲在初星眠的脚边来来回回地蹭，很是熟稔的模样。

"这是我孙子养的猫，他就在附近的部队当兵。"李老师笑了，"这猫看起来很亲你呢，也是有缘分。"

初星眠摸了摸猫咪的后背，见小猫舒服得弓起来，不由得敛了敛目光。她不知道是在和李老师说，还是和她自己说："可能是有缘分吧。"

话音刚落，初星眠便撞进了一双熟悉的黑眸里。

霎时间，她心里有点说不出来的滋味，明明是意料之中，心跳却还是会莫名地停半拍。

"这是我爱人和我的孙子周晁嘉，"李老师从桌面的角落里摸出眼镜戴上，"这位是初小姐。"

周晁嘉坐在周老师的旁边，神情懒散地倚在那儿："初小姐，你好。"

初星眠耳朵当即就红了起来，她尴尬地轻咳声："咳，你好。"

明明是很熟悉的两个人，这会儿却要装成第一次见面的模样。

薛阿姨放好东西，随口来了句："哎哟，两个年轻人看起来倒是很般配呢。"

话题一下子就聚集在了初星眠和周晁嘉两人身上。

初星眠略微不自在地碰了碰鼻尖，视线也跟着低了下去，直盯着脚尖看。

她悄悄地瞥周晃嘉一眼，想从他那儿也看到什么异常的情绪反馈，结果，他倒是神色如常，还端起茶杯抿了口，眉眼微微上扬，看起来随意又自然。

"晃嘉，给初小姐倒杯茶。"坐在木摇椅上的周老师看起来约有七十五六岁的模样，眉宇间和周晃嘉有几分相像，想来年轻的时候应该也是很清俊的。他眉眼弯弯，笑得很温和，但是露出来的半截小腿上有很明显的伤疤，如同一只长而扭曲的蜈蚣。

像是察觉到初星眠的目光，周老师笑着挪开了腿："年轻时候留下的伤，虽然现在老了也没什么感觉，但看着总是丑得触目惊心。"

"您这是荣誉的象征。"周晃嘉勾唇笑了笑，放了个杯子到初星眠面前，语气熟稔，"普洱能喝得惯吗？"

"也没见你怎么喝过茶。"他垂眸，眼里像是氤氲出了些许温和。

气氛蓦地静了，周晃嘉的话就这么清晰且明确地传进了在场每个人的耳朵里。

"喝得比较少，"初星眠不自在地别开视线，"但可以接受。"

茶叶在水中沉沉浮浮，淡雅的茶香很快溢了出来，萦绕在鼻息间。

初星眠捧着茶杯轻轻吹了吹，抿了口，微微有点陈涩的口感。

她其实不太喝茶，偶尔初茂平兴致勃勃地邀请她一起品茶，她也喝不出什么区别。

瞧着她细微的表情，周老师笑呵呵地问道："是不是觉得有点涩口？"

初星眠抬眸，正好和周老师的目光撞了个正着，她杏眸眨了眨："会有一点，不过我平时喝茶不多，所以也没有感觉到特别明显的区别。"

"这茶是去年我一个学生从原产地带回来的，刚入口时是会比其他的茶涩口感更重，不过再回味片刻，这苦涩味道就会慢慢回转成甘甜。"周老师说话慢条斯理的，能看得出来是个性格很温厚的人，"其实苦涩味也常常被称为茶的'收敛性'，收敛性强的茶叶入口时会有强烈的苦涩感，但是也会很快就消散，收敛性弱的则会消退得慢一些。"

许是出于职业习惯，他喜欢将话解释得清晰透彻。

初星眠仔细地抿着，最初的味道过去以后，真的有淡淡的回甘。

两人相谈甚欢，连周老师平时最心疼的周晃嘉都被冷落在旁。

他黑眸沉沉，目光扫过李老师询问的眼神，也没有要和她解释的意思。

倒是小姑娘和他爷爷越聊越投机，整个人都靠拢过来。

离得近了，空气中有一种若即若离的温热感，淡淡的香气蔓延而来。

周晃嘉的指腹有一搭没一搭地碰着茶杯，低垂着视线，仿佛在思索什么，但其实他的注意力全都集中在初星眠那里。

他表面越是镇定自如，内心越是煎熬。

他向来不是很喜欢表露情绪的人，成长经历也促使了他习惯于将真实情绪隐藏得很好。只是在初星眠面前，他几乎克制不住。

没人知道那天他在山坡间看到初星眠的时候，心跳得有多快，仿佛下一秒就要从喉咙里蹦出来。

周晁嘉连做梦都不敢想象的场景，竟然真的出现在了面前。他第一次违反了部队的规定，可哪怕承受再多的惩罚，他也甘之如饴。

思绪回笼，正巧周老师和初星眠说到他。

周晁嘉眉眼稍抬，微侧身，视线撞进了初星眠的杏眸里。

初星眠看起来比半年前更清瘦了些，衬得鼻梁高挺，脸颊白皙。

周晁嘉敛过视线，手掌蓦地攥紧成拳。

"初小姐是在华江上学吗？"周老师很喜欢面前这个面容干净、眼底透着直爽的小姑娘，"说起来，晁嘉也是。"

"嗯，在南工大读本科。"小姑娘有问必答。

周老师像是想起什么，转过头看周晁嘉："我记得，你是不是在南工大读研究生？"

"是。"周晁嘉笑了，"我们，是校友。"

他尾音拖长了些，语气挺散漫的。

薛阿姨是个心里憋不住事的，闻言便八卦说："难怪你们两个刚才说话那么熟，原来是认识哦。"

初星眠悄悄在心里道，岂止是熟……

天空很快下起大雨，最近东济下雨都很频繁，所以坐在房檐下的几个人也没觉得不对劲。狂风吹着院内的树枝，雨水的潮湿气息弥漫过来。

雨越来越大，眼看着积水没办法从下水道漏进去，反而打湿了门槛。

路面淤积了很深的积水，冲刷出来的残枝烂叶漂浮在上面。

周老师皱起眉头："今天的降雨量不正常，镇里的堤口不知道有没有被没过去。"

初星眠下意识困惑地看向周晁嘉。

对方黑眸稍抬："东济和华江所处的位置不同，这边临靠江口，经常有洪涝灾害。"

"是啊，"周老师接话道，"虽然这两年再没发生过洪涝灾害，但是今天……"

今天的情况显然不对劲。

话还没说完，手机铃声顿时在屋内响了起来。

众人循着声音看过去，发现是周晁嘉的电话在响。

那边似乎也很着急，刚接通，电话里就传出来一个焦急的声音："晁嘉，你在哪儿？"

"排里组织人手抗洪，你的请假要先终止。镇西口那块已经被淹了。你处理完手边的事情，迅速归队集合。"

路面积水越来越深，周老师行动不便，李老师搀着他一起往仓库里走，两个人要去把防洪沙袋挪到门口来。

因为东济经常发生洪涝，所以每家每户的仓库里都会备一些防洪袋。

薛阿姨惦记着家里的老人小孩，冒着雨匆匆忙忙地就走了。

气氛蓦地静了下来，初星眠正在思考自己能不能帮上忙时，手腕突然一沉。

一只温热的掌心覆盖住她纤细的腕骨，指尖划过，带了丝潮湿的清凉。

她诧异地抬头，不知什么时候，周晁嘉已经出现在了她的身侧。

两人贴得很近，近到连彼此的体温都能察觉到。

"我先送你回去。"周晁嘉神色淡淡的。

镇西口被冲垮了，堤口也被江水淹没，东济镇的所有人都知道今天会发生什么，但他们能做的却有限。

远处的天阴沉沉的，像是泼了浓重的墨，闷闷地压了过来。

狂风呼啸而过，连水面的波纹都仿佛在张牙舞爪。

空气中充斥着潮湿的腥味，在灾害面前，一个人、一栋房、一座城，都显得那么渺小和无力。

初星眠被周晁嘉推着往门外走。她悄悄瞥了他一眼，说道："没关系，我自己能回去。你不是……还有急事吗？"

"有什么急事能比你重要？"周晁嘉冷淡地看着她，手里的动作却没停顿，他的手环着她的肩膀一侧，几乎是生硬地把她往他自己跟前带了过来，"你乖乖待好就行。"

门外雨下得大，周晁嘉把外套脱了挡在两人的上方，朦胧又潮湿的雾气里，根本看不清楚前方的路。初星眠低着脑袋，看着急湍的水流没过她的脚踝。

她被周晁嘉环抱在臂弯里，往前走的每一步，她都能蹭到他胸口。

隔着并不算厚实的布料，她无处安放的小手时不时摩挲带过，指腹的触感温热软滑。

初星眠努力想要做出若无其事的模样，想说服自己现在的亲近只不过是迫于下雨，但她心跳得很快，快到仿佛要从喉咙里蹦出来。

水渍迸溅声很清脆。

还没到大门口，李老师在滴水的房檐下喊了一声。

不过两人的步伐也就稍微停顿，下一秒，周晁嘉就推开大门走了出去。

李老师拎着两把雨伞过来，可眼前哪里还有周晁嘉和初星眠的影儿。

"怎么了？"周老师步履蹒跚地挪步到跟前。

李老师纳闷地说："我看那两个孩子都没带伞，想喊他们回来拿一把呢。晁嘉那臭小子分明是听见我喊了，却头都没回地往外走。这么大的雨，淋生病了可怎么好。"

周老师眼角的皱纹慢慢聚拢,眼白混浊,瞳孔却澄澈明亮:"他哪里需要你帮忙,他是想自己献这份殷勤。"

"你是说……"李老师怔了怔,"那个小初姑娘?"

周老师点点头:"你知道晁嘉今天来找我做什么吗?

"他是想让我出面帮忙,催促派出所那边调查一位姓初的小姐行李箱丢失的案件。"

东济镇相对来讲比较落后,平日里修个路种个树都要折腾来折腾去,派出所里查案的效率更是低。

"说起来,"李老师沉思着,"这位小初姑娘的长相总是让我觉得眼熟。"

周老师颤颤巍巍地从旁边的抽屉里拿出来张照片:"看看这个吧。"

照片里是十八九岁的初星眠,她穿着高中校服,背着沉重的书包,扎着清爽的马尾辫,正朝学校的大门跑去。人群里,小姑娘长相干净,浑身都散发着淡淡的光。

从拍摄角度来看,这张照片是被人偷拍下来的。

"初茂平的女儿。"李老师诧异地捂住胸口,震惊之余又觉得在意料中,"我说怎么看着眼熟。"

稍一顿,李老师说:"那你刚才早就发现,竟然……"

知道了初星眠就是初茂平的女儿以后,要说完全心无芥蒂也不太可能。

周老师笑了:"不光我知道,晁嘉他也早就知道。"

"葛红当年费尽心思地挑唆我们,想让我们替她出头去闹事要钱。"周老师叹了口气,"可是我自己的儿子我了解,他不会希望我们那样做。晁嘉这孩子虽然瞧着冷冷淡淡的,但其实也是个外冷内热的孩子,有点像他爸爸。

"他要做的事情,不达目的决不罢休。

"他对这个初家小姑娘的喜欢,远超过我们的想象。"

路面的积水越来越深,不少老人抱着孩子艰难地往更高处走。

巷口像是被湍急的河流淹没,水流不断地冲刷着路两旁的围墙,潮湿泥泞的气息逐渐浓烈。

初星眠自小在华江长大,没经历过洪涝灾害。

紧张情绪的催动下,她蓦地反手握住了周晁嘉,水珠顺着两人相握的地方滑落,带着湿湿滑滑的触感。

视线忽明忽暗,外套像是将他们两人与世隔绝。

两人气息很近,靠得也很近。

初星眠漫无目地跟着周晁嘉的步伐。

"你带了其他的换洗衣物没?"他低沉的嗓音打破了沉寂。

272

初星眠偷偷瞥了他一眼,余光划过他瘦削的侧脸,耳朵蓦地一热:"带了。"

"这几天吃东西要注意。"他淡淡地嘱咐道,"回去以后先喝点热水。"

"知道了。"初星眠小声地应着。

稍一顿,她轻轻喊他:"周晁嘉。"

"嗯?"

初星眠问:"你的处分怎么办?"

他的脚步倏地顿住,初星眠猝不及防地环住了他的腰身,像是触了电似的,连忙撤开。

"我都知道了,你那天去救我不是巧合。"她说。

"所以,"周晁嘉嘴角微微扯动,低下头,"你要补偿我?"

初星眠顿了顿。

补偿……好像认识周晁嘉以来,两人总是绕不开这个话题。

像是察觉到她若有所思,周晁嘉漫不经心地又接了句:"那以身相许吧。"

本来很正常的话题,被他这么接了一句,简直像是在暗示什么。

初星眠脸颊顿时热了,扑面而来的水汽覆在长而卷的睫毛上,异样的情绪在浮动。

到了她住的宾馆,门口的人都忙着往外撤离,说是宾馆的墙体被洪水冲裂,现在里面很危险。

也是这会儿,初星眠突然明白了之前周晁嘉问她有没有带雨衣、雨鞋的用意。

看老天爷下雨的架势,根本没有停的打算。

周围的人都换上了拖鞋和雨衣。

头顶的衣服撑开了一道缝隙,初星眠这才注意到周晁嘉整个人都被雨水淋湿,衬衫贴在了胸口,衬得肩宽腰窄。

她自己倒是没被雨水浇得这么透。

"你,往那边点。"初星眠伸出小手扯了扯,想把头顶的外套扯过去,还没动,她掌心蓦地被攥住,"你都被淋到了啊。"

耳边只有彼此的呼吸,他薄唇扯了扯:"照顾好你自己就行,听话。"

初星眠话还没说完,就被周围嘈杂的环境打断。

"救命啊!救命啊!"尖锐又刺耳的呼救声像是划破雨水的利刃,扎进每个人的耳朵里,"我的儿子!我的儿子他被冲下去了,谁来帮帮忙啊!"

阿姨声嘶力竭的模样很快吸引了周围的热心人,这时,大家才注意到拐弯处的路沿,湍急的水流正顺着低洼处冲了过去。

东济镇的地理位置特殊,临靠江面,地势却不平整,坡下的房子地势低,这会儿已经被淹没了大半。

远处有几个起起伏伏的身影在挣扎。

看起来那边的小孩子不止一个。

初星眠几乎想也没想，跟着周晁嘉一同朝着小孩子们所在的位置跑了过去。

视线昏暗，越往下积水越深，水流也越湍急，两侧的车已经被水冲得漂浮起来。

起初初星眠视线范围内还能瞧见周晁嘉的身影，可渐渐地，两人的距离越来越远，远到她只能隐约知道他在什么方向。

鼻息间都是积水的腥味，倏地，耳边响起很微弱的哭泣声。

初星眠循着声音看过去，只见一个小孩牢牢地抓住了一根翘起的铁杆，怀里还抱着一只两三个月大的小狗。

"姐姐，你是来救我的吗？"小孩发抖，声音被雨声遮盖了大半。他死死地抓着旁边的铁杆才勉强能停留。

初星眠艰难地靠近，但她也不能靠得太近，太近的话自己也有被冲下去的风险。她伸出手："抓紧我，我带你走。"

小孩子有一瞬的犹豫，哽咽道："姐姐，我的脚，动不了。"

情况紧急，初星眠也没多想，一步一步地挪着。

倏地，她脚底一滑，像是踩到了油渍般，整个人不受控制地向下沉。更大的冲击力自坡上冲刷过来，顷刻间，所有的一切都变得混沌，变故来得太快太急，让人猝不及防。

意识模糊时，初星眠模模糊糊地感觉到有人紧紧抓着她的手腕。她努力睁开眼睛去看，却只能隐约看到对方瘦削的脸庞。

"周晁嘉。"她喃喃道。

"我在，别怕。"

第二十章

深藏爱意

初星眠醒过来时是在一艘救援船上。

雨停了,但四周都已经被淹没,他们所处的位置像是已经到了镇里的最下游,两旁的自建房都被冲塌,只剩下断壁残垣。

她身上被套了件救生衣,船头坐着几个不认识的男人。他们橘色的救生衣下面能看见迷彩军服,旁边的三个小孩也处于昏迷状态,还没有苏醒。

见初星眠醒了,为首的男人抹了把脸上的雨水,关切道:"有没有觉得哪里不舒服?"

初星眠摇摇头,她脑袋被船晃得直晕,胃里翻江倒海的感觉让她想吐,但又吐不出来。

半晌,她想开口,却发现自己的喉咙像是灌了沙般沙哑:"周晁嘉他……"

他怎么不在?

晕倒前,初星眠记得她有听到周晁嘉和她说话。

没人回应她的问题。

不过很久以后,为首的男人才说道:"我们救援队过来的时候,就只看到了你们。"

"你们的位置很安全,但没有看到周晁嘉,或许他被冲到下游了吧。"

十天以后,这场洪水被完全控制。

镇机关单位安排了居民暂住点,每天上午十点钟发放日常生活用品和食物。

初星眠的行李箱也找回来了,听来送东西的警察说,行李箱是周老师和李老师帮忙找回来的。也是凑巧,再晚一会儿,那辆出租车可能就要被冲没了。

行李箱里的东西都在,只是被洪水浸泡过后,潮湿又有腥气。

初星眠把那封信拿出来晾晒干净,信封的边缘变得粗糙坚硬,仿佛经历了一场浩劫。

在这次洪灾中受难的人不少,目前镇里还在做人口登记调查,有很多暂时还没找到的人都按照失踪报备处理。

幸运的是,周晁嘉不在失踪名单内。

不幸的是,周晁嘉被找到时受伤严重,被部队的人接往军区医院治疗,目前在隔离期间,除非有特批,一般情况其他人是没有办法进到医院里面去看望的。

从东济镇离开前,初星眠把那封信交到了周老师的手里。

她没说什么,只说如果周晁嘉回来的话,让周老师帮忙转交。

周老师苍老的手指捏着信封颤抖,喉结上下滚动着,似乎是想说些什么,但最终什么都没说。

火车站的广播里不断地重复着列车车次,初星眠拎着行李箱踏进了车厢。

车厢两侧的光影缓慢地向后延展,她最后看了看那张站牌,在荧黄的灯光衬托下显得破旧又昏暗。

凌晨的车厢内冷气意外地开得很足,她手脚发凉,牛仔裤的边缘像是硬条似的划过她的脚踝。随着她的呼吸,车窗蒙出淡淡的雾气,将光影晕染得更加不真实。

火车驶出东济的时候,她拿出手机想给周晁嘉发短信。

她手指在屏幕上停顿了很久,呆怔了半晌,竟不知道该说些什么。

想嘱咐他好好养伤,想跟他说很多的心里话,但最后也只有很简短的三个字:

【我走了。】

好像也是这段时间,初星眠才想明白,有些人天生就是要追求自己热爱的事,哪怕是在无人问津的小城镇,也会有人不计时日地付出。

所以她和周晁嘉的分别是注定的,没有遗憾。

回到华江不久,初星眠和许灿灿、温意商议将梧桐路那边买下来投资做产业园。她们的工作室也会在园区建设完成以后搬进去。

许灿灿和温意的父母在听完几个孩子的规划以后,也很支持,于是替她们解决了资金链的问题。

当然,大部分的钱还是初茂平出的。原本初茂平很不看好梧桐路附近,觉得那里偏远太过荒凉,投资进去也没什么意义。不过初星眠给他递了份规划书,里面的资料详细清晰,让初茂平破天荒改变了主意。

也是这次的规划书让初茂平意识到,他的女儿并不是想象中的柔弱,正相反,初星眠有很多想法都非常不错。

五年的时间,已经足够将梧桐路规划完毕,有了资金投进来,这里脱胎换骨成了高新产业园。原本杂草丛生的坡上已经被绿植覆盖,每天都有人会定时定点清理打扫。崎岖的土路也被修缮成了柏油马路,宽阔敞亮。四周的公寓也逐渐盖了起来，形成了小规模的商业圈。

初星眠她们的工作室坐落于高新产业园中心的 A 座大厦，楼层不高，但大片的落地窗采光很好。

到了下午，办公室里弥漫出来很淡的咖啡味道。每个人都在自己的工位上忙碌，偶尔有两声交谈也是轻轻的。

助理小刘敲了敲门进来，捧着一沓资料："小初总，这是南工大发来的校友邀请函，想问您去不去呢？"

初星眠白嫩的手指在桌面敲了敲，轻轻眨了眨杏眸。阳光大好，正透过窗户照进来，在桌面投射出浅淡的斑驳光影。她神色微敛："什么时间？"

"这周六上午十点。"小刘看了看手机上的邮件，两人视线对上时，她仍忍不住在内心感慨初星眠的长相，"说是想邀请您作为南工大的杰出校友去演讲。"

"可以。你周五晚上再提醒我。"初星眠应声说道。

稍一顿，她又问："这次演讲的主题是什么？"

"大概是缅怀和弘扬爱校精神。"小刘八卦了两句，"不过听说这次杰出的校友里，有个教授挺有名气，前几年入伍还有军衔，人长得也很帅，时间就安排在您后面，说不定到时候可以见一见。"

提起入伍和军衔，初星眠第一时间想到的是周晁嘉。

她好像是在放弃他，但又好像心存幻想地等待，连她自己都不知道在等什么。

这几年，徐星和初茂平也有安排各类青年才俊和她见面，不过她实在没什么兴趣。

她顿了顿，轻扣上钢笔的笔帽，清脆的声音将她的思绪拉回到现实："你帮我安排吧，我周六会准时到场。"

下午初星眠没什么工作，提前下了班。

最近两天许灿灿和温意都在外地跑合同，她这边倒是清闲。

初星眠出门的时候碰见了王斌，王斌笑呵呵地和她打招呼，一改初见时的颓然，眉宇间都意气风发的。

"这是下班了吗？"这么多年过去，王斌也胖了不少，和当初拎着破塑料袋捡垃圾的时候判若两人。

初星眠点点头，脚步顿住，看向对方："嗯，今天没什么事，走得早。"

产业园建设起来以后，一些分包的活就落在了原本居住在这里的居民头上。

王斌目前在园区里当运输工，虽然日子过得比从前辛苦些，但有了营生，倒也看见了希望。

周六，司机早早就在楼下等着。

初星眠昨晚熬了个大夜，把合同仔细敲定又回了很多封邮件，天将亮的时候才勉强睡了几个小时。

她钻进车里以后就戴上了墨镜:"陈叔,到了目的地告诉我,我先睡会儿。"

陈叔笑呵呵地应声,感慨着年轻人想拼搏就得忙起来。

倒车镜里,小姑娘穿着剪裁得体的西装,领口的纽扣没扣紧,微微敞开,露出了修长的脖颈,黑亮长直的头发披散在肩窝,巴掌大的脸颊被墨镜遮挡了大半。

南工大和五年前区别不大,不过从初星眠入学那年就要建设的新体育馆终于盖完了。学校里换了一批又一批陌生的新鲜面孔,时不时向车里投过来好奇的目光。

车辆向会堂开去,道路两侧拉满了横幅,红底白字,扎眼又瞩目。

眼熟的名字和不眼熟的名字都被挂在上面,初星眠瞥了两眼就没了新鲜劲儿。

六月的天气说热不热,但时常阴雨连绵。

初星眠下了车以后就挂着得体的微笑走向会堂,沿途一路礼貌地打着招呼。

她真觉得现在的自己比以前更会伪装,总是装出一副精英的模样,好像什么事情都游刃有余。

但其实也不尽然。

座位第一排的桌面上摆放着名字,位置还是很容易找到的。聚光灯照在舞台正中央,来来往往的人忙碌到不行。

观众席的光影黯淡,没那么强烈。

四周的环境让初星眠昏昏欲睡。

整个过程也没什么新鲜的,和各类典礼差不多,有名气有声望的企业家校友们排着队讲话,别说底下的学生,连初星眠都数次强撑着困意在鼓掌。

唯一有些意外的是,那位声名大噪的教授因为公事缺席,让众人非常遗憾。

初星眠对这人没什么兴趣,只是在听到旁边人讨论这名教授姓周的时候愣了愣。

她眼眸微敛,姓周啊……

典礼结束,天公不作美,狂风带着骤雨大有席卷一切的架势,吹得树梢"呜呜"作响。天阴得可怕,豆大的雨滴"噼里啪啦"地砸着。

初星眠在会堂门口的廊檐下等了会儿。她发消息给陈叔,让他等雨小了再过来。

四周的人或是撑伞离开,或是和她一样在廊檐下面躲雨。积水迸溅,倏地,初星眠瞥见草丛中的异动。

雨下得很大,但她还是看清了异动的来源。

只有手掌大小的猫咪无助地蜷缩在水坑里,它颤抖着,小脑袋瓜四处寻找,它的叫声混进了雨声里,听得并不真切。

旁边的行人神色匆匆,也没人在意。

初星眠几乎想也没想,顶着大雨跑了过去。没一会儿,她浑身都被浇透,衬衫贴合在皮肤上，不舒适的黏腻感像是不透明的网。

她蹲下身子从草丛里捞出小猫，又捧进怀里，还没站起来，头顶蓦地被一把伞遮挡。

视线稍抬，入眼的是一把黑色的伞柄。

骨节分明的白皙手指紧扣着，隐约可见淡青色的血管。

再抬头，她的目光与对方撞了正着。

凌乱的脚步声由远及近，来人正捧着公文包，脚跟重，踩得积水"啪啪"作响。他跟上前不明所以地喊了声："周教授，是有什么问题吗？"

这人心里也纳闷呢，原本周晁嘉有公事，今天的典礼是没打算来的，可结束的时候他又赶了过来。一群人正围上前想跟这位炙手可热的教授套套近乎，话还没说两句，他也不知道看见了什么，随手撑了把伞冒着雨就往外面走，留下身后一群人面面相觑。

再瞥了眼已经被浇成落汤鸡的女生，这人才恍然大悟，原来人家周教授是要英雄救美啊。

初星眠愣了好久。

她不是没有想过和周晁嘉再度重逢的场面，在很多次深夜辗转反侧不能入眠的时候，她都幻想过两人会再见面。

或许是平常到不能再平常的街道，或许是吃饭间的偶然一瞥。

又或许是在南工大校园里的偶遇。

但她的所有幻想里，都没有像现在这样狼狈的模样。

她像是被扔进水坑里的小鸡崽，浑身湿漉漉的；而他则是一尘不染，清俊的脸上神色淡淡的，也瞧不出什么情绪，就这么低垂视线看着她。

雨天，所有的背景都揉进了雾色里，衬得他干净利落。

下意识地，她的脑袋几乎要低进胸口，怀里的小猫也被抱得更紧了些。

初星眠紧咬唇，喉咙像是哽住了似的。

"谢谢。"她的声音很小，像是做错了事情理亏般，连底气都不足。

时隔久远，面前的人已经褪去青涩，眉宇间看起来比五年前更加从容沉寂，细碎的发梢修剪得干净利落，高挺的鼻梁上架着一副银丝边框的眼镜，领口系得很紧，举手投足间的清贵劲比从前更盛了些，肩宽腰窄，一只手撑着伞，另只手懒懒散散地插进了西装裤兜里。

倏地，他掌心朝上伸了过来，声线一如既往地清冷干净："走吧，我送你。"

初星眠没应声，也没动，像是在感情线的拉扯中做最后的抵抗。

不过她的抵抗还没超过十秒钟，两只脚就完全脱离了地面，肩膀一沉，一阵天旋地转——她被周晁嘉扛了起来。

没错，就像是麻袋被扛着那样——形象全无。

初星眠抱着猫，周晁嘉抱着她。

伞的边缘扫过她的耳郭，湿润微凉的触感，怀里的小猫也像是察觉到什么似的，"喵喵"地叫了声。

他的手托在她的腰间，力道不重，可轻轻的触碰也能让她察觉到他掌心的温热。

不自在的感觉像根刺，戳得初星眠浑身难受。

"周晁嘉，你做什么？"她绷紧的情绪还是没忍住破了功，挂在空中的两条腿踢了踢，"你放我下来，大庭广众的，大家都看着呢。"

周晁嘉脚步顿了顿，撑起的伞压低了些，刚好将她遮挡个严严实实。

"所以不让大家看见就可以？"

初星眠语塞："当然不！"

"不记得我跟你说过什么了？"他嗓音低沉沙哑，带着些许调侃的意味。

初星眠挂在他肩膀上动弹不得，想着反正他也看不到，没好气地翻了个白眼："什么？不记得。"

"行，那我提醒提醒。"他笑了，"像你这样不配合的，我一般都是打晕了带走。"

"要选一下吗？"周晁嘉语气轻缓，仿佛是认真在考虑。

这话让初星眠有点恍惚，好像瞬间回到了五年前她刚到东济镇的那个凌晨，她慌不择路地跑上了山，结果摔了一跤，只能窘迫地等着他帮忙。

听不出他是不是开玩笑的语气，但架不住初星眠自己心虚，她佯装出若无其事的模样："不、不用了，其实我觉得不用自己走路也挺好的。"

背就背吧，反正累的也不是她自己。

不过话音刚落，她听到耳边响起很淡的闷笑声，于是更加郁闷了。

这样的重逢场景跟她的幻想差了十万八千里啊！

雨声混着窃窃私语的说话声清晰地落进耳朵里，她瞥见四周驻足停留的人群。

莫名，她耳郭都泛着滚烫的热意。

初星眠干脆彻底摆烂，脑袋直接搭在周晁嘉肩窝里，眼睛一闭，来个眼不见为净。

泡了个热水澡，雾气氤氲在整间浴室，空气中充斥着很淡又很好闻的香气。

初星眠手指稍抬，指尖划过放置在浴缸旁边的新毛巾，杏眸噙着雾气，下一秒，她懊恼地把毛巾铺盖在自己的脸颊上。

门外没什么动静，不知道周晁嘉在做什么。

她突然觉得心里空空落落的。

就这么被毛巾的热气闷了一会儿，她很轻地叹了口气。

其实心里也有期待的吧，从东济镇离开的那天，她发出的短信更像是在试探。试探会不会收到周晁嘉的回信，试探他会不会来找她。

良久，她磨磨蹭蹭地走到了浴室门口。

脸颊滚烫，初星眠抬起手背按了按，瞥了眼面前的梳妆镜，也不知道是被热气熏的，还是她太窘迫，连带着耳郭都泛起了红。

打开门，客厅光线暗淡。

周晁嘉正在逗猫，侧颜清隽，神色慵懒。

他盘腿坐在客厅中央的毛毯上面，单手向后撑着，另一只手有一搭没一搭地拨弄着小猫的鼻尖。听到动静，他抬眸瞥了眼。

救回来的小猫已经被吹干，这会儿正舒舒服服地窝在周晁嘉怀里打呼。

气氛安静，谁也没说话。

初星眠杵在门槛处，双手交叠在身后，头发盘成了两个小丸子，湿嗒嗒的，正滴着水，连带着耳郭都湿润起来。

也是这片刻的静谧，让周遭的一切都变得真实，初星眠才意识到，周晁嘉是真的回来了。

他真的出现在她面前。

"我以为，你至少会给我回信。"她说。

其实她还想说，既然五年都没有出现在她面前，也没有联系过她，现在为什么又回来？不过这个念头刚冒出来就被她压了下去。

周晁嘉现在是周教授啊，所以他回来也不是特意为了她。

初星眠心底蓦地升起些许失落感。她摆弄着衣角，想让自己的动作看起来自然从容。

不过在外人眼里，小姑娘扭捏的模样实在可爱至极。她的衣服全部湿了，所以这会儿套着他的白衬衫。衣服大，将她整个人套在里面，衬得她更加娇小。

衣摆下的双腿白皙修长，被灯光映出浅淡的光泽，足跟微微翘起，小腿并拢成了一条直线，粉嫩的小脚丫微微蜷缩。

周晁嘉手指微顿，黑眸划过。

他佯装出漫不经心地收回视线，喉结却不受控制地上下滑动。

良久，周晁嘉起身倒了杯热水递到初星眠手里。

回信吗？也有想过。

事实上，他昏迷的时候想的是她，醒来了想的还是她。无数个漫长的夜里，他想她想到发疯。

如果初茂平不曾找他说那些冠冕堂皇的话，或许他想尽一切办法也会回到她身边。

不过，世界上没有如果。

自小到大的经历让他比寻常人更懂得忍耐,也更擅长自我折磨。哪怕痛苦,在没有达到目的前,他仍然不为所动。

爷爷曾说他和周围山很像,却也不像。

他比周围山心思更沉,对执着的人和事情做不到周围山那般踏实通透。

这不是什么好事,却也不是什么坏事。事在人为罢了。

"你怪我吗?"周晃嘉问声很轻。

初星眠摇了摇头,她怎么会怪他?

突然,她脑袋一沉。

周晃嘉的掌心按压在她的颈后,稍微用力了些,就完全将她带进他怀里。

她鼻尖碰到他的胸口,隔着薄薄一层布料,体温在蔓延。

初星眠现在脑袋里乱糟糟的,思绪完全混乱了,好像两人间的纠葛都随着他的那句话而烟消云散,只想靠得近些,再近些。

"雨是不是停了?我该走了。"

"陪我待会儿,"周晃嘉像是很疲惫,声音也闷闷的,"就一会儿。

"我太久太久,没见你。

"初星眠,我想你。"

初星眠的心猛地快跳了几下,腰间被他扣住,整个人被他抱了起来。

骤然升高,初星眠手足无措地抱住他的肩膀。

周晃嘉微烫的鼻息落了下来,她背脊都僵硬了。

似乎是嫌弃她手里的杯子很碍事,周晃嘉单手抱着她,另一只手随便把杯子丢在了桌上,水洒了一点出来。

初星眠有心想提醒,结果话还没说出口,就被丢进了床里。

"周晃嘉,我……"

初星眠柔软的唇被封住,视线撞进了他的黑眸中,她忍不住去看他的表情。

像是渴了许久,食髓知味。

房间安静,窗外雨声淅淅沥沥,呼吸交错的暧昧声如此清晰。

"周晃嘉,"借着他偏开唇的间隙,初星眠问他,"如果你回来以后发现我结婚了,你会怎么办?"

初星眠也不知道为什么在这样的时刻,她脑袋里竟然会冒出来这个问题。

只是五年时间,已经足够普通人结婚生子了吧!

"你想听真话还是假话?"他气息热且乱。

"你都说。"初星眠也有些气息不稳。

视线相撞,周晃嘉眼底的暗流清晰。

"我会在你看不见的地方,怀揣着对你所有的爱,孤独地直到老去。"稍一顿,他笑了,抬手,指腹蹭过她的脸颊,"或者,背负骂名。"

他薄唇抿着,轻吐了三个字:"勾引你。"

他的呼吸洒在她的锁骨间,手指也辗转流连,痒得初星眠脚心都在发软。

意识沉沦前,她小声嘀咕道:"骗人,两个听起来都像是假话。"

周晁嘉垂着眼,边笑边亲吻她。

起初,她对他来说,只是比其他人多了些复杂的童年感情。不知道什么时候,他越陷越深,不能自拔。

之后,初星眠问周晁嘉:"你有没有收到那封信?"

周晁嘉说:"有。"

"你看了吗?"

周晁嘉懒懒地"嗯"了声。

小姑娘好奇地眨着杏眸,想问又犹豫不决的可爱模样让周晁嘉喜欢得紧,没忍住亲了几下。

"想知道我爸跟我说了什么吗?"他笑了。

初星眠点点头,又摇摇头:"这是你们父子两个的悄悄话,很私密的吧?"

"也不算,有提到你。"

初星眠震惊:"那时候就提到我了吗?都说我什么了呀?"

"我爸说隔壁家的小女孩真诚善良、美丽可爱、俏皮活泼……"

"说重点啦!"

"让我娶回家。"

"我不信,你是不是又在开我玩笑?再这样,我真的不跟你说话了。"

见她生闷气时脸颊鼓鼓的,周晁嘉讨饶。

他静静地垂眼,把玩着她的发丝。

"周晁嘉,我还有问题想问。"

周晁嘉微抬下颌看她:"怎么这么多问题?"

"因为太久没见啊。"初星眠赧地轻咳,"那你这五年都很想我,为什么不给我打电话?如果你在部队不方便来找我的话,电话、短信总是能联系我的呀……"

"还有还有,为什么男生第一次会……"

她话还没说完,剩下的疑问都被周晁嘉吞进了肚子里。

他舌尖绕着她的,一寸寸地吮弄。

"你问题太多。"

至于为什么不给她打电话?

大概,因为真的怕自己克制不住吧。

卧室里静谧良久,小姑娘破碎的喘息响起。

"周晃嘉，我们结婚吧。"
"好。"

你看月光照南照北，虽遥不迟。

　　致周晃嘉：
　　儿子，当你看到这封信的时候，或许我已经不在人世。活了这么多年，我自认无愧于天，无愧于地，但我最亏欠的人，是你。请原谅我没能陪伴你的童年，也许也不能出席你的婚礼，但我希望你未来的日子平安顺遂。
　　如果有机会的话，帮我向隔壁家的小姑娘说一声感谢……

文字的结尾笔墨顿挫了很久，仿佛在昭示着写信的人迟迟不愿结束。
而在信纸的后面，存放着许许多多的照片，百天、一岁、两岁……
每一张照片后面都记录着：我的儿子，周晃嘉。

后记：
周围山和葛红结婚的事，大院里风言风语传了好一阵。
原因无他，周围山这样克妻的鳏夫，配上葛红这个在其他村里臭名昭著的女骗子，无疑增加了人们茶余饭后的谈资。
但好在葛红能顾周晃嘉一日三餐，即便她私下里给周围山买了巨额的意外险，周围山也都能睁一只眼闭一只眼。他甚至知道葛红背地里扎小人咒他出意外，葛红以为他不知情，其实他不过是希望对方能好好对待自己的儿子罢了。

初茂平家里着火的那天，周围山在临死前，看见了院中央的葛红。
两人视线对上的瞬间，他便看透了她的意图，她要他死于这场意外。
临死前，周围山嘴唇干涸，嗓子里呛得全是烟灰。至死，他动了动嘴唇，只吐出了两个字。
"晃嘉。"
他不怪葛红，只希望她能帮他照顾好周晃嘉。

那场意外的火灾，葛红看见了当时还活着的周围山，他在窗口摆手，下一秒被书柜砸倒。她知道如果这时候喊人去救，周围山能活命，但她咬紧牙，眼睁睁地看着周围山在浓烟中挣扎，最终还是默默地离开了。她需要钱，需要一笔巨额的保险费，这些年，葛红早已经学会怎么吞掉自己的良心。

直到许久过后,葛红才听见院里的其他人大喊:"着火了!"

她以为自己做得天衣无缝,没人会发现。

但当周晁嘉将视频里的录像内容甩在葛红面前,画面里清晰地放映出她和周围山对视,她转身躲在角落里不肯出声的场面,葛红再没办法维持平静。她歇斯底里地朝着周晁嘉咒骂,责怪这一切都是周围山没能力赚钱造成的后果,责怪周围山自己蠢笨去救人。

而她面前的周晁嘉面色平静,仿佛戴着一张完美光滑,看不到任何瑕疵的面具。她的疯狂和周晁嘉的冷静,形成了极鲜明的对比。

良久,周晁嘉语气很轻地说道:"我会亲手把你送进监狱。"

我会要你日日夜夜,在煎熬中反思犯下的罪责。

番外一

初星眠醒的时候，周晁嘉正在不远处的桌案前整理资料。电脑屏幕亮着，他修长的手指在键盘上快速敲击。

她支撑起上半身，若有所思地看了他一会儿。

周晁嘉穿了件灰色的衬衫，肩线直且宽，腰间线条硬朗流畅，能看得出是常年锻炼过的。

初星眠忍不住想起他在部队的时候。

其实昨天的事情进展挺出乎意料的，初星眠没有想到五年过去，再度重逢的时候，两个人会是这般光景。

她瞥了眼搭在座椅靠背上的贴身衣物，压在被角上的光洁手臂被昏暗的光线衬得白皙莹润。

天边泛起了鱼肚白，窗外渗了点微弱的光进来，衬得四周有些凉意。桌案前的墙壁上挂了盏壁灯，光线不强烈，柔和地照在他的侧脸上。

听到床这边窸窸窣窣的响动，周晁嘉敲下最后的字符，停顿住。

"在看什么？"

视线相撞，他黑眸深邃。

初星眠嗓音哑哑的，带着没睡醒的缱绻："在想，我对你有多了解。"

"怎么突然想起这个？"周晁嘉眉尾向上挑了挑，有些意外的模样。

"就是觉得，五年的时间，"初星眠顿了顿，"也挺久的。所以这五年，你都在做什么？"

"没什么有趣的。"周晁嘉说道。他黑眸微暗，因为没有初星眠，每天都过着相同的生活，日复一日，没什么有趣的。

他起身，径直朝着她的方向走过去。

身边很快就充斥着清冽的薄荷味道，初星眠还处于混混沌沌的时候，就被他吻了个正着。她没有完全睡醒，还在想着刚才的话题，也不太专心。

直到周晁嘉半揽着她的腰，指尖从她衣摆的缝隙里探了进去，冰凉又酥麻的触感让她当即就清醒过来，呼吸微微停滞。

他力度不重，带了点若有似无的亲近，稍稍探近了些，又很快松开。没两下，她脸颊就泛起红晕。

被亲了会儿，她只管仰着身子靠近了些，鼻息间的呼吸热烈而温暖，暧昧至极。初星眠的脑袋很快就空白了，虚弱的感觉席卷全身。

而四处点火的周晁嘉却停止了动作，他薄唇扬了扬，带了几分逗弄又亲了亲初星眠："再睡会儿吧，现在还早。"

初星眠懒懒地轻哼了声，有点犯懒，眼皮轻抬了抬，但回应得乖乖巧巧的："不睡了，今天还有会议。"

周晁嘉看了她一眼，压了过来："现在还早。"

不睡觉，可以做点别的事。

清晨的第一缕阳光从窗户渗漏进来，地面被照得有些发亮。

傍晚，初星眠接到了周晁嘉的电话，对方语气自然地约她吃晚饭。

于是初星眠没开车，而是走出了园区的大门。

不远处，周晁嘉云淡风轻地站在那儿，单手揣进兜里，视线遥遥递了过来。

"等很久了吗？"明明已经做过很亲密厮磨的事情，但大庭广众之下，初星眠还是不太自然地寻了个俗套的开场白。

"不久。"周晁嘉笑意很淡。

刚下班的时间，路上只有零星的几个行人，但还是时不时惹来些许注视。

两人一路朝着宽敞的大路开去，辗转了几条街道，周晁嘉把车停在了一条老旧的街道旁。这里的建筑看着有些年头了，还保持着华江市最初的建筑风格，红砖堆砌，摇摇晃晃的店铺牌匾上贴着"牛肉汤"几个大字。

"这边我没怎么来过。"初星眠虽然在华江待了很久，却也不是每条街道都熟悉。

"你还记得平宅大院门口开粥铺的叔叔吗？"像是想到什么，周晁嘉眉眼稍抬，漂亮的黑眸中划过笑意，"以前在大院的时候，经常能听到你吵着要喝他们家的米汤。"

"哎？还有这回事吗？"初星眠脸颊一热，她是不记得周晁嘉口中开粥铺的叔叔，不过小时候，徐星每天都会带早饭回来，她最喜欢的就是米汤，"但是我以前的事情，你怎么会知道的呀？"

她眯起眼睛，杏眸亮晶晶的："该不会，你从很久以前就开始关注我了吧？"

但初星眠转念一想:"不对呀,那时候我还不大呢,估计也就是上初中的年纪。"

"当你有个很吵闹的邻居,你也会知道。"周晁嘉手撑着下巴,下颌轻抬,弧度完美,"我还知道你小时候最喜欢的动画片,最不喜欢完成哪个科目的作业,因为什么事情挨最多的打……"

"停停停。"初星眠被他的暗喻搞得羞臊,好在这时候汤店的老板出来,算是及时救场。

再继续说下去,那她真的要当场找个地缝钻进去。

她小时候的事情也太糗了吧。

亏得她还在周晁嘉面前努力维持淑女形象,结果没想到原来自己小时候就破了功。

老板笑眯眯地递上菜单,听到他们刚才的谈话里似乎提到了平宅大院,于是搭话道:"十几年前,我在平宅大院那边开过粥铺,你们两个也是大院里的人啊?"

初星眠点点头:"我们两个都是。"

"叔叔,你对以前大院里的孩子还有什么印象吗?"初星眠说道,"你记不记得以前大院里有个小男孩总是低着脑袋走路,闷闷的,也不爱说话。"

她话里有话,挤眉弄眼地朝着周晁嘉看过去。

小姑娘记着刚才的仇呢。

叔叔记好了他们两个点的招牌菜,把手里的笔朝着口袋里一装,若有所思地回想:"那时候平宅大院里住的人家也多,小孩子都跟地里的疯草似的,你要说我对哪个小孩有印象,我确实记得……"

"有个小女孩,大院里就数她活泼调皮,经常闹得大院里鸡飞狗跳的。我记得还有一次,那个小女孩不知道是被几个小男生欺负了还是怎么回事,竟然拿着竹签要去戳几个男生。"提到回忆里的欢闹事,老板脸上的笑意更深,"后来她被她爸爸拎走的时候,还很不服气地做鬼脸呢。我记得,是个姓初的小姑娘。因为这个姓氏实在是太少见,所以这么多年过去,我还是记得很清楚。"

就差被指名道姓的初星眠好像屁股下面坐了钉子般:"有这回事吗?我怎么不记得?"

老板笑眯眯地和她开玩笑:"你该不会就是那位姓初的小姑娘吧?"

平宅大院里的人很多,但姓初的确实少。

"我……"初星眠眨眨眼,她怎么不记得自己小时候还有这么英勇无畏的时候?

不过说来也是,初星眠小时候特别喜欢看一些英雄的电影,每次看完就热血沸腾,然后抱着一颗锄强扶弱的心满大院里溜达。

周晁嘉见初星眠抬眸看着自己,她杏眸水润,白皙的脸颊未施粉黛,瞧着跟五年前还是大学生时期的模样没什么区别。

他薄唇勾了勾,无声地说:有。

这件事或许初星眠不记得,但周晁嘉永远都记得,那个闷热的夏天,小姑娘是怎么替他解围的。

这家店里的招牌牛肉汤名不虚传,初星眠吃得很饱,肚皮都圆滚滚的。

从牛肉汤店铺里出去以后,两个人沿着街道两侧散步。

天已经完全黑了,路灯一盏接着一盏亮起来,将两个人的身影拉得很长。

初星眠跟在周晁嘉的身侧,夜里的晚风吹过,肌肤稍沾了些凉意,很舒服。

自从工作以后,初星眠已经很久没有这么优哉游哉地走在街道上,欣赏沿途的每一处风土人情了。

倏地,她目光看向路边的台阶。

初星眠踮着脚踩上去,台阶很窄,根本放不下两只脚,于是她一前一后地走着,像是非常机械的猫步。

不过因为平衡能力不是很好,还没在上面走多远,她就开始东倒西歪。

没等初星眠反应过来,她人就已经跌在了周晁嘉怀里。扑面而来的好闻味道,让她感觉很安心。

她手臂下意识地搭在了他瘦削的肩膀上。

初星眠目光稍顿,每次她看见周晁嘉穿着衬衫、牛仔裤之类的休闲装时都会感慨,他为什么能穿衣这么显瘦,脱衣这么有肉?

他腹肌的线条就跟切割出来似的,要马甲线有马甲线,要人鱼线有人鱼线,真的很难让她不沦陷啊。

"想什么呢,这么出神?"周晁嘉见初星眠直勾勾地看着自己的腹部,忍不住蹭了蹭她的鼻尖,"你喜欢,以后天天给你看。"

初星眠被他这几个字拉回现实。

想到周晁嘉的体力,她觉得自己肯定还没欣赏几天就会被榨干。于是初星眠连连摇头:"算了算了,'只可远观,不可近玩焉'。"

她才从周晁嘉怀里跳出去,又被他手臂一伸给拉了回来。

周晁嘉笑了,凑过去亲了亲她。

四周突然很静,仿佛突然间,车声和风声都变得很远。

番外二

初星眠和周晁嘉重新和好以后，两人都很低调，连周围的好友都不知道他们重归于好的消息。

一来，他们已经过了做什么事情都兴师动众的年纪；二来，两人都决定顺其自然。

午休时间，初星眠正翻阅着这次签订的合同内容，不远处躺在沙发上看婚纱杂志的许灿灿正跷着二郎腿喝奶茶。

从她们的公司创立到现在，初星眠、许灿灿和温意三个人的分工还是很明确的，许灿灿比较擅长各类应酬交际的场合，而且拎得清，每次敲定合同这样的事情都是手到擒来。而温意更擅长管理员工，所以初星眠便专注于公司合同方面的细节。

不过最近许灿灿要订婚了，男生就是当初大学时期要追她的小学弟祝亦辰。

要说许灿灿和祝亦辰的恋爱长跑也是很艰难，不过好在小学弟对许灿灿的毅力非常人可以想见，最终得偿所愿，抱得美人归。

"温意说这次的伴娘服要她来挑。"许灿灿盯着杂志百无聊赖地看了会儿，这两年的婚纱类型大同小异，也看不出什么新鲜劲来，不过祝亦辰有个朋友是在时尚行业混的，已经承诺了要帮许灿灿搞定高奢的定制婚纱。

闻言，初星眠手里的动作一顿："嗯？她这是在记仇我上次挑的伴娘服不好看？"

"确实。"许灿灿直率地笑道，"温意说了，那是她毕生之痛。"

话音一转，许灿灿又说道："不过，温意和她男朋友的好事都快敲定了，你这边怎么还没动静？"

毕业这么久，身边的同学朋友是该结婚结婚，该生子生子，连当初叫嚣着坚决不结婚的许灿灿和温意都已经动摇了念头，偏偏初星眠不着急，别说结婚了，连男朋友的影子都没看到。

"你们两个在筹备婚礼,我这边能有什么动静?"初星眠抬头瞥了眼。

许灿灿咬着奶茶的吸管,神色有些复杂:"说实在的,你该不会还在等周晁嘉吧?"

初星眠没应声,也没说话。其实她也在想要不要和许灿灿提周晁嘉回来的事,但话在喉咙里来来回回,最后也不是很想说。

许灿灿见她不吭声,便说道:"这周末我们部门聚会,有个轰趴,你跟着一起来热闹吧。"

初星眠向来是不爱掺和这些事的,她在员工间的威信不及许灿灿和温意。

原本她也是要拒绝的,但架不住许灿灿软磨硬泡的功夫,最后还是答应了跟着一起去吃顿饭。

结果去了以后她才知道,哪是什么部门聚会啊,这分明是个联谊轰趴。而且看这情形,她的好姐妹许灿灿是挑了各行各业的顶尖人选,长相、外貌还有家世个个都出挑。

饭还没吃两口,初星眠就招架不住了,要去洗手间躲避躲避风头。

也是巧,她刚走出拐角,迎面就撞进了一双深邃的黑眸里。

周晁嘉似笑非笑地看着她,单手揣进了口袋里。他眼皮微微泛起一层褶皱,也看不出是生气还是没生气。

"这么巧,你也来这边吃……应酬?"初星眠在关键时刻,机智地把"吃饭"两个字改成了"应酬",这样她和一群男士出现在这里都合情合理。

周晁嘉笑了:"和老同学在这里吃顿饭。"

说着,他下颌稍抬,目光示意初星眠:"怎么晾着那些青年才俊,自己跑到这里来躲清闲?"

初星眠背脊一凉,果然还是被他看出来了。

她硬着头皮解释道:"是灿灿说他们部门聚餐,我才过来的,结果我过来才知道,这哪是什么聚餐……"

这分明是在聚她啊。

不过后面的话,初星眠还是很识相地没说出来。

她悄悄地抬眼看周晁嘉:"你不会吃醋了吧?"

其实她心里是觉得周晁嘉吃醋了,但是又不能这么说,更何况周晁嘉的反应除了冷淡点,阴阳怪气了点,也没什么过激的情绪。

周晁嘉没说话,只是抬手揉了揉她的脑袋,然后说道:"我那边还有事情,先过去了。"

走了没几步,他倏地停下:"下周三有空吗?"

"做什么?"初星眠顿了顿,她下周三好像没什么事情。

周晃嘉薄唇抿了抿，丢了两个字出来："约会。"
　　初星眠的脸颊顿时就热了起来，连带着耳郭都泛热气儿。
　　果然……他还是那么的，嗯，闷骚。

　　那天联谊轰趴的事情，周晃嘉虽然没再提起，但初星眠还是能隐隐约约地感觉到他的不对劲。
　　比如，和她约会的频率越来越多，会开始在她的生活中渗入他的物品，再比如，在某些方面更加卖力。

　　南工大距离初星眠公司的路程还是挺远的，再加上有时候周晃嘉也会忙到很晚，所以偶尔有时候她也会开着车到校门口去等周晃嘉。初星眠自己对车是没什么追求的，但初茂平给她安排的车，又怎么会是普通的款式。
　　这么一来二去的，南工大的论坛上开始冒出来各种各样的谣言。
　　比如周晃嘉教授被富婆包养啊云云。
　　起初初星眠对这类谣言不是很在意，她工作时都会比较投入，所以也没工夫去理会这些闲聊八卦。直到许灿灿认出周晃嘉被偷拍的照片里出现了初星眠的车牌号，于是两个人和好的消息才就此传开。
　　不过将这件事推至高潮的，还是周晃嘉在接受采访时，面对记者提出的犀利的感情问题，坦然地说出了初星眠的名字。
　　恋情公开有利有弊吧。
　　初星眠和周晃嘉到底都是普通人，公开恋情也没什么影响。
　　有利的是两人约会的次数越来越多；弊端是，论坛对周晃嘉和初星眠的恋情实在太过好奇，竟然将他们两人的爱情线扒了个七七八八，当然大部分都是靠道听途说补充的。
　　就这么在真假混杂的谣言中过了一段时间，某天周末，周晃嘉很早就把初星眠叫醒。
　　初星眠最近住在他这里比较多，所以他房间里的很多布置都是出自初星眠的手。
　　周晃嘉带着初星眠开了几个小时的车，沿途路过的风景不错，阳光慢慢地洒落，将路边的稻田照得明亮。
　　"我们要去哪里？"初星眠问道。虽然一路上景色的确很好，但她还是没有听周晃嘉说起他们要去哪里。
　　周晃嘉正在开车，这条高速路平时人就很少，清晨的时候，宽阔的柏油马路上只能看到他们这一辆车。
　　"还记得你说过，想要了解我的事情吗？"他侧脸洒了点阳光，深邃的眸底被光线映衬出淡淡的棕色,"我想带你去看看我的高中。"

周晃嘉很少跟初星眠提起他高中的事情,就好像那年的事情一样,他总觉得没什么有趣的,不提也罢。

所以今天的行程,初星眠还是很意外的:"我以为,你不愿意和我提起的。"

"只要你想知道的,我都会告诉你。"周晃嘉说。

这句话,初星眠隐隐约约记得周晃嘉曾说过,就是在他要离开去服兵役的前一天晚上。

"年底我有段休假的时间,我带你回东济镇看看。"周晃嘉瞥了眼初星眠,眉眼柔和,"爷爷和奶奶还很惦念你,总是时不时要从我这里问问关于你的消息。"

"那你都是怎么回答他们的?"初星眠好奇地问道。这五年的时间里,她完全打听不到周晃嘉的消息,所以自然而然地认为,周晃嘉也是不了解她的事情的。

周晃嘉没给她明确的回答,只是淡淡地看了她一眼。

但这一眼,要表达的内容却仿佛很多。

初星眠心里突然划过一丝异样的情绪,敛眸,突然伸出手搭在了周晃嘉的手腕间,很坚定地慢慢抓紧。

周晃嘉,一直都是她最喜欢的人啊。

番外三

　　初星眠的出现，对周晁嘉来说，更像是逼仄阴沉的角落里突然吹进的微风。
　　周晁嘉以为他这辈子大概都不会遇到什么幸运的事，空洞的生活仿佛张密不透风的网，将他死死地笼罩在里面。他或许是在部队里，或许是在执行任务中结束一生，和周围山相同的下场，没什么新鲜。
　　他自幼年起就不大爱说话，在母亲去世后，便闷得像葫芦。周围山忙得像陀螺，一来二去，他就更没有可以闲聊的人。不过对于年幼的他来说，其实不是什么难以忍受的事，他习惯独处。
　　葛红是周围山后娶的，她没孩子，周围山娶她的时候也说过不会再生，就是为了找个能够照顾周晁嘉的人。
　　周晁嘉和葛红的关系说不上好，但也说不上不好，两个人通常情况下不会聊太多。
　　虽说葛红的名声不太好，周晁嘉自小明里暗里听多了别人对他们全家的议论，但在照顾周晁嘉的饮食起居方面，她还算得上是称职用心。
　　后来，他遇上初星眠，小姑娘鲜明活泼，拥有和他完全不同的人生。
　　她会在高兴的时候大声尖叫，会在难过的时候躲在被窝里偷偷哭，也会在看到路边的流浪猫狗时露出心疼的神情，还会在遇到大人们夸赞她长得好看时，她谦虚地笑笑，转身嘴角就翘起来，露出个得意的酒窝……
　　周晁嘉觉得她简直比动画片里的主人公还要情绪化，尽管他根本没看过几部动画片。
　　其实周晁嘉认识初星眠的时间更早，至少比初星眠认为的时间还要早。
　　在两家完全没有交集前，在初星眠出手帮他解围前，也是在周围山带着他刚搬家过来的时候。

起初他觉得隔壁家的小姑娘很吵闹，隔音并不算好的墙面总是能传出来她的轻笑声，她每天都充满了活力。

两家作为邻居，周围山一家如一汪死水，而初茂平家却正好相反。

后来，周晁嘉渐渐习惯了初星眠的声音。他知道她每天的作息，知道她什么时候起床，什么时候放学，什么时候写作业。

说起来，她每次写作业的时候，隔壁也总是能传来鸡飞狗跳的哄闹声。

日子就这么平淡又乏味地过着，日复一日。

华江的夏天很热很闷。

树荫间聒噪的蝉鸣声一阵接着一阵，远处的热浪浮动，像是置身熔炉，稍动一下，浑身就像是被裹上了黏腻的汗。

窗户开着，却没什么风，老旧的风扇"嗡嗡"作响，扇叶间都积满了厚厚的灰尘。整栋楼里，但凡谁家开了电视，吵闹的杂音响得所有人都能听见。

周晁嘉在房间里做数学作业，黏腻的汗顺着他瘦弱的脸颊滑下来，洇湿了写满公式的草稿纸。

他瞥了眼桌面上破旧的儿童玩具钟，这是他去年生日时，爷爷托人邮寄过来的礼物。钟表的指针"嘀嗒嘀嗒"地往前挪着，颤颤巍巍的指针像是下一秒就能断掉似的，表面经常擦拭的部分已经掉了漆，亮得可以反光。

他黑眸稍抬，停在数字"6"的位置上。

通常这个时间，隔壁家的叔叔就会领着他女儿回来。

周晁嘉会知道她叫初星眠，是因为她是个闯祸精，而他总能在她闯祸的时候，听见隔壁叔叔无可奈何又怒气冲冲地喊她的名字。

敞开的门外，葛红一边打着电话，一边走来走去。

她嗓门很大，也很有穿透力，混着趿拉拖鞋的声音，扰得他不能清静。

空气中充斥着卷旱烟的味道，蒙上了层不清晰的白雾，导致周晁嘉在很多年以后回忆起这一幕，都是朦胧不清的。

"哎哟，我跟你讲那个东西赚钱的。"似乎电话那端的人仍有迟疑，葛红声音更大了起来，"我们这么久的朋友，我还能骗你吗？人家都跟我说了，现在是最佳的买入期，再晚几天就来不及啦。

"要不是有信得过的渠道，我怎么敢把家底都投进去？"

"放心吧，这要是赚了大钱，你可得请我吃顿饭。"

"哎哟，我男人赚的钱又不多，指着他发大财那得到几辈子啊。"

周晁嘉笔尖一顿，狠狠地划破了纸面。他眸光微敛，默不作声地撕掉那页，重新换了张。

正巧门外有脚步声响起，葛红像是才察觉到自己声音扰邻，边笑着边去关大门，撞上了还寒暄两声："哟，才把孩子接回来啊。这是上哪儿玩去了？"

对面男人的嗓音低沉，听起来疏离又礼貌地回应道："去孩子的外婆家，你们还没吃饭呢？"

"等会儿就吃了。小姑娘长得真是越来越好看了啊。"

这时，一个脆生生又稚嫩的嗓音响起："阿姨好，阿姨看着也年轻。"

葛红被小孩这两句夸赞美得合不拢嘴："哎哟，你们家小孩子真是乖。"

"星眠，和阿姨说再见。"男人叮嘱道。

小姑娘非但没按照男人的吩咐做，反而把脑袋往屋里探了探："阿姨，小哥哥在家吗？我可以找他玩吗？"

"我听门口的王大娘说阿姨家里有个小哥哥，不过我好像还没见过。"小姑娘是个自来熟，"我想知道，我可以和他玩吗？我爸爸最近给我买了新玩具。"

听她问及周晃嘉，葛红的脸色有些犯难。她犹豫了两秒，还是拒绝道："小哥哥在家里做作业呢，恐怕不能跟你一起玩。"

平宅大院里的人家都知道，周围山的儿子是个闷葫芦，像是天生就不会说话似的，见到人也不会喊，平日里不是贴着墙根往家走，就是低着脑袋眼睛朝地面看。

至今大院里的人都没瞧清周晃嘉长什么模样。

小孩子们受大人影响，也不愿意主动找周晃嘉玩，甚至还编排了很多顺口溜骂他。在葛红看来，不让周晃嘉和小姑娘一块儿玩，也是懒得生出事端，毕竟她和隔壁的初家抬头不见低头见的。

"星眠，你也该回家做作业了。"小姑娘背后的男人沉声阻止，打断了还想继续发问的小姑娘。

几人再度寒暄了几句，关门声落响。

葛红电话打得差不多了，也想起来该给周晃嘉做饭了，于是她从钱包里拿出十块钱："晃嘉，去门口的商店买瓶醋。"

周晃嘉低垂眼眸，收起作业本。最近几天安全检查，周围山都不会回来，家里吃饭的人就他和葛红两个。

路过平宅大院中央的树荫，看到平日里几个嚣张惯了的男生堵在那边，周晃嘉下意识皱眉，随后想找条别的路绕开他们。可惜天不遂人愿，还没等他步伐停顿住，那几个男生便已经看到了他。

推搡和咒骂声周晃嘉早就已经习惯了，他根本不在意别人对他说什么话，在他看来，不过都是文字不同罢了。葛红也会在生气的时候咒骂他，说他就是个木头桩子，眼神空洞得没有一点生机。

但小姑娘举着根长长的竹竿跑了过来，倒让周晃嘉有生以来第一次感觉到意外，仿佛闷不透气的茧蛹里，透进来些许凉风。

他眼珠动了动，顶着烈日的强光，却只能看见竹竿尖端戳了点粪土。

大院里鸡飞狗跳闹作一团，男女老少都跑出来急哄哄地护着自家孩子，只有周晁嘉眯起眼。

他嘴角不太熟练地朝上勾了勾,想笑,却露出个比哭还难看的表情。

"你是不是在笑呀?"小姑娘灰头土脸的,脑袋上插了根还不知道从哪儿冒出来的鸡毛,她杏眸圆滚滚的,像是没有剥皮的小葡萄,"我觉得你很眼熟,你是不是住在我家隔壁的小哥哥?你叫什么名字?"

周晁嘉喉咙发干,想说什么,但还没有说出口,就被一道严肃狠厉的声音打断。

"星眠!又在胡闹什么!"高大的男人像是拎小鸡崽般将小姑娘拎了起来,横眉竖眼地念叨道,"天天就知道惹麻烦,也不让我省心,一会儿回家看你妈怎么收拾你。"

"我哪有在胡闹?是他们欺负人在先,我是在帮助别人。"古灵精怪的小姑娘做了个鬼脸,因为被批评耷拉下脑袋,口中却还振振有词,"老师说了,要做一个乐于助人的小朋友。"

烈日烘烤,远处的热浪浮动。

周晁嘉宛如木桩似的,眼神却动了动。他循着小姑娘被拎走的方向,第一次觉得呼吸间的气息如此闷热。

出乎意料的是,那天周晁嘉买完东西回来的路上,再没有看见那群男孩子,也难得的,那晚他做了个梦。他不是一个经常会做梦的人。

梦里,隔壁邻居家的小姑娘坐在千纸鹤上,突然出现在了他的床前。

被水洗到发白的窗帘被呼啸的风吹起来,呼啦呼啦的,贴在了他的脸上,眼前都被缥缈的白纱覆盖住。

小姑娘穿着那条粉色的连衣裙,两只小手紧紧地抱着千纸鹤修长的脖子,面容看起来朦胧又不真切,笑问道:"你叫什么名字呀?我们出去玩吧?"

从梦中惊醒前,周晁嘉唇瓣动了动。

"周晁嘉。"

这三个字像是从牙齿缝里挤出来似的,艰难又晦涩。

良久,他起身坐在了床头。

月光倾泻一地,窗外没有风,那条被洗白的窗帘静静地挂在那里。

他伸出手碰向了墙壁。

"周晁嘉。"微弱的声音在寂静狭窄的房间里响起,"我叫周晁嘉。"

后记
愿都有冲破桎梏的勇气

致读者小可爱们：

　　《春日狂想》这本小说，其实我构思挺久的，创作的过程对我来说也十分有意义。我尝试着在里面加些不同于以往的设定，想要致敬生活中或许平凡但崇高的职业，用朴实的文笔去刻画每个人物的闪光点，我也很喜欢笔下有血有肉的角色。

　　在《春日狂想》里，我很喜欢无忧无虑的初星眠，在遇到周晁嘉前，或许她不能理解责任的意义，她生活在象牙塔里被保护得很好。但在和周晁嘉相处的过程中，她一点一点地了解了周围山的事迹，她懂得了金钱并不能补偿情感方面带来的伤害，所以在故事的最后，她选择用自己的能力去帮助苦难的人们。授人以鱼，不如授人以渔。

　　而周晁嘉是个很矛盾复杂的人，他在面对理想和现实时也动摇过，不过最终他还是坚定地选择了理想。

　　他努力奋斗，就是为了实现自我价值。其实在他的心里，他的父亲周围山一直都是他的榜样。

　　从某种意义上讲，我也希望每个人都能够在有限的桎梏中，能够有冲破桎梏的勇气。

甜桃